한국 판소리 정수

김현룡 약력

경남 진주시 대곡면 월암리 신촌 출생(1935).

초등학교 후 3년간 농업 종사, 서당수업.

건국대학교 국어국문학과 학사, 석사.

중국(대만) 유학 연구.

건국대학교대학원 국어국문학과 문학박사.
〈논문: 太平廣記 비교연구〉

건국대학교 문과대학 국어국문학과 교수.

정년퇴직 후 동 대학교 명예교수.

대표저서:『한국문헌설화』전 7권.

한국 판소리 정수(Ⅲ)

초판 인쇄 2019년 7월 15일
초판 발행 2019년 7월 19일

지은이 김현룡
펴낸이 박찬익
펴낸곳 ㈜ **박이정** ▎ **주소** 서울시 동대문구 천호대로 16가길 4
전화 02) 922-1192~3 ▎ **팩스** 02) 928-4683 ▎ **홈페이지** www.pjbook.com
이메일 pijbook@naver.com ▎ **등록** 1991년 3월 12일 제1-1182호

ISBN 979-11-5848-523-8 (93810)
ISBN 979-11-5848-520-7 (세트)

* 책값은 뒤표지에 있습니다.

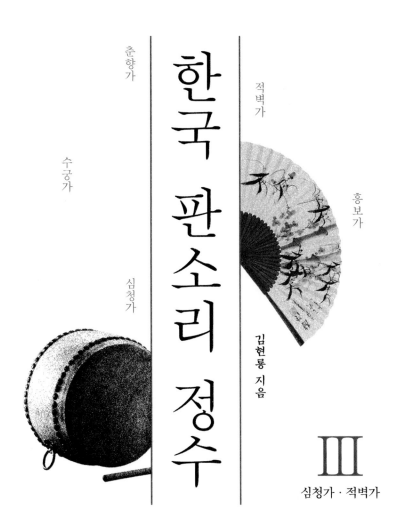

박이정출판사 창립 30주년 기념

춘향가

적벽가

수궁가

흥보가

심청가

한국 판소리 정수

김현룡 지음

III

심청가 · 적벽가

(주)박이정

일 러 두 기

◇ 이 책에는 판소리 여섯 바탕이 다음 같이 구성되어 있다.
제 I 권에는 김세종제 『춘향가』와 박녹주제 『흥보가』, 제 II 권에는 김소희제 『춘향가』와 박초월제 『수궁가』, 제 III 권에는 박유전제 『심청가』와 박봉술제 『적벽가』가 교주되어 실렸다.

◇ 판소리는 구연(口演)예술이어서, 소리하는 사람이 사설 내용을 잘 알고 감정이입을 할 때에 큰 감동을 준다. 감상하는 사람 역시 사설 내용을 숙지하고 감상할 때 진정한 감동을 받게 된다. 이 책은 이런 문제에 역점을 두고, 이해하기 쉽게 교주하였다.

◇ 먼저, 판소리 본문은 글자를 크게 하여 읽기 편하게 하였고, 한자로 된 낱말은 모두 본문 밑에 한자를 부기(附記)하여, 본문 내용을 정확하게 이해하는 데에 도움 되게 하였다.

◇ 판소리 본문 내용 중 이해에 어려움이 있는 낱말은 모두 '*'표시를 하여 바로 앞면에 주를 놓아서 자세히 교주하였다. 특히 한문 숙어(熟語)와 고사(故事)에 큰 비중을 두어 풀이했다.

◇ 본문에 인용된 한시(漢詩) 시구는 단순하게 그 시구만을 해석해서는 내용 이해에 어려움이 있다. 그래서 그 시구의 앞뒤 구절을 통하여 내포된 참된 의미를 알 수 있도록 설명했다.

◇ 인용된 시구에서 시 전체를 이해할 필요가 있는 경우, '참고'표시로 원시(原詩)를 인용 해석했다. 나아가 자세한 내용설명이 더 필요한 고사(故事) 역시 별도로 '참고'표시해 상세히 설명했다.

◇ 한자 낱말에서, 단어에 따라 같은 글자의 음을 다르게 읽는 경우가 있어 이해에 혼란을 일으킨다. 이런 경우는 그 주석 끝에 한자의 음이 훈(訓; 뜻)에 따라 달라짐을 밝혀 놓았다.

◇ 우리말로 표현된 부분일지라도 판소리 사설의 특성상, 뒷부분 말을 생략했거나 전체 문맥에 조화되지 않는 표현을 한 경우가 많다. 이런 부분을 문맥에 맞게 자세히 풀이해 밝혔다.

◇ 판소리에는 현대에 보기 드문, 옛날 습속에 따른 여러 가지 기구(器具)들이 많이 등장한다. 설명만으로 이해가 쉽지 않은 여러 기구들은 그림이나 사진을 '참고'표시로 올려서 이해를 도왔다.

◇ 여러 낱말과 고사, 또는 시구를 교주하면서, 앞에서 설명한 것들이 재차 등장하는 경우, 모두 다시 거듭 설명하여 앞의 주석을 일일이 찾아보는 번거로움이 없게 배려했다.

◇ 본문 표기는 방언과 고어 표현을 최대한으로 살려 실었으며, 띄어쓰기와 문장부호는 저자 자의로 조정하였다. 목차와 편장 구분도 저자가 적의 조정하여 구성하였다.

◇ 이 책에서 대상으로 한 여섯 바탕 판소리 내용에서, 현재까지 밝혀지지 않았거나 잘못 이해되어온 내용을, 일일이 고증하여 바르게 정정하는 일에 많은 힘을 쏟아, 상당부분 바로잡았다.

머 리 말

이 책의 저자는 대학에서 국어국문학과 소속으로 교수생활을 하다가 19년 전에 정년퇴임을 하였습니다. 교수 재직 동안에 고전소설(古典小說)과 문헌설화(文獻說話)를 전공으로 연구하고 강의하면서, 오로지 고전과 한문학(漢文學)에만 고집스럽게 정렬을 쏟았으며, 다른 분야는 깊이 연구하지 않았습니다. 더구나 예능체육 계통에는 완전한 손방이어서 그 분위기를 항상 피하기만 하고 아예 접근을 하지 않았었는데, 이렇게 살아온 사람이 인생의 느지막 즈음에 특이한 계기로 판소리에 관심을 갖게 되었고, 마침내 판소리 사설을 교주하여 이와 같이 저서까지 내게 되어 큰 기쁨을 느낍니다.

이 저서는 판소리 여섯 바탕을 3권에 실었습니다. 김세종 바디 『춘향가』와 박녹주 바디 『흥보가』를 제Ⅰ권으로 구성하여 전체 428면이며, 김소희 바디 『춘향가』와 박초월 바디 『수궁가』를 제Ⅱ권에 실어 총 434면입니다. 그리고 제Ⅲ권에는 박유전 바디 『심청가』와 박봉술 바디 『적벽가』를 실어 총 376면입니다. 이와 같이 짝을 지어 분책한 것은 판소리 내용이나 각기 작품에 대한 사회적인 관심 비중과는 상관이 없습니다. 단순히 면 수 분량을 고려하여 출판 편의상 이렇게 조정하여 성책하였습니다.

대학생활 동안 판소리에 크게 마음을 쏟지 않았던 사람으로서, 여든하고도 반 십년을 넘기려는 이때에, 새삼스럽게 판소리에 몰입하여 저서를 내게 된 데에는 특별한 사연이 내재되어 있습니다.

저자가 대학에서 정년퇴임을 한 것은 2천년 8월이며, 이후 집으로 찾아오는 대학원생들과 1주일에 한 번씩 한문서적 강독시간을 가져왔습니다. 그러는 동안, 2010년부터 한국문화재재단 특별기획 행사로 국가무형문화재 제5호 판소리 예능보유자 '득음지설(得音知說)' 공연이 매년 개최되면서, 『열여춘향슈졀가』를 오래 강의한 경력으로 춘향가 예능보유자이신 신영희 명창 공연에 2년간 해설을 맡았었습니다.

　이때 한문연구생들이 함께 공연감상을 하면서, 판소리 사설 학습의 필요성을 제기했습니다. 이에 학습교재 선택에 있어서, 공연 해설을 하는 동안 판소리 국가무형문화재로 지정되신 명창 사설을 많이 접했으므로, 현재 또는 최근 판소리 예능보유자이신 명창 분 사설을 중심으로 교재제작에 착수하였습니다. 이후 5년간 교재를 제작하면서 순차적으로 겨울 방학에 판소리강의를 하였으며, 이 강의에 판소리 이수자이신 소리하는 선생님과, 국악전공 여러분이 함께 와서 학습하게 되어 큰 보람을 느꼈습니다. 이렇게 구성된 교재가 본 저술의 내용입니다.

민혜성 교수 판소리 공연

고수 김병태 선생

　판소리 사설에는 한시(漢詩)와 중국 고사(故事)들이 많이 나타나 있고, 또 우리말에는 많은 한자어가 혼입되어 있는데, 현재 전하는 판소리 사설 대본들이 모두 한글로만 표기되어 전해져, 내용 이해에 큰 어려움이 있었습니다. 이런 점을 고려해 좀 특이한 구성을 생각하게 되었습니다. 곧 모든 한자(漢字) 단어에 한자를 병기하였으며, 고사(故事)나 특수 사항 설명을 따로 '참고'로 길게 설명하였고, 또한 본문에 등장하는 시구들의 원시(原詩) 전편을 최대한으로 인용하여 해석해 실었습니다. 깊이 생각해본 결과, 이렇게 하는 것이 본문을 올바르게 이해하는 데에 큰 도움이 될 것으로 확신하였기 때문입니다.

　끝으로 책을 출판한 도서출판 박이정 박찬익 사장께 축하와 함께 감사를 드립니다. 박이정 출판사는 금년이 창사 30주년을 맞는 해로, 그 기념행사를 준비하고 있습니다. 저자는 박이정 출판사와 깊은 인연이 있는 사람으로서, 이 작은 저서를 '박이정 출판사 창설 30주년 기념 출판'으로 간행하게 된 데 대하여 크나큰 기쁨을 느낍니다. 진정 괄목할 발전을 해온 박이정 출판사와 함께 커다란 영광이라 하겠습니다.

2019년 6월.　海川 金鉉龍 識

赤壁歌 沈淸歌 水宮歌 春香歌 興甫歌

한국 판소리 정수

[Ⅲ]

박유전제　　박봉술제
심청가 · 적벽가
（沈淸歌）　（赤壁歌）

박유전제 심 청 가

    심청(沈淸) 이야기는 배달겨레 정서 속에 가장 깊이 뿌리박힌 효(孝) 사상을 바탕으로 하고, 오랜 동안 민족 심성 내부에 자리 잡아온 불교사상을 이면에 깔아서, 한(恨)을 품고 고달픔을 견디며 살려고 애쓴 이 민족 여성들에게 큰 위안을 주었다. 이 이야기 소재들은 옛 고전작품에 많이 기록으로 전하며, 한말 신재효(申在孝) 선생에 의하여 판소리로 정립된 다음, 서편제의 대가 박유전 선생이 잘 다듬어 발전시켜서 오늘날의 심청가 모습으로 재탄생하였다. 박유전 선생은 흥선대원군의 신임을 받아 판소리 전파에 노력하셨는데, 대원군의 '제일강산'이란 칭찬으로 인해 박유전 바디를 '강산제'라 일컫는다.

    강산제 심청가는 정재근 명창에게로 전해졌고 다시 보성소리의 대가 정응민 선생에게로 이어져, 우아하고 격조 높은 '보성소리'의 표본이 되었다. 정 명창은 보성에 자리 잡고 살면서 성창순 성우향 조상현 등 여러 명창에게 심청가를 전수했으며, 성창순 선생은 이 박유전제 심청가 계승자로서 1991년 5월 국가무형문화재 제5호 판소리 심청가 예능보유자로 지정되셨다.

    강산제 심청가는 그 사설이 점잖고 음률감이 유려하며, 소리 또한 동편제와 서편제 중간쯤에 해당하고, 내용에 심금을 울리는 애조가 많아, 안방 부인들의 많은 호응을 얻었다. 그리고 애끊는 상여소리와 짓궂은 방아타령은 울음과 눈물을 함께 선사하였고, 용궁에서 심청이 재생하는 모습과 모든 봉사의 눈뜨는 장면은, 하나의 큰 희망표현으로서 서민들에게 대리만족을 주어 더없는 애호를 받아왔다.

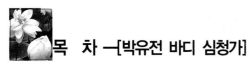

목 차 ―[박유전 바디 심청가]

제 1 장

*元豊末年(원풍말년): 중국 송(宋)나라 신종(神宗)황제 끝 무렵인, 고려의 선
  종(宣宗)1년(1084) 무렵. 근래 창본에 '옛날옛적'으로 고쳐진 사설도 있음.
*黃州(황주): 중국 호북성에 있는 땅이름. 동정호(洞庭湖) 북쪽 호북성과 호
  남성 경계지역에 두 성에 걸친 넓은 호광평야(湖廣平野)가 있고, 이 호광
  지역에 황주가 있음. 우리나라 황해도에도 황주가 있으나 전체적인 내용
  구성으로 보아 중국 황주임.
*桃花洞(도화동): 중국 호남성 무릉현의 도원동(桃源洞)에 있는 지역. 황주
  (黃州)가 속한 호광지역이 호북성과 호남성에 걸쳐 있으며, '도화동'은 '황
  주' 남쪽 동정호 서쪽에 자리하여 호남성에 속함. 이 지역은 진(晉)나라 때
  도연명(陶淵明)이 쓴 신선 이야기 '도화원기(桃花源記)'의 배경 지역임.
*소경: 눈이 먼 사람. 장님, 맹인(盲人), 봉사(奉事).
*累代名門巨族(누대명문거족): 조상 대대로 명성을 날린 위대한 가문(家門).
*名聲(명성): 큰 업적이 있어서 세상에 이름과 소문이 널리 알려짐.
*藉藉(자자): 사방으로 널리 퍼짐.
*家運 不幸(가운 불행): 가정의 운수가 기울어져 불행하게 됨.
*三十 前(삼십 전): 나이 30세가 채 못 된 시기.
*眼盲(안맹): 눈이 멀어 장님이 됨.
*뉘라서: 누구라서. 어떤 사람이 있어서.
*賢哲(현철): 행실이 어질고 판단력이 명석함.
*百執事可堪(백집사가감): 맡아 행하는 모든 일들을 능히 잘 감당해냄.
*품을 팔아: 남의 집 일을 해주고 그 대가로 삯을 받음.
*奉事 家長(봉사 가장): 장님이 된 남편. '봉사'는 '소경'과 같은 뜻의 말.

[청자삼감무늬, 국립중앙박물관 장]

1. 곽씨부인 죽음, 심봉사의 통곡

(1) 삯바느질―곽씨부인 가장 공경

<아니리> 송나라 원풍말년에 황주 땅 도화동에 한 소경이
　　　　 宋　 *元豊末年　*黃州　*桃花洞　　*소경

살았는데, 성은 심가요 이름은 학규라. 누대명문거족으로
　　　　 姓　 沈哥　　　　鶴圭　*累代名門巨族

명성이 자자터니, 가운이 불행하여 삼십 전에 안맹하니 뉘
*名聲 *藉藉　*家運　不幸　　*三十 前 *眼盲　*뉘

라서 받들소냐? 그러나 그의 아내 곽씨부인 또한 현철하사
라서　　　　　　　　　　　郭氏夫人　　*賢哲

모르는 게 전혀 없고 백집사가감이라. 곽씨부인이 품을 팔
　　　　　　 *百執事可堪　　郭氏夫人　*품을 팔

아 봉사 가장을 받드는데.
아 *奉事 家長

*冠帶(관대): 우리말로는 관디. 옛날 벼슬아치들의 공복(公服).

*道服(도복): 도사(道士)가 입는 겉옷. 민간에서 남자들이 보통 예복으로 입던, 소매가 넓고 길이가 길며 뒤쪽에 딴 폭을 댄 겉옷인 도포(道袍).

*行衣(행의): 소매가 넓고 옷깃 가장자리를 검정 천으로 두른 선비들 겉옷.

*氅衣(창의): 벼슬아치들 평상시 겉옷. 소매가 넓고 뒷솔기가 갈라졌음.

*直領(직령): 깃의 끝부분이 둥글지 않고 곧게 된, 무관(武官)의 겉옷.

*夾袖(협수): 동달이. 겉은 검고 다홍색 안을 받치며, 소매가 좁고 뒤 솔기가 터진 군인들의 옷.

*快子(쾌자): 등솔이 길게 트인 소매 없는 옛날 군복. 아이들이 명절에 입음.

*중추막: 중치막. 소매가 넓고 길이가 길며 양옆이 터진 노인들의 겉옷.

*잔누비질: 뜸을 잘게 하여 촘촘히 곱게, 여러 줄 박음질하는 누비 바느질.

*上針(상침)질: 바느질한 실밥이 겉으로 무늬처럼 드러나게 깁는 바느질.

*갓끔질: 꺾음질. 여름철 저고리나 적삼 같은 홑옷의 경우, 가장자리를 꺾어 접어 매끈하게 마무리하는 바느질. 이 바느질 저고리를 '깨끼저고리'라 함.

*외올뜨기: 솜옷의 솜이 몰려 뭉치지 않게 기워 고정할 때, 옷의 겉 부분에 기운 흔적이 안 보이게 천의 안 올만 떠서 깁는 바느질.

*꽤땀: 헤진 천을 덧붙여 꿰맬 때, 깁는 실이 겉에 안 보이게 깁는 바느질.

*고두누비: 곤추 누비. 누비질에서 안팎 모두 고운 박음질로 보이는 바느질.

*솔 올이기: 두 천을 맞대 기운 솔기를 접어 기워 매끈하게 보이는 바느질.

*網巾(망건) 뀌미기: 망건꾸미기. 망건은 상투 있는 사람이 머리가 단정해지게, 앞쪽을 말총 그물로 엮어 만들어 머리에 두르는 관. 망건 앞쪽 그물 부분 양쪽을 헝겊으로 덮어 깁는 작업이 '망건꾸미기'임.

*갓끈 접기: 얇은 비단 천을 접어 기워 납작하게 만들어 완성한 갓끈.

*褙子(배자): 겨울철 여자들 저고리 위에 덧입는 소매 없는 웃옷.

*吐手(토수): 토시. 겨울철 팔뚝에 끼워 손목 차가움을 보호하는 의류.

*버선: 천으로 발모양에 맞게 만들어 발에 꿰어 신는 의류.

*行纏(행전): 바지 정강이에 꿰어, 벌어진 두 끈으로 무릎 아래에 매는 의류.

*袍帶(포대): 도포(道袍)를 입었을 때 허리에 둘러매는, 술이 달린 술띠.

*허리띠: 바지가 흘러내리지 않게 바지 말을 허리에 붙여 둘러매는 끈.

*댓님: 바지의 가랑이 끝을 접어 발목 부분에 동여매는 납작한 끈.

*줌치: 주머니의 방언.

<중중모리>　삯바느질 관대 도복, 행의 창의 직령이며,
　　　　　　　*冠帶　*道服　*行衣 *氅衣 *直領

협수 쾌자 중추막과, 남녀 의복의 잔누비질, 상침질 갓끔질
*夾袖 *快子 *중추막　　男女 衣服　　*잔누비질　*上針질 *갓끔질

과 외올뜨기 꽤땀이며,　고두누비 솔 올이기, 망건 꾸미기
　*외올뜨기 *꽤땀　　　*고두누비 *솔 올이기　*網巾 꾸미기

갓끈 접기, 배자 토수 버선 행전, 포대 허리띠 댓님 줌치,
*갓끈 접기　*褙子 *吐手 *버선 *行纏　*袍帶 *허리띠 *댓님 *줌치

※참고: 망건구조와 망건꾸미기 설명

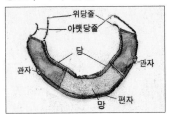

옛날에는 말총을 엮어 짠 망(網) 부분과 천이며 줄 등 망건 부속 재료를 따로 팔았음. 그리고 망건을 만들어 기워 완성된 제품도 팔았지만, 보통 머리에 맞지 않아 불편이 있었음. 따라서 양반 고관 가정에서는 재료를 사다 부인들이 머리에 맞게 깁거나, 작업이 까다로워 어려우면 삯을 받고 망건을 기워 완성시켜주는 부인에게 맡겨서, 품위 있게 맞춰 쓰는 경우가 많았음. 이렇게 머리에 맞게 망건을 기워 만드는 것을 '망건꾸미기'라 함.

*쌈지: 담배나 부시 등을 담는 긴 사각형의 갑(匣). 헝겊이나 가죽으로 만들며, 물건 넣는 부분을 접고 또 접어 납작한 천으로 덮어 싸게 되어 있음.

*藥囊(약낭): 약품을 넣어 차고 다니는 주머니.

*筆囊(필낭): 선비들이 붓, 작은 벼루, 먹 등을 넣어 차고 다니는 주머니.

*揮項(휘항): 휘양. 추위를 막기 위해 머리에 쓰는 의류. 머리에서 목뒤와 양쪽 귀까지 덮이고, 가장자리는 털로 장식하며 머리 꼭대기는 터져 있음.

*볼지: 볼끼. 가죽이나 헝겊조각으로 길쭉하게 만들어 솜을 넣어서, 겨울에 두 뺨을 싸서 동여매게 된 방한구(防寒具).

*幞巾(복건): 도복(道服)에 쓰는 건. 검정 천으로 머리는 둥글고 삐죽이 튀어 나오게 만들어 끈을 달아 돌려 매며, 뒤편은 넓고 긴 자락이 늘어뜨려짐.

*風遮(풍차): 토끼·여우·수달 등의 모피로, 이마와 귀까지 덮게 만든 방한모.

*篅衣(천의): 비구니 스님이 입는 통치마.

*周衣(주의): 남자 외출복 두루마기. 소매가 넓지 않고 둘레도 터지지 않음.

*갖은 衾枕(금침): 온갖 이불과 베개. 잠잘 때 필요한 침구의 여러 가지.

*베개 모: 베개 양쪽 모서리에 붙이는 사각형 또는 원형의 빳빳한 장식.

*雙鴛鴦 繡(쌍원앙 수): 마주 보는 두 마리 원앙새를 색실로 수를 놓은 것.

*五色毛絲(오색모사): 다섯 색깔의 아름다운 털실.

*角帶(각대): 각띠. 벼슬아치가 관복을 입을 때 가슴에 띠는 띠의 총칭(總稱).

*胸背 鶴(흉배 학): 관복(官服) 가슴과 등에 붙는 학을 수놓은 사각형 헝겊.

*宮綃(궁초): 얇고 결이 고운 비단. / *貢緞(공단): 무늬 없는 두꺼운 비단.

*水紬(수주): 수아주. 결이 곱고 품질이 매우 좋은 비단 이름.

*鮮紬(선주): 얇고 선명한 비단. / *浪綾(낭릉): 결이 고운 물결무늬 비단.

*甲紗(갑사): 얇고 빳빳한 비단. / *雲紋(운문): 구름무늬의 비단.

*吐紬(토주): 바탕이 두껍고 빛이 누르스름한 명주.

*甲紬(갑주): 최고급 품질의 명주. / *粉紬(분주): 곱고 하얗게 다듬은 명주.

*縹紬(표주): 하얗게 표백한 명주. / *明紬(명주): 명주실로 짠 하얀 천.

*生綃(생초): 삶지 않은 생명주실로 짠 고운 비단.

*通絹(통견): 얇고 조밀하지 않게, 약간 엉성하게 짠 비단.

*粗布(조포): 굵고 바탕이 거친 베. / *北布(북포): 함경도 생산의 무명베.

*黃州布(황주포): 황해도 황주 생산의 베. / *春布(춘포): 강원도 생산의 베.

*門布(문포): 중국 책문(柵門) 지역에서 생산된 삼베의 한 가지.

쌈지 약낭 필낭, 휘양 볼지 복건 풍채이며, 천의 주의, 갖은
＊쌈지＊藥囊 ＊筆囊 ＊揮項 ＊볼지 ＊幞巾 ＊風遮   ＊簷衣 ＊周衣 ＊갖은

금침 베개모 쌍원앙 수도 놓고, 오색모사 각대, 흉배 학
衾枕 ＊베개모 ＊雙鴛鴦 繡   ＊五色毛絲 ＊角帶 ＊胸背 鶴

그리기, 궁초 공단 수주 선주 낙능 갑사, 운문 토주 갑주
     ＊宮綃 ＊貢緞 ＊水紬 ＊鮮紬 ＊浪綾 ＊甲紗 ＊雲紋 ＊吐紬 ＊甲紬

분주 표주 명주 생초 통경 조포, 북포 황주포 춘포 문포
＊粉紬 ＊縹紬 ＊明紬 ＊生綃 ＊通絹 ＊粗布 ＊北布 ＊黃州布 ＊春布 ＊門布

※참고: 흉배(胸背) 보충 설명

흉배는 조선시대 조정 관리들 관복의 가슴과 등에 붙이던 사각형 헝겊으로,
동반(東班)과 서반(西班)의 품계에 따라 동물의 종류와 숫자를 각기 달리해, 아
름다운 색실로 수(繡)를 놓아 만들었음. 흉배 무늬 모양은 조선 초기에 정해져
내려오면서 몇 번의 변동이 있었으나, 그 기본 무늬는 문관(文官) 당상관(堂上
官)의 경우 두 마리 학을 새긴 쌍학흉배(雙鶴胸背), 당하관(堂下官)은 한 마리
학을 새긴 단학흉배(單鶴胸背)이며, 무관(武官)의 경우는 당상관은 두 마리 호
랑이를 새긴 쌍호흉배(雙虎胸背), 당하관은 한 마리 호랑이를 새긴 단호흉배(單
虎胸背)로 되어 있었음.

쌍학흉배   단학흉배   쌍호흉배   단호흉배

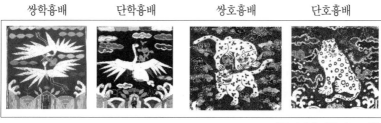

[국립민속박물관 소장]

*제초리: 계추리. 황저포(黃紵布). 겉껍질을 벗긴 하얀 삼실로 짠 고급 삼베로 경상북도에서 주로 생산됨.
*白苧(백저): 빛깔이 매우 하얗고 고운 모시.
*極上細木(극상세목): 결이 최고로 가늘고 고운 무명베.
*맡아 짜기: 남의 부탁을 받아 삯을 받고 베를 짜 주는 일.
*靑黃赤黑沈香 五色(청황적흑침향 오색): 파랑·노랑·빨강·검정·황갈색 등 5종 색채. '침향'은 침향나무 진으로 만든 황갈색 염료임. 향료로도 쓰임.
*各色 染色(각색 염색): 여러 색채로 천에 물을 들임.
*初喪(초상): 사람이 죽어 장례를 치르는 절차.
*元喪制服(원상제복): '원상제(元喪制)의 제복(祭服)'을 줄여 쓴 말. 보통 쓰는 말인 '상주(喪主)'의 정식 명칭이 '원상제'임. 흔히 '원삼(圓衫)'으로 보기도 하는데, '원삼'은 부인 예복으로 연두 바탕에 자주색 깃을 달고 색동소매를 한 긴 겉옷인데, 초상집에서 지어 입을 수 있는 옷이 아님.
*婚葬 大事(혼장 대사): 혼례식과 장례식 같은 큰 행사.
*熟定(숙정): 정숙(定熟), 숙성(熟成). 솥이나 시루에 잘 쪄서 익혀낸 음식. 생 재료로 모양을 만들어 솥이나 시루에 넣어 증기로 쪄낸 음식임.
*갖은 蒸(증)편: 여러 가지 재료가 잘 갖추어진, 쪄서 만든 떡인 증병(蒸餅). 멥쌀가루를 막걸리에 반죽해 부풀린 다음, 각종 고명을 뿌려 쪄낸 떡임.
*中桂(중계): 중배끼. 밀가루를 꿀·기름에 반죽, 기름에 튀긴 납작한 유밀과.
*藥果(약과): 과줄. 밀가루를 꿀·기름에 반죽, 기름에 지진 납작한 유밀과.
*薄饊(박산): 찹쌀가루 반죽을 납작하게 만들어 말려 기름에 튀긴 산자. 또는 엿을 얇고 갸름하게 잘라, 잘게 부순 잣이나 호두를 붙여 만든 유밀과.
*茶食(다식): 녹말·송화·승검초·황밤·검은깨 등의 가루를 꿀에 반죽하여 납작하게 만들어 다식판으로 찍어낸 유밀과.
*正果(정과): 새앙·연근·인삼·도라지·과일 등을 꿀이나 설탕에 졸인 음식.
*花菜(화채): 꿀물·설탕물·오미잣국에 과일을 썰어 넣고 실백잣을 띄운 음식.
*神仙爐(신선로): 놋쇠로 가운데 숯불을 피우게 만들고 둘레에 음식 재료를 담게 만든 그릇인 '신선로'에, 국과 여러 음식 재료를 넣어 끓인 음식.
*各色 饌羞(각색 찬수): 갖가지의 반찬이나 술안주 음식.
*藥酒(약주) 빚기: 여러 가지 약재를 넣은 술, 또는 보통 술 담그기.
*水波蓮(수파련): 잔치 때 또는 신령에게 제사할 때 상에 올리는 종이 연꽃.

제초리며, 삼베 백저 극상세목, 샀을 받고 맡아 짜기, 청황
*제초리   *白苧 *極上細木   *맡아 짜기   *靑黃

적흑침향 오색 각색으로 염색하기, 초상난 집의 원삼제복,
赤黑沈香 五色 *各色   染色   *初喪   *元喪制服

혼장대사 음식, 숙정 갖은 증편,   중계 약과 박산 과자
*婚葬大事 飮食   *熟定 갖은 蒸편   *中桂 *藥果 *薄饊 菓子

다식 정과, 냉면 화채 신선로, 각색 찬수 약주 빚기, 수팔련
*茶食*正果 冷麪 *花菜 *神仙爐 *各色 饌羞 *藥酒 빚기 *水波蓮

※참고: 침향(沈香)나무 그림과 설명

　침향나무는 높이가 20m나 되고 밑둥치 지름이 2m나 되게 자라는 큰
상록수로 열대지방에서 자람. 나무껍질 흠집에서 흐르는 진이 염료와 향
료 그리고 한약재로 쓰임. 이 나무 둥치를 물에 오래 담가두면 껍질이 썩
어 벗겨지며, 알맹이의 나무둥치가 물속에 가라앉으면서 매우 짙은 향기
를 품김. 중국 고대 단(唐) 현종(玄宗) 때 궁중에 이 나무로 정자를 지어
침향정(沈香亭)이라 했음. 현종이 양귀비와 여름에 이 정자에서 아름답게
핀 목부용(木芙蓉) 꽃을 감상하며 이태백(李太白)을 불러 시를 짓게 하여
그 시가 전해지고 있음.

*봉오림: 문어다리, 통닭찜 등 재료로, 산봉우리나 꽃처럼 높게 꾸민 장식.

*排床(배상): 상 위에 여러 특이 음식을 아름답게 만들어 배열하는 큰상차림.

*괴임질: 굄질. 넓적한 그릇에 떡이나 과일 등을 높이 쌓아 올리는 기능.

*盡(진)토록: 다 달아 없어질 때까지. / *모일 제: 모아서 저축할 때에.

*푼 모아 돈을 짓고: 옛날 엽전 한 잎<葉; 옆>이 1푼이며, 10푼이 1돈임.

*돈 모아 兩(양) 만들어: 10돈이 1냥임. 곧 엽전 1백 개가 1냥이 됨.

*貫(관)돈: 쾌 돈. 엽전 1백 개인 1냥을 끈에 꿰어 묶은 것을 '1꿰미'라 하
 고, 10냥인 10꿰미를 묶어 '관' 또는 '쾌'라 하며, 창고 보관하는 포장임.

*日收遞計(일수체계): 본전에 이자를 얹어 날마다 갚아가는 차금(借金)제도.

*長利邊(장리변): 돈을 빌려줘 1년에 원금의 절반을 이자로 얹어 받는 제도.

*着實(착실): 거짓이 없고 건실함.

*春時享(춘시향): 봄에 모시는 시향제사(時享祭祀). 시향은 음력 2·5·8·11월
 에 가묘(家廟)에서 모시는 제사. 봄철 시향인 '춘시향'은 음력 2월 제사임.

*奉祭祀(봉제사): 제사를 모심. / *始終如一(시종여일): 처음과 끝이 같음.

*上下一面(상하일면): 위아래 동네 사람. / *將近(장근): 장차 가까워짐.

*膝下 一點血肉(슬하 일점혈육): 자신의 몸에서 낳은 자식 한 사람.

*功(공): 신령님께 치성 드림. / *품 팔아: 남의 일을 해주고 삯을 받는 일.

*名山大刹(명산대찰): 이름난 산과 영험 있는 부처를 모신 큰 절.

*靈神堂(영신당): 신령을 모신 당집.

*古墓叢祀(고묘총사): 오래된 무덤과 여러 잡신(雜神)을 모셔놓은 사당.

*城隍堂(성황당): 부락 수호신 모신 곳. 보통 마을 입구에 돌을 쌓아 조성함.

*石佛彌勒(석불미륵): 돌부처인, 중생을 설법하여 인도하는 미륵부처.

*허유허유: 숨이 가빠 헐떡이는 모습.

*袈裟施主(가사시주): 스님의 겉옷인 '가사'를 바쳐 부처님께 공덕을 쌓음.

*引燈施主(인등시주): 부처님 앞에 켜는 등불 '인등' 기름을 바쳐 공덕 쌓음.

*窓糊施主(창호시주): 불당의 창문 바르는 종이를 바쳐 공덕을 쌓음.

*帝王佛供(제왕불공): 아이 점지를 맡은 삼신제왕(三神帝王)께 치성을 드림.

*七星佛供(칠성불공): 북두칠성 신령인 칠원성군(七元星君)에게 치성을 드림.

*羅漢佛供(나한불공): 생사 초월의 높은 경지에 오른 나한부처께 치성 드림.

*심든 남기: 힘들여 심어놓은 나무. 힘들여 심어 가꾼 나무.

*甲子 四月初八日夜(갑자 사월초파일야): 갑자 해 음력 4월8일 밤.

봉오림 배상하기 괴임질을,   잠시도 놀지 않고 수족이 다
*봉오림 *排床   *괴임질   暫時   手足

진토록 품 팔아 모일 제, 푼 모아 돈을 짓고, 돈 모아 양
*盡토록   *모일 제 *푼 모아 돈을 짓고 *돈 모아 兩

만들어 양을 지어 관돈 되니, 일수체계 장이변을 이웃 집
만들어 兩을 지어 *貫돈   *日收遞計 *長利邊

사람들께 착실한 곳 빚을 주어 실수 없이 받아들여, 춘시향
          *着實   失手   *春時享

봉제사, 앞 못 보는 가장 공경, 시종이 여일하니 상하 일면
*奉祭祀   家長 恭敬 *始終   如一   *上下 一面

사람들이.

(2) 품 팔아 모인 재물─자식 빌기, 태몽, 태교, 순산

<아니리>   곽씨부인 어진 마음 뉘 아니 칭찬하랴. 그때의
          郭氏夫人   稱讚

심봉사 사십이 장근토록 슬하 일점혈육이 없어 매일 부부
沈奉事   四十 *將近   *膝下 一點血肉   每日 夫婦

한탄할 제, 곽씨부인 그 날부텀 공을 드리는데.
恨歎   郭氏夫人   *功

<중모리>   품 팔아 모인 재물 온갖 공을 다 드릴 제, 명산
          *품 팔아   財物   功   *名山

대찰 영신당과 고묘총사 성황당, 석불미륵 서 계신 데 허유
大刹 *靈神堂 *古墓叢祀 *城隍堂 *石佛彌勒   *허유

허유 다니면서, 가사시주 인등시주 창호시주 제왕불공 칠
허유   *袈裟施主 *引燈施主 *窓糊施主 *帝王佛供 *七

성불공 나한불공, 가지가지 다 하오니 공든 탑이 무너지며
星佛供 *羅漢佛供   功   塔

심든 남기 꺽어지랴? 갑자 사월초파일야 한 꿈을 얻은지라.
*심든 남기   *甲子 四月初八日夜

*瑞氣 蟠空(서기 반공): 상서로운 기운이 공중에 얕게 어림.

*五彩 玲瓏(오채 영롱): 아름다운 다섯 색채 광선이 아련하게 비쳐 어울림.

*玉京(옥경)으로: 옥황상제(玉皇上帝)가 계신 하늘나라로부터.

*花冠(화관): 칠보(七寶) 보석으로 장식한 여인의 관.

*圓衫(원삼): 부인 예복, 연둣빛 바탕에 자주 깃을 달고 색동 소매를 한 옷.

*桂花(계화) 가지: 계수나무 꽃가지. / *拜禮(배례): 나아와 절을 올림.

*달 正身(정신): 보름달이 처음 솟은 둥근 몸체.

*南海 觀音(남해 관음): 남쪽바다의, 중생을 구제한다는 관세음보살 부처.

*心身(심신)이 恍惚(황홀): 몸과 마음이 아련하고 멍하여 정신이 혼란함.

*晧齒(호치) *半(반)만 열고: 하얀 치아가 얌전히 조금 드러나 보이는 모습.

*碎玉聲(쇄옥성): 옥 조각이 서로 부딪쳐 나는 소리. 중국 당(唐) 기왕(岐王)
이 궁중 대숲에 옥 조각을 매달아 부딪쳐 나는 소리를 들은 그 옥 소리.

*小女(소녀): 어른 앞에서 여자가 자기 자신을 낮추어 일컫는 말.

*西王母(서왕모): 중국 곤륜산(崑崙山)에 사는 여자 신선.

*蟠桃進上(반도진상)① *玉眞婢子(옥진비자)② *數語酬酌(수어수작)③: ①동해
에 있는 큰 복숭아나무에 3천년에 한 번 열리는 복숭아인 '반도'를 하늘
나라 옥황상제께 올리러 갔다가, ②여자 신선 옥진의 여종을 만나, ③몇 마
디 얘기를 주고받는 동안에. 선녀가 하늘나라에서 죄 지어 귀양 오는 모습.

*時刻(시각) 조끔 어긴 *上帝(상제)께 得罪(득죄) *人間(인간)에 내치심에: 정
해진 시간을 조금 어기어, 옥황상제께 죄를 짓고, 인간 세상으로 귀양 보
내짐을 당했다는 말.

*갈 바: 의지할 곳. / *太上老君(태상노군): 신선사상의 원조인 노자(老子).

*后土夫人(후토부인): 당(唐) 때 신봉하던 여자신선. 중국 각지 사당이 있음.

*諸佛菩薩(제불보살) 釋迦(석가): 여러 부처님, 부처에 준하는 불교성현들,
그리고 석가모니부처님.

*南柯一夢(남가일몽): 하나의 헛된 꿈속. 낮잠 자는 동안, 꿈속에 개미굴에
들어가서 벼슬하고 나온 이야기로, 일반적으로 '꿈속'을 뜻함.

*兩主(양주): 집안의 두 주인인 남편과 아내.

*夢事 議論(몽사 의논) 하니: 꿈속에 있었던 일을 서로 이야기해 봄.

*內外(내외): 집안 안과 밖의 주인인 부부.

*胎氣(태기): 여자가 임신한 것 같은 몸 상태를 느낌.

서기반공하고 오채 영롱터니, 하늘의 선녀 하나 옥경으로
*瑞氣半空　　*五彩 玲瓏　　　　　　仙女　　　　 *玉京으로

내려올 제, 머리에 화관이요 몸에는 원삼이라. 계화 가지
　　　　　 *花冠　　　　 *圓衫　　　 *桂花 가지

손에 들고 부인 전 배례허고, 곁에 와 앉는 모양 뚜렷한 달
　　　　　 夫人 前 *拜禮　　　　　　　　 模樣　　　 *달

정신이 산상에 솟았는 듯, 남해 관음이 해중에 다시 온 듯,
正身　 山上　　　　　 *南海 觀音　 海中

심신이 황홀하여 진정키 어렵더니, 선녀의 고운 태도 호치
*心身이 恍惚　 鎭定　　　　　　 仙女　 態度　 *晧齒

를 반만 열고 쇄옥성으로 말을 한다. "소녀는 서왕모 딸일
　 *半만 열고 *碎玉聲　　　　　 *小女 *西王母

러니 반도진상 가는 길에 옥진비자 짬깐 만나 수어수작
　　 *蟠桃進上　　　 *玉眞婢子　　　　 *數語酬酌

하옵다가, 시각 조끔 어긴 고로 상제께 득죄하야 인간에
　　　　 *時刻 조끔 어긴 故 *上帝께 得罪　 *人間에

내치심에 갈 바를 모르더니, 태상노군 후토부인 제불보살
 내치심에 *갈 바　　　　　 *太上老君 *后土夫人 *諸佛菩薩

석가님이 댁으로 지시하여 이리 찾아 왔사오니 어여삐 여
釋迦님 宅　　 指示

기소서." 품안 달려들어, 놀래어 깨달으니 남가일몽이라.
　　　　　　　　　　　　　　　　　　　 *南柯一夢

<아니리> 양주 몽사 의논하니 내외 꿈이 꼭 같은지라. 그
　　　　 *兩主 *夢事 議論하니 *內外

날부터 태기가 있는데.
　　 *胎氣

*席不正不坐 割不正不食(석부정부좌 할부정불식): 좌석이 똑 바르지 않으면 앉지 않고, 잘라놓은 모양이 똑 바르지 않으면 먹지 않음.

*耳不聽淫聲 目不視惡色(이불청음성 목불시오색): 귀로 음탕한 소리를 듣지 않으며, 눈으로 좋지 않은 색채를 보지 않음.<'惡'; 모질 악, 미울 오>.

*立不蹕 臥不側(입불필 와불측): 서 있을 때는 한 발에만 힘주어 비스듬히 서지 말며, 잠잘 때는 옆으로 기울어지게 눕지 않음.

※이상 6구절은 『열녀전(列女傳)』에서 주(周) 문왕(文王) 모친 태임(太任)의 태교(胎教) 내용 일부를 나타낸 것인데, 그 내용 전체는 다음과 같음. "잠잘 때는 몸을 기울어지게 눕지 않으며, 자리의 끝부분에 앉지 않으며, 서있을 때 두 다리에 같은 힘을 주어 똑바로 서며, 사특한 맛이 나는 음식을 먹지 않으며, 똑바르게 잘라진 것이 아니면 먹지 않으며, 자리가 똑바르지 않으면 앉지 않으며, 사특한 색채를 보지 않으며, 음탕한 소리를 듣지 않으며, 밤이면 장님을 시켜 시를 외우게 하여 들으며, 그리고 정당한 일만을 이야기함(古者婦人姙子 寢不側 坐不邊 立不蹕 不食邪味 割不正不食 席不正不坐 目不視於邪色 耳不聽於淫聲 夜則令瞽誦詩 道正事)."

*十朔日(십삭일): 10개월의 날짜.

*解腹機微(해복기미): 임신한 부인이 아이를 낳을 조짐을 보임.

*井華水(정화수): 그 날의 새벽 우물물을 가장 먼저 길어온 물.

*小盤(소반): 조그마한 상.

*坐不安席(좌불안석): 마음이 불안하여, 앉아 있어도 좌석이 편안하지 못함.

*香臭(향취) *振動(진동): 향기로운 냄새가, 사방으로 퍼져 떨쳐짐.

*彩雲(채운): 아름다운 색채를 지닌 구름.

*昏迷中(혼미중): 정신이 아련하고 기절한 상태 속에서.

*仙人玉女(선인옥녀): 신선 같은 아름다운 딸아이.

*거칠 새 없이: 아무 것도 부딪치는 것이 없이 매끈한 상태. 곧 남자 아이면 배꼽 아래에 돌출된 고추가 만져질 터인데, 그것이 만져지지 않고 평평하게 미끄러져 내려간다는 뜻.

*晩得(만득): 부부 나이가 많은 상태에서 얻은 자녀.

*辱及先塋(욕급선영): 잘못을 저질러 그 허물이 무덤 속 조상에게까지 미침.

〈중중모리〉 석부정부좌 할부정불식 이불청음성 목불시
*席不正不坐　*割不正不食　*耳不聽淫聲　目不視

오색 입불필 와불측, 십삭일이 찬 연후에 하루는 해복기미
惡色 *立不蹕 臥不側　*十朔日　　然後　　　　*解腹機微

가 있구나. "아이고 배야, 아이고 허리야." 심봉사 좋아라고
　　　　　　　　　　　　　　　　　　沈奉事

일변은 반갑고 일변은 겁을 내어, 밖으로 우르르 나가더니
一邊　　　　一邊　怯

짚 한 줌 쑥쑥 추려 정화수 새 소반에 받쳐 놓고, 좌불안석
　　　　　　　　*井華水　*小盤　　　　　　　*坐不安席

급한 마음 순산하기를 기다릴 제, 향취가 진동하고 채운이
急　　　　順産　　　　　　　*香臭　*振動　　*彩雲

드리더니, 혼미중 탄생하니 선인옥녀 딸이라.
　　　　　*昏迷中　誕生　　*仙人玉女

(3) 삼십삼천 도솔천—딸의 수복 기원

〈아니리〉 곽씨부인 순산은 하였으나 "남녀간에 무엇이요?"
　　　　　郭氏夫人　順産　　　　　　　　男女間

심봉사, "아이를 만져보아야 알겠소." 하고, 아이를 위에서
沈奉事

부터 더듬더듬 내려가다 거칠 새 없이 내려가것다. "아마도
　　　　　　　　　　　*거칠 새 없이

마누라 같은 딸을 낳았나보오." 곽씨부인이 서운히 여겨,
　　　　　　　　　　　　　　郭氏夫人

"만득으로 낳은 자식 딸이라니 원통하오." "마누라! 그런 말
*晩得　　　　子息　　　　冤痛

마오. 아들도 잘못 두면, 욕급선영 할 것이요, 딸이라도
　　　　　　　　　　*辱及先塋

잘만 두면 아들주고 바꾸리까? 우리 이 딸 고이 길러

*禮節文筆(예절문필): 올바르게 사는 예의범절과 뛰어난 학문과 문장 능력.

*針線紡績(침선방적): 바느질과 길쌈하는 일.

*螽斯羽 振振(종사우 진진): 여치가 많은 알을 낳아 새끼들이 날개를 펄럭이
　며 즐기는 것처럼 자손이 번성함. 『시경(詩經)』 '종사(螽斯)' 시에서 인용.

*外孫奉祀(외손봉사): 친손자가 없어, 외손자가 외조부모 제사를 모심.

*첫국밥: 해산한 후 처음으로 먹는 밥과 미역국.

*三神床(삼신상): 아이 점지와 해산을 맡은 신령 앞에 차리는 상.

*여늬 사람: 여느 사람. 보통 사람.　/　*盲生(맹생): 맹인 남자를 높이는 말.

*三神帝王(삼신제왕): 아이 점지와 해산을 맡은 신령.

*三千里 逃亡(삼천리 도망): 머물면서 듣는 일이 싫어 먼 곳으로 달아남.

*三十三天(삼십삼천): 불교의 욕계(欲界)와 색계(色界) 33개 하늘. '욕계'는
　인간의 음식·여색·재물 3욕망세계, '색계'는 '욕계'를 벗어났지만 수양이
　덜 되어 아직 완전 해탈(解脫)세계인 '무색계(無色界)'에는 못 미친 세계.

*兜率天(도솔천): '욕계' 여섯 하늘의 넷째 하늘. 내원(內院)에는 미륵보살이
　중생을 설법해 인도하고, 외원(外院)엔 천중(天衆)이 안락을 누리는 세계.

*神佛(신불): 신령스러운 부처.

*帝釋(제석): 불교의 도리천(忉利天) 임금인 제석천. 불교 귀의자를 보호함.

*化爲同心(화위동심): 조화를 이루어 한 마음이 됨.

*굽어보옵소서: 내려 보아 보살펴 도우소서.

*이슬 맺어: 액체 상태가 엉김.　/　*人形(인형) 삼겨: 사람 형체가 생겨남.

*五包(오포): 사람 몸속의 오장(五臟). 곧, 간·심·비·폐·신(肝·心·脾·肺·腎).

*六情(육정): 사람의 6가지 정서. 곧, 희·노·애·락·애·오(喜·怒·哀·樂·愛·惡).

*七竅(칠규): 사람 얼굴의 일곱 구멍. 귀 2, 눈 2, 콧구멍 2, 입 하나.

*九竅(구규): 위 '칠규'에 대변 소변보는 2구멍을 합쳐 우리 몸의 아홉 구멍.

*찬김 받아: 외부 공기로 호흡하는 기관이 생김.

*金剛門(금강문): 자궁의 문.　/　*下達門(하달문): 아이 나오는 하부 바깥문.

*白骨難忘(백골난망): 죽어 뼈가 되어도 은혜를 잊지 못함.

*東方朔 命(동방삭 명): 중국 한 무제(漢武帝) 신하인 동방삭이 3천 갑자(18
　만년)를 살았다고 하므로. 그와 같은 긴 수명을 누리게 해달라는 축원.

*太任(태임): 중국 주 문왕(周文王) 모친, 태교를 했고 부덕(婦德)이 높았음.

*大舜(대순) *曾子(증자): 중국 고대 효자. 순임금과 공자 제자인 증삼(曾參).

예절문필 잘 가르쳐 침선방적 잘 시켜, 종사우 진진하면
*禮節文筆　　　　　*針線紡績　　　　　　*螽斯羽 振振

외손봉사는 못 허리까? 그런 말 마오." 심봉사 첫국밥 얼른
*外孫奉祀　　　　　　　　　　　沈奉事 *첫국밥

지어 삼신상에 받쳐놓고 비는데,　여늬 사람 같으면 오직
　　*三神床　　　　　　　　*여늬 사람

조용히 빌렸마는, 앞 못 보는 맹생이라, 삼신제왕님이 깜짝
　　　　　　　　　*盲生　　　*三神帝王

놀라 삼천리나 도망가게 빌것다.
　　*三千里　逃亡

<중중모리> "삼십삼천 도솔천, 신불 제석 삼신제왕님네,
　　　　　*三十三天 *兜率天 *神佛 *帝釋 三神帝王

화우동심 하여 다 굽어보옵소서. 사십 후에 낳은 자식 한
*化爲同心　　　　 *굽어보옵소서　四十 後　　　　子息

달 두 달 이슬 맺어, 석 달에 피 어리고 넉 달에 인형 삼겨
　　*이슬 맺어　　　　　　　　　　　　*人形 삼겨

다섯 달 오포 나고 여섯 달 육정 삼겨, 일곱 달 칠규 열려
　　　*五包　　　　　*六情　　　　　　 *七竅

여덟 달 사만팔천 털이 나고, 아홉 달에 구규 열러 열 달
　　　四萬八千 털　　　　　　　 *九竅

만에 찬김 받아, 금강문 하달문 고이 열어 순산하니, 삼신
*찬김 받아 *金剛門 *下達門　　　　　 順産　　　三神

님 넓으신 덕택 백골난망 잊으리까? 다만 독녀 딸이오나
님　　　德澤 *白骨難忘　　　　　　獨女

동방삭의 명을 주고, 태임의 덕행이며 대순 증자 효행이며,
*東方朔　命　　*太任　德行　*大舜 *曾子 孝行

*杞梁 妻(기량 처): 중국 춘추시대 열녀. 제 장공(齊莊公)이 거(莒) 지역을 공격할 때, 장공의 신하 '기량'이 출전하여 싸우다 전사했음. 그 처가 남편 기량의 시체 앞에서 10일 동안 통곡하여 우니 곧 성이 무너져 내렸으며, 남편 장례 후에 강에 투신하여 자결했음.

*樊姬(번희): 초 장왕(楚莊王)의 부인. 많은 어진 여인을 추천해 질투 없이 함께 왕을 잘 모셨고, 왕에게 뛰어난 신하 손숙오(孫叔敖)를 등용케 간청하여 간신들을 물리치고, 주변 나라를 호령하는 패왕(覇王)이 되게 했음.

*石崇(석숭): 중국 진(晉)나라 때의 큰 부자. 금곡(金谷) 골짜기에 집을 짓고 천하 문인들을 불러들여 시를 짓게 하고, 시를 잘 못 지으면 벌주(罰酒) 석 잔을 내리면서 행복하게 살았음.

*외 붇듯: 오이가 주렁주렁 매달려 빨리 자라 불어나듯이.

*달 붇듯: 조각달이 점점 불어나 보름달이 되듯이.

*日就月將(일취월장): 날마다 달마다 발전하여 나아감.

*손대: 손대기. 잔심부름을 해줄 만한 밑일 돕는 아이.

*찬물에 빨래: 해산 후 충분히 몸을 요양하지 않고, 바로 차가운 물에 손을 담가 일을 하거나, 지나친 활동을 하면 산후병에 걸리기 쉬움을 말함.

*産後別症(산후별증): 해산한 뒤에 잘못 되어 일어나는 특별한 질병.

*四大(사대)삭신 六千(육천)마디: 사람 신체의 모든 근육과 뼈마디. 불교에서 모든 물체가 생존하는 4요소를 '지(地; 땅의 흙)·수(水; 물)·화(火; 불)·풍(風; 바람 곧 공기)'으로 규정하여 '사대(四大)'라 하고, 사람 몸은 이 '사대'의 영향을 크게 받으면서 살아가므로, 사람 육신을 역시 '四大'라고 함. '삭신'은 사람 몸의 근육과 뼈마디를 일컫는데, 불교에서 색상(色相; 이 세상에서의 형체)이 있는 육체를 '색신(色身)'이라 하며, 이 '색신'이 변한 발음이 '삭신'임. 그리고 사람의 뼈마디를 6천 개라고 일컬어 왔음.

*家君(가군): 남편. 본래는 '부친(父親)'을 이르는 말임.

*偕老百年(해로백년): 부부가 오랜 동안 한 평생 다정하게 함께 살아감.

*不幸亡世(불행망세): 행운이 따르지 않아 일찍 세상을 떠남.

*初終葬事(초종장사): 사망하여 장례식과 삼년상(三年喪)까지 모두 마치는 절차를 일컬음.

*天命(천명): 사람이 태어날 때 하늘이 정해준 일생의 일과 수명.

*因緣(인연): 서로 사이에 맺어진 타고난 연분.

기량의 처 절행이며 반희의 재질이며, 석숭의 복을 주어
*杞梁　妻 節行　　*樊姬　才質　　*石崇　福

외 붙듯 달 붙듯, 잔병 없이 잘 가꾸어 일취월장하게 허옵
*외 붙듯 *달 붙듯　病　　　　　　*日就月將

소서."

(4) 가군의 손길 잡고—곽씨부인 사망

<아니리>　빌기를 다한 후, 더운 국밥 다시 떠다 산모를
　　　　　　　　　　　　　　　　　　　　　　　　産母

먹인 후에, "여보 마누라, 이 아이 젖 좀 먹여주오." 그 때
　　　　後

곽씨부인은 산후에 손대 없어 찬물에 빨래를 하였든가? 뜻
郭氏夫人　　産後　*손대　　*찬물에　빨래

밖에 산후별증이 일어나는데, "아이고 배야 아이고 허리야,
　　　*産後別症

아이고 다리야! 사대삭신 육천마디가 아니 아픈 데가 전혀
　　　　　　　　*四大삭신　六千마디

없네." 곽씨부인 아무리 생각하여도 더 살 길이 전혀 없는
　　　　郭氏夫人

지라, 유언을 하는데.
　　　遺言

<진양조>　가군의 손길 잡고 유언하고 죽더니라. "아이고
　　　　　　*家君　　　　　遺言

여보 가군님! 내 평생 먹은 마음, 앞 못 보는 가장님을
　　　家君　　平生　　　　　　　　　　　　家長

해로백년 봉양타가 불행망세 당하오면, 초종장사 마친 후
*偕老百年　奉養　*不幸亡世　當　*初終葬事　　後

에 뒤를 쫓아 죽자터니, 천명이 이뿐인지 인연이 끊쳤는지,
　　　　　　　　　*天命　　　　*因緣

하릴없이 죽게 되니 눈을 어이 감고 가며, 앞 어둔 우리

*朝夕恭待(조석공대): 아침저녁 식사를 공손히 받들어 대접함.

*四顧無親 孑孑單身(사고무친 혈혈단신): 주위 사방을 돌아보아도 친척이 없는, 외롭고 쓸쓸한 홀로의 몸.

*지팡막대: 지팡이를 이루고 있는 나무 막대기.

*구렁: 땅이 움푹 파진 구덩이.

*身世自歎(신세자탄): 자기 몸이 처하고 있는 가엾은 처지를 스스로 한탄함.

*飢渴(기갈): 배고프고 목이 마름.

*家家門前(가가문전): 이집 저집의 대문 앞.

*名山大刹(명산대찰): 이름난 산과 큰 절.

*神功(신공): 신령님을 극진하게 받들어 소원을 비는 일.

*黃泉(황천)길: 사람이 죽어서 간다는 저승길.

*눈물겨워: 흐르는 눈물을 이기어 진정하지 못함.

*恝視(괄시): 업신여기고 멸시함.

*母女相面(모녀상면): 어머니와 딸이 서로 얼굴을 마주해 만나봄.

*굴레: 어린 아이들의 머리에 씌우는 모자의 한 가지. 뒤쪽에 수를 놓은 헝겊을 달아 장식하고, 그 헝겊에 금자(金字)를 박기도 하며 구슬을 매달아 아름답게 꾸미기도 함.

*五色緋緞(오색비단): 명주실로 짠 다섯 색깔의 아름다운 천.

*金字(금자) 박어: 노란 황금색 수실로 굴레의 뒤편에 붙은 천에 글자를 수놓았다는 말인데, 주로 '수·복·부·귀·회(壽·福·富·貴·囍)' 등의 글자를 수놓음. '囍'는 '회<喜>'자의 고자(古字)임.

가장 헌 옷 뉘라 지어주며 조석공대 뉘라 하리. 사고무친
家長　　　　　　　　　*朝夕恭待　　　　　*四顧無親

혈혈단신 의탁할 곳 전혀 없어 지팡막대 흩어 짚고 더듬더
孑孑單身　依託　　　　　*지팡막대

듬 다니시다 구렁에도 떨어지고 돌에 채여 넘어져서, 신세
　　　　*구렁　　　　　　　　　　　　　*身世

자탄 우는 모양 내 눈으로 본 듯하고,　기갈을 못 이기어
自歎　　　貌樣　　　　　　　　　*飢渴

가가문전 다니시며 밥좀 주오 슬픈 소리 귀에 쟁쟁 들리는
*家家門前　　　　　　　　　　　　　　　錚錚

듯, 나 죽은 혼백인들 차마 어이 듣고 보리?　명산대찰
　　　　　　魂魄　　　　　　　　　　　　　*名山大刹

신공 들여 사십 후에 낳은 자식 젖 한 번도 못 먹이고 얼
*神功　　　四十　後　　　　子息

굴도 채 모르고 죽단 말이 웬 말이요? 이 일 저 일을 생각

하니 멀고먼 황천길은 눈물겨워 어이 가며, 앞이 막혀 어이
　　　　　*黃泉길　*눈물겨워

가리? 여보시오 가군님!　뒷마을 귀덕어미 절친하게 지냈
　　　　　　家君　　　　　　　　　　　切親

으니, 저 자식을 안고 가서 젖 좀 먹여 달라하면 괄시 아니
　　　　子息　　　　　　　　　　　　　　*恝視

하오리다.　저 자식이 죽지 않고 제 발로 걷거들랑, 앞을
　　　　　　子息

세워 길을 물어 내 묘 앞에 찾아 오셔 모녀상면을 하여주
　　　　　　　　墓　　　　　　　*母女相面

오. 할 말은 무궁하나 숨이 가뻐서 못하겠소.”
　　　　　無窮

<중모리>　“아차아차 내 잊었소. 저 아이 이름일랑 청이
　　　　　　　　　　　　　　　　　　　　　　　清

라고 불러주오. 저 주려 지은 굴레 오색비단 금자 박어
　　　　　　　　　　*굴레　*五色緋緞　*金字　박어

*津玉(진옥)판: 짙은 옥색 바탕. 굴레의 뒤편에 붙인 비단 헝겊 바탕을 말함.

*紅絲(홍사)수실: 붉은색 비단 실로 된 술. '수실'은 '술'의 방언. '술'은 여러 가닥의 실을 모아 한쪽 끝을 동여매 늘어뜨리는 장식.

*眞珠(진주)느림: 진주조개에서 나온 진주를 구멍 뚫어 줄을 매달아 아래로 늘어뜨린 장식. 위 '홍사수실'과 함께 매달려 움직일 때 아름답게 흔들림.

*부전: 여자아이들이 차는 노리개. 아름다운 색 헝겊으로 둥글게, 또는 병 모양으로 만들어 두 개를 맞대 붙여 수를 놓고 색 헝겊을 붙여 끈을 담.

*新行函(신행함): 시집올 때 가지고온 상자.

*나라: '국가'라는 뜻이지만 임금을 나타내는 말임.

*下賜(하사): 임금이 신하에게 상금이나 물품을 내려줌.

*銀(은)돈 한 푼: 은을 재료로 하여 만들어진 1푼(一分)짜리 돈.

*壽福康寧 泰平安樂(수복강녕 태평안락): 오래 살고 복 많고 건강하며, 평안하고 안락하기를 기원하는 뜻으로, 은전(銀錢) 양쪽에 넉 자씩 새긴 글자.

*紅氈(홍전): 붉은색의 모직물 천.

*교불줌치: 괴불주머니. 어린아이들 주머니 줄 끝에 매다는 노리개. 네모의 색 헝겊을 귀나게 삼각형으로 접어 모서리를 기워서 속에 솜을 통통하게 넣고 겉에 상침 바느질 수를 놓아 꾸민 다음, 오색 천으로 된 끈을 담.

*玉指環(옥지환): 옥으로 만들어진 가락지. / *籠(농): 옷 넣는 장롱(欌籠).

*天地 無心(천지 무심): 인간 운명을 쥔 하늘과 땅 신령이 인정 없고 야속함.

*鬼神(귀신) 野俗(야속): 사람을 잡아가는 귀신도 너무나 박절하고 쌀쌀함.

*진즉 섬기거나: '진즉'은 '진작'의 방언. 좀 더 일찍 생겨났거나.

*가이없는: 가엾은. 끝없이 무한한.

*窮天之痛(궁천지통): 하늘까지 온통 사무치는 통탄스러운 슬픔.

*生死間(생사간): 죽는 사람과 산 사람 사이 영원 작별의 순간.

*亡終(망종): 죽기 전의 마지막.

*颯颯悲風(삽삽비풍): 쓸쓸하게 불어오는 슬픔을 느끼게 하는 바람.

*疏疏細雨(소소세우): 쓸쓸하고 구질구질하게 내리는 가랑비.

*포깍질: '포깍' 소리 내는 '딸꾹질'의 방언.

*더럭 지는구나: 갑자기 덜컥, (명이) 떨어져 죽음.

*아무런 줄 모르고: 어떤 사정이나 영문도 알지 못하고.

*醫家(의가): 의원의 집.

진옥판 홍사수실 진주느림 부전 달아 신행함에 넣었으니
*津玉판 *紅絲수실 *眞珠느림 *부전　　　　*新行函

그것도 채워주고, 나라에서 하사하신 크나큰 은돈 한 푼,
　　　　　　*나라　　*下賜　　　　　　　*銀돈 한 푼

수복강녕 태평안락 양편에 새겼기로 고운 홍전 교불줌치
*壽福康寧　泰平安樂　兩便　　　　　*紅氈 *교불줌치

끈을 달아 두었으니 그것도 채워주고, 나 끼던 옥지환이 손
　　　　　　　　　　　　　　　　　　　　　*玉指環

에 적어 못 끼기로 농 안에 두었으니　그것도 끼워주오."
　　　　　　　　*籠

한숨 쉬고 돌아 누어 어린아이를 끌어다 낯을 한대 문지르

며, "아이고 내 자식아! 천지도 무심하고 귀신도 야속하구
　　　　　　子息　*天地　　無心　　*鬼神　　野俗

나. 네가 진즉 섬기거나 내가 조금 더 살거나, 너 낳자 나
　　　*진즉 섬기거나

죽으니 가이없는 궁천지통을 너로 하여금 품게 되니, 죽는
　　　　*가이없는 *窮天之痛

어미 산 자식이 생사간에 무슨 죄냐? 내 젖 망종 많이 먹
　　　子息　*生死間　　　罪　　　*亡終

어라." 손길을 스르르 놓고 한숨 지어 부는 바람 삽삽비풍
　　　　　　　　　　　　　　　　　　　*颯颯悲風

되어 불고, 눈물 맺혀 오는 비는　소소세우 되었어라. 포깍
　　　　　　　　　　　　*疎疎細雨　　　　　　*포깍

질 두세 번에 숨이 더럭 지는구나.
질　　　　　　*더럭 지는구나

(5) **심봉사 기절하여**—심봉사의 탄식 통곡

<아니리>　그때의 심봉사 아무런 줄 모르고, "여보 마누
　　　　　　沈奉事 *아무런 줄 모르고

라! 사람이 병든다고 다 죽을까?　내 의가에 가 약 지어
　　　　　病　　　　　　　　　　*醫家　　藥

*水一升 煎半(수일승 전반): 한약을 달일 때, 약 한 첩에 물을 한 되 붓고 불 위에 올려 물이 절반으로 졸여지게 달인다는 뜻으로, 숙어처럼 연결되어 사용되는 말임. 혹시 '전반'을 '약 달이는 소반'인 '전반(煎盤)'으로 생각할 수 있으나, 그런 '전반'은 없음.

*얼른 다려: 약탕기를 화롯불 위에 올리고, 불을 강하게 하여 빨리 달였다는 뜻임.

*卽效(즉효): 곧바로 효험이 나타남.

*콧궁기 찬김: 콧구멍에서 차가운 바람이 느껴짐. 옛날 사람들은 죽음을 확인할 때 콧구멍 앞에 솜털을 대어 흔들림을 확인했음.

*失性發狂(실성발광): 충격이 너무 커서, 이성을 잃고 미친 사람처럼 행동함.

*설움: 슬프게 느껴지는 마음.

*아람이 차나 노면: 알맹이가 너무 커서, 빈틈이 없이 가득하게 차게 되면. '차나 노면'은 '차 놓으면'을 강조 표현하는 방언임, 곧 가득 차게 되면.

*떴다 절컥 주저않으며: 껑충 뛰어 솟았다가 땅으로 떨어져 펄썩 내려앉음.

*藥能活人(약능활인): 약은 충분히 사람을 살려냄.

*病不能殺人(병불능살인): 병은 사람을 결코 죽게 할 수가 없음.

*西天西域(서천서역): 석가모니가 자리 잡고 있는 서쪽 지역의 하늘 세계.

*蓮花世界(연화세계): 불교에서 말하는, 근심이나 괴로움이 없다는 극락세계.

*還生次(환생차): 다시 인간으로 태어나게 하기 위한 하나의 절차.

*眞言(진언): 부처님의 말씀이나, 또는 귀신을 쫓는 주문.

*念佛(염불): 부처님 공덕을 생각하면서 불경을 외움.

*切痛(절통): 매우 심하게 원통해 하는 마음.

*忿(분): 억울하고 원통한 마음.

*목제비질: 목을 아래위로 흔들고 좌우로 돌리고 하는 행동.

*내리둥글 치둥글며: 몸을 아래로 굽혔다가 뒹굴고 또 위로 솟구쳤다가는 떨어져 뒹구는 동작. 곧 이성을 잃고 발작에 가까운 행동을 하는 것을 말함.

올 테니 부디 안심하오." 심봉사 약을 얼른 지어와 수일승
安心　　　沈奉事　藥　　　　　*水一升

전반에 얼른 달여 짜들고 방으로 들어와, "여보 마누라 이
*煎半에 *얼른 달여

약 자시면 즉효 한다 하옵디다." 아무리 부른들 죽은 사람
藥　　　*卽效

이 대답할 리 있겠느냐? 그제야 심봉사 의심이 나서 양팔
對答　理　　　　　　　　沈奉事　疑心　　　　兩

에 힘을 주어 일으키려고 만져보니, 허리는 뻣뻣하고 수족
手足

은 늘어져 콧궁기 찬김 나니, 그제야 죽은 줄 알고 실성
*콧궁기　찬김　　　　　　　　　　　　　失性

발광을 하는데, 설움도 어지간해야 눈물도 나고 울음도 나
*發狂　　　　*설움

지, 워낙 아람이 차나 노면 뛰고 미치는 법이었다.
　　*아람이　차나　노면　　　　　　　法

<중중모리> 심봉사 기절하여 떴다 절컥 주저앉으며, 들었
　　　　　　沈奉事　氣絶　*떴다 절컥　주저앉으며

던 약그릇을 방바닥에 내던지며, "아이고 마누라! 허허 이
　　藥

것이 웬일이요? 약 지러 갔다 오니 그 새에 죽었네. 약능
　　　　　　藥　　　　　　　　　　　　　　　　*藥能

활인이요 병불능살인이라더니, 약이 도리어 원수로다. 죽을
活人　*病不能殺人　　　　　　藥　　　　　怨讐

줄 알았으면 약 지러도 가지 말고 마누라 곁에 앉아, 서천
　　　　　　藥　　　　　　　　　　　　　　　　*西天

서역 연화세계 환생차로 진언 외고 염불이나 하여줄 걸,
西域　*蓮花世界　*還生次　*眞言　　*念佛

절통하고 분하여라." 가슴 쾅쾅 두드려 목제비질을 덜컥 내
*切痛　　*忿　　　　　　　　　　　*목제비질　　　*내

려둥글 치둥글며, "아이고 마누라! 저걸 두고 죽단 말이요?
리둥글　치둥글며

*冬至(동지)섣달 雪寒風(설한풍): 동짓달과 섣달의 눈바람 부는 추운 때.

*三千蟠桃(삼천반도) *瑤池宴(요지연) *西王母(서왕모): 신선사상에서, 중국 동해에는 가지가 넓게 뻗은 큰 '반도' 복숭아나무가 있어서, 이 복숭아는 3천년에 한번 열리므로 '삼천반도'라고 함. 곤륜산(崑崙山)에 사는 '서왕모'가 한(漢)나라 무제(武帝)를 방문한 때 이 복숭아를 대접했음. 그보다 앞서, 주(周)나라 목왕(穆王)이 서역의 곤륜산에 행차했을 때, 이 산의 여자 신선 '서왕모'가 청조(靑鳥)를 보내 목왕을 '요지' 연못으로 초빙하여 잔치를 베풀어 주었는데, 이 잔치를 '요지연'이라 함. 그 '요지연' 잔치에는 '반도'를 대접했다는 기록이 없음. 위 두 이야기를 얽어 인용한 것임.

*皇陵廟 二妃(황릉묘 이비): 순(舜)임금의 두 왕비<二妃> 아황(娥皇)과 여영(女英)은 요(堯)임금의 두 딸로서, 순임금이 순시 도중 사망하니 두 부인은 남편 장례를 끝내고 소상강(瀟湘江) 언덕에서 피눈물을 뿌리며 울고 빠져 자결했음. 뒷사람들이 두 부인을 열녀로 추앙하고 소상강 언덕에 사당(祠堂)을 세워 '황릉묘'라 했음.

*懷抱(회포): 오랫동안 마음속에 품고 있던 시름.

*天上(천상)에 罪(죄): 하늘 옥황상제께 죄를 짓고 이 세상으로 쫓겨남.

*功(공)을 닦으러: 신령에게 빌어 치성을 드리는 일.

*洞內(동내): 동네. 온 마을 안.

*此所謂(차소위): 이것이 이른 바. 사실을 얘기할 것 같으면.

*계집 추는 놈: 자기 아내를 내세워 칭찬하는 사람.

*賢哲(현철): 어질고 명석함.

*각씨: 각시. 아내. 결혼한 젊은 부인.

*才談(재담): 재치 있게 이야기하는 재미있는 말.

*弄談(농담): 실속 없는 내용으로 사람을 웃기는 이야기.

*實談(실담): 거짓 없는 실제사실의 이야기.

동지섣달 설한풍에 무얼 입혀 길러내며, 뉘 젖 먹여 길러낼
*冬至섣달　雪寒風

꺼나? 꽃도 졌다 다시 피고 해도 졌다 돋건마는, 마누라

한번 가면 어느 년 어느 때 어느 시절에 돌아와? 삼천반도
　　　　　　年　　　　　　時節　　　　　*三千蟠桃

요지연에 서왕모를 따라가? 황릉묘 이비 함께 회포 말을
*瑤池宴　*西王母　　　　*皇陵廟　二妃　　　*懷抱

하러가? 천상에 죄를 짓고 공을 닦으려 올라가? 나는 뉘를
　　　　*天上에　罪　　*功을　닦으러

따라 갈거나?" 밖으로 우루루 나가더니 마당에 엎드러져,

"아이고 동내 사람들, 차소위 계집 추는 놈은 미친놈이라
　　　*洞內　　　　*此所謂 *계집　추는　놈

하였으나, 현철하고 얌전한 우리 각씨가 죽었소." 방으로
　　　　*賢哲　　　　　　*각씨　　　　　　房

더듬더듬 들어가 마누라 목을 덜컥 안고 낯을 대고 문지르

며, "아이고 마누라! 재담으로 이러나? 농담으로 이러나?
　　　　　　　　*才談　　　　　　*弄談

실담으로 이러는가? 이 지경이 웬일이요? 내 신세를 어쩌
*實談　　　　　　　　地境　　　　　　　　身世

라고 이 죽음이 웬일인가?"

2. 상여 나감, 심청이 밥을 빌어 옴

(1) **요령은 땡그랑 땡그랑—상여 나가는 만가**

<아니리>　　동네 사람들이 모두 모여들어, "여보 봉사님!
　　　　　　　　　　　　　　　　　　　　奉事

*死者 不可復生(사자 불가부생): 죽은 사람은 가히 다시 살아날 수가 없음.

*初終之禮(초종지례): 장례식의 처음부터 끝까지에 관한 정해진 절차 모두.

*小方牀(소방상): 좁은 길에 운구할 수 있도록 만든 작은 상여(喪輿).

*대뜰: 집 추녀 끝과 마루 사이에 기다랗게 조금 높이 쌓아 만든 공간.

*銘旌(명정): 죽은 사람의 품계·관직·본관·성씨(品階·官職·本貫·姓氏) 등을 기록한 기. 장대에 달아 상여 앞에 들고나가 관 위에 덮어 묻음

*功布(공포): 관을 묻을 때 관 위를 깨끗이 닦는 삼베. 삼베를 폭 그대로 4,5 자 길이로 잘라 막대기에 매달아 명정과 함께 상여 앞에 들고나감.

*翣扇(삽선): 운삽(雲翣)과 불삽(黻翣)이란 2개의 나무판. 가로 세로 20cm 정도 송판(松板) 2개에 각각 '운(4개의 구름무늬, 또는 雲 글자)'과 '불 (또는 亞 글자)'을 새겨 막대기 끝에 붙여 들고 나가 관 양쪽에 꽂아 묻음.

*等物(등물): 이런 것 등등 소용되는 여러 가지 물품.

*거리祭(제): 상여가 지나는 길거리에서 모시는 제사. 그러나 축문(祝文)이 '견전제축(遣奠祭祝)'이므로 '견전제(遣奠祭)' 또는 '노제(路祭)'임. '路'라는 글자 때문에 혼란을 일으켰음. '견전제' 또는 '노제'는 관을 상여에 싣고 집을 출발하기에 앞서 고별(告別)하는 제사임. '거리제'는 집을 떠나서 가 다가 연고 있는 곳 길에 상여를 내려놓고 지내는 제사임.

*靈輀旣駕 往卽幽宅(영이기가 왕즉유택): 관(棺)이 이미 상여에 실렸으니, 지 금 떠나가시면 곧 무덤이 되옵니다.

*載陳遣禮 永訣終天(재진견례 영결종천): 곧 이에 전송의식을 거행하오니, 영원히 하직하여 저세상으로 드소서. 이상 4구절 16자가 '견전축' 전문임.

*觀音菩薩(관음보살): 원래의 축문에는 없는 것으로, 극락세계로 인도해 주 십사고, 관세음보살께 비는 뜻으로 첨부한 것임.

*搖鈴(요령): 자루가 달린 종. 손으로 자루를 잡아 흔들어 소리 내는 종.

*어화넘차 너와너: 앞에서 메기는 앞소리 따라 상두꾼들이 소리하는 뒷소리.

*北邙山川(북망산천): 죽어서 가는 곳으로 상징된, 중국 하남성 낙양(洛陽) 북쪽에 있는 산. 한(漢) 이후 존귀한 사람의 무덤이 많아 일컫게 된 말임.

*案山(안산): 집터나 묏자리의 앞산. / *종달이: 종다리, 종달새.

*쉰 길 떠: 사람 키 50길이나 높이 떠오름. 아침 지열에 따라 점점 높이 뜸.

*曙天明月(서천명월): 새벽하늘의 밝은 달빛.

*물가 가재: 냇물에 사는 가재. 가재는 뒷걸음을 잘 침.

사자는 불가부생이라. 죽은 사람 따라가면 저 어린 자식은
*死者 不可復生   子息

어찌 하려오?" 곽씨부인 어진 마음, 동리 남녀노소 없이 모
          郭氏夫人   洞里 男女老少

여들어 초종지례를 마치는데, 곽씨 시체 소방상 대뜰 위에
      *初終之禮   郭氏 屍體 *小方牀 *대뜰

덩그렇게 모셔놓고, 명정 공포 삽선 등물 좌우로 갈라 세우
              *銘旌 *功布 *翣扇 *等物 左右

고 거리제를 지내는데,
    *거리祭

<창조> 영이기가 왕즉유택 재진견례 영결종천. 관음보살.
       *靈輀旣駕 往卽幽宅 *載陳遣禮 永訣終天 *觀音菩薩

<중모리> 요령은 땡그랑 땡그랑 땡그랑, "어허넘차 너와
          *搖鈴   *어화넘차 너와

너." "북망산천이 멀다더니 저 건너 안산이 북망이로다."
너   *北邙山川   *案山   北邙

"어허넘차 너화너." "새벽 종달이 쉰 길 떠 서천명월이 다
              *종달이 *쉰 길 떠 *曙天明月

밝아온다." "어허넘차 너화너." "물가 가재는 뒷걸음을 치고
                              *물가 가재

※참고: 운삽(雲翣)과 불삽(黻翣)

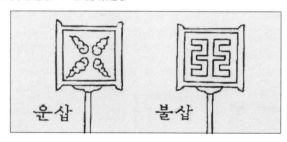

*遠山(원산): 멀리 있는 산.

*술酒酲(주정): 술에 취해 함부로 하는 행동. 호랑이가 술주정을 한다고 해학적으로 표현한 것임.

*人定(인정): 밤에 통행금지를 알리며 치는 28번의 종소리. 하늘의 해와 달이 지나는 항도(恒道)에 있는 28개 별자리에 맞추어 28번을 침.

*罷漏(파루): 새벽에 도성(都城) 문을 열고 통행을 알리는 33번의 종소리. 불교의 욕계(欲界)와 색계(色界) 33개 하늘이 열리는 것에 맞추어 33번을 침. '욕계'는 인간의 음식·여색·재물 3욕망세계, '색계'는 '욕계'를 벗어났지만 수양이 덜 되어 아직 '무색계(無色界)'에는 못 미친 세계.

*各宅(각댁) 하님 開門(개문): 각 집의 종들이 대문을 열도다.

*어이 가리: 죽음의 길을 '어떻게 가겠는가?' 하고 한탄하는 말.

*襁褓(강보): 어린 아이를 싸서 안는 포대기.

*꼭 죽어도: 반드시 죽는 일이 있더라도 기필코.

*屈冠祭服(굴관제복): 상주는 상복을 입고 머리에 두건(頭巾)을 쓰고 그 위에 '굴관'을 얹어 씀. '굴관'은 삼베 띠를 세 구분이 지게 접어 뒤편에 종이를 붙여 배접해 빳빳하게 된 것을 둥근 새끼 테에 구부려 붙여 만듦.

*상부 뒷채: '상여 뒤채'의 방언. 상여는 '상여 채'에 관을 올려 묶고 그 위에 상여를 올려 고정시킴. 상여 채는 긴 통나무 2개가 가로로 된 앞뒤 2개의 짧은 통나무에 직각으로 연결되어 사각형 틀이 이루어짐. 상여 본체의 앞뒤에 가로로 노출된 통나무 채 중, 뒤쪽 통나무 채가 상여 뒤채임.

*검쳐 잡고: 손으로 잡아 쥐고.

*不顧人情(불고인정): 사람의 사정을 돌아보지 않음. 인정사정없이 냉정히.

*永訣終天(영결종천): 죽어서 영원히 이별함.

*山疊疊(산첩첩) *路茫茫(노망망): 산이 겹겹이 쌓이고, 길이 멀어 아득함.

*日沈沈(일침침) *月暝暝(월명명): 해는 져서 컴컴하고, 달빛마저 희미함.

*夫唱婦隨(부창부수): 남편이 불러 인도하면 아내는 그대로 따라 행동함.

*情分(정분): 맺어진 정의 연분.

*이 길: 관이 상여 위에 얹혀 무덤으로 가는 길.

다람쥐 앉아서 밤을 줍는데, 원산 호랑이 술주정 하네 그
　　　　　　　　　　　　 *遠山　　　　 *술酒醒

려."　"어 넘차 너화넘."　"인정 치고 파루를 치니 각댁 하님
　　　　　　　　　　　　 *人定　　 *罷漏　　　 *各宅 하님

이 개문을 하네 그려."　"어 넘차 너화너."　"어너어너 어어으
　開門

넘차, 어이 가리 넘차 너화넘."　그때의 심봉사는 어린아이
　　*어이 가리　　　　　　　　　　　　　 沈奉事

를 강보에 싸서 귀덕어미에게 맡겨두고, 꼭 죽어도 굴관
　*襁褓　　　　　　　　　　　　　　　　　　 *屈冠

제복을 얻어 입고 상부 뒷채를 검쳐 잡고, "아이고 마누라!
祭服　　　　　　 *상부 뒷채　*검쳐 잡고

나하고 가세, 나하고 가세. 눈먼 가장 갓 난 자식을 불고인
　　　　　　　　　　　　　 家長　　　 子息　　 *不顧人

정을 버리시고 영결종천 하네 그려. 산첩첩 노망망에 다리
情　　　 *永訣終天　　　　 *山疊疊 *路茫茫

아파 어이 가리. 일침침 월명명에 주점이 없어서 어이 가
　　　　　　　 *日沈沈 *月暝暝　 酒店

리. 부창부수 우리 정분 나와 함께 가사이다."　상여는 그대
　 *夫唱婦隨　　 *情分　　　　　　　　　　 喪輿

로 나가면서, "어허넘차 너화넘."

<중중모리> "어허넘 어허넘 어이 가리 넘차 너화넘, 여보

소 친구네들 이내 말을 들어보소. 자네가 죽어도 이 길이요
　　　　　　　　　　　　　　　　　　　　 *이 길

내가 죽어도 이 길이로다."　"어허넘차 너화넘."　"어너어너

어으으 넘차 어이 가리 너화넘."

*山川(산천): 산과 내. 산속. / *安葬(안장): 편안히 잠들도록 잘 장례 지냄.

*平土祭(평토제): 관을 구덩이에 넣고 흙을 넣어 다져 주위 땅과 평평하게
한 다음에 지내는 제사. 이 제사 끝나면 혼백을 집 빈소로 모시고 옴.

*眼盲人(안맹인): 눈이 먼 사람.

*그 前(전) 글이 文章(문장): 심봉사가 눈이 멀기 그 이전에는 훌륭한 글을
지을 수 있는 능력을 갖춘 유식인(有識人)이었다는 뜻.

*嗟乎夫人(차호부인): 아아, 슬프옵니다. 부인이여!

*繇且窈窕淑女兮(요차요조숙녀혜): 종요롭고 또 정숙한 모범적인 부인이여!

*行不苟兮古人(행불구혜고인): 행실이 정숙한 옛사람을 능가하도다.

*期百年之偕老(기백년지해로): 한 평생 일백년을 함께 늙자고 기약을 하고서.

*忽然沒兮焉歸(홀언몰혜언귀): 갑자기 가셨구려! 어디로 돌아가셨는지요?

*遺稚子而永逝兮(유치자이영서혜): 어린아이 남겨놓고 영원히 가셨구려!

*淚森森而漆襟兮(누삼삼이칠금혜): 눈물이 한없이 흘러 옷깃을 적십니다.

*心耿耿而疎虛兮(심경경이소허혜): 마음에 또렷한 모습, 텅 비어 허전합니다.

*酒果脯醯薄奠(주과포혜박전): 술과 과일 포와 식혜 몇 점 음식 올립니다.

*北邙山川(북망산천): 죽어서 가는 곳. / *울: 울타리로 삼음.

*杜鵑(두견)이 벗: 소쩍새를 벗으로 삼음. 두견은 '촉혼조(蜀魂鳥)'라고 함.
옛날 촉(蜀)지역 임금 망제(望帝)가 신하에 의해 쫓겨나 산속에 살면서 돌
아가기를 원하다가 죽어, 그 혼백이 이 새로 되어 슬피 운다고 함.

*老而無妻鰥夫(노이무처 환부): 늙어서 아내 없는 사람을 홀아비라 함.『맹
자(孟子)』에서 민본정치(民本政治)를 거론하며, "늙어 아내 없는 것을 홀아
비라 하고, 늙어 남편 없는 것을 과부라 하며, 늙어 아들 없는 것을 독신
이라 하고, 어려서 아비 없는 것을 고아라 한다(老而無妻曰鰥 老而無夫曰
寡 老而無子曰獨 幼而無父曰孤<梁惠王 上>)"라고 말하고, 이들 '환·과·독·
고(鰥·寡·獨·孤)' 사궁민(四窮民)'을 제일 먼저 구제해야 한다고 했음.

*四窮 中(사궁 중) 첫머리: 네 부류의 곤궁한 지경에 처한 사람인 '사궁민'
가운데 제일 앞에 자리 잡고 있음. 곧 위 '사궁민' 설명에서, 홀아비인 '환
(鰥)'이 첫 번째 언급되고 있음을 말한 것임.

*몇 가지 窮(궁): 홀아비가 '사궁(四窮)'에 속하는데, 아들과 아내가 없고 눈
도 먼 봉사이니 보통 '사궁민'보다 여러 가지가 더 첨가되어 매우 지독한
궁민(窮民)이란 뜻.

(2) 주과포혜 박전하나 —심봉사 평토제 축문과 탄식

<아니리> 산천에 올라가 깊이 파고 안장한 후 평토제를
　　　　　　　*山川　　　　　　　　　*安葬　　後 *平土祭
지낼 적에, 심봉사가 이십 후 안맹인으로 그 전 글이 또한
　　　　　　沈奉事　　二十　後 *眼盲人　　*그 前 글이
문장이라. 축문을 지어 외는데,
文章　　　　祝文

<창조> "차호부인 차호부인! 요차요조숙녀혜여, 행불구혜
　　　　　*嗟乎夫人　嗟乎夫人 *繇且窈窕淑女兮　　　*行不苟兮
고인이라. 기백년지해로터니 홀연몰혜언귀요. 유치자이영서
古人　　*期百年之偕老　　*忽然沒兮焉歸　　*遺稚子而永逝
혜여 저걸 어이 길러내며, 누삼삼이칠금혜여 지난 눈물 피
兮　　　　　　　　　　*淚森森而漆襟兮
가 되고, 심경경이소허혜여 살 길이 바이없네."
　　　　*心耿耿而疎虛兮

<진양조> "주과포혜 박전하나 만사를 모두 잊고, 많이
　　　　　　*酒果脯醯　薄奠　　　萬事
먹고 돌아가오." 무덤을 검쳐 안고, "아이고 여보 마누라!

날 버리고 어디 가오? 마누라는 나를 잊고 북망산천 들어
　　　　　　　　　　　　　　　　　　*北邙山川
가, 송죽으로 울을 삼고 두견이 벗이 되니 나를 잊고 누웠
　　松竹　　*울　　　*杜鵑이 벗
으나, 내 신세를 어이 하리? 노이무처 환부라니 사궁 중에
　　　　身世　　　　*老而無妻 鰥夫　　*四窮 中
첫머리요. 아들 없고 눈 못 보니 몇 가지 궁이 되단 말가?"
첫머리　　　　　　　　　　　*몇 가지 窮

*내리둥글 치둥글며: 몸을 아래로 굽히고 또 위로 솟구치며 애통하는 모습.
*作定(작정): 마음의 결정을 굳게 함.
*하릴없어: 어쩔 방도가 없어서.
*役軍(역군): 일꾼. 장례를 도우러온 사람들.
*洞人(동인): 동네 사람.
*百拜致賀 下直(백배치하 하직): 여러 번 절을 하고 고마움을 표하는 인사를 드린 다음 작별하여 떠나감.
*寂寞(적막): 고요하고 쓸쓸함.
*失性發狂(실성발광): 정신을 잃고 미친 듯이 날뛰며 어지러운 행동을 함.
*얼싸덜싸: 장단에 맞추어 손과 다리를 움직이며 우쭐우쭐 춤추듯 날뜀.
*蹤迹(종적): 지나간 발자취. 흔적.
*쑥내 香氣(향기): 쑥 잎을 완전히 말려 문질러 가루를 털어내고, 솜털 같이 된 것에 불을 붙여 뭉글뭉글 타게 하여 방안에 쑥 향기를 품김.

무덤을 검쳐 안고 내리둥굴 치둥굴며 함께 죽기로만
　　　　　　　　　*내리둥글　치둥글며

작정을 한다.
*作定

(3) **집이라고 들어오니**—텅빈 집에서의 실성발광

<아니리>　동네 사람들이 모여들어, "여보 봉사님, 죽은
　　　　　　　　　　　　　　　　　　奉事

사람 따라가면 저 어린 자식을 어쩌시려 하오? 어서 어서
　　　　　　　　　　子息

가옵시다." 심봉사 하릴없어 역군들께 붙들려 집으로 돌아
　　　　　　沈奉事　*하릴없어　*役軍

올 제, 동인들게 백배치하 하직하고.
　　　　*洞人　　*百拜致賀　下直

<중모리>　집이라고 들어오니 부엌은 적막하고 방안은 휭
　　　　　　　　　　　　　　　　　*寂寞

비었는데, 심봉사 실성발광 미치는데, 얼싸덜싸 춤도 추고
　　　　沈奉事 *失性發狂　　　　*얼싸덜싸

하하 웃어도 보며, 지팡막대 흩어 짚고 이웃집 찾아가서,

"여보시오 부인님네 우리 마누라 여기 왔소?" 아무리 부르
　　　　　　婦人

고 다녀도 종적이 바이없네. 집으로 돌아와서 부엌을 굽어
　　　　　　*蹤迹

보며, "여보 마누라! 마누라!" 방으로 들어가서 쑥 내 향기
　　　　　　　　　　　　　　　　　*쑥 내 香氣

피워 놓고 마누라를 부르면서 통곡으로 울음 울 제, 그 때
　　　　　　　　　　　　　痛哭

에 귀덕어미 아이를 안고 돌아와서,　"여보시오 봉사님,
　　　　　　　　　　　　　　　　　　　　　　奉事

*鎭定(진정): 마음을 억제하여 안정시킴.

*種種(종종): 가끔씩. 자주자주.

*自歎(자탄): 자신의 불우한 처지를 슬퍼하며 탄식함.

*襁褓(강보): 아이를 싸서 안는 포대기.

*洛陽東村 梨花亭(낙양동촌 이화정) *淑娘子(숙낭자): 중국 후한(後漢) 때 수도 낙양의 동촌에 있는 이화정으로 『숙향전』의 여주인공 숙향(淑香)을 만나러 갔는지. 『숙향전』에, 낙양 동촌에서 술을 팔고 있는 麻姑할미 집에 의탁하여 이화정에 머물면서 수를 놓으며 지내고 있는 숙향(淑香)을, 남자 주인공 이선(李仙)이 숙향이 놓은 수를 보고 찾아가서 부모 몰래 인연을 맺고 왕래한 장면을 인용한 것임.

*竹上滯淚(죽상체루) 오신 魂魄(혼백): 대나무 위에 피눈물을 맺어 와 계신 순(舜)임금의 두 부인 영혼. 중국 순임금의 두 부인 아황(娥皇)과 여영(女英)은 요(堯)임금의 두 딸로, 순임금이 남부지역을 순시하던 중 사망하니, 두 부인은 남편 장례를 끝내고 소상강(瀟湘江) 가에서 피눈물을 뿌리며 슬퍼 울고 강물에 투신 자결했음. 이때 뿌린 피눈물이 근처 대나무에 묻어, 뒤에 나는 대나무도 줄기와 잎에 모두 계속 무늬가 생겼음. 이 소상강가의 무늬 있는 대나무를 두 부인 곧 '이비(二妃)'의 슬픈 영혼이 깃들었다고 하여 '반죽(斑竹)'이라 일컫고, 열녀로 추앙하여 소상강 언덕에 사당(祠堂) 황릉묘(皇陵廟)를 세워 혼백을 모셨음.

*二妃夫人(이비부인): 옛날 순임금의 두 부인 아황과 여영.

*오마는: 오겠노라고 하는 약속.

*剛木水生(강목수생): 마른나무에서 물을 낸다는 뜻으로, 아무 것도 없는 사람에게 억지로 무엇을 내라고 강요한다는 말임. 간목수생(乾木水生)과 같은 말.

*미닥치며: 밀어서 닥뜨려 땅에 부딪쳐 눕힘.

*八字(팔자): 타고난 운명. 태어난 해와 달과 날과 시간에 해당하는 간지(干支) 여덟 글자를 가지고 운명을 점치는 음양가(陰陽家)의 이론.

*初七(초칠) 안: 아이가 처음 태어난 날부터 칠일 안.

*氣盡(기진): 기운이 다 빠져 힘이 없는 상태.

이 애를 보더라도 그만 진정하시오." "거 귀덕어민가? 이리
　　　　　　　　　*鎭定

주소 어디 보세. 종종 와서 젖 좀 주소." 귀덕어미는 건너
　　　　　　*種種

가고 아이 안고 자탄할 제, 강보에 싸인 자식은 배가 고파
　　　　　　*自歎　　　*襁褓　　　　　　子息

울음을 우니, "아가 우지 마라, 내 새끼야! 너의 모친 먼데
　　　　　　　　　　　　　　　　　　　母親

갔다. 낙양동촌 이화정에 숙낭자를 보러 갔다. 죽상체루
　　*洛陽東村　李花亭　*淑娘子　　　　　　*竹上滯淚

오신 혼백 이비부인 보러 갔다. 가는 날은 안다마는 오마는
오신　魂魄 *二妃夫人　　　　　　　　　　*오마는

날은 모르겠다. 우지 마라 우지 마라! 너도 너의 모친이 죽
　　　　　　　　　　　　　　　　　　　　母親

은 줄을 알고 우느냐? 배가 고파 울음을 우느냐? 강목수생
　　　　　　　　　　　　　　　　　　*剛木水生

이로구나. 내가 젖을 두고 안 주느냐?" 그저 응아응아. 심
　　　　　　　　　　　　　　　　　　　　　沈

봉사 화가 나서 안았던 아이를 방바닥에다 미닥치며, "죽어
奉事　　　　　　　　　　　　　　　*미닥치며

라 썩 죽어라, 네 팔자가 얼마나 좋으면 초칠 안에 어미를
　　　　　　*八字　　　　　　　*初七　안

잃어야. 너 죽으면 나도 죽고 나 죽으면 너도 못 살리라."

아이를 다시 안고, "아이고 내 새끼야, 어서어서 날이 새면

젖을 얻어 먹여주마. 우지 마라 내 새끼야."

⑷ **우물가 두레박소리—동냥젖 얻어 먹이며 딸을 기름**

<아니리> 그날 밤을 새노라니 어린 아이는 기진하고 어둔
　　　　　　　　　　　　　　　　*氣盡

*沈沈(침침): 눈이 어둡거나 날이 저물어 사물을 보기 어려운 상태.

*두레박: 깊은 우물물을 끈을 길게 매달아 길어 올리는 그릇.

*한 품: 한쪽 팔을 구부려 가슴 안으로 싸서 안은 부분.

*飢虛(기허): 배가 고파 힘이 빠진 상태.

*鐵石(철석): 마음이 쇠나 돌처럼 굳어서 인정이 없음.

*盜跖(도척): 중국 춘추전국(春秋戰國)시대 사람을 많이 죽인 무서운 도적.

*壽福康寧(수복강녕): 오래 살고 복록을 누리며 안락하고 건강하게 잘 지내
시라고 축원하는 말.

*삼베길쌈: 삼으로 실을 만들어 베를 짜는 일. 삼으로 길쌈을 하는 일은 여
름에 바깥이나 문을 열어놓고 하기 때문에, 부인들이 함께 모여 일을 하면
서 떠드는 소리가 크게 들림.

*人事(인사)는 아니오나: 사람 사는 정상적인 도리는 아니지마는.

*白石淸灘(백석청탄): 하얀 돌들이 깔리고 맑은 물이 흐르는 강의 여울.

*돈 돈씩: 현금인 돈으로 1돈 정도씩. 앞의 '돈'은 금전(金錢) 곧 화폐(貨幣)
를 뜻하고, 뒤 '돈씩'의 돈은 1냥(兩)의 10분의 1에 해당하는 화폐단위임.

눈은 더욱 침침하여 날새기를 기다릴 제.
*沈沈

<중중모리>   우물가 두레박소리 얼른 듣고 나갈 적에,
*두레박소리

한품에 아이를 안고 한 손에 지팡이 흘어 짚고, 더듬더듬
*한 품에

더듬더듬 우물가 찾아가서 "여보시오 부인님네! 초칠 안에
婦人   初七

어미 잃고 기허하며 죽게 되니 이 애 젖 좀 먹여 주오." 듣
*飢虛

고 보는 부인들이 철석인들 아니 주며 도척인들 아니 주랴!
婦人   *鐵石   *盜跖

젖을 많이 먹여주며, "여보시오 봉사님!" "예!" "이 집에도
奉事

아이가 있고 저 집에도 아이가 있으니 어려이 생각 말고

자주자주 다니시면 내 자식 못 먹인들 차마 그 애를 굶기
子息

리까?" 심봉사 좋아라고, "어허 고맙소. 수복강녕 하옵소
沈奉事   *壽福康寧

서." 이집 저집 다닐 적에, 삼베길쌈 하느라고 흐히히히 웃
*삼베길쌈

음소리 얼른 듣고 들어가서, "여보시오 부인님네, 인사는
婦人   *人事는

아니오나 이 애 젖 좀 먹여주오." 오뉴월 뙤약볕에 김매는
아니오나

부인들께 더듬더듬 찾아가서, "이 애 젖 좀 먹여주오." 백석
婦人   *白石

청탄 시냇가에 빨래하던 부인들께 더듬더듬 찾아가서, "이
淸灘   婦人

애 젖 좀 먹여주오." 젖 없는 부인들은 돈 돈씩 채워주고,
婦人   *돈 돈씩

*쌀되씩: 쌀 1되씩. / *암쌀: 어린아이 죽인 암죽 끓이는 쌀.

*上(상)배: 신체 복부(腹部) 상단에 해당하는 부분. 곧 위(胃) 부분.

*德(덕): 은덕. 덕택(德澤). / *賢哲(현철): 어질고 명석하며 사리에 밝음.

*富貴多男(부귀다남): 돈이 많고 존귀한 지위에 오르며 아들을 많이 낳음.

*白米(백미) 닷 섬에 뉘 하나: 하얗게 찧은 쌀이 5섬이나 많이 있어도 찧어지지 않은 뉘는 하나 밖에 없다는 말로, 많은 것 중에 매우 희귀함의 뜻.

*열 소경 한 막대: 열 사람의 장님에게 지팡이가 하나뿐인 경우, 그 하나의 지팡이는 매우 소중한 것이 되는 것처럼, 없어서는 안 되는 귀중한 존재.

*어덕 밑의 貴男(귀남): '어덕'은 '언덕'의 방언. 언덕과 같은 튼튼한 배경의 보호를 받는 귀한 자식.

*金子童(금자동): 황금 같이 귀중한 자식이라고 어르는 말.

*玉子童(옥자동): 옥 같이 귀중한 자식이라고 으르는 말.

*周遊天下(주유천하): 온 세상을 떠돌아다니며 유람함.

*無雙童(무쌍동): 무엇과도 바꿀 수 없는, 둘도 없이 귀중한 자식.

*銀河水 織女星(은하수 직녀성): 하늘 한 가운데 남북으로 길게 뻗친 별무리인 은하수 동쪽에 자리 잡은 별 직녀성.

  ※직녀(織女)는 천제(天帝; 玉皇上帝)의 딸로, 항상 열심히 선녀의 옷감 비단인 운금(雲錦)을 짜니, 천제께서는 그 노고와 외로움을 가련하게 여겨 은하수 서쪽의 견우(牽牛)와 혼인시켜 주었음. 혼인 후 직녀는 사랑에 빠져 비단을 짜지 않으니, 천제는 화를 내고 다시 은하수 동쪽에 머물게 하고는 1년에 한 번 칠월칠석날 밤에만 오작교에서 만나게 했다고 전해짐.

*네가 되어서 還生(환생): 네가 그 직녀(織女)였다가 이 세상에 다시 태어남.

*漂津江 淑香(표진강 숙향) *還生(환생): 『숙향전』에서, 승상 집의 양녀였던 숙향이 여종 사향(四香)의 모함을 입어 쫓겨나 자결하려고 물에 뛰어든 곳이 표진강임. 숙향이 표진강에 빠졌는데, 옛날 그 부친이 구제해준 거북의 등에 얹혀 다시 살아났음. 그 다시 환생한 숙향이 바로 너란 뜻.

*玉(옥)토끼: 하얀 토끼. 달나라에서 약방아를 찧고 있다는 상상의 토끼.

*댕기 끝에는 眞珠(진주)씨: '씨'는 '혀'의 방언. 처녀 총각의 땋은 머리에 고를 내어 끼우는 납작한 헝겊이 댕기이며, 이 댕기 끝을 뾰족하게 두 겹 삼각형으로 제비부리처럼 꾸미는 것을 '제비 댕기'라 함. 그 두 뾰족한 삼각형 사이에 혀처럼 끼워 장식한 진주 같이, 아름답고 소중하다는 뜻.

돈 없는 부인들은 쌀되씩 떠서 주며, "암쌀이나 하여주오."
婦人　　*쌀되씩　　　　　　　　*암쌀

심봉사 좋아라, "어허 고맙소, 수복강녕 하옵소서!"　젖을
沈奉事　　　　　　　　　　壽福康寧

많이 먹여 안고 집으로 돌아올 제, 언덕 밑에 쭈그려 앉아

아이를 어른다.

<느린중모리>　아가! 내 딸이야, 아가아가 웃느냐? 아이고

내 딸 배부르다. 이 상배가 뺑뺑하구나. 이 덕이 뉘 덕이
　　　　　　　*上배　　　　　　　*德　　　德

냐? 동리 부인의 덕이다. 너도 어서어서 자라나 너의 모친
　洞里　婦人　德　　　　　　　　　　　　　　　母親

닮아 현철하고 얌전하여 아비 귀염을 보이어라. 어려서 고
　*賢哲　　　　　　　　　　　　　　　　　　　　　苦

생을 하면 부귀다남을 하느니라. 백미 닷 섬에 뉘 하나,
生　　*富貴多男　　　　　*白米 닷 섬에 뉘 하나

열 소경 한 막대로구나. 둥둥 내 딸이야. 금을 준들 너를
*열 소경 한 막대　　　　　　　　　　金

사며 옥을 준들 너를 사랴?　어덕 밑의 귀남이 아니냐?
　　　玉　　　　　　　　*어덕 밑의　貴男

설설 기어라, 어허 둥둥 내 딸이야.

<자진모리>　둥둥둥 내 딸, 어허둥둥 내 딸, 어허둥둥 내

딸. 금자동이냐? 옥자동이, 주유천하에 무쌍동이. 은하수
　　*金子童　　*玉子童　　*周遊天下　*無雙童　*銀河水

직녀성의 네가 되어서 환생, 표진강 숙향이 네가 되어서
織女星　*네가 되어서 還生　*漂津江　淑香

환생. 달 가운데는 옥토끼, 댕기 끝에는 진주씨, 옷고름에
*還生　　　　　　*玉토끼　*댕기 끝에는　眞珠씨

*蜜花佛手(밀화불수): 밀화 보석으로 만든, 부처님 손모양의 패물(佩物).

*주얌주얌 잘강잘강: 손바닥을 쥐었다 폈다 하며 아이를 어르는 소리.

*도리도리: 머리를 좌우로 흔들면서 아이를 어르는 소리.

*두리박: 쪼개지 않은 통박을 꼭지부분을 오려내고 속을 모두 파낸 뒤에 삶아 말린 박통 그릇으로, 물건을 담아 달아매어 사용함.

*머리 감은 새양쥐: 생쥐처럼 무엇을 잘 훔쳐 먹는 어린 아이를 놀리는 말로, 머리가 새까만 아이들을 귀엽게 이르는 말.

*蒲團(포단): 이불. 까는 자리.

*동냥次(차): 음식이나 곡식을 구걸하러 가는 일. '차'는 절차, 때, 일.

*勸馬聲制(권마성제): 설렁제. 판소리의 씩씩하고 거드럭거리는 창법.

*纏帶(전대): 천으로 양쪽을 틔운 자루처럼 만들어 물건을 넣어 묶고 허리에 둘러서 매거나, 양쪽 끝에 하나로 이어진 끈을 달아 어깨에 메는 보따리.

*외동 지어: 전대(纏帶) 양쪽 아가리 부분에 하나로 이어진 끈을 달아 한쪽 어깨에 걸쳐 메도록 된 보따리.

*왼 어깨: 왼쪽의 어깨.

*나락 동냥: 벼를 구걸함. '나락'은 '벼'의 다른 이름.

*암죽次(차): 어린 아이에게 먹이는 죽인, '암죽'을 끓이는 일.

*감을 사: 감이 익어 물렁한 연시(軟枾)로 된 것을 돈을 주고 샀다는 말.

*허유허유: 숨이 가빠 헐떡이며 걷는 모습.

*日就月將(일취월장): 날마다 발전하고 달마다 나아감.

*忌祭祀(기제사): 해마다 사망한 전날 밤중 지나서 모시는 제사.

*供養事(공양사): 부모나 어른을 받들어 모시는 여러 가지 일이나 절차.

*依法(의법)이: 규칙에 맞게 함.

*無情歲月(무정세월): 시간이 덧없이 흘러 지나감을 나타내는 말.

*이: '이것이'라고 강조하는 말.

밀화불수. 주얌주얌 잘강잘강, 엄마아빠 도리도리 어허둥둥
*蜜花佛手 *주얌주얌 잘강잘강 *도리도리

내 딸. 서울 가 서울 가. 밤 하나 주워다 두리박 속에 넣었
*두리박

더니, 머리 감은 새양쥐가 들랑날랑 다 까먹고, 다만 한
*머리 감은 새양쥐

쪽이 남았기에, 한 쪽은 내가 먹고 한 쪽은 너를 주마.

으르르 아나 아가, 둥둥둥둥 어허 둥둥 내 딸.

<아니리> 아이를 안고 집으로 돌아와 포단 덮어 뉘어놓고
*蒲團

동냥차로 나가는데, 권마성제를 느린중중모리로 나가것다.
*동냥次 *勸馬聲制

<느린중중모리> 삼베 전대 외동 지어 왼 어깨 들어 메고,
*纏帶 *외동 지어 *왼 어깨

동냥차로 나간다. 여름이면 보리 동냥, 가을이면 나락 동냥.
次 *나락 동냥

어린 아이 암죽차로 쌀 얻고 감을 사 허유허유 다닐 적에,
*암죽次 *감을 사 *허유허유

그 때의 심청이는 하늘의 도움이라. 일취월장 자라날 제 십
沈淸 *日就月將 十

여 세가 되어가니, 모친의 기제사를 아니 잊고 할 줄 알고,
餘 歲 母親 *忌祭祀

부친의 공양사를 의법이 하여가니 무정세월 이 아니냐?
父親 *供養事 *依法이 *無情歲月 *이

*朝夕供養(조석공양): 아침저녁 식사 받듦. / *困窮(곤궁): 살림이 가난함.

*無男獨女(무남독녀): 슬하에 아들은 없고 오직 딸 하나만 있음.

*워라워라: 손을 내저으며 하지 못하게 말리는 말.

*子路 賢人(자로 현인) *百里負米(백리부미): 중국 춘추시대 공자(孔子) 제
자 중유(仲由; 字가 子路임)는 훌륭한 인물이지만, 젊었을 때 집이 가난
하여 1백 리나 먼 길에 쌀을 져 날라 주고 그 삯을 받아 부모를 봉양했음.

*淳于意(순우의) 딸 緹縈(제영): 중국 전한(前漢) 문제(文帝)때 사람 '순우의'
가 제(齊)지역 태창(太倉) 관장으로 있을 때, 죄에 연좌되어 형(刑)을 받아
당시 수도 '장안(長安)'의 옥에 갇히게 되었음. 순우의는 아들이 없고 딸만
다섯 있어서 딸들이 울며 부친을 따르니, 쓸 데 없는 것들이라고 꾸짖고
못 오게 했음. 이때 막내딸 '제영'이 기어이 따라가 황제 앞에 나아가
자신이 관비(官婢)가 될 테니 부친 죄를 속(贖)해 달라고 청원했음. 이에
황제는 가련하게 여기고 부친 형벌을 면해 준 이야기임.

*洛陽 獄(낙양 옥): '장안(長安) 옥(獄)'의 잘못임. '낙양'은 중국 하남성(河南
省) 낙수(洛水) 가에 있는 후한(後漢) 때 수도임. '제영' 이야기는 전한(前
漢) 때이므로, 전한 수도인 섬서성 위수(渭水) 남쪽의 '장안'임.

*阿父(아부): 부친을 존대해 이르는 말. '阿'는 존칭으로 붙이는 접두어.

*贖罪(속죄): 지은 죄를 돈이나 공적 또는 다른 것으로 대신하고 죄를 면함.

*가마귀 *空林(공림) *反哺恩(반포은): 까마귀는 텅 빈 산에 살고 있지만, 자
라서 제 어미에게 먹이를 물어다 먹여주어 부모은혜를 갚음. 그래서 까마
귀를 '효조(孝鳥)' 또는 '반포조(反哺鳥)'라 일컬음.

*微物(미물): 보잘 것 없는 새나 짐승인 동물.

*天方地軸(천방지축): 너무 급해 방향을 잡지 못하고 사방으로 헤매 다님.

*幸(행)여: 혹시, 어쩌다가. <바라건대, 다행으로. 등의 뜻도 있음>.

*誠意(성의): 정성스러운 마음가짐.

◇참고: 사람 이름 관련 설명

> 사람이 태어나 어릴 때 지어 부르는 이름이 아명(兒名)임. 그리고 자라 성
> 인이 되어 관(冠)을 쓰면 다시 어른 이름을 짓는데 이것이 자(字)임. 다음 자
> 기가 마음에 맞게 임의로 지어 널리 부르게 하는 것이 호(號)임.

(5) 아버지 듣조시오—심청의 밥 빌기

<아니리> 하루는 심청이 부친 전 단정히 꿇어앉아, "아버
沈淸   父親 前 端正

지!" "오냐!" "오늘부터는 제가 나가 밥을 빌어 조석공양 하
*朝夕供養

오리다." "여봐라 청아! 네 말은 고마우나 내 아무리 곤궁한
淸   *困窮

들 무남독녀 너를 내보내 밥을 빈단 말이 될 법이나 한 말
*無男獨女   法

이냐? 워라워라 그런 말 마라!"
*워라워라

<중모리>   "아버지 듣조시오. 자로는 현인으로 백 리에
*子路 賢人   *百 里

부미하고, 순우의 딸 제영이는 낙양 옥에 갇힌 아부 몸을
負米   *淳于意 딸 *緹縈 *洛陽 獄   *阿父

팔아 속죄하고, 말 못하는 가마귀도 공림 저문 날에 반포은
*贖罪   *가마귀 *空林   *反哺恩

을 할 줄 아니, 하물며 사람이야 미물만 못 하리까? 다 큰
*微物

자식 집에 두고 아버지가 밥을 빌면 남이 욕도 할 것이요.
子息   辱

천방지축 다니시다 행여 병이 날까 염려오니 그런 말씀을
*天方地軸   *幸여 病   念慮

마옵소서."

<아니리> "여봐라 청아! 너 그 이제 한 말은 어디서 들었
淸

느냐? 네 성의가 그럴진대 한두 집만 다녀오너라."
*誠意

*헌 베: 낡은 삼베.

*中衣(중의): 고의(袴衣). 여름에 입는 홑바지.

*다님: 대님. 바지 끝이 펄럭이지 않게 발목에 매는 납작한 끈.

*말만 남은 헌 치마: 치마가 낡아 다 헐어 아래로 처진 치마폭은 떨어져 나가고, 허리에 닿는 납작한 헝겊인 '치마말' 부분만 남아 있는 상태를 말함.

*짓 없는 헌 저고리: 짓'은 '깃'의 방언. 저고리가 낡아, 목 부분에 따로 붙이는 좁은 천인 '깃'이 떨어지고 없는 저고리란 뜻. 한복 저고리에는 목 부분에 깃을 붙이고, 그 위 가장자리에 빳빳하고 좁은 흰색 동정을 붙임.

*목만 남은 질보선: '질보선'은 '길 버선'의 방언. '길 버선'은 먼 길을 갈때 신는 버선으로 발바닥에 튼튼한 천을 덧붙인 버선임. 이 버선의 밑바닥은 닳아 없어지고 발목 부분인 '버선목만 남아 있는 길 버선'이란 뜻.

*靑木揮項(청목휘항): 검푸른 물을 들인 굵은 무명베로 기운 휘양. '휘양'은 추운 날 쓰는 모자의 한 가지. 양 옆과 뒤편에 두꺼운 덮개가 길게 내려져서 귀와 뺨과 목까지 덮이도록 만든 방한 기구로 위가 터져 있음.

*바람맞은: 중풍 병을 앓아 거동이 불편한 몸.

*遠山(원산): 멀리 있는 산.

*추적추적: 느리게 힘없이 걷는 모습.

*다달으며: 바로 도착함.

*哀矜(애긍): 슬프고 가엾은 모습.

*初七(초칠) 안: 아이가 태어난 처음 7일 안.

*救(구)할 길: 구제할 방도.

*한술씩: 한 숟갈씩.

*十匙一飯(십시일반): 열 사람이 한 숟갈씩 도와 한 사람 몫의 밥이 됨.

*구완: 구원(救援). 구제하여 도와줌.

*그릇 밥: 덜어서 채운 밥이 아니고 처음부터 한 그릇에 퍼 담은 밥.

*厚(후)이: 후히. 매우 인정 있고 정이 두터움의 뜻.

*한두 집에 足(족)한지라: 한 집이나 두 집만 가서 밥을 빌어도 만족하여 다른 집을 더 다니며 구걸할 필요가 없다는 뜻.

<느린중모리> 심청이 거동 보아라. 밥 빌러 나갈 적에 헌
　　　　　　沈淸　　舉動　　　　　　　　　　　　　　*헌

베 중의 다님 매고, 말만 남은 헌 치마에 짓 없는 헌 저고
베 *中衣 *다님　　　*말만 남은 헌 치마　　*짓 없는 헌 저고

리, 목만 남은 질 보선에, 청목휘항 눌러 쓰고, 바가지 옆에
리 *목만 남은 질 보선　　*靑木揮項

끼고, 바람맞은 병신처럼 옆걸음 쳐 나갈 적에, 원산에 해
　　　*바람맞은 病身　　　　　　　　　　　　　*遠山

비치고 건넛마을 연기 일 제, 추적추적 건너가 부엌 문전
　　　　　　　　　煙氣　　　*추적추적　　　　　　　門前

다달으며 애긍이 비는 말이, "우리 모친 나를 낳고 초칠 안
*다달으며 *哀矜　　　　　　　　　　母親　　　　　*初七 안

에 죽은 후에, 앞 어둔 우리 부친 나를 안고 다니시며 동냥
　　　　　後　　　　　　　　父親

젖 얻어 먹여 요만큼이나 자랐으되, 앞 어둔 우리부친 구할
　　　　　　　　　　　　　　　　　　　　父親 *救할

길이 전혀 없어, 밥 빌러 왔사오니 한술씩만 덜 잡숫고
길　　　　　　　　　　　　　　　*한술씩

십시일반 주옵시면, 추운 방 우리 부친 구완을 하것내다."
*十匙一飯　　　　　　　　　　父親 *구완

듣고 보는 부인들이 뉘 아니 슬퍼하리? 그릇 밥 김치 장을
　　　　　婦人　　　　　　　　　　*그릇 밥

아끼지 않고 후이 주며, 혹은 먹고 가라 하니 심청이 엿자
　　　　　*厚이　　　　　　　　　　　　　沈淸

오되, "추운 방 우리 부친 날 오기만 기다리니 저 혼자만
　　　　　房　　父親

먹사리까? 부친 전에 가 먹것내다." 한두 집에 족한지라.
　　　　父親 前　　　　　　　*한두 집에 足한지라

밥 빌어 손에 들고 집으로 돌아올 제, 심청이 하는 말이
　　　　　　　　　　　　　　　沈淸

"아까 내가 나올 때는 원산에 해가 아니 비쳤더니 벌써
　　　　　　　　　遠山

*半日(반일): 반나절.

*시장긴들: 시장기인들. '배가 고픔을 느끼는 그 마음'을 강조한 표현.

*아니리까: 안 일리까? 아니 일겠습니까? "시장기인들 일어나지 않겠습니까?" 하고 위로하는 말.

*미역튀각: 미역에 밀가루를 묻혀 끓는 기름에 넣어 익혀낸 음식.

*갈치자반: 갈치를 소금에 절여 짭짤하게 하여 말려 구운 반찬. '자반'은 본래 한자말 '좌반(佐飯; 밥을 돕는 반찬)'인데, 우리말로 변한 것임.

*시장찮게: 시장하지 아니하게. 배가 고프지 않게.

*氣(기)가 막혀: 너무 놀라거나 어처구니없는 일을 당해 숨이 막힐 정도.

*地境(지경): 현재 당하고 있는 상황과 형편.

해가 둥실 떠, 그 새에 반일이 되었구나."
*半日

<자진모리>   심청이 들어온다. 심청이 들어온다. 문전에
             沈淸   沈淸   門前

들어서며, "아버지! 춥긴들 오직하며 시장낀들 아니리까?
                                    *시장낀들 *아니리까

더운 국밥 잡수시오. 이것은 흰밥이요, 이것은 팥밥이요.

미역튀각 갈치자반 어머니 친구라고 아버지 갖다 드리라
*미역튀각 *갈치자반

하기로 가지고 왔사오니 시장찮게 잡수시오." 심봉사가
                        *시장찮게   沈奉事

기가 막혀, 딸의 손을 끌어 입에 넣고 후후 불며, "아이고
*氣가 막혀

내 딸 춥다, 불 쬐어라. 모진 목숨이 죽지도 않고 이 지경
                                            *地境

이 웬 일이냐?"

*歲月 如流(세월 여류): 지나가는 해의 바뀜이 흐르는 물과 같이 빠름.

*出天(출천): 하늘이 특별히 탄생시켜 내놓은 특출한 인물.

*遠近(원근): 멀고 가까운 여러 곳.

*狼藉(낭자): 널리 질펀하게 퍼짐.

*武陵村(무릉촌): 중국 호남성 무릉현(武陵縣) 임원(臨沅) 지역에 있는 마을. 호남성 무릉현 도원동(桃源洞)에 있는 '도화동(桃花洞: 심청 출생지)' 남서쪽 '원강(沅江)' 유역에 자리하고 있음.

*張丞相宅(장승상댁): 장씨(張氏) 성을 가진 승상 집안. '승상'은 옛날 중국의 벼슬 이름으로 우리나라의 정승에 해당함.

*侍婢(시비): 상전을 받들어 모시는 여자 종.

*어따 아야: 크게 놀랄 일이 있을 때 소리치는 말.

*別親(별친): 특별한 친분을 가지고 있음.

1. 장승상 댁에 감, 공양미 삼백 석 축원

(1) 심청이 부친 허락을 받고—시비 따라 장승상댁 감

<아니리>　　　세월이 여류하여 심청 나이 벌써 십오 세가
　　　　　*歲月　　如流　　沈淸　　　　　　　十五　歲
되었구나. 효행이 출천하고 얼굴이 또한 일색이라. 이렇듯
　　　　　孝行　*出天　　　　　　　　　一色
소문이 원근에 낭자하니, 하루는 무릉촌 장승상댁 부인이
所聞　*遠近　*狼藉　　　　　　*武陵村　*張丞相宅　夫人
시비를 보내어 심청을 청하였것다. 심청이 부친께 여짜오
*侍婢　　　　　沈淸　請　　　　　沈淸　　父親
되, "아버지, 무릉촌 장승장댁 부인이 시비를 보내어 저를
　　　　　　　武陵村　張丞相宅　夫人　　侍婢
청하였사오니 어찌 하오리까?" 심봉사 좋아라고, "어따
請　　　　　　　　　　　　　沈奉事　　　　　*어따
아야! 그 댁 부인과 너의 모친과는 별친하게 지냈니라.
아야　　宅　夫人　　　母親　　*別親

*진즉: 진작. 더 먼저 빨리.

*蛾眉(아미): 미인의 눈썹을 지칭하는 말로 눈을 뜻함.

*수이: 지체 말고 빨리.

*靑松(청송): 푸른 소나무.

*綠竹(녹죽): 푸른 대나무.

*庭下(정하): 뜰아래.

*盤松(반송): 키가 작고 가지가 옆으로 우묵하게 퍼졌으며 위 부분이 평평하
  게 되어있는 소나무.

*狂風(광풍): 갑자기 모질게 부는 바람.

*老龍(노룡) *굼니난 듯: 늙은 용이 꿈틀거려 굽이를 치는 것 같음.

*白(백)두루미: 깃의 색깔이 하얀색인 두루미. '두루미'는 전체적으로 흰색을
  하고 있지만 날개 끝에 검정색이 있고 머리에는 빨간 살점이 나와 있음.

*자최: 자취. 흔적.

*징검징검: 긴 다리로 선뜻선뜻 걷는 모습.

*臥龍城(와룡성): 중국 삼국시대 촉한(蜀漢) 유비(劉備)의 책사(策士)였던 제
  갈공명(諸葛孔明)이 세상에 나오기 전에 은거(隱居)하고 있던 산속 지역.

*거의 하구나: 매우 비슷한 모습을 하고 있음.

*階上(계상): 계단 위.

*座(좌): 앉는 자리 방석.

*듣던 말: 소문으로 듣고 있던 이야기의 내용.

*桃花洞 開花(도화동 개화): 도화동의 복숭아꽃이 활짝 핌. 심청이의 정숙하
  고 아름다운 모습을 마을 이름의 복숭아꽃에 비유하여 한 말.

*棄世(기세): 이 세상을 떠나 사망함.

*皇城(황성): 황제가 있는 수도 서울인 도성(都城).

*騰揚(등양): 높은 벼슬자리에 올라 출세해 있음.

*寂寂(적적)한: 쓸쓸하고 한적하여 외로움.

*對(대): 마주하여 접함.

*古書(고서): 옛날의 사실이나 이야기를 쓴 책.

*身世(신세): 사람이 현재 당하고 있는 가엾은 형편.

진즉 찾아가서 뵈올 것을 청하도록 있었구나. 어서 건너가
　*진즉　　　　　　　　　　　　請

되, 아미를 단정히 숙이고 묻는 말이나 대답하고 수이 다녀
　　*蛾眉　　端正　　　　　　　　　　　對答　　　*수이

오너라 응!"

<진양조>　　심청이 부친 허락을 받고 시비 따라 건너간다.
　　　　　沈淸　　父親　許諾　　　　侍婢

무릉촌을 당도하야 승상댁을 찾아가니, 좌편은 청송이요
武陵村　　當到　　丞相宅　　　　　　左便　　*靑松

우편은 녹죽이라. 정하에 섰는 반송 광풍이 건듯 불면 노룡
右便　　*綠竹　　*庭下　　　*盤松　*狂風　　　　　*老龍

이 굼니난 듯,　뜰 지키는 백두루미 사람 자최 일어나서
　*굼니난 듯　　　　　　　*白두루미　　　*자최

나래를 땅에다 지르르르르르 끌며 뚜루루루루루 낄룩 징검
　　　　　　　　　　　　　　　　　　　　　　*징검

징검, 와룡성이 거의 하구나.
징검　*臥龍城　*거의 하구나

<느린중중모리>　계상에 올라서니, 부인이 반기하여 심청
　　　　　　　　*階上　　　　　　夫人　　　　　沈淸

손을 부여잡고 방으로 들어가 좌를 주어 앉힌 후에, "네가
　　　　　　　　　　　　　　　*座

과연 심청이냐?" 듣던 말과 같은지라. "무릉에 내가 있고
　　　　　　　　*듣던 말　　　　　　　武陵

도화동 네가 나니, 무릉에 봄이 들어 도화동 개화로다. 네
桃花洞　　　　　武陵　　　　　　*桃花洞 開花

내 말을 들어봐라. 승상 일찍 기세하고 아들이 삼형제나
　　　　　　　　　丞相　　*棄世　　　　　三兄弟

황성 가 등양하고, 어린 자식 손자 없어 적적한 빈방 안에,
*皇城　*騰揚　　　　子息　孫子　　*寂寂한

대하느니 촛불이요 보는 것 고서로다. 네 신세를 생각하면,
*對　　　　　　　　　　　*古書　　*身世

*後裔(후예): 후손.

*困窮(곤궁): 가난하여 어려움을 겪음.

*收養(수양)딸: 직접 자기가 출산한 딸이 아닌, 남의 딸을 데려다 기르는 딸.

*內功(내공): 여자가 집안에서 해야 할 일인 길쌈이나 바느질. '여공(女功)'과
   같은 말.

*文筆(문필): 글씨를 쓰고 글자를 익히는 글공부.

*末年(말년) 재미: 나이 많아 늙은 후의 즐거운 소일거리.

*分明對答(분명대답): 명확하게 확정지어 승낙하는 언약.

*하겄내다: '하겠습니다'의 고어 표현.

*奇特(기특)타: 기특하다. 특이하고 기이하여 보통과 다름.

*알려무나: 알아다오. 알고 있어야 한다.

*厚(후)히: 매우 융숭한 대접.

*寒氣(한기): 차갑게 느껴지는 공기의 기운.

*쇠북소리: 종소리.

*斟酌(짐작): 대강 어림으로 짚어 헤아림.

*辱(욕): 모욕. 신상이나 인격에 손상이 되는 나쁜 일,

*白雪(백설): 흰 눈.

*흩날린데: 흩날리는데. 바람에 날려 흩어지며 부딪쳐 옴.

*후후 불고: 추워서 언 손을 입에 대고 입김을 쏘여 녹이는 행위.

양반의 후예로서 저렇듯 곤궁하니, 나의 수양딸이 되어
兩班   *後裔   *困窮   *收養딸

내공도 숭상하고 문필도 학습하야 말년 재미를 볼까 하니
*內功   崇尚   *文筆   學習   *末年 재미

너의 뜻이 어떠하뇨?"

(2) 배는 고파 등에 붙고—심봉사 물에 빠짐

<아니리> 심청이 이말 듣더니, "앞 못 보는 아버지는 저를
        沈淸

아들 겸 믿사옵고, 저는 부친을 모친 겸 믿사오니 분명대답
    兼   父親 母親 兼   *分明對答

못 하것내다." "기특타 내 딸이야! 나는 너를 딸로 아니, 너
  *하것내다 *奇特타

는 나를 어미로 알려무나." 심청이 여쩌오대, "추운 방 우리
        *알려무나   沈淸

부친 날 오기를 기다리니 어서 건너 가겠내다." 부인이 허
父親   夫人   許

락을 하되 비단과 양식을 후히 주며 시비와 함께 보낸지라.
諾   緋緞   糧食 *厚히   侍婢

그때의 심봉사는 적적한 빈 방 안에 딸 오기를 기다리는디.
      沈奉事   寂寂   房

<진양조> 배는 고파 등에 붙고 방은 추워 한기 들 제, 먼
                              *寒氣

데 절 쇠북소리 날 저문 줄 짐작하고 딸 오기만 기다릴 제,
   *쇠북소리   *斟酌

"어찌하야 못 오느냐? 부인이 잡고 말리는가? 길에 오다
              夫人

욕을 보느냐? 백설은 펄펄 흩날린데 후후 불고 앉았느냐?
*辱   *白雪   *흩날린데 *후후 불고

*寂寞空山(적막공산): 사람이나 짐승 등 아무 것도 없이 텅 비어 고요하고 쓸쓸하게 느껴지는 산속.

*人迹(인적): 사람이 있는 흔적.

*이놈의 노릇: 지금 내가 처해 있는 이 상황. '이놈'은 가까이 있는 사람을 낮추어 일컫는 말이지만, 여기에서는 자기 자신을 낮추어 일컬은 말임.

*身世 自嘆(신세 자탄): 자신이 현재 당하고 있는 형편의 불쌍하고 가엾은 상황을 한탄함.

*이래서 못 쓰것다: '이대로 있어서는 안 되겠다' 하고 생각함.

*지팽이: '지팡이'의 방언.

*흩어 짚고: 힘이 없어 아무렇게나 짚이는 대로 마구 짚는 모습.

*앉아 먹어노니: 앉아서 먹기만 하여 놓으니. 하는 일 없이 편안히 음식만 잘 먹고 살았다는 말.

*도랑 出入(출입): 물이 흐르는 작은 내 부근을 건너 지나다니는 일.

*길 넘은: 사람 키 한 길이보다 더 되는 높이.

*開川(개천) 물: 작은 시내의 물 속. '개천'은 '도랑'과 같은 말.

새만 푸르르 날아들어도 "내 딸 청이 네 오느냐?" 낙엽만
　　　　　　　　　　　　　清　　　　　　　　　　落葉

버석 떨어져도 "내 딸 청이 네 오느냐?" 아무리 불러도
　　　　　　　　　　清

적막공산에 인적이 끊쳤으니 내가 분명 속았구나. 이놈의
*寂寞空山 *人迹　　　　　　　分明　　　　　*이놈의

노릇을 어찌를 할거나?" 신세 자탄으로 울음을 운다.
노릇　　　　　　　　　*身世 自嘆

<자진모리>　"이래서 못 쓰것다." 닫은 방문 펄쩍 열고
　　　　　*이래서 못 쓰것다

지팽이 흩어 짚고, 더듬더듬 더듬더듬 더듬더듬 나오면서,
*지팽이 *흩어 짚고

"청아 오느냐? 어찌하여 못 오느냐?" 더듬더듬 더듬더듬
　清

더듬더듬 정신없이 나가는데, 그때의 심봉사는 딸의 덕에
　　　　　情神　　　　　　　　　　　沈奉事　　　　德

몇 해를 가만히 앉아 먹어노니 도랑 출입이 서툴구나. 지팽
　　　　　　*앉아 먹어노니 *도랑 出入

이 흩어 짚고 이리 더듬 저리 더듬, 더듬더듬이 나가다가

길 넘은 개천 물에 한발 질끈 미끄러져 거꾸로 물에가 풍
*길 넘은 *開川 물

빠져노니, "아이고 도화동 심학규 죽네!" 나오려면 미끄러
　　　　　　　桃花洞　沈鶴圭

져 풍 빠져 들어가고, 나오려면 미끄러져 풍 빠져 들어가

고, 나오려면 미끄러져 풍 빠져 들어가고 그저 점점 들어가

니, "아이고 정신도 말끔하고 숨도 잘 쉬고 아픈 데 없이
　　　　　精神

잘 죽는다." 한참 이리할 제.

*중: 출가(出家)하여 불법(佛法)에 귀의(歸依)하고 절에서 수도하는 승려.

*夢恩寺(몽은사): 절 이름. '몽은'은 꿈의 영험이 있다는 뜻.

*化主僧(화주승): 집집마다 다니면서 결연(結緣)의 법을 설법(說法)하여 염불 (念佛)하고, 시주 곡식을 얻어와 부처님께 공양하며, 절의 양식을 이어대는 스님.

*重刱(중창): 지어진 지 오래 되어 낡은 건물을 다시 짓거나 수리해 새롭게 단장하는 일.

*施主(시주): 절이나 스님에게 물자를 베풀어 주는 사람, 또는 그 행위.

*점그러져: '저물어져'의 방언. 날이 해가 져서 어두워짐.

*西山(서산)에 비낀 곳: 해가 서쪽 산으로 비스듬히 기울어 넘어가는 지점.

*擧動(거동): 손발을 움직이는 행동.

*굴갓: 벼슬을 가진 스님들이 쓰는 갓으로, 대를 잘게 쪼개 엮어 만들며, 갓 모양을 하고 있지만 모자의 상부(上部)가 둥글게 되어 있음.

*長衫(장삼): 검은 베로 소매가 넓고 길이를 길게 만든 스님의 웃옷.

*百八念珠(백팔염주): 구슬처럼 둥근 알을 구멍을 뚫어 끈으로 꿰어 목걸이로 만든 것. 인간의 백팔번뇌(百八煩惱; 108개의 괴로운 마음)를 상징하여 108개 보리수 열매인 보리자(菩提子)를 이용해 만듦.

*短珠(단주): 짧은 염주. 54개 이하의 알맹이로 된 염주이며, 팔목에 꿰기도 하고, 염불할 때 손에 잡고 손가락으로 알맹이를 돌려 세면서 염불함.

*龍頭(용두) 새긴: 지팡이 머리 부분에 용의 머리 형상을 조각하여 새긴 것.

*六環杖(육환장): 도덕 높은 스님이 짚는 지팡이. 여섯 개의 쇠고리가 달려 땅에 짚을 때 철렁철렁 소리가 남. 이 소리에 작은 곤충들이 피하여 밟히지 않도록 하는 것임.

*쇠고리: 육환장에 달린 쇠나 주석으로 된 둥근 고리.

*念佛(염불): 아미타불 명호(名號)를 계속 불러 외워, 부처님 공덕을 마음속에 깊이 새기는 일.

*俗家(속가): 보통 일반인들이 사는 세속의 가정.

*極樂世界(극락세계): 아미타불(阿彌陀佛) 부처가 살고 있는 최고 낙원인 정토(淨土) 세계. 지극히 안락하고 모든 근심 걱정이 없는 안락한 지역임.

*南無阿彌陀佛(나무아미타불): 아미타불 부처에게 돌아가 의지한다는 뜻으로, 소리 내어 외우는 염불임.

(3) 중 올라간다―몽은사 화주승 심봉사 구제

<아니리> 한참 이리할 제.

<엇모리> 중 올라간다. 중 하나 올라간다. 다른 중은 내려
　　　　　*중

오는데 이 중은 올라간다. 저 중이 어딧 중인고? 몽은사
　　　　　　　　　　　　　　　　　　　　　　　　*夢恩寺

화주승이라. 절을 중창하려 허고 시주 집 내려왔다, 날이
*化主僧　　　　　*重刱　　　　　*施主

우연히 점그러져 서산에 비낀 곳에 급급히 올라간다. 저 중
偶然　　*점그러져 *西山에 비낀 곳　急急

의 차림 보소, 저 중의 거동 보소. 굴갓 쓰고 장삼 입고
　　　　　　　　　*擧動　　　　*굴갓　　　　*長衫

백팔염주 목에 걸고 단주 팔에 걸고, 용두 새긴 육환장
*百八念珠　　　　　　*短珠　　　　　*龍頭 새긴 *六環杖

쇠고리 많이 달아 처절절 툭딱 짚고 흔들흔들 흐늘거리고
*쇠고리

올라갈 제. 중이라 하는 것, 절에서도 염불, 속가에 와도
　　　　　　　　　　　　　　　　　　*念佛 *俗家

염불, 염불을 많이 하면 극락세계 간다더라. 남무아미타불
念佛　念佛　　　　　　　*極樂世界　　　　*南無阿彌陀佛

◇참고: 굴갓 쓴 모습

*向來所修功德海(향래소수공덕해): 지금까지 닦아 쌓아온 넓고 많은 공덕.

*回向三千悉圓滿(회향삼천실원만): 공덕을 쌓아 죽은 사람의 명복을 빌어 그 공덕으로 극락왕생(極樂往生; 극락세계에 가서 다시 태어남)하게 되어서, 온 세상인 삼천세계 모두가 만족하고 행복하도다. '회향'은 첫째, 닦은 공덕을 남에게 돌려 모두 함께 부처님 과업을 완수한다는 뜻과, 둘째 공덕을 쌓아 죽은 사람 명복을 빌어 극락왕생하게 한다는 뜻이 있음. 여기에서는 '원왕생(願往生)'에 연결되어, 둘째의 극락왕생에 해당함.

*願往生(원왕생): 저세상 극락세계로 가서 다시 태어나기를 소원함.

*諸佛沖天諸竭榮(제불충천제갈영): 모든 부처님이 하늘로 올라가 모여 다함께 영화로운 안락을 누림.

*觀世音菩薩(관세음보살): 대자재비(大慈大悲; 위대한 자비)를 베푸는 부처님으로, 중생(衆生; 세상의 많은 인간)의 고통을 듣고 해결해 주는 부처임.

*馬嵬驛(마외역): 중국 섬서성 흥평현(興平縣)에 있는 역. 당(唐) 현종(玄宗)이 안록산(安祿山)의 난에 서촉(西蜀)으로 피난 가다가 이 역에서 양귀비(楊貴妃)를 죽게 했음. 현종이 양귀비를 총애해 반란이 일어났으므로, 현종을 모시고 피난 가던 군사들이 말의 발이 땅에 붙어 양귀비를 죽여야 말발이 움직인다고 해, 현종은 슬픔을 머금고 양귀비를 내주어 죽이게 했음.

*下傛臺(하소대): 땅 밑으로 향하는 저승. '하소'는 밑으로 향하는 땅속의 뜻.

*楊太眞(양태진): 당(唐) 현종이 총애하던 양귀비(楊貴妃).

*竹杖(죽장): 대나무 지팡이. / *끼웃거리고: 기웃거리고. 살펴보는 동작.

*보선: 버선. 발에 신는 의류로, 천을 발모양으로 마름해 기워 만듦.

*行纏(행전): 헝겊으로 소매부리처럼 만들어 바지 정강이에 꿰어, 두 가닥 끈으로 무릎 아래에 동여매는 의류.

*대님: 바지의 가랑이 끝을 발목에 묶는, 천으로 납작하게 만든 끈.

*고두누비: 곧추 누비. 안과 겉이 모두 박음질처럼 곱게 보이는 바느질.

*바지가래: 바지의 두 가랑이.

*自勘(자감): 자체마감(自體磨勘), 바지의 가랑이를 말아 올려 허벅지 부분에서 끈으로 매지 않아도 흘러내리지 않고 잘 말려 붙어 그대로 있게 함.

*白鷺格(백로격): 백로가 긴 다리로 엉금엉금 걷는 그 격식대로의 모습.

*꼬드래 상투: 머리털을 꼬아서 위로 올려 틀어 맨 꼬부랑한 상투.

*앳도롬이 채여: 조심스럽게 움켜잡아 낚아채는 모습.

아아아아 어허, 향래소수공덕해요 회향삼천실원만, 원왕생
　　　　　　　*向來所修功德海　　　　　*回向三千悉圓滿　　*願往生

원왕생 제불충천제갈영 나무아미타불 관세음보살 염불하고
願往生 *諸佛沖天諸竭榮　　南無阿彌陀佛　*觀世音菩薩　念佛

올라갈 제, 한 곳을 살펴보니 어떠한 울음소리 귀에 얼른

들린다. 저 중이 깜짝 놀래, 이울음이 웬 울음? 이울음이

웬 울음? 마외역 저문 날에 하소대로 울고 가는 양태진의
　　　　　*馬嵬驛　　　　　*下傃臺　　　　　*楊太眞

울음이냐? 이울음이 웬 울음. 죽장을 들어 메고 이리 끼웃
　　　　　　　　　　　*竹杖

저리 끼웃 끼웃거리고 올라갈 제, 한곳을 살펴보니 어떠한
　　　　*끼웃거리고

사람인지 개천 물에 풍덩 빠져 거의 죽게 되었구나.
　　　開川

<자진엇모리>　　저 중의 급한 마음, 저 중의 급한 마음,
　　　　　　　　　　　急　　　　　　　　　急

굴갓 장잠 훨훨 벗어 되는 대로 내던지고 보선 행전 대님
굴갓 長衫　　　　　　　　　　　　　*보선 *行纏 *대님

끄르고, 고두누비 바지가래 따달딸딸 걷어 자감에 떡 붙여,
　　　*고두누비 *바지가래　　　　　　*自勘

물위의 백로 격으로 징검징검 징검거리고 들어가, 심봉사
　　*白鷺　格　　　　　　　　　　　　　　沈奉事

꼬드래 상투를 앳도롬이 채어, 건져놓고 보니 전에 보던
*꼬드래　상투　*앳도롬이　채여　　　　　前

심봉사라.
沈奉事

*白骨難忘(백골난망): 죽어 백골이 되어도 은혜를 잊지 못함.

*小僧(소승): 스님이 자신을 낮추어 이른 말.

*活人之佛(활인지불): 사람을 살리는 부처님.

*大師(대사): 도덕이 높은 큰 스님.

*靈驗(영험): 신령스러운 효험이 있음.

*供養米(공양미): 부처 앞에 소원을 빌면서 올리는 쌀.

*石(석): 섬. 10되<승; 升>가 1말이며, 10말<두; 斗>이 1섬임.

*後事(후사): 뒤에 닥쳐올 일.

*여어: 앞에 있는 사람을 지적해 부르는 말.

*丁寧(정녕): 반드시, 꼭 틀림없이.

*勸善(권선): 권선록(勸善錄), 권선책(勸善冊). 부처님께 시주한 사람과 시주
물목(物目)을 적은 책.

*적소 적어: 적으시오. 적어 넣어요. 글자를 써서 기록하라고 재촉하는 말.

*어이없어: 어처구니없어, 가당치 않은 행동이나 말에 크게 놀라는 모습.

*家産(가산): 집에 있는 재산.

*姑捨(고사)하고: 내버려 두고. 말할 것 없이.

*주먹: 한 움큼. 한 손바닥을 펴서 쥐어 그 속에 드는 양.

*이: 사람.

*手段(수단): 어떤 일을 하는 능력과 방법.

⑷ 허어 내가 미쳤구나 —공양미 약속, 후회하며 탄식

＜아니리＞　　심봉사(沈奉事) 정신(精神)을 차려 "죽은 사람을 살려주니

은혜(恩惠) 백골난망(白骨難忘)이요. 거 뉘가 날 살렸소?" "예 소승(小僧)은 몽은(夢恩)

사(寺) 화주승(化主僧)이온데, 시주(施主) 집 내려왔다 돌아오는 길에 다행히(多幸)

봉사(奉事)님을 구(救)하였소." "어허 활인지불(活人之佛)이라더니 대사(大師)가 나를

살렸소 그려." 저 중이 하는 말이, "여보 봉사(奉事)님, 내 말을

들으면 두 눈을 꼭 뜨오리다마는." 봉사(奉事) 눈 뜬단 말에, "아

니! 그 어쩐 말이어?" "우리 절 부처님이 영험(靈驗)하야 공양미(供養米)

삼백(三百) 석(石)만 우리 절에 시주(施主)하면 꼭 눈을 뜨오리다." 심봉사(沈奉事)

가 눈 뜬단 말에 후사(後事)를 생각지 않고 "여어(여어) 대사(大師)! 자네 말

이 정녕(丁寧) 그러할진대 공양미(供養米) 삼백(三百) 석(石)을 권선(勸善)에다 적소 적(적소 적)

어(어)!" 저 중이 어이없어(어이없어), "여보시오 봉사(奉事)님! 가산(家産)을 둘러보니

삼백(三百) 석(石)은 고사(姑捨)하고 삼백(三百) 주먹(주먹)도 없는 이(이)가 함부로 그런

말씀을 하시오?" 심봉사(沈奉事) 화를 벌컥 내며, "아니 네가 나의

수단(手段)을 어찌 아느냐? 잔말 말고 적으라면 썩 적어!" 저 중

이 어이없어, 권선(勸善)에 공양미(供養米) 삼백(三百) 석(石)을 적은 후(後), "여보시오!

*銘心(명심): 마음속에 잊지 않고 깊이 새겨둠.

*念慮(염려): 근심. 걱정.

*佛供(불공): 부처 앞에 공양을 드리고 소원을 비는 일.

*着實(착실): 거짓 없는 진실한 마음가짐.

*실없는: 말이나 행동이 실답지 못하고 거짓이 들어 있음.

*邪(사): 사람의 마음에 올바른 판단을 못하게 하는 기운이나 요소.

*열兩(냥): 10냥, '냥'은 옛날 돈이나 무게를 나타내는 단위. 금전의 경우 1냥이 10돈이며, 구리로 만든 엽전(葉錢) 1백 개임.

*서푼: 3푼. '푼'은 옛날 엽전의 단위로 엽전 한 잎이 1푼임. '10푼'이 곧 '1돈'이며 10돈이 '1냥'임.

*水中孤魂(수중고혼): 물에 빠져 죽은 외로운 혼백.

*公然(공연)한: 알맹이 없는 헛된 마음. 실속 없는 말이나 행동.

*後悔(후회): 어떤 일이 잘못 진행된 뒤에 그 잘못을 뉘우쳐 깨달음.

*외우고: 기록한 것을 검게 칠하여 지워버리는 일.

*失性發狂(실성발광): 이성을 잃고 정신없이 날뛰는 행동.

봉사님, 부처님을 속이면 앉은뱅이가 될 것이니 부디 명심
奉事   *銘心

하오." "염려 말고 불공이나 착실히 하여주게나."
        *念慮   *佛供   *着實

<창조>   중은 올라가고 심봉사 곰곰이 생각하니,   이런
                      沈奉事

실없는 일이 있는가?
*실없는

<중모리>   "허어 내가 미쳤구나. 분명 내가 사 들렸네.
                        分明   *邪

공양미 삼백 석을 내가 어찌 구하리요? 살림을 팔자 한들
供養米 三百 石   求

단돈 열 냥 뉘랴 주며, 내 몸을 팔자하니 앞 못 보는 봉사
    *열 兩   奉事

놈을 단돈 서 푼을 뉘라 주랴. 부처님을 속이면은 앉은뱅이
        *서 分

가 된다는데, 앞 못 보는 봉사 놈이 앉은뱅이가 되고 보면
                  奉事

꼼짝없이 내가 죽었구나. 수중고혼이 될지라도 차라리 죽
                      *水中孤魂

을 것을, 공연한 중을 만나 도리어 내가 후회로구나. 저기
        *公然한   *後悔

가는 대사! 권선에 쌀 삼백 석 외우고 가소. 대사 대사!"
    大師 勸善   三百 石 *외우고   大師 大師

실성발광 기가 막혀 홀로 앉아 탄식한다
*失性發狂 氣   歎息

<아니리>   이렇듯 울고 있을 적에.

*模樣(모양): 생긴 모습. 겉으로 나타난 형상.

*살 없는: 야위어 살이 빠진 상태.

*痕迹(흔적): 어떤 일이 지나간 뒤에 남은 자취.

*開川(개천): 적은 물이 흐르는 물길이나 작은 내.

*挽留(만류): 부디 머물러 달라고 붙잡고 말림.

*於焉間(어언간): 알지 못하는 사이에 어느덧.

*沓沓(답답)하여: 마음속이 괴로워 숨이 막히는 것 같음.

*하릴없어: 어쩔 수 없이, 영락없이.

*하: 매우 많이. 애타는 모습을 나타낸 말.

*佛前(불전): 부처님 앞. 곧 '절'이란 뜻.

*後事(후사): 뒷날 닥쳐올 어려운 일.

*百害無策(백해무책): 온통 해로움만 있고 좋은 방책이 전혀 없음.

*至誠 感天(지성 감천): 지극한 정성을 들이면 하늘이 감동하여 응함.

<엇모리>　　심청이 들어온다. 심청이 들어온다. 문전에
　　　　　　沈淸　　　　　　　沈淸　　　　　　門前

들어서며, "아버지!" 저의 부친 모양을 보고 깜짝 놀라 발
　　　　　　　　　　　　父親　*模樣

구르며, "아이고 이게 웬 일이요? 살 없는 두 귀 밑에 눈물
　　　　　　　　　　　　　　　　*살 없는

흔적 웬 일이요? 나를 찾아 나오시다 개천에 넘어져서 이
*痕迹　　　　　　　　　　　　　　　　*開川

지경을 당하였소?　　승상댁 노부인이 굳이 잡고 만류하여
地境　當　　　　　　丞相宅　老夫人　　　　　*挽留

어언간 더디었소. 말씀이나 하여주오. 답답하여 못 살겠소."
*於焉間　　　　　　　　　　　　　　*깝깝하여

(5) 후원에 단을 묻고—심청이 신령께 치성드림

<아니리>　　심봉사 하릴없어, "여봐라 청아! 하 너 오기를
　　　　　　沈奉事　*하릴없어　　　　　　清　*하

기다리다 못하야 더듬더듬 나가다가, 이 앞의 개천 물에 빠
　　　　　　　　　　　　　　　　　　　　開川

져 꼭 죽게 되었는데, 아 뜻밖에 몽은사 화주승이 날더러
　　　　　　　　　　　　　　　夢恩寺　化主僧

하는 말이, 공양미 삼백 석만 몽은사 불전에 시주하면 삼년
　　　　　　供養米　三百　石　　夢恩寺　*佛前　施主　　　三年

내로 눈을 꼭 뜬다 하더구나. 그리하여 눈 뜬단 말에 후사
內　　　　　　　　　　　　　　　　　　　　　　*後事

를 생각지 않고, 공양미 삼백 석을 권선에 적어 보냈으니
　　　　　　　　供養米　三百　石　　勸善

이 일을 어쩔거나. 아무리 생각을 하여도 백해무책이로
　　　　　　　　　　　　　　　　　*百害無策

구나." "아버지 너무 염려 마옵소서. 지성이면 감천이라,
　　　　　　　　　　　念慮　　　　*至誠　　　感天

*慰勞(위로): 괴로움이나 슬픔을 잊게 하여 마음을 편안하게 함.
*沐浴齋戒(목욕재계): 목욕하여 몸을 깨끗이 하고 근신하며 마음을 가다듬는
  일. 신령에게 어떤 소원을 빌기 전에 몸을 정결히 하고 정성 쏟는 일.
*淨(정): 조심하여 몸을 깨끗이 함.
*至極精誠(지극정성): 모든 마음을 다 쏟는 참된 마음.
*後園(후원): 집 안채 뒤에 있는 정원.
*壇(단): 돌이나 흙을 쌓아 높게 만들어 신령을 모시게 마련한 제단.
*묻고: 모우고. 조성(造成)하여 만든다는 뜻.
*北斗七星(북두칠성): 북극성(北極星)을 중심으로 회전하는, 국자 모양으로
  배열된 북쪽 하늘의 일곱 개 별자리. 불교에서는 북두성군(北斗星君)이라
  는 신(神)으로서 전각(殿閣)에 모시고 받들어 치성을 드림.
*子夜半(자야반): 한 밤중. 한밤중인 '자야(子夜)'에, 역시 한밤중이란 말인
  '야반(夜半)'을 합친 표현임.
*도도켜고: 돋우어 켜고. 촛불을 밝게 켰다는 말.
*井華水(정화수): 새벽의 우물에서 정성 들여 그날 처음 긷는 우물 물.
*合掌(합장): 두 손바닥을 합침.
*天地之神(천지지신): 하늘과 땅을 맡아 있는 신령.
*日月星辰(일월성진): 해와 달과 별들의 신령.
*化爲同心(화위동심): 조화를 이루어 한 마음이 되어 도움.
*戊子生(무자생): 태어난 해가 육십갑자의 '무자'에 해당하는 해.
*眼盲(안맹): 눈이 멀어 장님이 됨.
*將近(장근): 장차 가까워짐. 멀지 않은 장래에 곧 닥칠 일을 말함.
*視物(시물): 사물을 눈으로 봄.
*忠孝之心(충효지심): 임금에게 충성하고 어버이에게 효도하는 마음.
*天神(천신): 세상을 내려다보고 있는 하늘의 신령.
*欲報之德澤(욕보지덕택): 그 은덕과 혜택을 갚고자 애씀.
*昊天罔極(호천망극): 보모의 은덕은 넓은 하늘처럼 너무 커서 아무리 해도
  다 갚지 못함.
*明天 感動(명천 감동): 밝은 하느님께서 감명을 느끼는 마음을 발동해 주심.
*支給(지급): 지정하여 내려줌.

정성껏 구하여 보겠네다." 심청이가 부친을 위로 한 후,
精誠　　求　　　　　　　沈淸　　父親　*慰勞　　後

그날부터 목욕재계 정히 하고 지극정성 드리것다.
　　　*沐浴齋戒　*淨　　　　*至極精誠

\<진양조\> 후원에 단을 묻고 북두칠성 자야반에 촛불을
　　　　　　*後園　*壇　*묻고　*北斗七星　*子夜半

도도 켜고 정화수를 떠 받쳐 놓고 두 손 합장 무릎을 꿇고,
*도도 켜고 *井華水　　　　　　　　　　*合掌

"비나니다 비나니다, 하나님 전에 비나니다. 천지지신 일월
　　　　　　　　　　　　　前　　　*天地之神　日月

성진 화위동심 하옵소서. 무자생 소경 아비 삼십 전 안맹하
星辰 *化爲同心　　　　*戊子生　　　　　三十 前 *眼盲

여 오십에 장근토록 시물을 못하오니, 아비의 허물을 심청
　　五十　*將近　*視物　　　　　　　　　　　　沈淸

몸으로 대신하고 아비 눈을 밝히소서. 인간의 충효지심
　　　代身　　　　　　　　　　　　人間　*忠孝之心

천신 어이 모르리까? 칠일 안에 어미 잃고 앞 못 보는
*天神　　　　　　　七日

부친에게 겨우겨우 자라나서 십오 세가 되었으니 욕보지덕
父親　　　　　　　　　　十五 歲　　　　　　*欲報之德

택인데 호천망극이라. 공양미 삼백 석만 불전에 시주하면
澤　　*昊天罔極　　供養米 三百 石　　佛典　施主

아비 눈을 뜬다 하니 명천이 감동하사 공양미 삼백 석을
　　　　　　　　　*明天　感動　　供養米 三百 石

지급하여 주옵소서."
*支給

*南京(남경): 중국에는 시대에 따라 '남경'이라 불리어진 지역이 여러 곳 있음. 여기에서의 '남경'은 지금의 중국 남경으로, 강소성 양자강 남안(南岸)에 있는 도시로서, 오랜 동안 금릉(金陵) 또는 건업(建鄴)이라 불리어진 강남의 요충지임. 그런데 이 지역은 송(宋)나라 때는 '남경'이란 이름으로 불리지 않았고, 명(明)나라가 처음 건국되면서 여기에 도읍을 정했으며, 제3대 영락황제(永樂皇帝) 때 북경으로 천도하여 이곳을 '남경'이라 했음.

　　※여기 '남경 장사 선인'은 해석상 문제가 있음. 『심청가』의 원문대로라면 심청 고향은 중국 황주로, "남경에 근거를 두고 배를 타고 다니면서 장사하는 중국 선인"이 됨. 그러나 우리 민족 잠재의식으로는 심청이 우리나라 사람이며 "우리 선인들이 남경으로 다니며 장사하는 것"으로 인식되어 있음. 이는 애초에 소설 『심청전』이 형성될 때에는 우리나라를 배경으로 이루어졌다가 뒤에 배경을 중국으로 옮겨 혼란이 일게 된 것임.

*船人(선인): 배를 타고 장사하는 사람들.

*印塘水(인당수): 우리나라와 중국 양자강 하류 사이 황해(黃海) 깊은 바다, 바람이 심한 어느 지점을 가리키는 것 같음. 하지만, 옛날 전적들에 전혀 등장하지 않아, 창작한 바다이름으로 사료됨. '인당(印塘)'이란 낱말은 불교에서 말하는, '인간의 현재 육신인 인<印>이 빠지는 연못'이란 뜻임. 곧 '인괴문성(印壞文成)'이라 하여, 현재 육신 '인<印>'이 소멸되면서 새로운 형체인 문<文>이 생성되는 원리를 뜻하고 있음. '인괴문성'을 설명하여, "이 생명이 끊어지는 때가 곧바로 안락국에 다시 태어나는 때이다(此命斷時 卽是生安樂國時)"라고 한, 불교의 윤회설(輪回說)에 바탕을 둔 것임. 이 설명에 의하면, 심청이 인당수에 빠지는 것은 현재까지의 초라한 육신이 소멸되고 새로운 몸 황후로 재탄생되는 뜻 깊은 성스러운 공간임.

*人祭需(인제수): 사람을 바치고 제사 올리는 제물.

*몸 팔 이: '몸'을 '매도(賣渡)할' '사람'. / *있나?: '있느냐?'의 방언.

*遠近山川(원근산천): 먼 곳 가까운 곳의 산과 내.

*떵그렇게: 떵떵 울리는 큰소리를 나타내는 말.

*千載一時(천재일시): 1천 년에 한 번 있음직한 좋은 시기.

*機會(기회): 어떤 일을 수행하는 데에 있어서 가장 알맞은 고비의 때.

*隱身(은신): 몸을 숨김. / *當年(당년): 지금 현재의 나이.

*出天之大孝(출천지대효): 하늘이 내어놓은 위대한 효자(孝子).

2. 처녀 구한다는 선인 외침, 선인들을 따라가는 심청

(1) 하루는 문전에―심청이 몸을 팔기로 약속

<아니리>　이렇듯 지극정성을 드리는데.
　　　　　　　　　至極精誠

<중모리>　하루는 문전에 외는 소리, "우리는 남경 장사
　　　　　　　　門前　　　　　　　　　　　　*南京

선인으로 인당수 인제수를 드리고저, 십오 세나 십육 세나
*船人　　*印塘水　*人祭需　　　　　　十五 歲　　十六 歲

먹은 처녀를 사랴 하니 몸 팔 이 뉘 있음나? 있으면 있다
　　　處女　　　　　　*몸 팔 이　　*있음나

고 대답을 하시오!" 이렇듯 외는 소리 원근산천이 떵그렇게
　　對答　　　　　　　　　　　　　*遠近山川　　*떵그렇게

들린다.

<아니리>　심청이 이 말을 듣더니, "천재일시의 좋은 기회
　　　　　　　沈淸　　　　　　　　*千載一時　　　　*機會

로구나." 이웃사람 알지 않게 몸을 은신하고, 선인 한 사람
　　　　　　　　　　　　　　　　*隱身　　　船人

을 청하여 엿자오되,
　　請

<창조>　"소녀는 당년 십오 세온데, 부친을 위하여 몸을
　　　　　　　小女　*當年 十五 歲　　　父親　爲

팔랴 하오니, 저를 사 가심이 어떠하오?" 선인들이 좋아라
　　　　　　　　　　　　　　　　　　　　船人

고, "어허, 그 출천지대효로고. 거 값은 얼마나 주오리까?"
　　　　　　*出天之大孝

*行船(행선): 배가 출발하여 떠나감.

*重(중)값: 매우 많은 대가의 돈.

*글랑은: 그러한 내용은. 그런 일은.

*念慮(염려): 근심하고 걱정함.

*야야: '이 아이야' 하고 부르는 말. 오늘날 '애야'라고 부르는 말의 방언.

*收養(수양)딸: 남의 딸을 거두어 맡아서 제 딸처럼 기르는 일.

*事情(사정): 어떤 사건의 자세한 내용.

*하였내다: '하였습니다'의 고어 표현 '하였나이다'를 줄인 말.

*어쩌고: 어떤 처리를 한 다음에.

"더도 덜도 말고 공양미 삼백 석만 내월 십오일로 몽은사
供養米 三百 石 來月 十五日 夢恩寺

로 올려주오." "허 거 출천지대효로고. 그러나 우리도 내월
出天之大孝 來月

십오일이 행선 날이오니 어찌하오리까?" "중값 받고 팔린
十五日 *行船 *重값

몸이 내 뜻대로 하오리까? 글랑은 염려 마옵소서."
*글랑은 *念慮

(2) 눈 어둔 백발 부친—부친 떠날 심청의 탄식

<아니리> 선인들과 약속한 후, 심청이 아무리 생각하여도
船人 約束 後 沈清

부친을 아니 속일 수 없는지라. "아버지!" "오냐." "오늘
父親

공양미 삼백 석을 몽은사로 올리게 되었으니 아무 염려 마
供養米 三百 石 夢恩寺 念慮

옵소서." 심봉사 깜짝 놀라, "야야! 거 어쩐 말이냐?" "전일
沈奉事 *야야 前日

에 승상댁 부인께서 저를 수양딸로 말씀하신 걸 분명 대답
丞相宅 夫人 *收養딸 分明 對答

못 했지요. 오늘 제가 건너가 아버지 사정을 여쭈오니,
*事情

부인께서 공양미 삼백 석을 몽은사로 올리시고 저를 수양
夫人 供養米 三百 石 夢恩寺 收養

딸로 데려간다 하옵디다." "야야! 그 일 참 잘되었다. 그래,

언제 가기로 하였느냐?" "내월 십오일 날 가기로 하였내
來月 十五日 *하였내

다." "그러면 나는 어쩌고?" "아버지도 모셔가기로 하였어
*어쩌고

요." "그렇지야. 눈먼 놈을 내 혼자 둘 것이냐? 잘 되었다.

*白髮父親(백발부친): 머리가 허옇게 센 연세 많은 아버님.

*生存時(생존시): 살아 있는 동안.

*寞寞(막막): 마음을 의지할 데가 없어 쓸쓸하고 외로움.

*胸中 沓沓(흉중 답답): 가슴속에 무엇이 막힌 것 같아 숨을 쉬기가 어려움.

*하염없는: 끝맺을 데가 없는 상황. 이렇다 할 어떤 생각이 없음.

*肝腸(간장): 간과 창자. 사람의 마음속.

*四時衣服(사시의복): 1년 사계절에 맞추어 갈아입을 옷.

*갓: 옛날 성인 남자들이 머리에 쓰던 의관의 하나. 말총으로 만들며 위로
   솟은 모자는 윗부분이 평평하며, 모자 옆으로 퍼져 둘러진 갓양이 있음.

*網巾(망건): 상투 있는 사람이 머리털이 흩어지지 않도록 이마에서 뒤로 둘
   러 매도록 된 띠. 이마에 닿는 앞부분은 말총으로 그물처럼 엮어 만듦.

*墳墓(분묘): 무덤. / *焚香四拜(분향사배): 향을 피우고 네 번 절함.

*不孝女息(불효여식): 효도를 못 다한 못난 딸자식.

*祭需(제수): 제사 때 제사상에 올리는 여러 가지 음식.

*忌日(기일): 기제사(忌祭祀) 날. 사망 하루 앞날 밤중 지나 모시는 제사.

*伐草(벌초): 무덤에 난 잡초를 제거하는 일.

*四拜下直(사배하직): 4번 절하고 작별을 고함. 보통 임금이나 조상 또는 신
   령 앞에서는 4번 절하고, 엄숙한 자리의 부모님이나 결혼식장, 의식의 자
   리에서는 2번 절하며, 평상시에는 1번 절함.

*進支(진지): 어른의 밥을 높여 이르는 말. 한자는 취음(取音)임.

*寂寂(적적): 고요하여 쓸쓸한 감정을 느낌.

*三更(삼경): 한 밤중. 밤을 다섯 '경(更)'으로 나눈 3번째. 밤 11시~1시.

*느끼는데: 소리 나지 않게 흐느껴 우는 모습.

*철: 소견, 사리 분별. / *然後(연후): 그렇게 된 뒤.

*놓았더니만은: 어떤 일을 멈추고 그만 둔 일. / *洞里(동리): 마을. 동네.

*乞人(걸인): 남의 집을 다니며 밥을 빌어먹는 거지 행세.

*五更時(오경시): 하루 밤을 5개 '경(更)'으로 나눈 맨 끝 시각. 곧 새벽 3시
   부터 5시까지의 시각.

*咸池(함지): 해가 서쪽으로 져서 들어가는 곳. 옛날 사람들은 해가 아침에
   부상(扶桑)이란 나무에서 떠서, 종일 세상을 비추고 저녁 때 서쪽에 있는
   '함지'라는 못으로 들어가 목욕한다고 생각했음.

야야, 그 일 참 잘 되었다." 부친의 맺힌 근심 위로하고
　　　　　　　　　　　　　　父親　　　　　　　　慰勞

행선일을 기다릴 제.
行船日

<진양조> 눈 어둔 백발부친 생존시에 죽을 일을 생각하니,
　　　　　　　　　　*白髮父親　*生存時

정신이 막막하고 흉중이 답답하여 하염없는 설움이 간장에
精神　*寞寞　　*胸中　沓沓　　*하염없는　　　　　*肝腸

서 솟아난다. 부친의 사시의복 빨래하여 농 안에 넣어두고,
　　　　　　　父親　*四時衣服　　　　　籠

갓 망건 다시 꾸며 쓰기 쉽게 걸어놓고, 모친 분묘 찾아가
*갓*網巾　　　　　　　　　　　　　　　母親　*墳墓

서 분향사배 통곡을 한다. "아이고! 어머니, 불효여식 심청
　　*焚香四拜　痛哭　　　　　　　　　　*不孝女息　沈淸

이는 부친 눈을 띄우려고 삼백 석에 몸이 팔려 제수로 가
　　　　父親　　　　　　　三百 石　　　　　*祭需

게 되니, 연년이 오는 기일 뉘라서 받들리까? 분묘에 돋은
　　　　年年　　　　*忌日　　　　　　　　　墳墓

풀은 뉘 손으로 벌초하리." 사배하직하고 집으로 돌아와
　　　　　　*伐草　　　　*四拜下直

부친 진지 올린 후에, 밤 적적 삼경이 되니 부친은 잠이 들
父親 *進支　　後　　*寂寂 *三更　　　父親

어 아무런 줄 모르는구나. 잠이 깰까 염려되어 크게 울진
　　　　　　　　　　　　　　　　　念慮

못하고 속으로만 느끼는데, "아이고 아버지! 날 볼 날이 몇
　　　　　　　　*느끼는데

날이며, 날 볼 밤이 몇 밤이나 되오. 제가 철을 안 연후에
　　　　　　　　　　　　　　　*철　　*然後

밥 빌기를 놓았더니만은, 내일부터는 동리 걸인이 또 될
　　　　*놓았더니만은　來日　*洞里 *乞人

것이니, 아버지를 어쩌고 갈고? 오늘밤 오경시는 함지에
　　　　　　　　　　　　　　　　*五更時　　*咸池

*扶桑(부상): 동해 바다에 있는 해가 떠오르는 나무. 옛날 사람들은 이 나무에 해 열매가 매달려 있다가 매일 하나씩 떠오른다고 생각했음.

*私情(사정)이 없어: 사사로운 개인 형편을 돌아보지 않고 원칙대로 진행됨.

*半夜秦關(반야진관) *孟嘗君(맹상군): '반야'는 한밤중. 중국 전국시대 제(齊)의 맹상군이 진(秦)나라에 사신 가서, 구금되었다가 풀려나 한밤중에 달려, 닭울음소리를 꾸며내어 진나라 국경 성문(城門) '진관'을 탈출한 일.

*설잖으냐: '섧지 않으냐'의 준말. 슬프지 않지마는.

*依支(의지): 누구에게 기대어 도움을 받음.

*東方(동방): 해가 돋는 동쪽 방향.

*亡終(망종): 마지막.

*小盤(소반): 작은 쟁반 또는 작은 상. 곧 밥상.

*貴人(귀인): 지위가 높은 존귀한 사람.

◇참고: 맹상군과 닭울음소리 설명

맹상군은 제나라 선왕(宣王)의 서제(庶弟)로 이름은 전문(田文). 여러 부류 사람을 받아들여 식객(食客)이 수천 명에 달했음. 진(秦)나라 소왕(昭王)이 초빙하여 구금하니, 맹상군은 부하를 시켜 소왕의 총희(寵姬; 총애하는 여자)에게 교섭하게 했음. 이에 소왕 총희는 호백구(狐白裘; 여우 겨드랑이 흰털로 된 갖옷)를 주면 탈출시켜 주겠다고 함. 그런데 호백구는 이미 소왕에게 선물로 바친 뒤여서 걱정하니, 식객 중 개로 위장해 도둑질 잘하는 사람이 있어, 소왕의 창고에 숨어 들어가 호백구를 훔쳐 내와 갖다 바쳐 마침내 석방되었음. 곧 맹상군 일행은 밤새 급히 달려 진나라 국경 성문인 진관(秦關)<함곡관(函谷關)>에 이르니, 새벽 첫닭이 울어야 성문을 열게 되어 있어서, 아직 첫닭이 안 울어 성문이 닫혀 있었음. 이때 식객 중 닭울음소리 흉내를 잘 내는 사람이 있어 목소리로 닭울음소리를 꾸며 내니, 모든 닭들이 일제히 따라 울어 시간이 덜 되었는데도 성문이 열려서 탈출에 성공했음. 이때 돌아보니 진나라 군사들이 뒤쫓아 오고 있었음. 이 이야기의 맹상군을 탈출케 한 닭울음소리를 인용하여, 맹상군이 여기 없으니 날을 새게 하는 닭울음소리를 내지 말라고 한 애끊는 말임.

머무르고, 내일 아침 돋는 해는 부상에다 매달으면, 불쌍하
*扶桑

신 우리 부친 일시라도 더 뵈련만은 인력으로 어이 허리?
父親 一時   人力

천지가 사정이 없어 벌써 닭이 꼬끼요! 닭아닭아, 우지 마
天地   *私情이 없어

라! 반야진관의 맹상군이 아니로구나. 네가 울면 날이 새고
*牛夜秦關   *孟嘗君

날이 새면 나 죽는다. 나 죽기를 설잖으나 의지 없난 우리
*설잖으나 *依支

부친을 어이 잊고 가잔 말이냐?”
父親

(3) 심청이 거동 봐라 —부친께 이별 고하는 심청

<아니리> 벌써 동방이 점점 밝아오니 심청이 정신을 차려,
*東方   漸漸   沈淸 精神

“아이고 내가 이래서는 못 쓰겠다.” 부친 진지나 망종 지어
父親 *進支 *亡終

드리려 하고 부엌으로 나가니, 벌써 문밖에 선인들이 늘어
門   船人

섰거늘, 심청이 급히 나가 “여보시오 선인님네, 부친 진지
沈淸   急   船人   父親 進支

나 망종 지어 드리고 떠나심이 어떠하오?” 선인들이 허락
亡終   船人   許諾

하니, 심청이 눈물 섞어 아침밥을 급히 지어 소반 위에 받
沈淸   急   *小盤

쳐들고, “아버지! 어서 일어나 진지 잡수시오.” “간밤에
進支

이상한 꿈을 꾸었다.”“무슨 꿈을 꾸셨는데요?”“아, 네가
異常

큰 수레를 타고 한없이 가보이니, 수레라 하는 것은 귀인이
*貴人

*解夢(해몽): 꾼 꿈의 내용을 해석해 풀이함.

*斟酌(짐작): 대강 어림쳐서 헤아려 생각함.

*걸구나: 고기반찬 등 음식의 가지 수가 많고 기름지고 맛이 있음.

*뉘 宅(댁)의 祭祀(제사) 모셨드냐: 누구 집에서 제사를 모셨느냐? 옛날에는 어느 집에서 밤중에 제사를 모시면, 제사 모신 직후 가까운 친척 집에 바로 제사 음식을 차려 가지고 가서 대접했으며, 먼 친척이나 친척 아닌 이웃집에는 아침 일찍 제사 음식을 차려 가지고 가서 대접하는 풍습이 있어서, 그 제사 음식이냐 하고 물은 것임.

*담배 부쳐: 담뱃대에 담배를 쟁여 넣고 불을 붙여 타게 함.

*우두머니: 정신없이 멍하니 시간을 보내는 모습.

*氣絶(기절): 갑자기 큰 충격을 받아 숨이 막혀 쓰러지는 일.

*滯(체): 먹은 음식이 소화가 되지 않고 위장 장애를 일으킴.

*소금 좀 먹어라: 옛날에는 음식을 잘못 먹어 체하여 급히 복통이 있을 때에는 소금이나 간장을 먹었음.

*정개: '경거(輕擧)'의 방언. 얕잡아보고 멸시하거나 욕을 보임.

*어이: '어서'의 방언. 어서 빨리.

*沓沓(답답): 가슴이 막히어 숨이 통하지 않는 지경.

타는 것이라, 거 내 손수 해몽했지야. 오늘 장승상댁 부인
　　　　　　　*解夢　　　　　　　　張丞相宅　夫人

이 너를 수양딸로 데려가려고 가마 가지고 오려나보다."
　　　收養

심청이 저 죽을 꿈인 줄 짐작하고, "아버지, 어서 진지
沈淸　　　　　　　　　　　　*斟酌　　　　　　　　　進支

잡수시오." "야야, 오늘 아침 반찬은 매우 걸구나. 뉘 댁의
　　　　　　　　　　　　　　飯饌　　　*걸구나 *뉘 宅의

제사 모셨드냐?" 심청이 진짓상을 물리치고 담배 부쳐 올
祭祀　모셨드냐　　沈淸　　進支床　　　　　　　　*담배　부쳐

린 후에.
　　後

<창조>　　　심청이 아무 말을 못하고 우두머니 앉았다가
　　　　　　　沈淸　　　　　　　　*우두머니

아무리 생각을 하여도 부친을 더 속일 수 없는지라.
　　　　　　　　　　父親

<자진모리>　심청이 거동 봐라. 부친 앞으로 우루루 부친
　　　　　　沈淸　擧動　　　父親　　　　　　　　父親

의 목을 안고, "아이고 아버지!" 한번 부르더니 말 못하고

기절한다. 심봉사 깜짝 놀라, "아이고 이게 웬일이냐? 허허
*氣絶　　　沈奉事

이거 웬일이여? 아니, 오늘 아침 반찬이 좋더니 뭘 먹고
　　　　　　　　　　　　　　　　飯饌

체하였느냐? 아가, 소금 좀 먹어라! 아가, 어느 놈이 봉사
*滯　　　　　　　　*소금 좀 먹어라　　　　　　　　奉事

의 딸이라고 정개하드냐? 어이 말 하여라 답답하다. 어서
　　　　*정개　　　　*어이　　　　　　*깝깝

말 하여라!" "아이고 아버지! 불효여식은 아버지를 속이였
　　　　　　　　　　　不孝女息

소." "아니 이놈아, 속였으면 무슨 큰일을 속였간데 이렇게

*南京(남경): 중국에는 시대에 따라 '남경'이라 불리어진 지역이 여러 곳 있음. 여기에서의 '남경'은 지금의 중국 남경으로, 강소성 양자강 남안(南岸)에 있는 도시임. 오랜 동안 금릉(金陵)과 건업(建鄴)이라 불리어진 중국 강남의 요충지임.

*船人(선인): 배를 타고 다니며 장사하는 사람들.

*亡終(망종): 마지막.

*어이: '어찌하여'의 방언.

*눈을 팔아 너를 살디: '살디'는 '사야 할 터인데'의 방언. 나의 눈을 팔아서 너 몸을 사야만 사리에 합당할 일이란 뜻.

*설움: 서러움. 마음속에 간직하고 있는 슬픈 기억.

*동냥젖: 어린 아이 어미가 없어 다른 여자에게 부탁해 얻어 먹이는 젖.

*長成(장성): 자라나서 나이가 들고 식견이 생김.

*묵은 근심: 옛날부터 있어오던 마음속 근심과 걱정이 없어지지 않고 계속 남아있던 것.

*햇근심: 어떤 일로 새롭게 생기는 걱정.

*너로하여: 네가 있음으로 인연하여. 너 때문에.

*안 뜰란다: '안 뜨겠다'의 방언. 눈을 결코 뜨지 않겠다는 말.

*沈娘子(심낭자): 심씨 성을 가진 낭자. '낭자'는 결혼하지 않은 성숙한 여자를 일컫는 말. 우리나라에서 보통 쓰는 말로는 처녀(處女), 처자(處子)임.

*물 때: 밀물 썰물에 따라 배를 출항시키기에 알맞은 시기. 썰물 때 바닷물이 나가 빠진 뒤에는 물 깊이가 얕아 배가 육지에서 떠나기 어려움.

*星火(성화): 별똥별 불꽃이 빠르게 떨어지는 것 같이 급박하게 조르는 모습.

아비를 놀라게 한단 말이냐? 말 하여라, 답답하다 말 하여
          畓畓

라." "아이고 아버지! 공양미 삼백 석을 뉘가 저를 주오리
          供養米 三百 石

까? 남경장사 선인들께 삼백 석에 몸이 팔려 오늘이 행선
     *南京   船人   三百 石   行船

날이오니, 저를 망종 보옵소서! 어느 때나 뵈오리까?"
          *亡終

⑷ 허허 이것 웬 말이냐—사실을 안 심봉사의 탄식

<아니리> 심봉사가 이 말을 듣더니 어쩔 줄을 모르는구나.
        沈奉事

<중중모리> "어허 이것 웬 말이냐? 에 잉, 여봐라 청아!
                                      淸

무엇이 어째? 어이 애비 보고 묻도 않고 네 이거 웬일? 못
       *어이

하지야 못하여! 눈을 팔아 너를 살디, 너 팔아 눈을 뜨면
          *눈을 팔아 너를 살디

무엇 보자고 눈을 뜰고? 철모르는 이 자식아! 애비 설움을
                        子息   *설움

너 들어라. 너 낳은 칠일 만에 너를 안고 다니며 동냥젖 얻
          七日   *동냥젖

어 먹여 이 만큼이나 장성, 묵은 근심 햇근심을 너로하여
              *長成 *묵은 근심 *햇근심 *너로하여

잊었더니 이것이 웬 일이냐? 나 눈 안 뜰란다." 그때에 선
                      *안 뜰란다   船

인들이 문전에 늘어서서, "심낭자 물 때 늦어가오." 성화 같
人   門前   *沈娘子 *물 때   *星火

이 재촉하니, 심봉사 이말 듣고 엎어지며 넘어지며 밖으로
        沈奉事

제2장 95

*無知(무지)한 상놈: 지식과 교양이 없어 멋대로 행동하는 사람을 욕하는 말.

*七年大旱(칠년대한): 7년 동안의 큰 가뭄. 옛날 은(殷)나라 첫째 왕인 탕 (湯) 임금 때 7년 동안이나 비가 내리지 않고 가물었던 시기.

*湯(탕) 임금: 중국 은(殷)나라 첫 임금. 하(夏)나라 끝 임금인 걸(桀)이 포악 하여 여러 제후들과 힘을 합쳐 걸을 몰아내고 추대하여 은(殷)나라를 건국 했음. 탕 임금이 은나라를 건국했을 때, 7년 동안 비가 내리지 않자, 점을 치니 사람을 제수(祭需)로 기우제(祈雨祭; 비를 비는 제사)를 지내라 했음. 이에 탕 임금은 자기 자신이 제물 되어 제사를 올리니 비가 쏟아졌음.

*剪爪斷髮(전조단발): 손톱과 발톱을 깎고 머리털을 잘라 단정히 함. 탕 임 금 자신이 제물이 되면서 몸을 깨끗이 하여 정성을 쏟는 재계(齋戒)임.

*身嬰白茅(신영백모): 흰색 풀을 엮어 몸에 두름. 탕 임금이 제물 되어 제단 에 오를 때, 흰 풀로 몸을 감아 동물 제수(祭需)처럼 변장했다는 말.

*桑林(상림): 은나라 탕 임금이 자신이 제물 되어 기우제를 지낸 들판 이름.

*大雨方數千里(대우방수천리): 큰 비가 곧바로 사방 수 천리에 내림. 은나라 탕 임금이 자신이 제물이 되어 기우제를 올리면서, 자기가 임금으로서 처 신에 어떠한 잘못이 있느냐 하고 낱낱이 열거하며 비니, 큰 비가 곧바로 수 천리에 쏟아졌다는 내용임.

*목제비질: 목을 아래로 위로 옆으로 흔들며 몸을 놀리는 놀이 동작을 말 하 는데, 슬퍼 통곡하며 몸을 흔드는 모습을 표현한 말.

*내리둥굴: 몸을 아래로 굽히어 흔들며 통곡하는 모습.

*치둥굴며: 몸을 위로 솟구치어 흔들면서 발악하는 모습.

*作定(작정): 마음속으로 단단히 결정을 함.

*惹端(야단): 소리를 높여 떠들썩하게 꾸짖고 소란을 피우는 모습. 원래 뜻 은 "옳고 그른 시비(是非)의 시초 발단을 끌어 일으킴"의 뜻인 '야기요단 (惹起鬧端)'을 줄인 말.

*情狀(정상): 어떤 일의 실제 사정 모습.

*可矜(가긍): 매우 가엾고 불쌍함.

*白米 百石(백미 백석): 하얗게 찧은 쌀 일백 섬.

*麻布(마포): 삼베와 무명베 같은 옷감 천.

*하릴없어: 어쩔 수 없어, 영락없어. / *依託(의탁): 의지하여 부탁함.

*끌리는: 몸에 힘이 빠져 치마가 흘러내려, 치마 자락이 발에 밟히는 모습.

우르르 쫓아나가, "에이 무지한 상놈들아! 장사도 좋거니와
　　　　　*無知한 상놈

사람 사서 제지낸 데 어디서 보았나? 옛말을 못 들었나?
　　　　　祭

칠년대한 가물 적에 사람 잡아서 빌랴하니, 탕임금 어진 마
*七年大旱　　　　　　　　　　　　　*湯임금

음 전조단발 신영백모 상림 들에 빌었더니, 대우방수천리
　　*剪爪斷髮　*身嬰白茅　*桑林　　　　*大雨方數千里

나 풍년이 들었단다. 내 몸으로 대신 가리라. 돈도 싫고 쌀
　　豊年　　　　　　　　　　代身

도 싫고 눈뜨기도 내사 싫다." 가슴 쾅쾅 두드려 목제비질
　　　　　　　　　　　　　　　　*목제비질

을 덜컥, 내리둥굴 치둥굴며 죽기로만 작정을 하는구나.
　　　*내리둥굴 *치둥굴며　　　　　　*作定

(5) **따라간다 따라간다** —선인들 따라가는 심청의 슬픔

<아니리>　　이렇게 그냥 울고불고 뛰고 야단이 났는디,
　　　　　　　　　　　　　　*惹端

선인들이 이 정상을 보고 심봉사를 가긍히 여겨 백미 백석,
船人　　　*情狀　　　沈奉事　*可矜　　　*白米 百石

마포, 평생 먹고 입을 것을 내어 주었것다.
*麻布 平生

<창조>　심청이 하릴없어 부친을 동네 어른들께 의탁을
　　　　沈淸　*하릴없어 父親　　　　　　*依託

하고 하릴없이 선인들을 따라가는디.
　　　　　　　船人

<중모리>　따라간다 따라간다, 선인들을 따라간다. 끌리는
　　　　　　　　　　　　船人　　　　*끌리는

치맛자락을 거듬거듬 걷어안고 비같이 흐르는 눈물 옷깃에

*사무친다: 배여 스며 젖음. 도달하여 모임.

*天方地軸(천방지축): 너무 급하여 방향을 잡지 못하고 이리저리 헤맴.

*李進士宅(이진사댁): 진사급제를 한 이씨 집안.

*작은 아가: 작은아씨. 시집가지 않은 처녀를 대접하여 부르는 말.

*端午日(단오일): 음력 5월5일인 명절의 하나. 옛날에는 풍년을 비는 제사 지내는 날이었음. 여자들이 창포(菖蒲) 물에 머리를 감는 습속이 있었음.

*앵두: 앵도과에 속하는 낙엽 활엽 관목. 6월에 작은 열매가 빨갛게 익음.

*幸(행)여: 다행으로. 혹시.

*七月七夕夜(칠월칠석야): 음력 7월7일 밤. 하늘의 견우성(牽牛星)과 직녀성 (織女星)이 은하수의 오작교에서 이날 밤 일 년에 한 번 만난다고 전해짐.

*乞巧(걸교): 정교한 재능을 부여해 달라고 비는 행사. 칠월칠석날 밤, 여자 아이들이 수실과 천을 상에 올려놓고, 견우와 직녀 두 별을 향해 바느질과 수놓기를 잘하게 해달라고 절을 하며 비는 행사. 중국에서 행하던 행사임.

*上針(상침)질: 기운 실밥이 겉으로 무늬처럼 드러나는 바느질을 일컬음.

*兩親俱存(양친구존): 부모님이 두 분 모두 함께 살아계심.

*膝下(슬하): 무릎 아래란 뜻으로, 어버이의 따뜻한 사랑을 받는 자녀란 뜻.

*洞里(동리): 동네, 마을. / *白日(백일): 대낮의 밝은 태양.

*陰雲(음운): 해를 덮은 검은 구름. / *찡그난듯: 슬퍼하여 찡그리는 듯.

*이울고져: '마르고자'의 고어(古語). 시들어 마르려고 하는 모습.

*春鳥 多情(춘조 다정): 봄철의 새들이 서로 정답게 지저귀며 즐기는 모습.

*百方啼酬(백방제수): 여러 방면으로 날며 주고받고 수작하듯 울어 지저귐.

*喚友聲(환우성): 벗 부르는 소리. 새들 울음소리를 사람으로 가탁해 한 말.

*지저 울고: 지저귀며 울음 울고.

*杜鵑(두견) *歸蜀道 歸蜀道 不如歸(귀촉도 귀촉도 불여귀): 소쩍새, 곧 두견 새 울음소리를 취음(取音)해 한자로 나타낸 것으로, "촉의 길로 돌아감이 여, 돌아가고 싶다."라는 뜻을 담고 있음. 옛날 촉(蜀) 지역 임금 망제(望 帝)는 그 이름이 두우(杜宇)로, 쫓겨나 산속에서 돌아가기를 원하며 울다 가 죽어, 혼백이 이 새로 되어 돌아가고 싶다는 소리로 슬피 운다고 함.

*當到(당도): 도착함. / *狂風(광풍): 매우 심하게 부는 회오리바람.

*海棠花(해당화): 장미과에 속하는 낙엽 활엽 관목. 5월에 짙은 홍색의 꽃이 피며 향기가 매우 짙어 관상용으로 심음. 해변 가 모래땅에 잘 자람.

모두 가 사무친다. 엎어지며 넘어지며 천방지축 따라갈 제,
*사무친다 *天方地軸

건넌 마을 바라보며 "이진사댁 작은 아가 작년 오월 단오
*李進士宅 *작은 아가 昨年 五月 *端午

일에 앵두 따고 놀던 일을 니가 행여 생각나느냐? 금년
日 *앵두 *幸여 今年

칠월 칠석야에 함께 걸교 하자더니 이제는 하릴없다. 상침
*七月 七夕夜 *乞巧 *上針

질 수놓기를 뉘와 함께 하자느냐? 너희는 양친이 구존하니
질 繡 *兩親 俱存

모시고 잘 있거라. 나는 오늘 우리 부친 슬하를 떠나 죽으
父親 *膝下

러 가는 길이로다." 동리 남녀노소 없이 눈이 붓게 모두
*洞里 男女老少

울고, 하나님이 아옵신지 백일은 어디 가고 음운이 자욱하
*白日 *陰雲

여 청산도 찡그난듯, 초목도 눈물 진 듯, 휘늘어져 곱던
靑山 *찡그난듯 草木

꽃이 이울고져 빛을 잃고, 춘조는 다정하여 백방제수 하는
*이울고져 *春鳥 多情 *百方啼酬

중에, 묻노라 저 꾀꼬리 뉘를 이별하였는지 환우성 지저
中 離別 *喚友聲 *지저

울고, 뜻밖에 두견이는 귀촉도 귀촉도 불여귀라, 가지 위에
울고 *杜鵑 *歸蜀道 歸蜀道 不如歸

앉아 울건마는, 값을 받고 팔린 몸이 내가 어찌 돌아오리?

한 곳을 당도하니 광풍이 일어나며 해당화 한 송이 떨어져
*當到 *狂風 *海棠花

*若道春風不解意 何因吹送落花來(약도춘풍불해의 하인취송낙화래): "만약에 봄바람이 내 마음을 이해하지 못한다고 하면, 어찌하여 떨어지는 꽃잎을 내게로 날려서 보냈겠는가?" 당(唐) 시인 왕유(王維)의 '희제반석(戲題盤石)' 시의 제3·4행임. 시 전체를 이해하면 그 환경과 상황의 내용이 더 분명하게 드러나므로, 인용해 보면 다음과 같음.

可憐盤石臨泉水(가련반석임천수): 사랑스런 반석이 샘물 옆에 놓였는데,

復有垂楊拂酒杯(부유수양불주배): 또한 옆의 버들가지 잡은 술잔 스치네.

若道春風不解意(약도춘풍불해의): 봄바람이 만약 내 마음 이해 못했다면,

何因吹送落花來(하인취송낙화래): 어찌 떨어지는 꽃잎 날려서 보냈겠는가?

*宋 武帝(송 무제) *壽陽公主(수양공주): 중국 남북조(南北朝) 시대 남조(南朝)의 송(宋)나라 무제 딸인 수양공주. 창본에 따라서는 '한 무제(漢武帝)'로 표기된 예도 있으나, 남북조(南北朝) 시대 남조(南朝) 송나라 첫 황제인 무제(420-422, A.D.)와 그의 딸 수양공주임.

*梅花粧(매화장): 중국 젊은 여인들이 얼굴 이마에 빨간 매화꽃 무늬를 그리는 일종의 화장(化粧) 방법을 말함. 남북조 시대 송 무제의 딸 수양공주가 함장전(含章殿) 처마 밑에 누워 있으니, 어디에선가 매화꽃잎이 바람에 날려 와 이마에 얽히기에 손으로 스쳐 날렸는데, 그 매화꽃잎이 없어지지 않고 이마에 선명한 매화꽃 무늬로 생겨졌음. 그래서 매화 무늬가 새겨진 채로 살았으며, 사람들이 이를 본받아 얼굴에 화장(化粧)을 할 때 이마에 여러 모양의 꽃무늬를 그려 새기는 습속이 생겼음. 이렇게 꽃무늬를 새겨 화장하는 것을 '매화장'이라고 일컬음.

*誰怨誰咎(수원수구): 누구를 원망하고 누구를 허물하여 탓하리요?

*船頭(선두): 배의 앞쪽인 뱃머리.

*渡板(도판): 배가 나루에 닿았을 때 육지와 배 사이를 건너다니기 편하게 걸쳐놓는 넓고 긴 나무 널판자.

*引導(인도): 유도하여 이끌어 들임.

*世上事(세상사): 이 세상에 살아가는 일.

*空船(공선): 짐을 싣지 않아 공간이 넓게 텅 빈 배.

*指向(지향): 지정하여 행하는 일정한 방향.

*萬頃蒼波(만경창파): 넓고 넓은 망망한 푸른 바다 물결.

*行船(행선): 배가 물에 떠서 출발하여 떠감.

심청 얼굴에 부딪치니 꽃을 들고 하는 말이, "약도춘풍불해
沈淸   *若道春風不解

의면 하인취송낙화래라. 송 무제 수양공주 매화장은 있건
意   何因吹送落花來   *宋 武帝 *壽陽公主 *梅花粧

마는, 죽으러 가는 몸이 언제 다시 돌아오리? 죽고 싶어

죽으랴마는 수원수구를 어이하리?" 길 걷는 줄을 모르고
        *誰怨誰咎

울며불며 길을 걸어 강변을 당도하니, 선두에다 도판을 놓
                江邊   當到   *船頭   *渡板

고 심청을 인도하는구나.
  沈淸   *引導

3. 범피중류, 심청 물에 빠진 후 선인들 돌아감

(1) 범피중류 둥덩실—양자강 유역과 강남 풍경

<아니리>   이때의 심청이는 세상사를 하직하고 공선에
              沈淸   *世上事   下直   *空船

몸을 싣고 동서남북 지향 없이 만경창파 높이 떠서 영원히
        東西南北 *指向   *萬頃蒼波   永遠

돌아가는구나. 도판 떼고 행선을 하는디.
          渡板   *行船

◇참고: 매화장(梅花粧) 꽃무늬 화장(化粧) 예

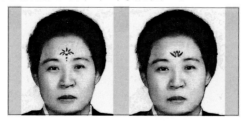

*泛彼中流(범피중류): 저 물 가운데로 떠감. / *茫茫(망망): 넓고 아득함.

*蒼海(창해): 넓고 푸른 바다. / *蕩蕩(탕탕): 넓게 퍼져 물결치는 모습.

*白蘋洲(백빈주): 흰 부평초가 떠 있는 삼각주 섬.

*紅蓼岸(홍료안): 붉은 여뀌 꽃이 아름다운 물 언덕.

*三江(삼강): 한수(漢水)와 양자강이 합쳐지는 호북성 삼강구(三江口) 지역.

*漢水(한수): 사천성에서 호북성 한중(漢中)을 거쳐 양자강에 합치는 강.

*嘹喨(요량) *남은 소리: 맑게 울려 퍼지는, 여운(餘韻)의 고운 음향.

*漁笛(어적)이 여기련만: 고기잡이배에서 흘러나오는 피리소리로 생각되지만.

*曲終人不見(곡종인불견) *數峰(수봉)만 푸르렀다: 당(唐) 시인 전기(錢起)의
    아황·여영(娥皇·女英) 이비(二妃) 혼령 거문고 소리를 상상한 '성시상령고
    슬(省試湘靈鼓瑟)' 시 12행 중 끝 두 구절을 풀어 썼음. 곧 <u>"악곡은 끝
    났는데 사람은 보이지 않고(曲終人不見)"</u>에 이어, "강상수봉청(江上數峰靑;
    <u>강 위 몇 개 봉우리만 푸르게 솟아 있구나)</u>'을 풀이해 인용했음.

*欸乃聲中萬古愁(애내성중만고수): 뱃사람 노래 속엔 온갖 시름 어렸도다.
    송 주희(宋 朱熹)의 '무이구곡(武夷九曲)' 시 중 '오곡(五曲)'의 끝 구절.

*長沙(장사): 중국 호남성 소상강(瀟湘江) 가에 있는 고을 장사현(長沙縣).

*賈太傅(가태부): 중국 한(漢)나라 가의(賈誼). 재주가 있어 20세에 박사(博
    士)가 됨. 조정 대신들의 질시로 쫓겨나 장사왕(長沙王)의 태부(太傅: 스
    승)가 되었음. 이때 굴원(屈原)의 충절을 기리어 '조굴원부(弔屈原賦)'를 지
    었음. 뒤에 양 회왕(梁懷王)의 태부도 역임하고 33세에 사망했음.

*汨羅水(멱라수): 강서성 수수현(修水縣)에서 흘러 상수(湘水)로 들어가는 강.

*屈三閭 魚腹忠魂(굴삼려 어복충혼): 굴원(屈原)의 고기 뱃속 충성스러운 넋.
    '굴삼려'는 전국시대 말 초(楚)의 '삼려대부'를 지낸 굴평(屈平; 字가 原).
    강직하여 주위 참소로 쫓겨나 '이소경(離騷經)' '어부사(漁父辭)' 등을 짓고
    '멱라수'에 빠져 자결했음. 그래서 '고기 뱃속의 충성스러운 넋'이라 했음.

*無恙(무양): 굴원의 죽음을 슬퍼해, <u>별일 없이 잘 있는지</u>의 안부를 물었음.

*黃鶴樓(황학루): 중국 호북성 황학산에 있는 누각. 황학(黃鶴) 전설이 있음.

*日暮鄕關何處在 煙波江上使人愁(일모향관하처재 연파강상사인수): 날 저문
    데 고향은 어디에 있는고? 안개 낀 강물은 사람의 근심 돋우누나." 당(唐)
    시인 최호(崔顥)의 '황학루(黃鶴樓)' 시 8행 중 끝 두 구절임.

*崔顥 遺蹟(최호 유적): 최호의 남긴 발자취인 '황학루 시'를 유적이라 했음.

<진양조>　　범피중류 둥덩실 떠나간다.　망망한 창해이며
　　　　　　 *泛彼中流　　　　　 *茫茫　*蒼海

탕탕한 물결이로구나. 백빈주 갈매기는 홍요안으로 날아들
*蕩蕩　　　　　　*白蘋洲　　　　 *紅蓼岸

고, 삼강의 기러기는 한수로만 돌아든다. 요량한 남은 소리
　　 *三江　　　　 *漢水　　　　　 *嘹喨　*남은 소리

어적이 여기련만 곡종인불견의 수봉만 푸르렀다. 애내성중
*漁笛이　여기련만　*曲終人不見　 *數峰만 푸르렀다　 *欸乃聲中

만고수는 날로 두고 이름이라. 장사를 지나가니 가태부는
萬古愁　　　　　　　　　　　 *長沙　　　　　 *賈太傅

간 곳 없고, 멱라수를 바라보니 굴삼려 어복충혼 무양도 하
　　　　 *汨羅水　　　　　　 *屈三閭　魚腹忠魂　*無恙

시든가? 황학루를 당도하니 일모향관하처재요 연파강상사
　　　　 *黃鶴樓　 當到　 *日暮鄕關何處在　　　 煙波江上使

인수는 최호의 유적이라.
人愁　 *崔灝　 遺蹟

◇참고: 황학루 전설과 최호(崔顥)의 '황학루(黃鶴樓)' 시

　　옛날 노파가 이곳에 주점을 여니, 한 선비가 늘 와 술을 외상으로 마시고
감. 술값이 많이 밀리니 하루는 선비가 귤껍질을 꺼내 방 벽에 노란색 학을
그려주며, 노래를 부르면 이 황학이 나와 춤을 출 것이라고 했음. 이후 손님들
이 술을 마시며 노래 부르면 과연 황학이 나와 춤을 추었고, 이 소문으로 노
파는 큰돈을 벌었음. 선비가 다시 와 황학을 거두어 타고 날아가니 벽의 황학
이 없어졌음. 노파는 번 돈으로 여기에 황학루를 지었음.
옛날 신선 이미 황학을 타고 떠나가 버려, (昔人已乘黃鶴去; 석인이승황학거)
이곳에는 텅 빈 황학루만 남았구려.　　(此地空餘黃鶴樓; 차지공여황학루)
한번 간 황학은 다시 돌아오지를 않고,　(黃鶴一去不復返; 황학일거불부반)
흰 구름만 일천 년을 유유히 떠도네.　 (白雲千載空悠悠; 백운천재공유유)
맑은 강엔 한수 북쪽 숲들 뚜렷이 비치고, (晴川歷歷漢陽樹; 청천역력한양수)
꽃다운 풀들은 앵무주 섬에 무성하구려. (芳草萋萋鸚鵡洲; 방초처처앵무주)
날은 저문데 고향은 어느 곳에 있는고? (日暮鄕關何處是; 일모향관하처시)
안개 어린 강물만 나의 시름 더하는구려. (煙波江上使人愁; 연파강상사인수)

*鳳凰臺(봉황대): 중국 강소성 양자강 남안(南岸)의 남경(南京)에 있는 누각.

*三山半落靑天外 二水中分白鷺洲(삼산반락청천외 이수중분백로주): 남경 서
남 세 봉우리 푸른 하늘 밖에 멀리 반만 떨어져 보이고, 진수(秦水) 회수
(淮水) 두 물줄기는 삼각주인 백로주 섬을 사이에 두고 나뉘었구려. 당(唐)
시인 이태백의 '등금릉봉황대(登金陵鳳凰臺)' 시 8행 중 제5·6 행 구절임.

*李太白(이태백): 당(唐) 시인. 이름은 백(白), 자(字)는 태백. 하늘나라에서
득죄하여 이 세상에 귀양 왔다고 '적선(謫仙)'이라 함. 뒤에 채석강 달밤에
뱃놀이 하면서 물속 달을 건지려다가 빠져죽어 고래를 타고 승천했다 함.

*尋陽江(심양강): 중국 강서성 구강현(九江縣)의 분수(湓水)가 북쪽으로 흘러
양자강으로 들어오는 입구 지역의 강. 구강현이 시대에 따라 심양현
심양군으로 되었었고, 여기 심양 고을에 접한 양자강을 심양강이라 함.

*白樂天 一去後(백락천 일거후): 당(唐) 시인 백거이(白居易; 字가 樂天)가
한 번 떠나간 이후. 곧 백락천이 사망한 이후를 말함.

*琵琶聲(비파성): 백락천이 강서성 구강현 사마(司馬)로 좌천되었을 때, 심양
강 분포(湓浦)나루에서 저녁에 손님을 작별하던 중, 저 쪽 배에서 나는 비
파 연주 소리를 듣고 찾아갔음. 배에는 장안에서 활동하던 늙은 기생이 뱃
사람의 아내로 팔려왔다가 버림받고 가엾게 살면서 비파를 연주하고 있었
음. 그래서 함께 슬픔을 나누고 돌아가서, 그 기생의 내력을 '비파행(琵琶
行)'이란 서사시로 읊은 사실을 말한 것임.

*赤壁江(적벽강)을 그저 가랴: '적벽강'은 중국 호복성 적벽 아래의 양자강.
송(宋) 문인 소동파<이름은 식(軾), 字는 자첨(子瞻), 호는 동파(東坡)>가
달밤에 손님과 함께 이 강에 배를 띄워 선유(船遊)하면서, 옛날 삼국시대
조조(曹操)가 여기에 수많은 전선(戰船)으로 진을 쳤다가 촉한(蜀漢)과 연
합한 오(吳)나라 도독 주유(周瑜)에 의해 대패 당한 사실을 연상하여 '적벽
부(赤壁賦)'를 지었음. 이런 유서 깊은 곳을 그냥 지나칠 수 없다는 뜻임.

*蘇東坡(소동파) 놀던 風月(풍월) 依舊(의구): 소동파가 뱃놀이를 하면서, 적
벽대전을 연상하던 흔적이, 이곳에 옛날과 다름없이 남아 있다는 말.

*曹孟德一世之雄 而今安在哉(조맹덕일세지웅 이금안재재): 중국 삼국시대 조
조(曹操; 字가 孟德)는 한 시대의 영웅이었지만, 그러나 지금은 어디에 있
느냐? 아무 일도 없었다는 듯이 유유히 흐르는 강물을 보면서, 세월의 무
상함과 영웅호걸들의 인생도 강물처럼 허무함을 한탄한 말임.

봉황대를 돌아드니 삼산은 반락청천외요 이수중분백로주는
*鳳凰臺   *三山   半落靑天外   二水中分白鷺洲

이태백이 노던 데요. 심양강을 다다르니 백낙천 일거 후에
*李太白   *尋陽江   *白樂天 一去 後

비파성이 끊어졌다. 적벽강을 그저 가랴? 소동파 놀던 풍
*琵琶聲   *赤壁江을 그저 가랴   *蘇東坡 놀던 風

월 의구하여 있다마는, 조맹덕 일세지웅 이금에 안재재요?
月 依舊   *曹孟德 一世之雄 而今   安在哉

◇본문에 등장하는 지명 위치도

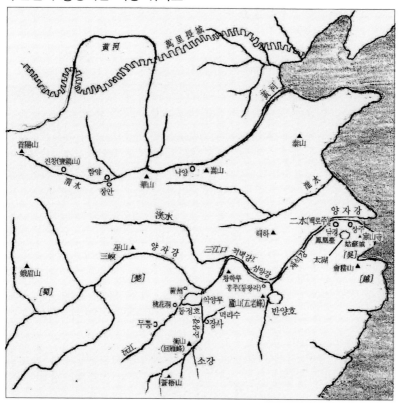

*月落烏啼(월락오제) *姑蘇城(고소성): 달 지고 까마귀 우는 밤 고소성. 중국
강소성에 고소산(姑蘇山)과 옛 '고소성<지금의 소주(蘇州)>'이 있으며, 고
소산 자락에 '한산사(寒山寺)' 절이 있음. 당(唐) 시인 장계(張繼)가 이 절
근처 '풍교(楓橋)' 다리 아래 강가에 배를 정박시키고 하룻밤 자면서 지은
시, '풍교야박(楓橋夜泊)' 속의 내용을 인용한 것임.

*寒山寺(한산사) 쇠북소리 *客船(객선)에 댕댕 들리는구나: 한산사의 종소리
이 나그네의 배에 와 닿아 들리는구나.

*秦淮水(진회수): 중국 강소성 구용현(句容縣) 북쪽 율수현(溧水縣) 동북에서
시작하여 흘러 진수(秦水) 회수(淮水) 둘로 갈라져, 하나는 금릉(金陵: 南
京) 성안으로 흐르고 하나는 성 밖으로 흘러 양자강으로 들어가는 두 물
줄기인 이수(二水). 이 강 가에는 기녀들 가루(歌樓) 무관(舞館)이 많아
화려한 환락가를 이루고 있음.

*隔江 商女(격강 상녀): 진수 회수 강 양쪽 언덕의 술을 팔며 노는 기녀들.

*亡國恨(망국한): 중국 남북조시대 이 지역 진(陳)의 후주(後主) 임금이 후정
화(後庭花) 노래를 지어 방탕하게 놀다가 나라를 망친 그 원통한 원한.

*煙籠寒水月籠沙(연롱한수월롱사) *後庭花(후정화): 중국 남북조시대 진(陳)
후주(後主) 임금이 옥수후정화(玉樹後庭花; 보통 '후정화'라고 함)라는 악
곡을 짓고, 방탕하게 놀아 나라를 망쳤음. 당(唐) 시인 두목(杜牧)이 진수
와 회수 근처에 배를 정박하고, '후정화' 노래를 부르며 즐겁게 노는 기녀
들을 보면서, 옛날 역사 사실과 관련하여 '박진회(泊秦淮)'라는 시를 지었
음. 인용된 시구 "연기는 찬물 싸안고 달빛은 모래 싸안구려(煙籠寒水月籠
沙)" 구절은 이 시의 첫째 구절임. 본문에서 '진회수를 바라보며'부터의 모
든 서술이 바로 이 시 전체 내용을 풀어 나타낸 것임.

*岳陽樓(악양루): 중국 호남성에 있는 동정호(洞庭湖) 동쪽에는 악양현(岳陽
縣)이 있고, 이 악양현 성의 서쪽 성문(城門) 누각이 '악양루'로, 멀리 동정
호의 아름다운 풍경을 조망하여 감상할 수 있음. 당(唐)나라 시인 두보
(杜甫)가 이 악양루에 올라 지은 '등악양루(登岳陽樓)' 시로 더욱 유명해짐.

*湖上(호상): 호수 위. 동정호 호수가의 언덕이란 뜻.

*巫山(무산): 중국 사천성 무산현(巫山縣) 동남의 파산산맥(巴山山脈) 주봉
(主峰). 12봉이 험하게 솟아 있어 그 사이로 양자강 상류물이 '삼협(三峽)'
중 하나인 무협(巫峽)'이란 협곡을 이루며 흐르고 있음.

월락오제 깊은 밤에 고소성의 배를 매니, 한산사 쇠북소리
*月落烏啼　　　　　*姑蘇城　　　　　　*寒山寺　쇠북소리

는 객선에 댕댕 들리는구나. 진회수를 바라보며, 격강의 상
　*客船에　댕댕 들리는구나　*秦淮水　　　　　　*隔江　　商

녀들은 망국한을 모르고서 연롱한수월롱사에 후정화만 부
女　*亡國恨　　　　*煙籠寒水月籠沙　*後庭花

르는구나.　악양루 높은 집은 호상에 솟아 있고,　무산으
　　*岳陽樓　　　　　*湖上　　　　　*巫山

◇참고: 당(唐) 시인 장계(張繼)의 '풍교야박(楓橋夜泊)' 시

달 지고 까마귀 우는 서리 내린 추운 밤, (月落烏啼霜滿天; 월락오제상만천) 단풍 비친 강 고깃배 불빛에 잠을 설치네. (江楓漁火對愁眠; 강풍어화대수면) 고소성 바깥의 한산사 절에서, (姑蘇城外寒山寺; 고소성외한산사) 한 밤중 종소리만 객선에 와 닿는구려. (夜半鐘聲到客船; 야반종성도객선)

◇참고: 당(唐) 시인 왕유(王維)의 '박진회(泊秦淮)' 시

연기는 찬물 싸안고 달빛은 모래 싸안는데,(煙籠寒水月籠沙; 연롱한수월롱사) 밤에 진·회수에 배 대니 술집이 가깝구려. (夜泊秦淮近酒家; 야박진회근주가) 술파는 여인들 나라 망친 원한도 모르면서,(商女不知亡國恨; 상녀부지망국한) 양쪽 강 언덕에서 후정화만 부르고 있구려.(隔江猶唱後庭花; 격강유창후정화)

*洞庭湖(동정호): 중국 호남성에 위치한 중국 제일의 호수.
*上下天光(상하천광) *거울 속에 푸르렀다: 위로 하늘의 달빛과 아래로 동정
  호에 비친 달빛이 조화를 이루어, 푸른 호수에 잠긴 모습이 거울 속 같음.
*三峽(삼협)으 잔나비: 호북성 파동현(巴東縣) 동쪽의 양자강은 험준한 세 협
  곡 '삼협'을 이루는데, 여기에 슬픈 소리로 우는 잔나비(원숭이)들이 많음.
*자식 찾는 슬픈 소리: 삼협의 원숭이 울음을 자식과 관련지은 것은 환온(桓
  溫)장군 설화에서 왔음. 진(晋)나라 때 장군 환온이 병사들을 배에 태워
  삼협을 지나는데, 한 병사가 원숭이 새끼를 잡아 배에 태웠음. 곧 어미 원
  숭이가 슬피 울며 언덕을 따라 내려오다가 좁은 협곡을 지날 무렵 배로
  뛰어들어 크게 울고 죽었음. 병사들이 어미 원숭이 배를 갈라보니 창자가
  토막토막 잘려 있었음. 자식 잃은 슬픔을 나타내는 '단장(斷腸)'의 유래임.
*遷客騷人(천객소인): 귀양 온 사람과 많은 시인들.
*뿌렸던가: 얼마나 많이 눈물을 뿌리고 울었는지 모름.
*八景(팔경): 소상강 주변의 아름다운 경치 8곳을 송(宋) 화가 송적(宋迪)이
  그림으로 그렸는데 이를 '소상팔경(瀟湘八景)'이라 함.
*香風(향풍): 향기로운 바람. / *竹林(죽림): 대나무 숲.
*玉佩(옥패): 옥으로 된 패물(佩物) 장식. 몸에 차고 옥 소리를 내는 패물임.
*仙冠(선관): 신선이 머리에 쓰는 관. / *신을 끌고: 신을 끌며 걸음.
*蒼梧山崩湘水絶 竹上之淚乃可滅(창오산붕상수절 죽상지루내가멸): 창오산이
  무너지고 상수 강물이 말라야, 대나무에 무늬로 남은 눈물 흔적이 없어지
  리라. 순(舜)임금이 남쪽 순시를 갔다 창오산(蒼梧山)에서 사망했음. 순임
  금 두 부인 아황(娥皇) 여영(女英)이 남편 장례를 치른 후 소상강(瀟湘江)
  절벽에서 슬피 울어 피눈물을 흘리고 함께 투신 자결했음. 이때 흘린 피눈
  물이 강 언덕 대나무에 묻어 무늬가 생겼고 뒤에 나는 대나무도 계속 무
  늬가 있어 이 대나무를 반죽(斑竹)이라 함. 사람들이 여기 소상강 언덕에
  이비(二妃)의 정렬(貞烈)을 기리어 사당 황릉묘(皇陵廟)를 세워서 그 혼
  령을 모셨음. 이러한 두 부인의 슬픔을 당(唐) 시인 이태백(李太白)이 '원
  별리(遠別離)'라는 장편 시를 지었는데, 위 시구는 이 시 끝 두 구절임.
*千秋(천추): 영원한 세월. / *하소: 마음속 한을 호소함.
*出天大孝(출천대효): 하늘이 낸 큰 효자. / *欽典(흠전): 본보기로 추앙함.
*堯舜後 幾千年(요순후 기천년): 요임금과 순임금 이후 여러 천년 지난 지금.

돋은 달은 동정호로 비쳐오니, 상하천광이 거울 속에 푸르
　　　　　*洞庭湖　　　　　　*上下天光　*거울 속에　푸르

렀다. 삼협으 잔나비는 자식 찾는 슬픈 소리, 천객소인이
렀다. *三峽으　잔나비　*子息　찾는　슬픈 소리　*遷客騷人

몇 명이나 뿌렸던가. 팔경을 다 본 후에.
　　名　*뿌렸던가　*八景　　　　　後

(2) 한 곳을 당도하니—아황 여영과 오자서 혼령 만남

<중모리> 한 곳을 당도하니 향풍이 일어나며 죽림 사이로
　　　　　　　　　　　當到　*香風　　　　　*竹林

옥패소리 들리더니,　어떠한 두 부인이 선관을 높이 쓰고
*玉佩　　　　　　　　　　　　　夫人　*仙冠

신을 끌고 나오더니, "저기 가는 심소저야, 슬픈 말을 듣고
*신을 끌고　　　　　　　　　*沈小姐

가라. 창오산붕상수절하여 죽상지루내가멸이라. 천추의 깊
　　*蒼梧山崩湘水絶　　　　　竹上之淚乃可滅　*千秋

은한을 하소할 곳 없었더니 오늘날 출천대효 너를 보니 오
　恨　*하소　　　　　　　　　*出天大孝

직이나 흠전하랴. 요순후 기천년에 지금의 천자 어느 뉘며,
　*欽典　　*堯舜後　幾千年　　　　天子

◇참고: 송(宋) 화가 송적(宋迪)의 소상팔경(瀟湘八景)

平沙落雁(평사낙안): 평평한 모래밭에 사푼하게 내려앉는 기러기.
遠浦歸帆(원포귀범): 멀리 강어귀로 돌아드는 돛단배.
山市晴嵐(산시청풍); 산에서 불어오는 맑고 시원한 바람.
江天暮雪(강천모설); 강물 위에 가만가만 소리 없이 내리는 저녁 눈.
洞庭秋月(동정추월); 동정호에 비치는 은은한 가을 달빛.
瀟湘夜雨(소상야우); 소상강 강물 위에 소리 없이 뿌리는 밤비.
煙寺晚鐘(연사만종); 연기 어린 산속 절에서 들려오는 저녁 종소리.
漁村夕照(어촌석조); 어촌을 비치는 늦은 오후의 황혼 햇빛.

*五絃琴 南風詩(오현금 남풍시): 중국 고대 순(舜)임금은 다섯줄 거문고인 오현금(五絃琴)을 연주하면서, 백성들의 행복한 생활을 생각하며 남풍시(南風詩)를 지어 읊었음. 남풍시 내용은, "남풍이 훈훈하게 부니 우리 백성들 노여움을 풀어주네. 남풍이 때맞춰 부니 우리 백성 재산을 불어나게 하네(南風之薰兮 可以解吾民之慍兮 南風之時兮 可以阜吾民之財兮)."임.

*水路(수로): 배를 타고 가는 길.

*堯女舜妻(요녀순처): 요임금의 딸이요 순임금 아내인 아황(娥皇) 여영(女英).

*萬古烈女 二妃(만고열녀 이비): 영원한 세상의 열녀인 순임금의 두 왕비.

*瀟湘江(소상강): 처음 상강(湘江)이 광서성 흥안현(興安縣)에서 출원하여 호남성 영릉현(零陵縣) 서쪽에서 소수(瀟水)와 합쳐져 '소상강'이 되어 동정호(洞庭湖)로 들어가는 강. 이 강은 물이 맑고 경관이 아름다워 문인들이 많은 시를 남겼으며, 이비 사당 황릉묘(皇陵廟)와 반죽(斑竹)이 있음.

*雞山(계산): 중국 절강성 소흥현(紹興縣) 동남에 있는 회계산(會稽山). 옛날부터 '닭'을 '회계공(會稽公)'이라 일컬어 왔으므로 '회계산'을 '계산'이라 함. 이 지역은 오(吳) 충신 오자서(伍子胥)의 활동무대였고, 또 오자서 사당(祠堂)이 근처에 있어서 오자서와 연관을 짓고 있음.

*大作(대작): 크게 일어남. / *蕭颯(소삽): 삭막하며 써늘하고 쓸쓸한 바람.

*面如巨輪(면여거륜): 얼굴이 큰 수레바퀴만큼이나 큼.

*眉間廣闊(미간광활): 두 눈썹 사이가 매우 넓고 훤함.

*가죽을 무릅쓰고: 짐승 가죽을 몸에 온통 뒤집어 씀.

*吳王(오왕): 춘추시대 오나라 왕 부차(夫差). 오자서에게 죽음을 명했음.

*伯嚭(백비)의 讒訴(참소): 오나라 장수 '백비'는 성품이 간악하고 오자서를 시기하여, 거짓을 꾸며 오자서를 모함해 죽이게 했음.

*屬鏤劍(촉루검): '촉루' 지역 생산의 철로 만든 칼로 날이 매우 예리함.

*가죽으로 몸을 싸: 말가죽으로 만든 자루 속에 넣어 양자강에 던진 사실.

*越兵(월병) 滅吳(멸오)함을: 월나라 군사가 오나라를 멸망시키는 일. 끝에 '함을'이라 한 것은 '그러한 것을 저승에서 보려고'라는 말을 생략한 것임.

*눈을 빼어 東門上(동문상): 오왕 부차가 내린 촉루검으로 오자서가 자결할 때, 월나라 군사가 오나라를 쳐들어와 멸망시키는 모습을 볼 수 있게, 자신의 시체에서 눈을 빼어 동대문 위에 걸어 달라고 부탁한 일.

*忽然(홀연): 문득. 갑자기.

오현금 남풍시를 이제까지 전하더냐? 수로 먼먼 길을 조
*五絃琴 南風詩 傳 *水路

심하여 잘 가거라." 이는 뉜고 하니 요녀순처 만고열녀 이
操心 *堯女舜妻 *萬古烈女 二

비로다. 소상강 바삐 건너 계산을 당도허니, 풍랑이 대작하
妃 *瀟湘江 *雞山 當到 風浪 *大作

고 찬 기운이 소삽더니, 어떠한 신이 나오는디 키는 구척이
*蕭颯 神 九尺

나 되고 면여거륜허여, 미간광활허고 두 눈을 감고 가죽을
*面如巨輪 *眉間廣闊 *가죽을

무릅쓰고 우루루루루루 나오더니, "저기 가는 심소저야,
무릅쓰고 沈小姐

슬픈 말을 듣고 가라. 원통타 우리 오왕 백비의 참소 듣고
冤痛 *吳王 *伯嚭의 讒訴

촉루검을 나를 주어 목 찔러 죽인 후에, 가죽으로 몸을 싸
*屬鏤劍 後 *가죽으로 몸을 싸

이 물에 던졌더니, 장부의 원통함이 월병의 멸오함을, 내
丈夫 冤痛 *越兵의 滅吳함을

일찍 눈을 빼어 동문상에 달고 왔네. 세상을 나가거던 내
*눈을 빼어 東門上 世上

눈 찾아 전해 주소. 천추에 원통함이 눈 없는 것이 한이로
傳 千秋 冤痛 恨

세." 홀연히 간 곳 없고 물결만 위르르르 출렁출렁.
*忽然

◇참고: 오자서(伍子胥) 관련 역사 사실

오자서는 초(楚) 충신 아들로 부친과 형이 평왕(平王)에 의해 죽음을 당하여 오
나라로 망명해 장군이 되어, 초를 정벌하고 부친과 형 원수를 갚았음. 부차(夫差)
가 오왕이 되어 월나라와 싸워 이기고, 월나라에서 바친 미인 서시(西施)를 위해
고소대(姑蘇臺)를 짓고 국정을 그르치니, 오자서는 강하게 충간(忠諫)했음. 곧 부
차는 간신 백비(伯嚭) 참소로 촉루검(屬鏤劍)을 내려 자결하라 하니, 오자서는 죽
으면서 "내 눈을 빼어 동문 위에 걸어 월나라 침범을 보게 하라." 했음. 부차는
그 시체를 말가죽 자루인 '치이(鴟夷)'에 넣어 강물에 던져버리라 명령했음.

*四五朔(사오삭): 4,5개월. 넉 달이나 다섯 달.

*金風颯以夕起 玉宇廓其崢嶸(금풍삽이석기 옥우곽기쟁영): 가을바람 쓸쓸하게 부는 저녁, 아름다운 궁궐 높이 솟아 둘렸도다. 조선시대 중종(中宗) 23(1528)년 성균관(成均館) 유생(儒生) 김인후(金麟厚)가 19세 때, 왕이 친림(親臨)한 앞에서 지은 '칠석부(七夕賦)'의 첫 두 구절.

*落霞與孤鶩齊飛 秋水共長天一色(낙하여고목제비 추수공장천일색): 내리는 안개는 외로운 따오기와 함께 날고, 가을 물은 길게 보이는 하늘과 같은 빛이라. 당(唐) 시인 왕발(王勃)의 '등왕각서(滕王閣序)' 속의 두 구절임.

*江岸(강안) *橘農(귤농): 강 언덕에는 농부들이 귤 농사를 지음.

*黃金 千片(황금 천편): 많이 달린 귤들이, 일천 개 황금 조각 같음.

*蘆花 風起(노화 풍기): 허연 갈대꽃에 바람이 일어 나부낌.

*白雪 萬點(백설 만점): 나부끼는 갈대꽃이 일만 개 하얀 눈송이 같이 보임.

*新蒲細柳(신포세류): 새롭게 돋은 부들가지와 가느다란 수양버들 가지.

*滿江秋風(만강추풍): 가득 찬 강물을 스쳐 부는 가을바람.

*玉露淸風(옥로청풍): 구슬 같이 맺힌 이슬에 맑은 바람이 불어 스침.

*도도 켜고: 심지를 돋우어 불을 밝게 켬.

*漁歌 和答(어가 화답): 주고받는 어부들의 노래 소리.

*海畔靑山(해반청산) 峰峰(봉봉) 칼날 되어: 바닷가 푸른 산 뾰족한 봉우리는 모두 날카로워, 무엇을 자를 듯 시퍼런 칼날 같이 보임.

*뵈이는 것 肝腸(간장): '뵈이는'은 '베이는'의 방언. '잘라서 베어낸다' 뜻. 날카로운 칼날 같은 산봉우리가 나의 간과 창자를 잘라내는 것 같다는 말.

*日落長沙秋色遠 不知何處弔湘君(일락장사추색원 부지하처조상군): 해는 장사(長沙) 지역으로 떨어지고 가을 빛 아득한데, 어디에서 상군부인(湘君夫人; 娥皇 女英)을 조문할지 모르겠네." 당(唐) 시인 이태백(李太白)이, 형부시랑(刑部侍郞) 및 중서사인(中書舍人) 등과 동정호에서 물놀이를 하며 지은 시 '유동정호시(遊洞庭湖詩)' 5편 속 첫째 시의 제3,4행.

*宋玉 悲秋賦(송옥 비추부): 송옥은 중국 전국시대(戰國時代) 초(楚)나라 대부(大夫)로 시인이며 굴원(屈原)의 제자임. 굴원이 모함을 입어 억울하게 쫓겨나 먹라수(汨羅水)에 빠져 자결한 것을 슬퍼해, 5편의 賦를 지어 '구변(九辯)'이라 했음. 그 첫째 시가 '가을의 슬픔'을 읊어서 '비추부'라 함.

*이에서: 이것보다. 송옥의 '비추부'도 심청 심정보다는 덜 슬프다는 말.

(3) 배의 밤이 몇 밤이며―지루함을 견디어 인당수 도착

<진양조> 배의 밤이 몇 밤이며 물의 날이 몇 날이나 되던

고? 무정한 사오 삭을 물과 같이 흘러가니 금풍삽이석기하
  無情   *四五 朔   *金風颯以夕起

고 옥우곽기쟁영이라. 낙하는 여고목제비하고 추수는 공장
  玉宇廓其崢嶸   *落霞   與孤鶩齊飛   秋水   共長

천일색이라. 강안에 귤농하니 황금이 천편, 노화가 풍기하
天一色   *江岸 *橘農 *黃金   千片 *蘆花   風起

니 백설이 만점이라. 신포세류 지는 잎은 만강추풍 흩날리
  *白雪   萬點   *新蒲細柳   *滿江秋風

고. 옥로청풍이 불었는데 외로울사 어선들은 등불을 도도
  *玉露淸風   漁船   *도도

켜고, 어가로 화답하니 돋우나니 수심이요. 해반청산은 봉
켜고 *漁歌   和答   愁心   *海畔靑山   峰

봉이 칼날 되어, 뵈이는 것 간장이라. 일락장사추색원하니
峰   칼날 되어 *뵈이는 것 肝腸   *日落長沙秋色遠

부지하처조상군고.   송옥의 비추부가 이에서 슬프리요?
  不知何處弔湘君   *宋玉   悲秋賦   *이에서

*童女 秦始皇 採藥(동녀 진시황 채약): 진(秦)나라 진시황이 방사(方士: 신선
술을 추구하는 사람) 서불(徐市; 일명 徐福)을 시켜 동해 바다 삼신산(三神
山)으로 불사약(不死藥)을 캐러 보내면서, 동남동녀(童男童女; 총각과 처
녀) 각 3천 명씩을 실어 가게 했으니, 지금 동녀인 심청 자신을 싣고 가는
이 배가 곧 옛날 약을 캐러 가던 그 배와 같다고 한 말임.
*方士 漢武帝 求仙(방사 한무제 구선): 한(漢)나라 무제가 방사(方士)인 이소
군(李少君)의 말을 듣고, 장생불사(長生不死)를 위하여 방사를 시켜 동해
삼신산의 신선을 모셔오라고 보냈음. 심청이 탄 배에 방사는 실려 있지 않
지만, 한 무제 때 신선을 구하러 가던 그 배와 같다고 인용한 것임.
*지레: 미리 먼저. / *守直(수직): 책임지고 맡아 지킴.
*蒼茫(창망): 푸르고 아득함. / *젖어진 날: 어두컴컴하고 음산한 날.
*정그러져: 날이 '저물어져'의 방언.
*天地寂寞(천지적막): 온 세상이 고요하고 쓸쓸함.
*까치뉘: 까치놀. 먼 바다의 석양 반사 광선에 희번덕거리는 사나운 물결.
*都沙工(도사공): 배를 운행하는 총책임자.
*領座(영좌): 선원들을 지휘하는 우두머리.
*遑遑急急(황황급급): 위급한 일이 생겨 어쩔 줄 모르고 바삐 서두는 모습.
*告祀之祭(고사지제): 어떤 문제를 해결해 달라고 신령(神靈)에게 비는 제사.
*섬 쌀: 헐지 않은 한 섬의 쌀. / *온 소: 살아 있는 한 마리의 온전한 소.
*동우 술: 하나의 큰 독에 담근 채 그대로 가득 차 있는 술.
*五色 湯水(오색 탕수): 다섯 색채 재료를 넣어 끓인 제사 음식인 탕국.
*三色 實果(삼색 실과): 각각 다른 색채를 가진 세 가지 과일.
*方位(방위)차려 갈라 괴고: 제사음식을 일정 방향에 맞게 진열해 쌓아올림.
*산 돝: 살아 있는 온전한 돼지.
*기는 듯이: 엎드려 기어가는 형상으로 제상에 올려놓은 모습.
*衣冠 整齊(의관 정제): 제복(祭服) 제관(祭冠) 등을 깨끗하고 정결하게 갖춤.
*軒轅氏(헌원씨): 중국 고대 전설상의 제왕인 황제(黃帝) 헌원씨는 처음으로
배를 만들어 백성들이 타고 물을 건너게 했다고 전해짐. 또 훤훤씨는 치우
(蚩尤)가 안개를 만들어 시야를 가리면서 반란을 일으키니, 지남철(指南鐵)
이 달린 수레를 만들어 방향을 분간하며 싸워서, 치우를 탁록(涿鹿) 들판
에서 사로잡아 퇴치했다고 전해짐.

동녀를 실었으니 진시왕의 채약 밴가? 방사는 없었으나 한
*童女　　　　　秦始皇　採藥　　　*方士　　　　　　漢

무제의 구선 밴가? 지레 내가 죽자하나 선인들이 수직하고,
武帝　求仙　　*지레　　　　　　　船人　　*守直

살아 실려 가자 하니 고국이 창망이라. 죽도 살도 못 하는
　　　　　　　　　　故國　*蒼茫

신세를 아이고 이를 어이를 할 거나.
身世

<엇모리> 한 곳을 당도하니 이는 곧 인당수라. 대천 바다
　　　　　　　　當到　　　　　　印塘水　　大川

한가운데 바람 불어 물결 쳐 안개 뒤섞여 젖어진 날, 갈 길
　　　　　　　　　　　　　　　*젖어진 날

은 천리만리나 남고 사면이 검어 어둑 정그러져 천지적막
　　千里萬里　　　　　四面　　　　*정그러져　天地寂寞

한데, 까치뉘 떠 들어와 뱃전 머리 탕탕, 물결은 위르르 출
　　　*까치뉘

렁 출렁. 도사공 영좌이하 황황급급하여 고사지제를 차릴
　　　　*都沙工 *領座以下 *遑遑急急　　*告祀之祭

제, 섬 쌀로 밥 짓고 온 소 잡고, 동우 술 오색 탕수, 삼색
　*섬 쌀　　　　　*온 소　　　*동우 술 *五色 湯水 *三色

실과를 방위 차려 갈라 궤고, 산 돝 잡아 큰칼 꽂아 기는
實果　*方位 차려 갈라 궤고 *산 돝　　　　　*기는

듯이 바쳐 놓고, 도사공 거동 봐라 의관을 정제하고
듯이　　　　　　都沙工 擧動　　*衣冠　　整齊

북채를 양 손에 쥐고.
　　　兩

(4) 북을 두리둥—선인들 제사 후 투신 재촉

<느린자진모리> 북을 두리둥 두리둥 둥둥. 헌현씨 배를
　　　　　　　　　　　　　　　*軒轅氏

제2장　115

*무어: 쌓아올려 조성(造成)한다는 뜻.

*以濟不通(이제불통): 통행이 안 되는 곳을 건너 통행할 수 있게 함.

*後生(후생): 뒷날 이어 살아가는 사람들.

*各其爲業(각기위업): 각각 사람들이 생업에 종사하는 직업으로 삼음.

*夏禹氏 九年之水(하우씨 구년지수): 고대 하(夏)나라 첫 임금 우(禹) 때 9년 동안 비가 내려 강물이 넘쳤는데, 우 임금이 이 홍수를 잘 다스렸음.

*五服(오복): 황성(皇城) 주변 땅을 봉(封)해 받은 다섯 제후(諸侯). 이 오복의 백성들은 정해진 세금과 노역(勞役; 노력제공)을 제공하게 되어 있었음.

*工手(공수): 물건 만드는 기능을 가진 사람. 토공(土工)·금공(金工)·석공(石工)·목공(木工)·수공(獸工)·초공(草工) 등 육공(六工)으로 정해져 있었음.

*九州(구주)로 돌들고: 중국 전 국토인 구주를 배 타고 돌며 작업했단 말.

*伍子胥 <u>奔吳</u>(오자서 분오): 오자서가 <u>오나라로 달아날</u> 때. 춘추시대(春秋時代) 오자서는 초(楚)나라 사람으로, 충신인 부친과 형이 참소를 입어 평왕(平王)에 의해 죽임을 당하고, 오자서도 수배령이 내려져 쫓겨 오(吳)나라로 도망쳐 달아났음. 이때 강가에 이르러 추격 병이 거의 가까워졌을 때, 한 어부가 나타나 배에 태워 무사히 탈출시켜 준 이야기.

*櫓歌(노가): 뱃노래를 부름. 배에 태워 즐겁게 노래하며 건네주었다는 말.

*垓城(해성)에 敗(패)한 將帥(장수): '해성'은 해하성(垓下城). 중국 안휘성 영벽현(靈璧縣) 동남에 있음. 한(漢) 유방(劉邦)과 초(楚) 항우(項羽)의 싸움에, 항우가 이 '해하성'에서 포위되었다가 오강(烏江)으로 탈출했음.

*烏江(오강) *艤船待之(의선대지): '오강'에서 나루를 지키는 정장(亭長)이 배를 정박하고 기다렸음. '오강'은 안휘성 화현(和縣) 동북에 있는 작은 강. 항우(項羽)가 해하성을 탈출해 이 강에 이르니, 정장이 모든 배를 없애고 오직 한 척의 배만 남겨, 항우를 건네주려고 기다리고 있었음.

*孔明 脫造化(공명 탈조화): 중국 삼국시대 촉한(蜀漢) 책사(策士) 제갈량(諸葛亮; '공명'은 호)은 우주 원리에 따른 대자연의 변화를 초월했음.

*東南風(동남풍): 동남에서 불어오는 바람. 중국 삼국시대 적벽대전 때 제갈량은, 한겨울에 칠성단(七星壇)을 만들어 빌어 동남풍을 불게 한 사실.

*曹操 百萬大兵(조조 백만대병): 적벽대전 때 일백만이나 되는 조조 군사.

*周瑜火攻(주유화공): 적벽대전 때 오(吳)나라 도독 주유가 제갈량의 동남풍에 힘입어, 불화살을 쏘아 조조 선단을 불태워 백만 대병을 패망시킨 일.

무어 이제불통 한 연후에 후생이 본을 받아다 각기위업하
*무어 *以濟不通　　然後　*後生　本　　　　*各其爲業

니 막대한 공이 아니냐? 하우씨 구년지수 배를 타고 다스
　　莫大　功　　　　　　*夏禹氏　九年之水

릴 제, 오복에 정한 공수 구주로 돌아들고. 오자서 분오할
　　　*五服　定　*工手　*九州로　돌아들고　*伍子胥　奔吳

제 노가로 건너 주고, 해성에 패한 장수 오강으로 돌아들어
　*櫓歌　　　　　　*垓城　敗　將帥　*烏江

의선대지 건네주고. 공명의 탈조화는 동남풍 빌어내어 조
*艤船待之　　　　　*孔明　脫造化　　*東南風　　　　*曹

조의 백만대병 주유로 화공하니 배 아니면 어이 하리. 그저
操　百萬大兵　*周瑜　火攻

◇참고: 항우(項羽)의 해하성(垓下城) 탈출과 오강정장(烏江亭長)

진(秦)나라 말 유방(劉邦)과 항우(項羽)가 진나라를 멸망시키고 갈등이 생겨 8년 전쟁인 한초전(漢楚戰)이 벌어져, 치열하게 싸우고 초(楚)의 항우가 패하여 해하성(垓下城)에 진을 쳤음. 이때 유방의 한(漢)나라 군사가 성을 여러 겹 포위하고, 유방의 책사(策士) 장량(張良)이 뒷산에 올라가 달밤에 옥퉁소로 초나라 민요인 계명가(雞鳴歌)를 슬프게 부니, 성을 포위한 한나라 군사들이 모두 이 초나라 민요를 따라 불렀음. 항우가 자다가 일어나 사면에 온통 초가(楚歌)가 들리니, 초군(楚軍)이 모두 한나라에 항복한 것으로 알고 장수들을 불러 술자리를 마련하고 다음과 같은 '강개탄(慷慨歎)' 노래를 지어 불렀음.

힘은 산을 뽑고 기개는 세상을 덮는데,(力拔山兮氣蓋世; 역발산혜기개세)
시대가 불리하니 추마가 못 달리네. (時不利兮騅不逝; 시불리혜추불서)
추마가 못 달리니 가히 어떻게 하리, (騅不逝兮可奈何; 추불서혜가내하)
우미인아 우미인아 너를 어찌 하리요? (虞兮虞兮奈若何; 우혜우혜내약하)

이어 총희(寵姬) 우미인(虞美人)은 항우의 칼을 뽑아 자결했고, 항우는 몇 장수들과 탈출해 오강(烏江)에 이르니, 오강을 지키는 정장(亭長)이 추격 병이 건너지 못하게 다른 배를 모두 없애고, 오직 배 한 척만 가지고 기다리면서 타기를 권했음. 항우는 일개 정장의 도움을 받는 것에 자존심이 상하여, 자기가 타던 추마(騅馬)를 정장에게 주고는 스스로 자결했음.

*舟搖搖而輕颺(주요요이경양) *陶淵明 歸去來(도연명 귀거래): 배는 흔들흔들 가볍게 잘 간다고 읊은, 중국 진(晋) 때 시인 도연명<이름은 잠(潛)>의 '귀거래사(歸去來辭)'. 도연명이 팽택(彭澤) 태수로 나갔다가 80여일 만에 전원이 그리워 벼슬을 버리고 고향으로 돌아가면서 읊은 '귀거래사' 속 구절.

*海闊孤帆遲(해활고범지): 넓은 바다에 외로운 돛단배 느리게 떠감. 당(唐) 시인 이태백(李太白)의 '송장사인지강동(送張舍人之江東)'시 제4행 시구.

*張翰 江東去(장한 강동거): '장한'은 진(晋) 때 강동(江東; 양자강 하류 남쪽) 오군(吳郡) 사람으로 제(齊) 지역에 벼슬하고 있을 때, 마침 가을바람이 소슬하게 불어오니 고향의 채소며 나물, 노어회(鱸魚膾) 등이 생각나, 자기 뜻에 맞게 살겠다면서 벼슬을 버리고 고향으로 돌아갔음. 이태백이 그 배타고 떠남을 전송하여 지은 율시가 이태백의 '송장사인지강동' 시임.

*壬戌之秋 七月(임술지추 칠월) *蘇東坡(소동파): '임술 해 가을 칠월'이라 읊은 것은 송(宋) 시인 소동파<이름은 식(軾)>임. 소동파의 '적벽부(赤壁賦)' 처음 시작 구절을 인용했음.

*지국총 지국총 어사와: 배의 노 저을 때 나는 소리. 고려와 조선 초기 노래를 싣고 있는 『악장가사(樂章歌詞)』 소재 '어부가(漁父歌)'에는 한글로만 표기되어 있는데, 조선 중종(中宗) 때 학자 이현보(李賢輔)의 '어부가(漁父歌)'에서는 '至菊叢 至菊叢 於斯臥'라고 한자로 취음(取音)해 표기했음.

*鼓枻乘流無定居(고예승류무정거): 뱃전을 두드리며 물결에 맡겨 일정 행방 없이 흘러가네. 중국 당(唐) 시인 잠삼(岑參)의 '어부(漁父)' 시 속의 구절.

*桂櫂蘭橈下長浦(계도난요하장포): 아름다운 상앗대와 탐스러운 노를 움직여 장포로 내려감. 중국 당(唐) 시인 왕발(王勃)의 '채련곡(採蓮曲)' 속의 구절. '장포'는 중국 절강성에 있는 지명임.

*吳姬越女(오희월녀) *採蓮舟(채련주): 오(吳)·월(越) 여인들 연뿌리 캐는 배. 왕발(王勃)의 '채련곡'은 강남지역 여인들이 수자리 간 남편을 그리워 하면서 연뿌리 캐는 모습을 나타낸 시임. 이 '채련곡' 속의 '오희월녀하봉용(吳嬉越女何丰茸; 오·월 여인들 어찌 그리 고운고)'이란 구절을 말한 것임.

*打鼓發船(타고발선): 북을 쳐 배가 떠남. / *商賈船(상고선): 장사하는 배.

*船人(선인): 배를 타는 사람. / *爲業(위업): 살아가는 생업으로 삼음.

*經歲又經年(경세우경년): 세월이 지나고 또 해가 바뀜.

*漂泊賈事(표박고사): 배를 타고 다니면서 곳곳에 정박해 장사하는 일.

북을 두리둥 두리둥 둥둥. 주요요이경양하니 도연명의 귀
               *舟搖搖而輕颺   *陶淵明   歸

거래, 해활하니 고범지는 장한의 강동거요. 임술지추 칠월
去來 *海闊   孤帆遲 *張翰   江東去 *壬戌之秋 七月

에 소동파 놀아있고. 지국총 지국총 어사와 하니 고예승류
  *蘇東坡   *지국총 지국총 어사와   *鼓枻乘流

무정거는 어부의 즐거움이라. 계도난요하장포는 오희월녀
無定居   漁父   *桂櫂蘭橈下長浦   *吳姬越女

채련주요, 타고발선 하고보니 상고선이 이 아니냐? 그저
*採蓮舟 *打鼓發船   *商賈船

북을 두리둥 두리둥 둥둥. "우리 선인 스물네 명 상고로 위
         *船人   名 商賈 爲

업하야, 경세우경년 표박고사를 다니다가 오늘날 인당수에
*業 *經歲又經年 *漂泊賈事   印塘水

*人祭需(인제수): 제사에 사람제물을 올리는 것.

*東海神 阿明, 西海神 祝良, 南海神 巨乘, 北海神 禺强(동해신 아명, 서해신 축량, 남해신 거승, 북해신 우강): 동서남북 바다를 각각 맡아 있는 신령들을 나열한 것임. 『황정둔갑연심경(黃庭遁甲緣心經)』에 이와 같이 명기(明記)되어 있음. 이 부분은 여러 바디 심청가 사설에서 잘못 표기 하고 있음.

*江漢之將(강한지장) *川澤之君(천택지군): 중국 양자강과 한수(漢水)를 지키는 장수인 용왕, 및 시내와 습지를 맡은 용왕. 이 두 구절은 명(明)나라 사람 구우(瞿佑)가 편찬한 단편소설집 『전등신화(剪燈新話)』의 첫 번째 소설 '수궁경회록(水宮慶會錄)'에서, 남해국 광리왕(南海國 廣利王)의 잔치에 참석한 손님 용왕들로 나타나 있음.

*下鑑(하감): 신령이 내려 보아 굽어 살핌.

*飛廉(비렴): 바람을 맡아 있는 신령.

*化作(화작): 부처님의 신통력(神通力)으로 일으키는 조화라는 뜻. 앞의 '비렴'이란 신령에 대칭되어 있으므로, 역시 신령인 '화작'이라야 함. 본문 표기의 '화락'은 '작·락' 표기 혼란에 의한 것임.

*患難(환난): 재앙이 닥치고 혼란한 상태가 됨.

*百千萬金(백천만금): 몇 백 몇 천 몇 만 금의 돈. 매우 많은 돈.

*堆(퇴): 높이 쌓인다는 뜻으로, 장사를 하여 얻는 이익을 뜻함.

*鳳旗(봉기): 봉황을 그린 깃발. 위대한 성공을 상징하는 깃발임.

*蓮花(연화) 받게: 깃대 꼭대기에 연꽃 모양으로 조각해 새긴 깃대머리를 꽂은 것을 말함. 연꽃잎이 사방으로 벌어져 하늘을 받드는 것 같음을 뜻함.

*點指(점지): 신령이 인간에게 어떤 행운이 있게 마련해주는 것.

*告祀(고사): 어떤 소원을 신령께 고하여 비는 제사.

*星火(성화): 별똥별 빛이 빠르게 떨어지는 것 같이 황급함을 뜻함.

*雲靉(운애): 안개와 구름이 끼어 아득하고 어둑어둑한 모습.

*井華水(정화수): 이른 새벽에 길은 우물물. 정결한 물을 말함.

*焚香四拜(분향사배): 향불을 피우고 네 번 절함.

*하릴없이: 영락없이 반드시 꼭.

*大明天地(대명천지): 크게 밝은 하늘과 땅인 온 세상.

*七十生男(칠십생남): 70세 늙은 나이에 아들을 낳음.

*글랑은: 그러한 것일랑은. 그와 같은 문제는.

인제수를 드리오니, 동해신 아명이며, 서해신 축량이며,
*人祭需　　　　　　*東海神　阿明　　　　　　西海神　祝良

남해신 거승이며 북해신 우강이며, 강한지장과 천택지군이
南海神　巨乘　　　北海神　禺强　　*江漢之將　　*川澤之君

하감하야 주옵소서." 그저 북을 두리둥 둥둥 둥둥. "비렴
*下鑑　　　　　　　　　　　　　　　　　　　　　*飛廉

으로 바람 주고, 화락으로 인도하여 환난 없이 도우시고,
　　　　　　　　　*化作　　引導　　*患難

백천만금 퇴를 내어 돛대 위의 봉기 꽂고 봉기 위의 연화
*百千萬金 *堆　　　　　　*鳳旗　　　　鳳旗　　*蓮花

받게 점지하여 주옵소서." 고사를 다 지낸 후 "심낭자 물에
받게 *點指　　　　　　*告祀　　　　後　沈娘子

들라!" 성화같이 재촉하니, 심청이 죽으란 말을 듣더니마는,
　　　*星火　　　　　　沈清

"여보시오! 선인님네, 도화동 쪽이 어디쯤이나 있소?" 도사
　　　　　　船人　　桃花洞　　　　　　　　　　　　都沙

공이 나서더니 손을 들어서 가르치는데, "도화동이 저기
工　　　　　　　　　　　　　　　　　　桃花洞

운애만 자욱한 데가 도화동이요." 심청이 이 말을 듣고 정
*雲靉　　　　　　桃花洞　　沈清　　　　　　　　*井

화수 떠 받쳐 놓고, 분향사배 우는 말이, "아이고 아버지!
華水　　　　　　　*焚香四拜

이제는 하릴없이 죽사오니, 아버지는 어서 눈을 떠 대명천
　　　*하릴없이　　　　　　　　　　　　　　　*大明天

지 다시 보고 칠십생남 하옵소서! 여보시오 선인님네, 억십
地　　　*七十生男　　　　　　　　　　船人　　億十

만금 퇴를 내어 본국으로 가시거든 우리 부친을 위로하여
萬金　堆　　　本國　　　　　　　　　父親　慰勞

주옵소서." "글랑은 염려 말고 어서 급히 물에 들라."
　　　　　　*글랑은　念慮　　　　急

*무릅쓰고: 뒤집어쓰고. 완전히 가려지게 덮어씀.

*萬頃蒼波(만경창파): 한없이 넓고 넓은 푸른 물결.

*格(격): 격식. 형식. 그와 같은 형태.

*떴다: 떠올랐다가. 그 자리에서 위로 높이 솟구치는 행동.

*香火(향화): 향불, 고사 지내면서 피워놓은 향불.

*海門(해문): 육지 사이로 깊숙이 들어온 바다 해협(海峽).

*領座(영좌): 무리를 거느리는 총책임자.

*格軍(격군): 배 위의 수부(水夫)로 사공을 돕는 사람.

*火匠(화장): 배에서 밥 짓는 일을 맡아보는 사람.

*後嗣(후사): 후손. 남의 자식을 물에 빠뜨려 죽이니 그 원한이 후손에게 영
    향을 미쳐, 내 자손이 재앙을 받게 된다는 민속적인 믿음.

*執挫(집좌): 노 젓는 뱃사람.

*雨後淸江(우후청강): 비 내린 뒤 바로 갠 맑은 강물 위.

*興(흥): 흥취. 즐거운 마음에서 일어나는 좋은 기분.

*백구(白鷗): 흰 갈매기.

*紅蓼月色(홍료월색): 붉은 여뀌 꽃에 비친 불그레한 달빛.

*一江疎雨鷺平生(일강소우노평생): 온통 성기게 빗방울 듣는 강물 위는 떠도
    는 해오라기의 한평생 사는 터전. 속세를 떠나 떠도는 은자(隱者)들의 고
    고한 세계를 상징하는 글귀로, 번화한 부귀영화를 추구하는 속인(俗人)
    들 상징 글귀인, "울창한 숲 그늘은 꾀꼬리들 노래하며 즐기는 세계로
    다(萬樹繁陰鶯世界; 만수번음앵세계)"와 대구를 이루어 널리 회자됨.

*汎彼蒼波(범피창파): 저 푸른 물결 위에 떠서 다님.

*滔溶滔溶(도용도용): 넘실넘실 가볍게 떠가는 모습.

<휘모리>　　　심청이 거동 봐라. 샛별 같은 눈을 감고 치맛
　　　　　　沈淸　　　擧動

자락 무릅쓰고 이리 비틀 저리 비틀 뱃전으로 우루루. 만경
　　　*무릅쓰고　　　　　　　　　　　　　　　　*萬頃

창파 갈매기 격으로 떴다 물에가 풍 빠져노니.
蒼波　　　*格　　*떴다

<진양조>　　　향화는 풍랑을 쫓고 명월은 해문에 잠겼도다.
　　　　　　*香火　　風浪　　　　　明月　*海門

영좌도 울고 사공도 울고 격군 화장이 모두 운다. "장사도
*領座　　　　沙工　　　　*格軍 *火匠

좋거니와 우리가 연년이 사람을 사다 이 물에다 넣고 가니
　　　　　　　年年

우리 후사가 잘 되겠느냐?" 영좌도 울고 집좌도 울음을 울
　　*後嗣　　　　　　　　　領座　　　　*執挫

며, "명년부텀은 이 장사를 그만두자. 닻 감어라 어기야
　　　明年

어야 어야 어기야 어야야. 우후청강 좋은 흥을 묻노라 저
　　　　　　　　　*雨後淸江　　　　　*興

백구야 홍요월색이 어늬 곳고? 일강소우노평생에 너는 어
*白鷗　*紅蓼月色　　　　　　　*一江疎雨鷺平生

이 한가하더냐?" 범피창파 높이 떠서 도용도용 떠나간다.
　閑暇　　　*汎彼蒼波　　　　*滔溶滔溶

*이 世上(세상)에서: 현재 살고 있는 세상 사람들 생각이란 말.

*出天之大孝(출천지대효): 하늘이 내놓은 위대한 효자.

*玉皇上帝(옥황상제): 도교(道敎)에서 중심 신령으로 모시는 천제(天帝).

*四海龍王(사해용왕): 동서남북 사방의 바다를 각기 맡아 있는 용왕.

*下敎(하교): 명령을 내림.

*受命(수명): 윗사람의 명령을 받들어 모심.

*還收(환수): 잘 거두어 챙겨 돌아옴.

*卯時 初(묘시 초): '묘시'는 아침 5시에서 7시 사이. 곧 그 첫 무렵인 오전
  5시를 지나는 때의 시각임.

*白玉轎(백옥교): 하얀 옥으로 꾸민, 왕이 타는 가마.

1. 심청 수궁 들어감, 황후된 심청 부친을 그리워함

(1) 위의도 장할시고—용왕이 심청을 데려가 환영함

<아니리> 그 때의 심청이는 이 세상에서 꼭 죽은 줄 알고
　　　　　　沈淸　　＊이　世上에서
있으련마는, 이러한 출천지대효를 어찌 하나님이 그저 둘
　　　　　　　　＊出天之大孝
리가 있겠느냐? 옥황상제께서 사해용왕을 불러 하교하시되,
理　　　　＊玉皇上帝　　＊四海龍王　　　　＊下敎
"오늘 무릉촌 심학규 딸 심청이가 인당수에 들 터이니, 착
　　　　武陵村　沈鶴圭　　沈淸　　印塘水　　　　　着
실히 모셔드려라." 용왕이 수명하고 심소저를 환수할 제,
實　　　　龍王　＊受命　　沈小姐　＊還收
시녀를 불러들여, "오늘 묘시 초에 심소저가 인당수에 들
侍女　　　　　　　　＊卯時　初　沈小姐　　印塘水
터이니 백옥교에 착실히 모셔 들여라." 시녀 분부 듣고,
　　　＊白玉轎　着實　　　　　　　　侍女　分付

*玉轎(옥교): 옥으로 장식된 가마. 보통은 임금이 타는 가마를 뜻함. 용궁이므로 용왕이 타는 가마임.

*父王(부왕): 아버지인 왕. 원칙적으로 왕의 자녀들이 그 부친인 왕을 지칭하는 말이지만, 왕의 시녀들도 왕을 부친에 준하여 일컬은 말임.

*微賤(미천): 신분이 낮은 사람. 자신을 낮추는 겸사(謙辭)로 사용했음.

*重罪(중죄): 큰 죄를 지어 벌 받음. / *威儀(위의): 위엄 있는 의젓한 거동.

*天上仙官仙女(천상선관선녀): 하늘나라에 사는 남녀 신선들.

*太乙仙(태을선): 하늘 북쪽 별인 '태을성(太乙星)' 신령. 인간의 생사(生死)와 재화(災禍), 그리고 인간 세상의 병란(兵亂) 등을 맡고 있는 신령임.

*安期生(안기생): 중국 진(秦) 때 약 팔던 사람으로 신선이 되었음. 1천세를 살았으며, 진시황을 만나 수십 년 후 봉래산 아래로 찾아오라 했음.

*赤松子(적송자): 중국 고대 신농씨(神農氏) 때 비를 맡은 우사(雨師)였으며, 곤륜산(崑崙山)에 들어가 신선이 되었음.

*鸞(란): 상서로운 새인 난새. 상상의 새로 닭과 비슷하게 생기고 깃은 붉은 빛에 오채(五彩)가 섞였으며, 울음소리는 오음(五音)의 조화를 이룸.

*葛仙翁(갈선옹): 중국 삼국시대 오(吳) 사람 갈현(葛玄). 장생불사(長生不死) 술을 익혔고, 나부산 소원랑(羅浮山 蘇元郎)을 만나 신선이 되었음.

*靑衣童子(청의동자) *黃衣童子(황의동자): 푸른 옷, 노랑 옷 입은 어린 신선.

*月宮姮娥(월궁항아): 달나라 궁궐의 신선. 옛날 요(堯)임금 신하로 활을 잘 쏜 예(羿)의 아내로, 남편이 서왕모(西王母)에게서 불사약(不死藥)을 얻어 온 것을 몰래 먹고, 달나라 선녀가 되었다고 함.

*麻姑仙女(마고선녀): 중국 한(漢) 환제(桓帝) 때 고여산(姑餘山)에서 수도하여 선녀가 된 늙은 할미. 긴 손톱으로 긁으면 기분이 유쾌해진다고 함.

*南岳夫人(남악부인): 여선(女仙)인 남악(南岳) 위씨부인(魏氏夫人). 처음에 신선을 좋아해 수도하는데, 한 진인(眞人)이 나타나 인도해 신선이 되었음.

*八仙女(팔선녀): 『구운몽(九雲夢)』에 등장하는 여덟 선녀. 전생의 여덟 선녀가 옥황상제에게 죄를 지어 세상으로 귀양 와 성진의 여덟 부인이 되었음.

*風樂(풍악): 음악을 연주하는 일.

*王子晉 鳳(왕자진 봉)피리: '왕자진'은 주(周)나라 영왕(靈王) 태자 '왕자교(王子喬)'. 생황을 불어 봉(鳳)의 울음소리를 잘 냈으므로 '봉피리'라 한 것임. 30년간 숭산(嵩山)에 살다가 신선이 되어 날아갔음.

인당수에 내다르니 심낭자 물에 들거늘, "부왕의 분부 듣고
印塘水　　　　　　沈娘子　　　　　　　　*父王　　分付

심낭자를 모시러 왔사오니 어서 옥교에 오르옵소서." 심소
沈娘子　　　　　　　　　*玉轎　　　　　　　沈小

저 이 말 듣더니, "어찌 미천한 사람으로 옥교를 타오릿
姐　　　　　　　　　*微賤　　　　　玉轎

까?" "만일에 타지 않으시면 중죄를 내리실 테니 사양치
　　萬一　　　　　　*重罪　　　　　　辭讓

마옵소서." 심낭자 마지못해 그 백옥교를 타고 수궁을 들
　　　　　　沈娘子　　　　　　白玉轎　　　　水宮

어오는데.

<엇모리>　위의도 장할시고, 위의도 장할시고. 천상선관
　　　　　*威儀　壯　　　威儀　壯　　*天上仙官

선녀들이 심소저를 보려하고, 태을선 학을 타고, 안기생은
仙女　　　沈小姐　　　　　*太乙仙　鶴　　　*安期生

구름 타고, 적송자 난을 타, 갈선옹 사자 타고, 청의동자
　　　　*赤松子 *鸞　　*葛仙翁 獅子　　*靑衣童子

황의동자 쌍쌍이 모셨네. 월궁항아 마고선녀 남악부인 팔
*黃衣童子 雙雙　　　*月宮姮娥 *麻姑仙女 *南岳夫人 *八

선녀들이 좌우로 모셨는데. 풍악을 갖추울 때, 왕자진의
仙女　　左右　　　　*風樂　　　　　*王子晋

*郭處士(곽처사): 당(唐) 무종(武宗)때 곽도원(郭道源). 질그릇 10~12개에 다른 높이의 물을 채워, 젓가락으로 겉면을 치는 '격구(擊甌)'를 잘 했음.

*竹杖鼓(죽장고): 죽장구. 통의 지름 세 치<寸> 이상이고 길이 석 자<尺> 쯤 되는 큰 대를 통속 마디를 트고 세워서 겉면을 막대기로 치는 타악기. '격구(擊甌)'나 '죽장구'가 모두 통의 겉면을 치는 공통성이 있음.

*張子房 玉(장자방 옥)통소: '장자방'은 한고조(漢高祖) 유방(劉邦)의 책사(策士) 장량(張良). 유방이 항우(項羽)와 싸울 때, 해하성(垓下城)에서 항우군을 포위, 장량의 계책으로 군사들에게 달밤에 항우 고향 초(楚)의 민요 '계명가(鷄鳴歌)'를 부르게 하고, <u>장자방은 산에 올라 '옥통소'를 노래에 맞춰 슬프게 불었음.</u> 이에 항우 병사들은 고향 생각에 전의(戰意)를 잃었고, 항우도 밤중에 '강개탄(慷慨歎)' 노래를 지어 부르고 탈출했다가 자결했음.

*成連子(성연자) 거문고: '성연자'는 춘추시대 성영(成連). 존칭으로 '자(子)'를 붙였음. 백아(伯牙)에게 거문고를 가르친 스승임. 백아가 거문고 소질이 부족함을 알고 봉래산(蓬萊山)으로 데리고 가서 자신의 스승에게 부탁해, 음악 소질을 그의 머릿속에 이입(移入)해 넣어 거문고 대가가 되게 했음.

*嵆康(혜강)의 奚琴(해금): '혜강'은 중국 진(晉) 때 죽림칠현(竹林七賢) 중 한 사람. '해금'은 '깡깡이'. 둥근 나무통에 막대기를 박고 명주실 두 줄을 연결해 활로 문질러 소리 내는 악기.

*挂龍骨以爲樑 靈光耀日(괘용골이위량 영광요일): 용의 뼈를 얽어 들보를 만들었으니, 신령스러운 빛이 햇빛에 번쩍임.

*緝魚鱗而作瓦 瑞氣蟠空(집어린이작와 서기반공): 물고기 비늘을 모아 얽어 기와로 만들어 이었으니, 상서로운 기운이 공중에 서림.

*珠宮貝闕 應天上之三光(주궁패궐 응천상지삼광): 값진 보석으로 장식한 궁궐과 진주로 꾸며진 대궐은 하늘 위 해·달·별 등 광채에 호응하여 빛남.

*袞衣繡裳 備水宮之五福(곤의수상 비수궁지오복): 수를 놓아 무늬를 새긴 용왕의 의상은 용궁의 다섯 복록을 모두 갖추었음.

*珊瑚珠簾(산호주렴): 산호와 구슬로 만든 아름다운 휘장.

*白玉案床(백옥안상): 하얀 옥의 탁자. / 酒案(주안): 술과 안주 등 음식.

*琉璃盞(유리잔) 琥珀瓶(호박병): 유리로 된 술잔과 호박보석으로 만든 술병.

*千日酒(천일주): 빚은 지 1천일 된 술. 술이 맑고 향기로우며 많이 마시면 1천일 동안 잠들었다가 깬다는 술임.

봉피리 네나니 나니나노,   곽처사 죽장고 찌지러쿵 쩌쿵,
鳳   *郭處士 *竹杖鼓

장자방의 옥통소 소리 뛰띠루 띠루, 성연자 거문고 둥덩둥
*張子房   玉   *成連子

덩, 혜강의 해금이며, 수궁이 진동한다. 괘용골이위량하니
  *嵆康   奚琴   水宮   振動   *挂龍骨以爲樑

영광이 요일이요, 집어린이작와하니 서기반공이라. 주궁패
靈光   耀日   *緝魚鱗而作瓦   瑞氣蟠空   *珠宮貝

궐은   응천상지삼광이요,   곤의수상은   비수궁지오복이라.
闕   應天上之三光   *袞衣繡裳   備水宮之五福

산호 주렴의 백옥 안상 광채도 찬란허구나. 주안을 드릴 적
*珊瑚 珠簾 *白玉 案床 光彩   燦爛   *酒案

에 세상음식이 아니라, 유리잔 호박병에 천일주 가득 담고,
  世上飮食   *琉璃盞 琥珀瓶 *千日酒

◇참고: 위 '괘용골이위량'에서 '비수궁지오복'까지의 설명

위 '괘용골이위량(挂龍骨以爲樑)'에서 '비수궁지오복(備水宮之五福)'까지의
여섯 자로 된 네 글귀는 명대(明代) 구우(瞿佑)가 엮은 소설집 『전등신화(剪
燈新話)』 첫 번째 소설 '수궁경회록(水宮慶會錄)'에서 인용했음. 남해 용왕
광리왕(廣利王)이 영덕전(靈德殿) 궁궐을 새로 짓고, 이 세상 인간인 원(元)
선비 여선문(余善文)을 초빙해 가서, 상량문(上樑文)을 짓게 했는데, 그 글
속에 모두 나타나 있는 구절들임. 다만 넷째 구절인 '비인간지오복(備人間
之五福)'을 '비수궁지오복(備水宮之五福)'으로 두 글자만 바꾸어 인용했는데,
용궁에서의 일이니까 수궁으로 바꾸었음.
'인간오복'은 壽(수: 오래 삶), 富(부: 재산이 넉넉함), 康寧(강녕: 병이 없
이 건강 함), 攸好德(유호덕: 훌륭한 인품을 갖추어 존경 받음), 考終命(고종
명: 영광스럽게 죽음) 등의 5가지임.

*三千碧桃(삼천벽도): 3천년에 한 번 열리는, 신선이 먹는 복숭아.

*궤였으니: 교묘하게 층층이 높이 쌓아올린 모습.

*三日小宴 五日大宴(삼일소연 오일대연): 3일 만에 작은 잔치를 베풀고 5일 만에 큰 잔치를 베풂. 매우 성대하게 극진히 잘 대접함을 뜻함.

*捧供(봉공): 잘 받들어 모심.

*玉眞夫人(옥진부인): 옥황상제를 곁에서 모시는 선녀.

*母女相逢次(모녀상봉차): 어머니와 딸이 서로 만나보는 일.

*下降(하강): 하늘에서 아래인 용궁으로 내려옴.

*五色綵緞(오색채단): 다섯 색채의 아름다운 비단.

*玉麒麟(옥기린): 아름다운 옥으로 치장한, 상서로운 짐승 기린.

*碧桃花(벽도화): 신선이 먹는 복숭아의 꽃. '벽도화'는 원래 신선이 먹는 과일인 복숭아를 뜻하는 말이지만, 끝에 '화(花)'가 붙어 '벽도의 꽃'이라 함.

*丹桂花(단계화): 달나라의 붉은 계수나무 꽃. 달나라 계수나무는 붉은색을 띠고 있음.

*前陪(전배): 앞에서 보호하여 인도함.

*遑急(황급): 매우 분주해 마음이 다급함.

*徘徊(배회): 빙글빙글 돌아다니며 어정거림.

*廣寒殿(광한전): 달나라에 있는 궁궐. 옥황상제가 거처하는 하늘 궁궐임.

*희였으니: 하얀 빛을 띠고 있으니.

한가운데 삼천벽도를 덩그렇게 궤였으니 세상의 못 본 바
　　　　　*三千碧桃　　　　　*궤였으니　　世上

라. 삼일에 소연하고 오일에 대연하며 극진히 봉공한다.
　　*三日　　小宴　　　　五日　　大宴　　極盡　*捧供

(2) 오색채단—심청이 모친 만나고 다시 헤어짐

<아니리>　하루는 천상에서 옥진부인 내려오는데, 이 부인
　　　　　　　　　天上　　*玉眞夫人　　　　　　夫人

은 뉘신고 하니 세상의 심학규 아내 곽씨로다. 심소저 수궁
　　　　　　世上　　沈鶴圭　　　郭氏　　　沈小姐　水宮

들어온 줄 알고, 모녀상봉차로 하강하시는데.
　　　　　　　　　*母女相逢次　　*下降

<진양조>　오색채단은 옥기린에 가득 싣고, 벽도화 단계화
　　　　　　*五色綵緞　*玉麒麟　　　　　　*碧桃花 *丹桂花

를 사면에 버려 꽂고, 청학 백학의 전배 서서 수궁에 내려
　　四面　　　　　　　青鶴　白鶴　*前陪　　　水宮

올 제, 용왕도 황급하여 문전에 배회할 제, 부인이 들어와
　　　　龍王　*遑急　　門前 *徘徊　　　夫人

심청보고 반기하여 와락 뛰어 달려들어, 심청 손을 부여
沈清　　　　　　　　　　　　　　　　沈清

잡고, "네가 나를 모르리라. 나는 세상에서 너 낳은 곽씨로
　　　　　　　　　　　　　　　　世上　　　　　郭氏

다. 그간 십여 년에 너의 부친 많이 늙었으리라. 나는 죽어
　　間 十餘 年　　　　父親

귀히 되어 천상에 올라가 광한전 옥진부인 되었더니, 네가
貴　　　天上　　　　*廣寒殿 玉眞夫人

수궁에 들어왔단 말을 듣고 상봉차로 내 왔노라. 입모습 생
水宮　　　　　　　　相逢次

긴 것이 어찌 아니 내 딸이랴? 귀와 목이 희였으니, 너의
　　　　　　　　　　　　　　　　　　　*희였으니

*斟酌(짐작): 어림으로 헤아려 잘 생각함. 한자의 원 뜻으로는 술을 따라 서로 주고받고 하는 행위를 나타내는 말임.

*初七日(초칠일): 애기가 태어나서 처음 칠일 째 되는 날.

*저기 慰勞(위로): 조금이나마 괴로움이나 슬픔을 잊게 하여 마음을 편안하게 달래줌.

*萬鍾祿(만종록): 나라에서 받는 많은 녹봉(祿俸). '종'은 들이의 단위로, '8곡(斛; 8섬)'이 '1종'이니, '1만종'이면 '8만 섬'의 곡식이 됨. 즉 매우 많은 곡식을 녹봉으로 받는 고관대작(高官大爵)이라는 말.

*職分 許多(직분 허다): 맡아서 수행해야 하는 직책상 업무가 매우 많음.

*搖鈴(요령): 놋쇠로 통을 만들어 안에 흔들리는 방울을 매단 종, 통 끝에 붙은 자루를 잡고 흔들면 통속 방울이 가장자리 놋쇠에 닿으면서 딸랑딸랑 소리가 남. 관아의 신호용으로, 또는 스님이 염불할 때 쥐고 흔들어 소리 내는 데에 주로 사용함.

*五色彩雲(오색채운): 다섯 빛깔의 아름다운 색채를 지닌 구름. 아름답고 상서로운 일이 있을 때 얕은 공중에 어리어 보임.

*우두머니: 우두커니. 말없이 멍하게 바라보고 있는 모습.

◇참고: 요령(搖鈴)의 모습

부친 분명하다. 뒷마을 귀덕어미 공을 어이 갚을거나. 네
父親　分明　　　　　　　　　　　功

낳은 칠일 만에 세상을 떠났으니, 십오 년 고생이야 어찌
　　七日　　　世上　　　　　　十五　年　苦生

다 말 할소냐?" 심청이 그제야 모친인 줄 짐작하고, "아이
　　　　　　沈淸　　　　母親　　*斟酌

고 어머니! 어머니는 나를 낳고 초칠일 안에 세상을 떠나
　　　　　　　　　　　　*初七日　　　世上

신 후, 앞 못 보는 아버지는 동냥젖 얻어 먹여 십오 세가
　後　　　　　　　　　　　　　　　　十五　歲

되었으나, 부친 눈을 띄랴하고 삼백 석에 몸이 팔려 이곳에
　　　　父親　　　　　　三百　石

들어와 어머니를 만나오니,　이런 줄 알았으면 나오던 날

부친 전에 이 말씀을 여쭈었다면,　날 보내고 설운 마음
父親　前

저기 위로 하올 텐데, 외로우신 아버지는 뉘를 믿고 사오리
*저기 慰勞

까?" 부인도 울며 하는 말이, "네나 세상을 다시 나가 너의
　　夫人　　　　　　　　　　世上

부친 다시 만나 만종록 누리면서 즐길 날이 있으리라. 광한
父親　　　*萬鍾祿　　　　　　　　　　廣寒

전 맡은 일이 직분이 허다하야 오래 쉬기 어려워라." 요령
殿　　　　　*職分　許多　　　　　　　　　　*搖鈴

소리가 쟁쟁 날 제, 오색채운이 올라가니 심소저 모친 따라
　　　錚錚　　*五色彩雲　　　　　沈小姐　母親

갈 수도 없고, 가는 곳만 우두머니 바라보며 모녀 작별이
　　　　　　　　　*우두머니　　　　　母女　作別

또 되는구나.

*芳年(방년): 꽃다운 나이. 즉 15,6세가 되어 결혼할 나이.

*還送(환송): 다시 되돌려 내보냄.

*配匹(배필): 짝. 결혼 상대자.

*受命(수명): 윗사람의 명령을 받음.

*封(봉): 싸서 안이 안 보이게 함. 오목하게 둘러싸 둥글게 만든 덩어리.

*調和(조화) 있게: 잘 어울리어 보기 좋고 아름답게 된 모습.

*兩大 仙女(양대 선녀): 두 사람의 아름다운 여자 신선.

*侍衛(시위): 주위에서 호위하여 받들어 모시는 사람.

*朝夕之供(조석지공): 아침과 저녁으로 받드는 식사와 생활 편의.

*饌需凡節(찬수범절): 음식 재료와 생활에 필요한 여러 가지 준비물.

*金珠寶貝(금주보패): 황금과 구슬 등 보배로운 패물.

*造化(조화): 사람의 힘으로 이루어지는 것이 아닌, 어떤 대자연의 힘에 의한 변환으로 형성되는 일.

*搖動(요동): 흔들리어 움직임.

*南京(남경) 갔던 船人(선인): 중국 남경으로 장사하러 갔던 뱃사람들.

*億十萬金 堆(억십만금 퇴): 십만 금의 억 배나 되는 돈의 이윤을 얻음.

*本國(본국)으로 돌아오다: 떠났던 자신들의 나라로 돌아옴.

*忽然 感動(홀연 감동): 문득 갑자기 마음속 감정의 변화를 느끼게 됨.

*淨(정): 순수하고 깨끗함.

*五丈原(오장원): 중국 섬서성 봉상현(鳳翔縣)에 있는 언덕. 지금의 위수(渭水) 북안(北岸) 보계시(寶鷄市) 진창(陳倉)에 있음. 중국 삼국시대 말기 촉한(蜀漢)의 제갈공명<諸葛孔明; 이름은 양(亮)>이 위(魏)나라를 정벌하기 위해 군사를 이끌고 이 지역에 와서 진을 치고, 위(魏)나라 책사 사마의(司馬懿)와 맞서 싸우다가 과로로 지쳐 쓰러져 기절했음. 그 길로 제갈량은 진중(陣中)으로 옮겨져 사망했음.

*落傷(낙상): 높은 곳에서 떨어져 신체 손상을 입음. 제갈량이 오장원(五丈原) 언덕에서 쓰러져 기절한 일.

⑶ **북을 두리둥둥—심청 든 꽃봉, 선인들 제사 후 발견**

<아니리> 옥황상제께서 사해용왕을 또 다시 불러 하교하
　　　　　玉皇上帝　　　　四海龍王　　　　　　　　　下敎

시되, "심소저 방년이 늦어가니 어서 인간으로 환송하되,
　　　沈小姐 *芳年　　　　　　　人間　　　*還送

인간의 좋은 배필을 정하여 주어라." 용왕이 수명하고 내려
人間　　　*配匹　定　　　　　　龍王　*受命

와 심소저를 환송할 적, 꽃 한 봉을 조화 있게 만들어, 그
　　沈小姐　還送　　　　*封 *調和 있게

가운데 심소저를 모시고 양대 선녀로 시위하여, 조석지공
　　　　沈小姐　　　　*兩大 仙女　*侍衛　　*朝夕之供

과 찬수범절 금주보패를 많이 싣고, 용왕과 각국 시녀 작별
　*饌需凡節 *金珠寶貝　　　　　　龍王　　各國 侍女 作別

후 돌아서니 이는 곧 인당수라. 용왕의 조화인지라, 바람이
後　　　　　　　　　　印塘水　　龍王 *造化

분들 요동하며 비가 온들 젖을소냐? 주야로 두둥실 떠
　　*搖動　　　　　　　　　　　　　晝夜

있을 제, 그때의 남경 갔던 선인들은 억십만금 퇴를 내어
　　　　　　　*南京 갔던 船人　　*億十萬金 堆

본국으로 돌아오다 인당수를 당도하니, 심소저 효행이 홀
*本國으로 돌아오다　印塘水　當到　　　沈小姐 孝行 *忽

연히 감동되는지라. 제물을 정히 차려 놓고 심소저의 넋을
然　感動　　　　祭物 *淨　　　　　沈小姐

위로하는데.
慰勞

<중모리> 북을 두리둥둥 울리면서 슬픈 말로 제 지낼 제,
　　　　　　　　　　　　　　　　　　　祭

"넋이야! 넋이로다. 이 넋이 뉘 넋이야! 오장원에 낙상하던
　　　　　　　　　　　　　　　　　　*五丈原 *落傷

*孔明(공명): 중국 삼국시대 촉한 유비(劉備)의 책사 제갈공명(諸葛孔明). 유비가 사망한 뒤 후주(後主)에게 '출사표(出師表)'를 써서 바치고 직접 군사를 이끌고 북쪽 위수(渭水) 상류 지역으로 출정하여 위나라 군사와 싸우다가 기절해 쓰러져 사망했음.

*三年 武關(삼년 무관) *楚懷王(초회왕): 삼년 동안, 진·초(秦·楚) 국경지역의 '무관'에 갇혀 있다가 원통하게 죽은 '초나라 회왕'. 중국 전국시대 말, 진(秦) 소왕(昭王)이 초(楚) 회왕을 회담하자고 속여 무관으로 초빙해 구금했음. 이에 회왕은 3년 동안 구금되어 있다가 한을 품고 사망했음.

*歆饗(흠향): 신령이 제사 음식을 받아먹음.

*都沙工(도사공): 배를 운행하는 사공 중의 우두머리 사공.

*當(당): 가당(可當). 이치나 원리에 꼭 들어맞음.

*陳平(진평): 중국 삼국시대 한(漢) 유방(劉邦) 휘하 장수로, 초한전(楚漢戰) 때 6가지의 계책인 '육출기계(六出奇計)'를 내어 곤경에 처한 유방을 구하고, 전쟁을 승리로 이끄는 일에 큰 공헌을 했음.

*范亞父 黃金四萬金(범아부 황금사만금) *楚陣中(초진중): 한(漢) 유방(劉邦) 신하 진평(陳平)의 '육출기계(六出奇計)' 중, '청연금행반간(請捐金行反間; 황금으로 간첩을 사서 이간질하는 방법)' 계책을 말한 것임. 항우(項羽)에게는 충성스러운 책사(策士)인 범증(范增)이 있어서 항우가 '부친에 버금가는 분'이라고 높여 아부(亞父)라 칭했고, 성씨가 '범씨'여서 세상에서는 '범아부'라 일컬음. 진평이 유방에게, "황금 4만금을 주시면 간첩을 사서 범증이 항우 배반할 마음을 품고 있다는 유언비어를 초(楚)나라 진중에 퍼뜨려, 의심 많은 항우가 범증을 내쫓게 하겠습니다. 그러면 항우는 반드시 망합니다."라고 간청했음. 이때 유방이 그 큰돈을 선뜻 주어 성공했음.

*玉出崑岡(옥출곤강): 옥은 곤륜산(崑崙山)에서 생산됨. '곤강'은 곤륜산의 다른 이름. '곤륜산'은 중국 고대(古代)부터 서방(西方) 산악지대에 있다고 믿은 영산(靈山)으로, 그 산에는 여자 신선 서왕모(西王母)가 살고 있고, 요지(瑤池)라는 못이 있으며, 옥(玉)이 많이 나는 곳으로 기록되어 있음.

*아니어든: 아닌데. 옥(玉)이 나는 곤륜산이 아니라는 말.

*海棠花(해당화): 장미과에 속하는 관목으로 가시가 많으며, 5월에 짙은 홍색의 꽃이 피고 모래땅이나 산기슭에 잘 자라며, 정원수로도 많이 심음. 우리나라 함경남도 원산 해안 명사십리는 해당화로 유명함.

공명의 넋도 아니요, 삼년 무관에 초회왕의 넋도 아니요,
*孔明　　　　　　　　*三年　武關　*楚懷王

부친 눈을 띄랴하고 삼백 석에 몸이 팔려 인당수 제수되신
父親　　　　　　　三百　石　　　　　　　　印塘水　祭需

심낭자의 넋이로구나. 넋이라도 오셨거든 많이 흠향을 하
沈娘子　　　　　　　　　　　　　　　　　　　*歆饗

옵소서.” 제물을 물에 풀고 눈물 씻고 바라보니 무엇이 떠
　　　祭物

있는데, 세상에 못 본 바라. 도사공이 하는 말이, “저것이
　　　世上　　　　　*都沙工

무엇이냐? 저것이 금이냐?” “금이란 말씀 당치 않소. 옛날
　　　　　　金　　　金　　　*當

진평이가 범아부를 잡으려고 황금 사만 금을 초진 중에 흩
*陳平　　*范亞父　　　　黃金　四萬　金　*楚陣　中

었으니 금이 어이 되오리까?” “그러면 그게 옥이냐?” “옥이
　　　金　　　　　　　　　　　　　　　　玉　　　玉

란 말이 당치 않소. 옥출곤강 아니어든 옥 한 쪽이 있소리
　　　當　　　*玉出崑岡　*아니어든　玉

까?” “그러면 그게 해당화냐?” “해당화란 말이 당치 않소.
　　　　　　*海棠花　　　海棠花　　　當

*明沙十里(명사십리): 밝고 깨끗한 모래가 10여리 멀리 뻗혀 있는 해변 가 모래밭. 대표적으로 해당화가 많은 함경남도 원산의 바닷가, 곱고 부드러운 모래톱을 일컬음.

*우겨라: 노로 배를 저을 때, 노를 앞으로 당겼다가는 뒤로 미는 동작을 반복하는데, 뒤로 미는 동작을 말함.

*香臭 振動(향취 진동): 아름다운 향기가 퍼져 나와 멀리 벋음.

*五色彩雲(오색채운): 다섯 빛깔의 아름다운 구름.

*수레: 사람이 타거나 짐을 나르는 바퀴 달린 교통수단.

*許多(허다): 많고도 많음.

*남은 財物(재물): 장사를 하여 본전을 제하고 이익으로 남겨진 돈과 물자.

*各其 分財(각기 분재): 선원들 각자가 챙겨 자져가는 몫의 재물을 모두 나누어 줌.

*宋天子(송천자): 중국 송(宋)나라 황제. 초두에서 신종(神宗)황제 말엽이라 표현했음.

*忽然 崩(홀연 붕): 갑자기 사망함. 황제나 황후의 사망을 '붕'이라 함. 그리고 황제의 명령을 받는 왕(王)인 제후(諸侯) 사망은 훙(薨)이라 함.

*納妃(납비): 황제 부인인 황비(皇妃) 자리가 비었을 때 황비를 들여놓는 일.

*琪花瑤草(기화요초): 매우 아름답고 진귀한 꽃과 풀.

*皇極殿(황극전): 중국 황제가 머물러 일 보는 궁전.

*花草打令(화초타령): 화초를 가사(歌詞) 내용으로 하는 국악의 잡가(雜歌).

*八月芙蓉 君子容(팔월부용 군자용): 8월에 피는 연꽃은 군자의 모습임. '부용'은 연꽃의 다른 이름임.

*滿塘秋水 紅蓮花(만당추수 홍련화): 가을 연못 물위에 가득 핀 붉은 연꽃.

*暗香浮動月黃昏(암향부동월황혼): 매화 향기 그윽하게 멀리 퍼지는 초저녁 달밤. 중국 송(宋) 시인 임포(林逋)의 '산원소매(山園小梅)' 시 8행 중 제4행 시구(詩句). 임포의 이 시로 인해 '암행부동'이란 말이 매화를 상징하는 말로 되었음. 임포는 결혼을 하지 않고 혼자 살면서 매화를 심고 학을 길러, 사람들이 '매화로 아내삼고 학으로 자식을 삼음'이란 뜻으로, 그를 지목하여 '매처학자(梅妻鶴子)'라고 일컬음.

*消息 傳(소식 전)튼 *寒梅花(한매화): 이른 봄, 아직 화창한 봄철이 멀었는데, 차가운 바람 속에서 봄소식을 전한다고 하여 매화꽃을 '한매화'라 함.

명사십리 아니어든 해당화 어이 되오리까?" "그러면 무엇
*明沙十里　　　　　　海棠花

이냐? 가까이 가서 보자." "우겨라 우겨라 저어라 저어라
　　　　　　　　　　　　*우겨라

어기야 뒤여 저어!" 가까이 가서 보니 향취 진동하고
　　　　　　　　　　　　　　　　*香臭　振動

오색채운이 어렸구나.
*五色彩雲

(4) 화초도 많고 많다──도사공 꽃봉 건짐, 황궁의 꽃타령

\<아니리\>　　가까이 가서 보니 꽃 한 봉이 떠 있구나. 배에

건져놓고 보니 크기가 수레 같고 향취가 진동쿠나. 본국으
　　　　　　　*수레　　　　香臭　振動　　　　本國

로 돌아와　허다히 남은 재물 각기 분재할 적,　도사공은
　　　　　*許多 *남은　財物 *各其　分財　　　　都沙工

무슨 마음인지 재물을 마다하고 꽃봉을 차지하여 저의 집
　　　　　　　財物

후원에 두었구나. 그때에 송천자께서 황후 홀연 붕하신 후,
後園　　　　　　　　　*宋天子　　　皇后 *忽然　崩　　　後

납비 하기 뜻이 없고 세상의 기화요초를 구하여 황극전 넓
*納妃　　　　　　　　世上 *琪花瑤草　求 *皇極殿

은 뜰에 여기저기 심어놓고 조석으로 화초를 구경할 제, 이
　　　　　　　　　　　　朝夕　　　花草

것이 화초타령이것다.
　*花草打令

\<중중모리\>　　화초도 많고 많다.　팔월 부용의 군자용,
　　　　　　　　　花草　　　　 *八月　芙蓉　君子容

만당추수 홍련화,　암향부동월황혼 소식 전튼 한매화,
*滿塘秋水　紅蓮花 *暗香浮動月黃昏 *消息　傳튼 *寒梅花

*盡是劉郎去後栽(진시유랑거후재) *복숭꽃: 이것은 모두 나 유우석(劉禹錫)이 떠난 뒤 심어 가꾼 복숭아꽃이로다. 당(唐) 시인 유우석(劉禹錫)이 10년 동안 지방 고을 관장으로 나가 있다가 돌아오니, 장안(長安)의 현도관(玄都觀: 道敎寺院)에 자신이 떠난 뒤 복숭아나무를 많이 심어, 꽃구경 가는 사람이 많음을 보고 지은 '희증간화제군자(戲贈看花諸君子)' 시 끝 구절.

*九月九日龍山飲(구월구일용산음) *笑逐臣 菊花(소축신 국화): 당(唐) 시인 이백(李白)이 9월9일 용산에 올라 술을 마시며 읊은, '구일용산음(九日龍山飲)' 시에, "9일에 용산에 올라 술을 마시니, <u>황화<국화>는 귀양 온 이 신하를 비웃는구려(九日龍山飲 黃花笑逐臣)</u>"라고 나타나 있는 구절임.

*三千弟子 講論(삼천제자 강론) *杏壇春風 銀杏(행단춘풍 은행)꽃: 공자(孔子)가 3천 제자들에게 학문을 가르치시던, 그 자리인 '행단' 봄바람 속의 은행꽃. 중국 산동성 곡부현(曲阜縣) 공자 사당 앞 강론 터에 한(漢) 때 큰 건물 대전(大殿)을 세웠는데, 송(宋) 때 이 대전을 옮기고 그 자리에 벽돌을 쌓아 단을 쌓고 주위에 은행나무<杏木>을 심었음. 뒤에 금(金)나라 당회영(黨悔英)이 여기에 '행단(杏壇)' 두 글자를 새겨 비석을 세웠음.

*梨花滿地不開門(이화만지불개문) *長信宮(장신궁): "배꽃이 가득 떨어졌는데 문은 닫혀 있네."라고, 한(漢)나라 황태후의 '장신궁' 뜰을 보고, 반첩여(班婕妤)의 슬픔을 읊은 당 시인 유방평(劉方平) 시 '춘원(春怨)'의 끝 구절.

*天台山(천태산) *兩邊開 芍藥(양변개 작약): 중국 절강성의 천태산 들어가는 골짜기 양쪽 언덕에 많이 피어있는 작약 꽃.

*怨征夫之離別(원정부지이별): 수자리 간 남편의 이별을 원망하는 아내들.

*玉窓五見櫻桃花(옥창오견앵도화): 타향의 창가 앵두꽃 핌을 다섯 번이나 보았도다. 당(唐) 시인 이태백이 타향에서 5년 동안이나 고향 집에 못 가고 읊은 '구별리(久別離)' 시 둘째 구절.

*蜀國恨(촉국한) *啼血 杜鵑花(제혈 두견화): 촉(蜀)나라로 돌아가고픈 원한(怨恨)에, 피를 토하고 울어 그 피가 뿌려져 색깔이 붉어졌다는 진달래꽃. 옛날 촉(蜀) 지역 임금 망제(望帝)가 이름이 두우(杜宇)였는데, 신하에 의해 쫓겨나 산속에서 울면서 돌아가기를 원하다가 한(恨)을 품고 죽어, 그 혼백이 두견(杜鵑)새로 되어 슬픈 소리로 운다고 함. 두견새의 피를 짜내는 그 울음에서 뿌려진 피가 진달래 꽃잎에 묻어 꽃 색깔이 붉어졌다 함.

*李花(이화) *蘆花(노화) *鷄冠花(계관화): 자두 꽃, 갈대꽃, 맨드라미꽃.

진시유랑거후재는 붉어있다고 복숭꽃, 구월구일용산음 소
*盡是劉郎去後栽   *복숭꽃   *九月九日龍山飮 *笑

축신 국화꽃,   삼천 제자를 강론하니 행단춘풍의 은행꽃,
逐臣   菊花   *三千 弟子   講論   *杏壇春風   銀杏꽃

이화만지불개문하니 장신궁 전 배꽃이요, 천태산 들어가니
*梨花滿地不開門   *長信宮   前   *天台山

양변개   작약이요,   원정부지이별하니 옥창오견의   앵도화,
*兩邊開   芍藥   *怨征夫之離別   *玉窓五見   櫻桃花

촉국한을 못 이기어 제혈허든 두견화,   이화 노화 계관화,
*蜀國恨   *啼血   杜鵑花   *李花 *蘆花 *鷄冠花

◇참고: 장신궁(長信宮)의 반첩여(班婕妤)

한(漢) 성제(成帝) 때 후궁 반첩여(班婕妤)는 정숙하고 현명하여 성제의 정
사(政事)를 많이 충간(忠諫)했음. 그런데 조비연(趙飛燕) 자매가 궁녀로 입궁
하면서 황제의 총애가 쇠퇴해져 신변의 위협을 느끼자, 자진하여 황태후(皇
太后)를 모시겠다고 하여 장신궁(長信宮)으로 들어가, '자도부·도소부·원가행
(自悼賦·擣素賦·怨歌行)' 등의 시로 슬픔을 달래며 살다가 쓸쓸하게 죽었음.
뒷날 당(唐) 시인 유방평(劉方平)이 장신궁 뜰에 배꽃이 가득 떨어져 있는
것을 보고. 반첩여의 슬픔을 회상하여 '춘원(春怨)' 시를 읊은 것임.

◇참고: 천태산(天台山) 작약(芍藥)과 선녀(仙女)들

한(漢)나라 때 완조(阮肇)와 유신(劉晨)이 절강성의 천태산(天台山)으로 약
을 캐러 들어가니, 산골짜기 양쪽에 작약(芍藥) 꽃이 가득 피어 있었음. 깊이
들어가 냇가에서 빨래를 하는 두 선녀를 만나 각기 한 선녀와 반년 동안을
살고 나왔는데, 이미 10세(十世; 약 3백년)가 지났더라는 고사임. 이렇게 선
녀를 만나는 고사에 작약 꽃이 결부된 것은, 중국 풍습에 남녀 애정결연 때
에 작약 꽃을 주는 것으로 되어 있으며, 『시경(詩經)』 '위풍(衛風) 칠유(漆洧)'
시 내용과도 깊은 관계가 있음. 또 서로 다투면서 작약 꽃을 주면 이별을 선
언하는 것으로 습관화되어 있음.

*紅菊(홍국) *白菊(백국): 붉은 색의 국화꽃, 흰색의 국화꽃.

*四季花(사계화): 월계화(月季花). 초여름에 홍색과 백황색의 꽃이 핌.

*東園桃李片時春(동원도리편시춘): "동쪽 정원 아름다운 복숭아꽃 오야 꽃도 짧은 봄 한 철이라." 당(唐) 시인 왕발(王勃)의 '임고대(臨高臺)' 시 시구.

*牧童遙指杏花<村>(목동요지행화<촌>): 목동이 손가락으로 살구꽃 핀 <마을>을 가리키네. 당(唐) 시인 두목(杜牧)의 '청명(淸明)' 시 끝 구절에서, 끝의 촌(村: 마을)자를 생략하여 행화(杏花; 살구꽃)가 되게 해 인용했음.

*月中丹桂無三更(월중단계무삼경): 계수나무 박힌 밝은 달은 밤중에도 쉬지 않고 비추네. 달 속 계수나무는 붉은 색이어서 '단계(丹桂)'라 함.

*桂樹(계수)나무: 녹나무과에 속하는 상록 교목. 5,6월에 황백색 꽃이 피고 흑색 열매가 열림. 방향(芳香)이 있으며 줄기 껍질이 약재인 계피(桂皮)임.

*映山紅(영산홍): 5,6월에 반점이 있는 담홍색 꽃이 피는 영산백(映山白) 꽃.

*倭(왜)철죽: 일본에서 들여온 철쭉꽃. 5월에 점액이 있는 연분홍 꽃이 핌.

*五味子(오미자): 오미자나무 꽃. 열매는 폐병 기침 갈증 등의 약재로 쓰임.

*梔子(치자): 꼭두서니과에 딸린 나무. 6·7월에 염료 재료인 황백색 꽃이 핌.

*柑子(감자): 홍귤(紅橘)나무. 6월에 백색 꽃이 핌. 가을에 황색 귤이 익음.

*柚子(유자): 운향과 상록 교목. 초여름에 흰 꽃이 핌. 겨울에 유자가 익음.

*石榴(석류): 석류나무과 낙엽 교목. 6월에 붉은 꽃이 피어 석류 열매로 됨.

*陵郞(능랑): 고삼(苦蔘). 콩과에 속하는 다년초. 6-8월에 황색 꽃이 핌.

*능금: 능금나무와 작은 교목. 4·5월에 흰 꽃이 핌. 7·8월 작은 사과 익음.

*머루 *으름: 각각 덩굴식물로 덩굴에 작은 꽃이 피고 열매가 열림.

*各色花草(각색화초): 여러 종류의 꽃과 풀.

*香果(향과): 향기와 맛이 좋은 과일나무 / *香風(향풍): 향기로운 바람.

*都船主(도선주): 배에서 모든 일을 책임지고 있는 우두머리.

*御前 進上(어전 진상): 임금 앞에 어떤 물건을 받들어 올리는 일.

*入侍(입시) 致賀(치하): 임금을 알현(謁見)하니, 칭찬하여 찬양함.

*武陵村 太守(무릉촌 태수) 封(봉): 중국 호남성 무릉현(陵陵縣) 관장 벼슬을 내림. '무릉촌'에는 태수가 없으며 '무릉현' 태수로 임명된 것임.

*後宮(후궁): 대궐 안 전(正殿) 뒤편에 위치한 궁궐로, 제왕이 쉬는 침전(寢殿)이나 또는 후비(后妃)들이 거처하는 궁궐.

*花階上(화계상): 나무나 화초를 심는 화원(花苑) 계단 위.

홍국 백국 사계화, 동원도리편시춘 목동요지가 행화, 월중
*紅菊 *白菊 *四季花 *東園桃李片時春 *牧童遙指 杏花 *月中

단계무삼경 달가운데 계수나무, 백일홍 영산홍 왜철죽 진
丹桂無三更 *桂樹나무 百日紅 *映山紅 *倭철죽

달래, 난초 파초 오미자 치자 감자 유자 석류, 능낭 능금
蘭草 芭蕉 *五味子 *梔子 *柑子 *柚子 *石榴 *陵郎 *능금

포도 머루 으름 대추, 각색화초 갖은 향과 좌우로 심었
葡萄 *머루 *으름 *各色花草 *香果 左右

는데, 향풍이 건듯 불면 벌 나비 새 짐승들이 지지 울며
*香風

노닌다.

⑸ 천자 이 꽃 반기 여겨―도사공 꽃봉 진상, 심청 출현

<아니리>   이때의 도선주는 천자께서 화초를 구하신다
          *都船主   天子   花草   求

소문을 듣고, 인당수 떴던 꽃봉을 어전에 진상하니, 천자
所聞   印塘水   *御前   進上   天子

보시고 세상에서는 못 본 꽃이로다. 선인을 입시하여 치하
      世上   船人 *入侍   致賀

하신 후, 무릉촌 태수를 봉하였구나. 그 꽃을 후궁 화계상
    後 *武陵村 太守   封   *後宮 *花階上

에 심어노니.

*瑤池(요지): 중국 서역 곤륜산(崑崙山)에 있다는 아름다운 연못. 여자 신선 서왕모(西王母)가 여기에 살고 있으며, 주(周)나라 목왕(穆王)이 곤륜산에 행차했을 때 서왕모가 청조(靑鳥)를 시켜 초빙하여 이 못 가에서 '요지연(瑤池宴)' 잔치를 베풀었음.

*碧桃花(벽도화): 신선이 먹는 복숭아를 보통 '벽도(碧桃)'라 하지만, 실은 '벽도화'가 신선이 먹는 복숭아의 이름으로, '복숭아 꽃'과 혼용하고 있음.

*東方朔(동방삭)이 따온 지가 三千年(삼천년)이 못다 되니: 한(漢) 무제(武帝)의 신하로 삼천갑자(三千甲子)를 살았다는 '동방삭'이, 서왕모가 있는 '요지(瑤池)'의 벽도화를 따온 지가, 3천 년이 채 되지 못 했음. 이 표현은 '서왕모'와 '요지', 주 '목왕'과 한 '무제', 그리고 '동방삭' 등에 얽힌, 다음과 같은 각각의 이야기들을 혼합해 나타낸 것임.

　① 위 '요지(瑤池)' 설명에서와 같이, 서왕모가 주 목왕을 위해 '요지'에서 잔치를 베풀 때는 '벽도화'인 복숭아를 대접했다는 말이 없음.

　② 뒷날, 서왕모가 한(漢) 무제(武帝)의 궁궐로 찾아와 청조(靑鳥)를 통해 연락해 무제를 만났음. 이때 서왕모가 7개의 푸른색 복숭아를 가져와 4개는 무제에게 드리고 자신이 3개를 먹었음. 무제가 복숭아씨를 심으려 하니 서왕모는, "이 복숭아는 3천 년에 한 번 열리는 복숭아로서, 중국 땅에는 심어도 열리지 않는다."고 했음. 그리고 서왕모는 동방삭을 가리키며, "저 사람이 이 복숭아를 3번이나 훔쳐 따먹었다."라고 말했음. 이 말에서 동방삭이 복숭아 따 먹은 지가 아직 3천 년이 못 되었다고 표현한 것임.

　③한편, 동해(東海)의 도색산(度索山)에는 매우 큰 복숭아나무가 있어서, 이 복숭아를 '반도(蟠桃)'라 하며, 서왕모 관련 복숭아는 바로 이 '반도'임.

*極樂世界 蓮花(극락세계 연화): 불교에서 말하는, 지극한 즐거움만 있는 극락세계 하늘에 있는 연꽃.

*降仙花(강선화): 하늘에서 내려 보낸 신선의 꽃.

*心身恍惚(심신황홀): 몸과 마음이 아련하고 몽롱하여 정신이 없는 상태.

*고히여겨: 괴이(怪異)하게 생각하여.

*不意(불의): 뜻하지 않게. 생각지 못한 사이에.

*殿眼(전안)을 犯(범): 황제의 눈에 뜨이게 됨을 존경 표현으로 이른 말.

*惶恐無地(황공무지): 겁에 질려 두려워서 몸 둘 바를 알지 못함.

*因忽不見(인홀불견): 그리고 문득 사라져 보이지 않음.

\<중모리\> 천자, 이 꽃 반기 여겨, 요지 벽도화를 동방삭이
　　　　　天子　　　　　　　　　*瑤池 *碧桃花　　*東方朔이

따온 지가 삼천년이 못 다 되니 벽도화도 아니요. 극락세계
따온　지가　三千年이　못 다 되니　碧桃花　　　　　*極樂世界

연화 꽃이 떨어져 해상에 떠왔으니, 그 꽃 이름은 강선화라
蓮花　　　　　　　海上　　　　　　　　　　　*降仙花

지으시고 조석으로 화초를 구경할 적, 심신이 황홀하여 화
　　　　　朝夕　　花草　　　　　　*心身　恍惚　　花

계상에 거니는데, 뜻밖에 강선화 벌어지며 선녀 둘이 서 있
階上　　　　　　　　　　　降仙花　　　　仙女

거늘, 천자 고히여겨 "너희가 귀신이냐? 사람이냐?" 선녀
　　　天子 *고히여겨　　　　鬼神　　　　　　　　仙女

"예!" 하고 여짜오되, "남해용궁 시녀로서 심소저를 모시고
　　　　　　　　　　南海龍宮　侍女　　　沈小姐

세상에 나왔다가, 불의 전안을 범하였사오니 황공무지 하
世上　　　　　　*不意 *殿眼을　犯　　　　*惶恐無地

오이다." 인홀불견 간 곳이 없다.
　　　　*因忽不見

*緣由(연유): 어떤 일의 내력. 그런 까닭.

*探問(탐문): 자세히 살펴 물어봄.

*世上 沈小姐(세상 심소저): 인간 세상에 살고 있던 사람인 심씨 처녀.

*侍衛(시위): 옆에서 보호하여 받들어 모심.

*別宮(별궁): 대궐에 특별한 용처를 위해 정궁(正宮) 외에 따로 지은 궁궐.

*滿朝百官(만조백관): 조정안의 많은 조정대신들.

*事緣(사연): 일이 이루어진 연유.

*滿朝宰臣(만조재신): 조정안의 많은 신하들. / *國母(국모): 제왕의 부인.

*天與不取 反受其殃(천여불취 반수기앙): 하늘이 내려주시는 것을 받아들이지 않으면, 도리어 그 재앙을 받게 됨.

*擇日(택일): 어떤 행사를 위해 음양오행(陰陽五行)에 맞춰 좋은 날을 가림.

*家家戶戶 泰平(가가호호 태평): 집집마다 모든 사람이 평온함을 누림.

*玉欄干(옥난간) 비껴 앉아: 옥으로 된 아름다운 난간에 비스듬히 기대앉음.

*秋月滿庭(추월만정): 가을 달빛이 뜰에 가득 차게 비침.

*珊瑚珠簾(산호주렴): 산호를 연결하여 아래로 드리운 발.

*靑天(청천): 푸른 하늘. / *月下(월하): 밝은 달빛 아래.

*蘇中郎 北海上 便紙 傳(소중랑 북해상 편지 전)턴: 중국 한(漢) 때 중랑장(中郎將) 소무(蘇武)가 북방 흉노(匈奴)에 사신으로 갔다가 구금되어 북해 지역으로 쫓겨나 있으면서 한나라 황제에게 편지를 전하던 기러기란 말임. 한나라 중랑장(中郎將)인 소무(蘇武)가 흉노(匈奴)지역으로 사신 갔다가 잡혀 항복을 거절해 멀리 북쪽변방으로 보내져 19년이나 구금되었음. 뒤에 한나라와 흉노 사이에 화의가 이루어져 포로들을 교환했는데, 흉노 왕이 소무만은 사망했다는 거짓말을 하고 돌려보내지 않았음. 이때 흉노에 한나라 사신이 가니, 앞서 소무를 따라왔다가 살고 있던 상혜(常惠)가 한나라 사신을 만나, 소무의 생존사실을 전하고 자신이 꾸며낸 계책을 일러주며, 그대로 흉노 왕을 추궁하라 했음. 곧 "한나라 황제가 상림원(上林苑)에 행차하여 나무위에 앉은 기러기를 쏘아 떨어뜨리니, 곧 비단에 쓴 소무 편지가 발목에 매여 있었으니, 소무가 분명 살아있으니 즉시 돌려보내라." 하는 내용이었음. 이에 사신이 상혜의 말대로 흉노 왕을 추궁하여 마침내 소무가 한나라로 돌아왔음. 이 이야기에서 편지를 기러기와 연관 짓게 되었고, 편지를 '안서(雁書)'라 일컫는 숙어로 되었음.

⑹ **추월은 만정하야—황후 된 심청, 못 전하는 편지**

<아니리> 황제 반기하야 대강 연유를 탐문한 바 세상의
皇帝   *緣由   *探問   *世上

심소저라. 궁녀로 시위하여 별궁으로 모신지라. 이튿날 조
沈小姐   宮女 *侍衛   *別宮   朝

회 끝에 만조백관을 모여놓고 간밤 꽃봉 사연을 말씀하시
會   *滿朝百官   *事緣

니, 만조재신이 여짜오되 "국모 없음을 하나님이 아옵시고
   *滿朝宰臣   *國母

인도하심이니, 천여불취면 반수기앙이라 인연으로 정하소
引導   *天與不取   反受其殃   因緣   定

서." 그 말이 옳다하고 그날 즉시 택일하니 오월오일 갑자
                              卽時 *擇日   五月五日 甲子

시라. 심황후 입궁 후에 연년이 풍년이요 가가호호 태평이
時   沈皇后 入宮 後   年年   豊年   *家家戶戶 泰平

라. 그 때에 심황후는 부귀는 극진하나 다만 부친 생각뿐이
            沈皇后   富貴   極盡   父親

로다. 하루는 옥난간 비껴 앉아.
         *玉欄干 비껴 앉아

<진양조> 추월은 만정하야 산호주렴 비쳐들 제, 청천의
            *秋月   滿庭   *珊瑚珠簾   *靑天

외기러기는 월하에 높이 떠서 뚜루낄룩 울음을 울고 가니,
          *月下

심황후 반기 듣고 기러기 불러 말을 한다. "오느냐? 저
沈皇后

기럭아! 소중랑 북해상에 편지 전턴 기러기냐? 도화동을
        *蘇中郎 北海上   便紙 傳   桃花洞

가거들랑 불쌍하신 우리 부친 전에 편지일장 전하여라."
                      父親 前   便紙一張 傳

*水墨(수묵): 먹물이 물기가 너무 많아 흐려진 상태. 눈물이 붓으로 쓴 글씨에 떨어져 글씨의 먹물이 번져 흐려져서 글자를 알아보기 어렵게 된 상태를 말함.

*言語 誤錯(언어 오착): 붓글씨로 쓴 단어들이 눈물로 서로 엉겨 여러 다른 글자로 어긋나 보임.

*기력은: '기러기는'을 줄여 쓴 것임.

*蒼茫(창망): 아득하게 멀어 희미하게 보이는 모습.

*內宮(내궁): 황후가 거처하는 궁궐.

*愁色滿面(수색만면): 근심의 빛이 얼굴에 가득함.

*率土之民 莫非王土(솔토지민 막비왕토): 모든 지역의 백성들은 임금의 국토에서 살지 않는 사람이 없음. 이 구절은『맹자(孟子)』에서 본래『시경(詩經)』의 글을 인용하여, "넓은 하늘 아래는 임금의 땅 아닌 곳이 없고, 모든 지역 토지 안 백성은 임금의 신하 아닌 사람이 없음(普天之下 莫非王土 率土之濱 莫非王臣; 보천지하 막비왕토 솔토지빈 막비왕신)이라고 한 내용을 변형시킨 것으로. 온 천하는 모두 황제의 지배하에 든다는 뜻임.

*積抱之恨(적포지한): 가슴속에 쌓여 있는 한스러운 일.

*臣妾(신첩): 황후가 임금 앞에서 자신을 일컫는 말.

*國母之德行(국모지덕행): 국모인 황후의 훌륭한 인품과 행실이 널리 백성에게 좋은 영향을 미침.

*行關(행관): 나라 안 각 관아(官衙) 사이에, 지시하는 내용이나 알리는 내용의 공문을 발송하는 일.

*大小人民間(대소인민간): 모든 계층의 백성들 사이.

*守令(수령): 지방 각 고을의 우두머리 관장(官長).

*封庫罷免(봉고파면): 고을 관장에게 죄를 물을 때, 창고를 봉해 열지 못 하게 하여 압수하고 관직에서 쫓아내는 제도.

*傳令(전령): 상부의 명령을 전하는 일.

*御命(어명): 황제나 임금의 명령.

*至於(지어)애기奉事(봉사): 어린 아이 소경에 이르기까지 모두. 한문 문장에 '소아(小兒)'라는 한자 단어 대신 우리말 '애기'를 끼어 넣은 형태임.

편지를 쓰랴할 제, 한 자 쓰고 눈물짓고 두 자 쓰고 한숨을
便紙   字   字

쉬니, 글자가 모두 수묵이 되니 언어가 오착이로구나. 편지
        *水墨   *言語 誤錯   便紙

를 손에 들고 문을 열고 나서보니 기럭은 간 곳 없고, 창망
            門   *기럭은   *蒼茫

한 구름 밖에 별과 달만 뚜렷이 밝았구나.

2. 심봉사 비문 안고 통곡, 방아타령

⑴ **그때의 심봉사는**—맹인잔치 소식, 타루비 안고 통곡

<아니리> 이때 황제 내궁에 들어와 황후를 살펴보니 수색
            皇帝 *內宮   皇后   *愁色

이 만면하니, "무슨 근심이 있나니까?" 심황후 여짜오되,
   滿面   沈皇后

"솔토지민이 막비왕토라, 세상에 불쌍한 게 맹인이라, 천지
*率土之民   莫非王土   世上   盲人   天地

일월을 못 보니 적포지한을 풀어 주심이 신첩의 원이로소
日月   *積抱之恨   *臣妾 願

이다." 황제 칭찬하시고, "국모지덕행이요." 즉시 그 날부터
        皇帝 稱讚   *國母之德行   卽時

맹인잔치를 여시는데, 각도 각읍으로 행관하시되, "대소인
盲人   各道 各邑   *行關   *大小人

민간에 맹인잔치 참여하게 하되, 만일 빠진 맹인이 있으면
民間   盲人   參與   萬一   盲人

그 고을 수령은 봉고파면 하리라." 각처에 전령하여노니
    *守令   *封庫罷免   各處 *傳令

어명인지라, 지어애기봉사까지 잔치에 참여하게 되었구나.
*御命   *至於애기奉事   參與

*僅僅扶持(근근부지): 노력하여 간신히 현재 상태를 유지해 이어감.

*望祀臺(망사대): 음식을 차리고 불을 피우고 멀리 산천이나 바다를 우러러 보면서 신령에게 제사 올리는 행사를 '망사'라 함. 이 '망사'를 위해 만들 어 놓은 제단이 '망사대'임. 어촌의 바닷가나 강을 건너는 나루터, 낮은 산 봉우리 등에 설치해 놓고, 해마다 인근 마을이 공동으로 제사를 모심.

*墮淚碑(타루비): 어떤 특이 사실의 비문(碑文)이 적혀, 읽는 사람들이 눈물 을 흘리며 추모하는 비석. 옛날 중국 삼국시대 위(魏)를 이은 진(晋)이 건 국 되어, 즉위한 무제(武帝)는 양호(羊祜)를 기용했음. 양호는 곧 오(吳)나 라 섬멸 계책을 세우는 등, 통일 진나라 건설에 큰 공을 세우고 사망했음. 양호 고향 사람들이 그를 추모해 잊지 못하니, 호북성 양양(襄陽) 태수가 현산(峴山)에 비석을 세우고 제사를 모셨음. 백성들이 계속 그 비석을 보 면서 존경하여 눈물을 흘리고 추모하니, 진나라 대장 두예(杜預)가 그 비 석을 '타루비'라 이름 지어주었음. 이 사실에 비겨 승상부인이 늘 울고 있 는 심봉사와 심청을 생각하여 '타루비'를 세운 것임.

*碑文(비문): 비석에 새겨진 글.

*只爲其親廢雙眼 殺身成孝行船去(지위기친폐쌍안 살신성효행선거): 오직 그 부친 두 눈 없음을 위해, 자신을 죽여 효도를 이룩하고 배에 올라 떠났음.

*煙波萬里常深碧 芳草年年恨不歸(연파만리상심벽 방초년년한불귀): 안개 자 욱한 먼 바다 물결은 항상 깊고 푸르러서, 꽃과 풀 해마다 다시 돋건만 한 번 간 심청 돌아오지 못함을 한탄하노라.

*나거드면: '나게 되면'의 방언. (생각이) 날 것 같으면.

*一日(일일): 어느 하룻날. 어떤 날.

*散亂(산란): 괴로움이나 근심으로 마음이 안정되지 못하고 들뜬 상태.

*흩어 짚고: 아무렇게나 짚이는 대로 마구 짚는 것.

*水中孤魂(수중고혼): 물속에 빠져죽은 외로운 혼백.

*山神(산신): 산을 맡은 신령.

*部落鬼(부락귀): 마을을 맡아 지켜주는 동신(洞神).

*내사 싫다: '나는야 결코 하고 싶지 않음'이란 말의 강조 표현. '사'는 주격 강조의 뜻으로 사용되었음.

*내리둥글 치둥글며: 몸을 아래위로 흔들면서 뒹구는 모습.

*南指西指(남지서지): 화가 치밀어 남쪽 서쪽을 가리키며 발악하는 모습.

<진양조>　　그때의 심봉사는　　모진 목숨이 죽지도 않고
　　　　　　　沈奉事

근근부지 지내갈 적, 무릉촌 승상부인이 심소저 효행에 감
*僅僅扶持　　　　　武陵村　丞相夫人　　沈小姐　孝行　感

동되어 망사대 옆에다 타루비를 세웠는데 비문에 하였으되,
動　*望祀臺　　　*墮淚碑　　　　*碑文

지위기친폐쌍안하야　살신성효행선거라.　연파만리상심벽하
*只爲其親廢雙眼　　　殺身成孝行船去　　*煙波萬里常深碧

니 방초년년한불귀라. 이렇듯 비문을 하야 세워 놓으니, 오
　芳草年年恨不歸　　　　　碑文

고 가는 행인들이 뉘 아니 슬퍼하랴? 심봉사도 딸 생각이
　　　行人　　　　　　　　　　沈奉事

나거드면 지팡막대 흩어 짚고 더듬더듬 찾아가서, 비문을
*나거드면　　　　　　　　　　　　　　　碑文

안고 우드니라. 일일도 심봉사 마음이 산란하여 지팡막대
　　　　　　*一日　沈奉事　　*散亂

흩어 짚고 타루비를 찾아 가서 "후유! 아이고 내 자식아,
*흩어 짚고　墮淚碑　　　　　　　　　子息

내가 또 왔다. 너는 애비 눈을 띄우려고 수중고혼이 되고,
　　　　　　　　　　　　　　*水中孤魂

나는 모진 목숨이 죽지도 않고 이 지경이 웬일이란 말이
　　　　　　　　　　地境

냐? 날 데려 가거라! 나를 데려 가거라! 산신 부락귀야, 나
　　　　　　　　　　　　　　　*山神 *部落鬼

를 잡아 가거라! 살기도 나는 귀찮고 눈 뜨기도 내사 싫
　　　　　　　　　　　　　　*내사 싫

다." 비문 앞에 가 엎드러져서 내리둥글 치둥굴며 머리도
다　碑文　　　　　　*내리둥글 치둥글며

찢고 가슴 꽝꽝, 두 발을 굴러 남지서지를 가르치는구나.
　　　　　　　　　*南指西指

*江頭(강두): 강가의 언덕. / *本村(본촌): 함께 살고 있는 같은 마을 안.

*뺑婆(파): 뺑덕이 노파. 행동이 올바르지 못하고 심술만 부리는 할미 별명.

*錢穀間(전곡간): 돈이나 곡식 할 것 없이 모두.

*自願出嫁(자원출가): 중매 없이 스스로 원하여 시집감.

*입주전부리: 음식을 주체하지 못하고 입맛대로 사서 먹는 버릇.

*없던가부더라: '없던가 보더라.'의 방언. 없는 것으로 생각된다.

*家産(가산): 집안의 재산.

*먹성질: 음식을 먹고 싶은 대로 분별없이 먹으면서 돈을 낭비함.

*蕩盡(탕진): 온통 쓸어 모두 없어지게 함.

*밥 붙이기: 삯을 주고 남의 집 밥 짓는 데에 얹어 함께 밥을 지어서 먹음.

*洞人(동인): 같이 모여 사는 한 동네 사람들.

*哨軍(초군): 군대 병영(兵營) 주위를 돌면서 적의 침입을 살피는 순초병(巡哨兵)이나, 또는 병영 정문을 지키는 보초병(步哨兵).

*배 끌고: 배 말의 끈을 느슨하게 끌러놓음. 음식을 많이 먹으려고 배의 허리띠나 치마 말 같은 허리에 묶은 끈을 느슨하게 풀어놓는 행위.

*발목 떨고: 앉아 있을 때 발목 아래 발 부분을 계속 흔들어 떠는 행동.

*실랑하기: 남에게 말썽을 부려 다투면서 귀찮게 하는 행동.

*힐끗하면 핼끗하고: '힐끗'은 눈동자를 빨리 굴리며 곁눈으로 쳐다보는 행동. '핼끗'은 '핼끔'의 방언으로, 경망스럽게 얄미운 모습을 지으며 옆으로 살짝 돌려보는 모습. 모두 곁눈질 모습으로서 얄밉게 보임.

*뺏죽하면 삣죽하고: '뺏죽'은 '빼쭉'의 방언으로, 기분이 상한 마음을 표현하려고 입 끝을 한 번 쑥 내밀어 비웃는 표정. '삣죽'은 '삐쭉'의 방언으로, 화나거나 불평을 표현하기 위해 아래 입술을 쑥 내밀어 보이는 행동.

*亭子(정자) 밑에 낮잠 자기: '정자'는 경치 좋은 곳에 쉴 수 있도록 기둥만 세워 지붕을 만든 집. 그러나 여기 인용한 정자는 건물로 된 '정자'가 아니고 '정자(亭子)나무'의 준 말임. 시골 마을 앞에는 큰 느티나무가 있어서 여름에는 그 그늘 밑에 많은 남자들이 와 놀기도 하고 낮잠도 잠. 이 큰 느티나무를 '정자나무'라 하며, 이렇게 남자들이 많이 모이는 곳에 여자가 누워 낮잠을 잔다는 표현으로, 매우 버릇없는 행동을 뜻함.

*婚姻(혼인) 하량으로: 혼인을 할 것으로 결정되어 있는 상태.

*害談(해담): 어떤 일의 결정사항을 방해하여 성사되지 못하게 이간질 함.

(2) 밥 잘 먹고―행실 나쁜 뺑파와 동거

<아니리>　낮이면 강두에 나가 울고 밤이면 집에 돌아와
　　　　　　　　　　*江頭

울고, 울며불며 눈물로 세월을 보내는데, 마침 본촌에 묘한
　　　　　　　　　　歲月　　　　　　　　　　*本村　妙

여인네가 하나 사는데 호가 뺑파것다. 심봉사가 딸 덕분에
女人　　　　　　　　　號　*뺑婆　　沈奉事　　　德分

전곡간이나 있다는 소문을 듣고,　이웃 사람 알지 못하게
*錢穀間　　　　　　所聞

자원출가 하였것다. 이 여인네가 어떻게 입주전부리가 궂
*自願出嫁　　　　　　女人　　　　　*입주전부리

던지 말로 다할 수 없던가부더라. 거 불쌍한 심봉사 가산을
　　　　　　　　*없던가부더라　　　　　　　沈奉事 *家産

꼭 먹성질로만 탕진을 하는데 행실이 꼭 이러것다.
　*먹성질　*蕩盡　　　　行實

<자진모리>　밥 잘 먹고 술 잘 먹고, 떡 잘 먹고 고기 잘

먹고, 양식 주고 술 사먹고 쌀 퍼주고 고기 사먹고, 이웃집
　　　糧食

에 밥 붙이기,　동인 잡고 욕 잘하고, 초군들과 싸움하기,
　*밥 붙이기 *洞人　　辱　　　　*哨軍

잠자며 이 갈기와, 배 끌고, 발목 떨고, 한밤중 울음 울고,
　　　　　　　*배 끌고 *발목 떨고

오고가는 행인더러 담배 달라 실랑 하기, 힐끗하면 햌끗하
　　　　行人　　　　　　*실랑 하기 *힐끗하면　햌끗하

고 햌끗하면 힐끗하고, 뺏죽하면 삣죽하고 삣죽하면 뺏죽
고　　　　　　　　*뺏죽하면　삣죽하고

하고, 술 잘 먹고 정자 밑에 낮잠 자기, 남이 혼인 하량으
　　　　　　　*亭子 밑에　낮잠 자기　　　*婚姻　하량으

로 단단히 믿었는데 해담을 잘 하기와,　신랑신부 잠자는데
로　　　　　　*害談　　　　　新郞新婦

*封窓(봉창): 오두막 집 같은 작은 집에 외부의 빛만 비쳐 들어오게 하고 열리는 장치가 없이 봉해진 창문.

*아무런 줄을 모르고: 일의 사실이나 내력을 알지 못하는 상태.

*미쳐 놓았던지: 어떤 일에 깊이 빠져 사리분별을 하지 못하는 상태.

*나무칼로 귀를 싹 베어가도: 날이 날카롭지 못한 나무로 만든 칼로 귀를 싹둑 잘라가도 모르는 상태. 나무칼 같은 둔한 칼로 귀를 베어가면 아파서 발악을 할 터인데, 그런 아픔도 못 느낄 정도로 무엇에 홀린 상태를 말함.

*돈櫃(궤): 돈을 넣어두는 상자.

*葉錢(엽전): 구리나 철로 둥글게 만들고, 가운데 사각형 구멍을 뚫어 끈으로 꿸 수 있게 된 옛날 돈.

*푼: 옛날 돈의 단위로 '1돈'의 10분의 1. 곧 엽전 한 잎<葉; 엽>을 말함.

*令監(영감): 정삼품(正三品)과 종이품(從二品) 벼슬아치를 지칭하는 말인데, 나이 많은 남편이나 노인을 대접하여 일컫기도 함.

*外政(외정): 가정의 외부 일을 담당하고 있는 남편.

*계집 먹은 것 쥐 먹은 것: 아내가 먹은 것은 쥐가 먹고 달아난 것처럼, 문제 삼지 않는다는 속담.

*官家(관가): 국가 행정 기관인 관아(官衙).

*皇城(황성): 황제가 있는, 나라 수도인 도성(都城).

*排設(배설): 어떤 행사자리를 펼치어 설치함.

*重罪(중죄): 매우 엄하고 무거운 형벌에 해당하는 죄.

*路費(노비): 여행에 필요한 경비.

*厚(후): 매우 두텁고 많음.

가만가만 가만가만 문 앞에 들어서며 봉창에 입을 대고
*封窓

"불이야!" 이 년의 행실이 이리 하여도 심봉사는 아무런 줄
行實 沈奉事 *아무런 줄

을 모르고.
을 모르고

(3) 도화동아 잘 있거라—가산 탕진한 뺑파와 황성 출발

<아니리> 어찌 미쳐 놓았던지, 나무칼로 귀를 싹 베어가도
*미쳐 놓았던지 *나무칼로 귀를 싹 베어가도

모르게 되었것다. 심봉사 하루는 돈궤에 손을 넣어 보니
沈奉事 *돈櫃

엽전 한 푼이 없것다. "여, 뺑파! 돈궤에 엽전 한 푼이 없으
*葉錢 *푼 婆 櫃 葉錢

니 이게 어찌된 일이여?" "아이고 영감도, 저러기에 외정
*슈監 *外政

은 살림 속을 저렇게 몰라! 영감 드린다고 술 사오고 고기
슈監

사오고 떡 사오고 담배 사오고, 이리저리 쓴 돈이 그 돈이

그 돈이지 하늘에서 뚝 떨어진 돈이요?" "흥! 술 고기 떡

담배 많이 사다 주더라. 계집 먹은 것 쥐 먹은 것이라더니
*계집 먹은 것 쥐 먹은 것

할 수 있나?" 하루는 관가에서 부름이 있어 들어간 즉,
*官家 卽

황성서 맹인잔치를 배설하였는데 만일 불참하면 중죄를 면
*皇城 盲人 *排設 萬一 不參 *重罪 免

치 못할 것이니, 어서 급히 올라가라고 노비까지 후히 내어
急 *路費 *厚

*올길 樣(양): 옭아 낼 모양으로. 몰래 훔쳐 가질 생각으로.
*女必從夫(여필종부): 여자는 반드시 남편을 따름. 여자의 세 가지 따르는 규범인 '삼종지도(三從之道)'에 의한 말임. 곧 "시집가기 전 부모 집에 있을 때는 부친의 명(命)을 따르고<재가종부(在家從父)>, 시집을 가면 남편의 명을 다르며<적인종부(適人從夫)>, 남편이 사망하면 자식의 명에 따른다<부사종자(夫死從子)>" 등 세 항목 중 둘째 항을 말한 것임..
*아닌 것이 아니라: 틀림없이 반드시.
*白女(백녀): 순결한 여자. 다른 남자를 모르고 오직 남편만을 섬기는 여자.
*行裝(행장): 먼 길 떠날 때 챙겨 꾸리는 여행 보따리.
*막상: 마기. 사실. 급기야.
*趙子龍 越江 靑驄馬(조자룡 월강 청총마): 중국 삼국시대 촉한(蜀漢) 장수 조운(趙雲; 子龍은 자임)이 강을 뛰어 건널 때 탄 청총마. '청총마'는 말 갈퀴가 푸른빛을 띠는 뛰어난 천리마(千里馬)로, 조운이 항상 타고 다녔음. 이 이야기는 적벽대전 이후 중원(中原)을 차지하려고 조조 군과 유비 군이 싸울 때, 조자룡이 천기(天氣)를 보고 관우(關羽)와 마초(馬超)가 포위된 것을 알고 말을 달려오니, 조조 휘하 정욱(程昱)이 역시 천기를 보고 조자룡이 오는 것을 알고 산양수(山陽水) 강에 배를 모두 없앴음. 조자룡이 이 강가에 도착하여 배가 없어서 청총마를 채찍질 해 강을 뛰어 건너와 두 장군을 구해낸 이야기임. 이 이야기는 우리나라 구활자본 고소설『산양대전(山陽大戰)』에 실린 이야기로『삼국지연의』에는 이런 기록이 없음.『산양대전』은 허구 구성 고소설로, 1916년에 출간되었음.
*요내: 이 몸인 나. 자신을 강조하는 말.
*길 소리: 먼 길을 걸어가면서 힘들고 지루함을 달래기 위해 부르는 노래.
*멕여 주소: 메겨 주소. 주고받고 부르는 상화가(相和歌) 노래에서, 먼저 앞소리로 노래하는 것을 '메기다'라고 함.
*맞는디: 맞아 노래하는데. 주고받으며 부르는 노래에서, 앞소리 메긴 것에 이어 호응하여 노래하는 것을 '맞다' 또는 '받다'라고 함.
*메나리調(조): 남부 지방에 불리어오던 민요의 한 가지. 슬프고 처량한 곡조로 신세타령을 하는 내용의 노랫말로 되어 있고, 나무꾼들이 지게 목발을 두드리며 즉흥적으로 개조해 부르기도 함.
*밭매기 소리: 농부들이 밭을 맬 때 힘듦을 덜기 위해 부르는 노래.

주었구나. 그 노비 받아가지고 집으로 돌아와, "여보 뺑파!
路費   婆

황성서 맹인잔치를 배설하였는데, 잔치에 불참하면 중죄를
皇城   盲人   排設   不參   重罪

면치 못 한다니 어서 올라가세. 노비까지 후이 주데." 뺑파
免   路費   厚   婆

가 그의 노비까지 올길 양으로, "아이고 영감, 여필종부라
        路費   *올길 樣   令監   *女必從夫

니 천 리라도 만 리라도 영감 따라 가제. 어느 놈 따라갈
    千 里   萬 里   令監

놈 있소?" "아닌 것이 아니라, 우리 뺑파 같은 사람 없더라.
          *아닌 것이 아니라   婆

열녀다 열녀여. 암! 백녀지." 행장을 챙겨 지고이고, 막상
烈女   烈女   *白女   *行裝   *막상

도화동을 떠나가자니 섭섭하것다.
桃花洞

<중모리> "도화동아 잘 있거라, 무릉촌도 잘 있거라. 내가
          桃花洞   武陵村

이제 떠나가면 어느 년 어느 때 오려느냐? 어이 가리 너,
              年

어이 가리? 황성천리를 어이 가리? 조자룡이 월강하던 청
          皇城千里   *趙子龍   越江   青

총마나 있거드면 이 날 이 시로 가련마는, 앞 못 보는 요내
驄馬   時   *요내

다리로 몇 날을 걸어서 황성을 갈거나? 여보소 뺑덕이네!"
                      皇城

"예!" "길 소리나 좀 멕여 주소. 다리 아파 못 가것네." 뺑덕
      *길 소리   *멕여 주소

이네가 길 소리를 맞는디, 어디서 들었는지 다 경상도 메나
              *맞는디   慶尙道 *메나

리 조에 전라도 밭매기 소리를 반반 메기것다. "어이 가리
리 調   全羅道 *밭매기 소리   半半

*날개 돋친: 큰 날개가 돋아 달려 있는 것을 말함.

*鶴(학): 두루미. 두루미과에 딸린 새. 다리와 목이 가늘고 길며 우는 소리가 크고 아름다움. 머리와 날개 끝이 검으며, 머리 위에는 붉게 살이 노출되어 있음. 날개와 몸체는 백색이지만 앉으면 접어진 날개의 끝이 모여 꼬리 부분이 검게 보임. 1천년이나 산다고 알려져 있고, 백색이며 푸른 소나무 위에 깃들어 생활하고 있어서, 신선이 타는 것으로 문학작품에서 묘사되어 있지만. 실제 사는 해는 4,50년 정도임.

*一色(일색): 매우 아름다운 얼굴. 아름다운 얼굴에 행실 또한 완벽한 여자란 뜻으로 사용했음.

*日暮(일모): 날이 저물어 어두워짐.

*等(등)이 맞아: 한 무리가 되어. 마음이 서로 통하여 뜻을 같이함. '눈이 맞아'와 같은 말임.

*아무런 줄: 어떤 일이 일어났는지를. 무슨 영문인지를.

*오뉴월: 5월과 6월을 함께 일컫는 말.

*三伏(삼복): 한여름 가장 더운 시기인 초복(初伏) 중복(中伏) 말복(末伏). 하지(夏至) 뒤 셋째 경(庚; 天干의 庚; 개 경) 날이 초복, 넷째 경일(庚日)이 중복, 그리고 입추(立秋) 후 첫째 경일(庚日)이 말복임.

*쳐야할 띠: 일을 완수해 치러야 할 터인데. 곧 '사오 십리 가는 일을' 감당해 치러내야만 한다는 뜻. '띠'는 '터인데'의 방언.

*예편네: '여편네'의 방언. 여자를 낮추어 일컫는 표현임.

*인제사: '이제야'의 방언으로 강조 표현임.

너 어이를 갈거나? 어이 가리 너 어이 갈거나? 날개 돋친
*날개 돋친

학이나 되면 수루루 펄펄 날아 이 날 이 시로 가련마는, 앞
*鶴   時

못 보는 봉사가장 데리고 몇 날을 걸어서 황성을 갈거나."
奉事家長   皇城

"일색이다 일색이여! 우리 뺑덕이네가 일색이여." 이렇듯이
*一色   一色   一色

올라가다 일모가 되니 주막에 들어 잠잘 적에, 그때의 뺑덕
*日暮   酒幕

이네는 근처 사는 황봉사와 등이 맞아, 심봉사를 잠 들여
近處   黃奉事 *等이 맞아   沈奉事

놓고 밤중에 도망을 하였는데, 심봉사는 아무런 줄을 모르
中   逃亡   沈奉事 *아무런 줄

고, 첫새벽에 일어나서 뺑덕이네를 찾는구나.

(4) 허허 뺑덕이네—뺑파 황봉사와 눈 맞아 도망

<아니리> 심봉사 새벽쯤 잠이 깨어, "여보소 뺑파뺑파, 어
        沈奉事   婆 婆

허! 오뉴월 삼복 더위라, 낮에는 더워서 갈 수 없고, 새벽길
*오뉴월 *三伏

로 사오십 리 쳐야할 띠. 뺑파뺑파!" 아무리 부른들 도망간
四五十 里 *쳐야할 띠   婆 婆   逃亡

예편네가 대답이 있겠느냐? 심봉사 겁이 왈칵 나, "여보 주
*예편네   對答   沈奉事 怯   主

인! 우리 마누라 혹 안에 들어갔소?" "아니오. 간밤에 어
人   或

느 봉사와 밤길 친다고 벌써 떠났소." "무엇이 어째? 아니
奉事

그러면 주인 녀석이 되어가지고 인제사 그런 말을 하여?"
主人   *인제사

*內外間(내외간): 부부사이.

*義理(의리): 사람으로서 행하여야 할 옳은 도리.

*事情(사정): 인간의 도리로서 베푸는 인정.

*當初(당초): 처음부터. 애초에서부터.

*있던 곳: 본래 살던 곳. 길 떠나기 전에 살던 그곳.

*마다고 하지: 싫다는 말을 해야만 옳음. 좋지 않아 같이 있고 싶지 않다는
말을 해야 옳았지 않았느냐? 하고 꾸짖는 말.

*鬼神(귀신)이라도 못되리라: 죽어 귀신이 된 후에도 잘못 될 것이란 말.

*시러베 아들놈: 실없고 허튼 짓 하는 사람을 낮추어 일컫는 말.

*賢哲(현철): 어질고 명석하여 뛰어남.

*죽고 살고: (곽씨는) 죽었는데도 나는 이렇게 버젓이 살아 있음.

*出天大孝(출천대효): 하늘이 점지해 내놓은 위대한 효자.

*하릴없이: 영락없이, 틀림없이.

*家長背叛(가장배반): 자기 남편을 버린다거나 또는 남편을 두고 집을 나
가 딴 남자와 결혼함.

*새 書房(서방): 새롭게 만나는 남편.

"아, 그 봉사와 내외간인 줄 알았지, 심봉사님과 내외간인
奉事 *內外間 沈奉事 內外間
줄 알았소?" "그도 그럴것다. 아이고! 이년. 갔구나 허허허."

<진양조> "허허! 뺑덕이네가 갔네그려. 예이 천하 의리
天下 *義理
없고 사정없는 요년아! 당초에 네가 버릴 테면 있던 곳에
*事情 *當初 *있던 곳
서 마다고 하지, 수백 리 타향에다가 날 버리고 네가 무엇
*마다고 하지 數百 里 他鄕
이 잘될소냐? 귀신이라도 못되리라 요년아! 너 그럴 줄 내
*鬼神 못되리라
몰랐다. 아서라, 내가 시러베 아들놈이제. 현철하신 곽씨도
*시러베 아들놈 *賢哲 郭氏
죽고 살고, 출천대효 내 딸 청이도 죽음을 당했는데, 네까
*죽고 살고 *出天大孝 淸 當
짓 년을 생각하는 내가 미친놈이로구나. 에라, 이 호랑이나

바싹 깨물어갈 년!" 심봉사 하릴없어 주인에게 작별하고.
沈奉事 *하릴없이 主人 作別

<중모리> 주막 밖을 나서더니, 그래도 생각나서 "뺑덕이네
酒幕
뺑덕이네! 덕이네 덕이네 뺑덕이네! 야, 요 천하에 무정한
天下 無情
사람, 눈뜬 가장 배반키도 사람치고는 못 할 텐데, 눈 어둔
*家長 背叛
날 버리고 네가 무엇이 잘될소냐? 새 서방 따라서 잘 가거
*새 書房
라." 바람만 우루루 불어도 뺑덕이넨가 의심을 하고, 새만
疑心
푸르르 날아가도 뺑덕이넨가 의심을 하네. 더듬더듬 올라
疑心

*三伏盛炎(삼복성염): 한여름 초복(初伏) 중복(中伏) 말복(末伏) 때인 왕성한 불볕더위.

*휘뿌릴 제: 손으로 휘둘러 닦아 내저어 뿌릴 때.

*千里(천리) 시내: 일천리나 멀리 뻗어 흘러가는 시냇물.

*열에 열두 골 물: 열이나 또는 열두 골짜기의 많은 시냇물.

*合水(합수): 여러 강이나 냇물이 한데 합쳐져 큰물이 되어 흘러감.

*天方(천방)자 地方(지방)자: 공중과 땅으로 요동치면서 섞여 휘감기는 모습. '자'는 '지어'인 '져'로 나타내기도 하는데, '현재 이루어지고 있는 모습'을 나타내는 접미어(接尾語)임.

*언덕쳐 구비쳐: 언덕을 만나 떨어지고 둔덕을 만나 굽이를 이루며 흐르는 모습. '쳐'는 힘껏 때리는 모습을 나타내는 말인 '치어'임.

*버끔쳐: 물이 높은 데에서 떨어지면서 거품이 일어나는 모습. '버끔'은 '거품'의 방언

*屛風石(병풍석): 바위로 된 절벽이 병풍처럼 앞을 넓게 막아 있는 모습.

*마주 때려; 힘차게 똑바로 맞서 때려줌.

*할 樣(양): 그렇게 할 모양. 어떤 일을 진행할 상태를 나타냄.

*壯(장)히: 매우 거룩함. 웅장하고 장엄한 모습.

*三角山(삼각산): 서울 북쪽에 있는 산으로 북한산(北漢山)이라고도 하며, 서울을 지켜주는 진산(鎭山)임. 백운대(白雲臺) 인수봉(仁壽峰) 국망봉(國望峰) 등 세 봉우리가 삼각형을 이루고 있어서 삼각산이라 함. 세 봉우리 안에 북한산성(北漢山城)과 이궁(離宮), 만경대(萬景臺) 등이 있음.

*이에서: 이것보다 더.

*東海流水(동해류수): 동해로 흘러가는 모든 물. 또는 동해의 출렁이는 넓고 많은 물.

*둠벙둠벙: 물에 들어가 손이나 발로 물을 쳐서 내는 소리.

갈 적, 이때는 어느 땐고? 오뉴월 삼복성염이라. 태양은
*三伏盛炎   太陽

불볕 같고 더운 땀을 휘뿌릴 제, 한 곳을 점점 내려갈 제.
*휘뿌릴 제   漸漸

(5) 천리 시내는—심봉사 목욕, 의복 도난

<중중모리> 천리 시내는 청산으로 돌고 이골 물이 주르르
*千里 시내   靑山

저 골 물이 꿜꿜, 열에 열두 골 물이 한 데로 합수쳐, 천방
*열에 열두 골 물   *合水   *天方

자 지방자 언덕쳐 구비쳐, 방울이 버끔쳐 건너 병풍석에다
자 地方자 *언덕쳐 구비쳐   *버끔쳐   *屛風石

아주 쾅쾅 마주 때려 산이 울렁거려 떠나간다. 이런 경치가
*마주 때려 山   景致

또 있나. 심봉사 좋아라, 물소리 듣고 반긴다. 목욕을 할 양
沈奉事   沐浴 *할 樣

으로 상하의복을 훨훨 벗어 지팽이로 눌러놓고, 더듬더듬
上下衣服

들어가 물에 풍덩 들어앉으며, "에이 시원하고 장히 좋다."
*壯히

물 한 주먹을 더벅 쥐어 양치질도 꿜꿜하고, 또 한 주먹 더

벅 쥐어 엉덩이도 문지르며, "에이 시원하고 장히 좋다.
壯

삼각산 올라선들 이에서 시원하며, 동해유수를 다 마신들
*三角山   *이에서   *東海流水

이에서 시원할거나. 얼시구 좋구나 지화자 좋네, 둠벙둠벙
*둠벙둠벙

좋을시고."

*沐浴(목욕): 물에 온몸을 씻는 일. 원칙적으로는 '목'은 머리를 감는다는 뜻이고, '욕'은 몸을 씻는다는 뜻임.

*無常(무상)한 盜賊(도적): 정상적인 도덕 기준에서 벗어난 행동을 하는 사람인, 매우 불량한 도둑.

*衣冠行裝(의관행장): 옷과 관 등 몸을 치장하는 의류와, 여행에 필요한 물자를 챙겨 묶은 보따리.

*氣(기)가 막혀: 너무나 엉뚱한 일을 당했을 때 놀라 한 동안 숨이 막히면서 멍한 상태로 되는 현상.

*身世(신세): 몸이 현재 처하고 있는 형편. 운명적으로 맞이하게 된 어려운 지경에 처한 상황.

*白首風神(백수풍신): 곱게 잘 늙은 노인의 좋은 풍채. 나이가 많아 머리가 허옇게 센 노인의 형상을 일컬음.

*體面(체면): 남을 대할 때 사람으로서 갖추어야 하는 도덕적 몸가짐의 모습.

*兩班(양반): 조선시대의 한 제도로 지체나 신분이 높은 상류계급의 사람. 세습적으로 문관(文官; 東班)이나 무관(武官; 西班)이 될 수 있는 자격을 가짐. 이 양반계급만이 벼슬을 하는 사대부가 될 수 있었고, 양반이 못 되는 상인(常人)들을 학대(虐待)해 부렸으며, 반면에 여러 가지 지켜야 하는 엄격한 도덕규범이 있었음.

*앞 가리고: 몸의 앞쪽 사타구니 부분을 손으로 움켜 덮어 가리어 치부(恥部)가 보이지 않게 한 동작.

*官者(관자): 나라 관직에 종사하는 관원(官員).

*에이찌루 에이찌루 허: 지체 높은 사람을 태운 가마를 메고 갈 때, 길을 비껴나라고 지르는 소리.

*官(관)은 民之父母(민지부모): 관장(官長)은 백성들의 부모에 해당함.

*及唱(급창): 지방 관아에서 관장이 부리는 사내 하인.

*拜謁次(배알차): 높은 사람을 찾아뵙고 절을 하며 어떤 일을 아리는 일.

*行次(행차): 지체 높은 사람이 길 가는 것을 존칭으로 일컫는 말.

<아니리> 이렇게 목욕을 시원하게 하고 나와서 보니 어떤
*沐浴

무상한 도적놈이 심봉사 의관행장을 싹 가져가 버렸것다.
*無常한 盜賊 沈奉事 *衣冠行裝

심봉사 기가 막혀 오도 가도 못하고, 또 한바탕 설음으로
沈奉事 *氣가 막혀

우는데.

<중모리> "아이고 아이고 내 신세야. 백수풍신 늙은 몸이
*身世 *白首風神

의복이 없었으니 황성천리를 어이 가리?" 위아래를 훨씬
衣服 皇城千里

벗고 더듬더듬 올라갈 적, 체면 있는 양반이라 두 손으로
*體面 *兩班

앞 가리고, "내 앞에 부인네 오거든 돌아서서 가시오. 나
*앞 가리고 婦人

벗었소."

<아니리> 뜻밖에 관자가 내려오는디, "에이찌루 에이찌루
*官者 *에이찌루 에이찌루

허." 심봉사 이 말을 듣더니, "옳다 되었다. 관은 민지부모
허 沈奉事 *官은 民之父母

라 하였으니, 내 억지나 좀 써 보리라." 두 손으로 앞 가리

고 기엄기엄 들어가며, "아뢰어라 아뢰어라 급창 아뢰어라.
*及唱

황성 가는 봉사로서 배알차로 아뢰어라." 행차가 머물더니,
皇城 奉事 *拜謁次 *行次

"어디 사는 소경이며 무슨 말을 하려는고?"

*小盲(소맹): 맹인이 자기 자신을 낮추어서 일컫는 말.

*한 벌: 한 단위로 갖추어진 묶음. 짝으로 된 것이 빠짐없이 모두 갖추어진 온전한 묶음이 되는 것을 일컬음.

*別般處分(별반처분): 특별히 잘 배려하여 처치를 해줌.

*積善之家 必有餘慶(적선지가 필유여경): 착한 행동을 쌓아가는 가정에는 반드시 많은 경사가 있게 됨. "악한 행동을 쌓아가는 가정에는 반드시 많은 재앙이 있다(積惡之家 必有餘殃; 적악지가 필유여앙)"라는 구절과 대칭을 이루어 사용됨.

*太守長(태수장): 관장 어르신. 지방 관아의 관장을 '태수'라 하며, '장'은 '어르신'이라는 존칭으로 붙인 것임.

*可矜(가긍): 불쌍하고 가엽게 여김.

*惶悚(황송): 높은 사람의 위엄에 눌리어서 두려움을 느낌.

*落水橋(낙수교): '낙수'는 '사람이 물에 떨어짐' '떨어지는 물' 또는 '기녀(妓女)가 됨' 등의 뜻을 갖는 말로서, 어떠한 유래로 생긴 고유한 다리 이름으로 추정되지만, 그 위치를 추적할 수 없음.

*綠水(녹수): 푸른 물결. 푸른 나무 그림자가 비치고 있는 물결. 역시 어느 지역 고유명사 같지만 불명(不明)임.

*當到(당도): 어떤 지점에 도착함.

*방아를 찧노라고: 디딜방아를 찧을 때는 여러 사람이 힘을 합쳐야 하므로 시끄럽게 이야기하는 소리가 들림.

*惹端(야단): 매우 시끄럽고 떠들썩한 일이 벌어짐.

*嘲弄(조롱): 비웃으며 놀려줌.

*時期(시기) 만났드구면: 좋은 때를 만났더구면. 좋은 기회를 얻었다고 비꼬아 하는 말.

*가지맹: 가고 있네요. 가는 행위를 보고 약간 못마땅한 마음으로 하는 말의 방언임.

*거: 거기. '거기 있는 사람'이라고 부르는 뜻.

<중모리> "예, 소맹이 아뢰리다. 예, 소맹이 아뢰리다.
          *小盲   小盲

소맹이 사옵기는 황주 도화동 사옵는디, 황성 잔치 가는 길
小盲   黃州 桃花洞   皇城

에 하도 날이 더웁기로 목욕을 하고 나와 보니 의관행장이
                    沐浴   衣冠行裝

없소 그려. 찾아주고 가시던지, 한 벌 내어 주고 가시던지
                          *한 벌

별반처분을 하옵소서. 적선지가에 필유여경이라 하였으니,
*別般處分   *積善之家   必有餘慶

태수장 덕택에 살려주오."
*太守長 德澤

(6) 어유아 방아요—방아타령

<아니리> 태수 이말 들으시고 심봉사를 가긍히 여겨 의관
          太守   沈奉事 *可矜   衣冠

행장을 내어 주었구나. 심봉사, "황송한 말씀이오나 무상한
行裝   沈奉事 *惶悚   無常

도적놈이 담뱃대까지 가져갔사오니 이를 어찌 하오리까?"
盜賊

태수 허허 웃고 담뱃대까지 내어 주었것다. 심봉사 백배사
太守   沈奉事 百拜謝

례 하직하고 낙수교를 지나 녹수를 건너 한 곳을 당도하니,
禮 下直   *落水橋   *綠水   *當到

여러 부인네들이 방아를 찧노라고 야단이것다. 한 여인네
      婦人   *방아를 찧노라고 *惹端   女人

가 심봉사를 보고 조롱을 하는데, "흥! 근래 봉사들 한 시
    沈奉事   *嘲弄   近來 奉事   *時

기 만났드구만. 저 봉사도 황성 맹인잔치 가지맹. 거, 이리
期 만났드구먼   奉事 皇城 盲人   *가지맹 *거

*空然(공연)히: 아무 실속도 없이 헛되이.

*주지라이: 줍니다요. '주겠다'를 방언으로 강조해 표현한 말.

*실없이: 실답지 못하고 헤픈 모습.

*一飽食(일포식)도 財數(재수): 한 번 배부르게 먹는 것도 재물 얻는 운수에 해당함이란 내용의 속담. '재수'는 '재물 관련 운수'지만, 일반적으로 사람의 '운수'라는 뜻으로도 사용함.

*忘勞以歌(망로이가): 노래로써 노동의 힘 드는 고통을 잊게 함.

*선소리: 대여섯 사람이 둘러서서 서로 주고받고 하면서 부르는 민간의 노래. 명절 때 술을 마시고 놀면서 북장단으로 많이 부르지만, 노동을 하면서 힘듦을 잊으려고 부르기도 함.

*作定(작정): 어떤 일을 하려고 마음속으로 결정함.

*어유아 방아요: "아아 어 아름답구나, 이 방아야!" 하고 찬양하는 후렴구.

*太古 天皇氏 以木德 王(태고 천황씨 이목덕 왕): 아득한 옛적 중국 전설상의 제왕 천황씨는 나무를 이용하는 방법을 가르친 덕으로 왕이 되었음.

*남기: 나무. 나무가. / *重(중): 소중함.

*有巢氏 構木爲巢(유소씨 구목위소): 아득한 옛적 중국 전설상의 제왕 유소씨는 나무를 얽어서 집을 만들어 살게 했음.

*이 남기로 집 지셨나: 여기 방아 만든 이 나무로 옛날 유소씨가 집을 지으셨나? 방아 만든 나무를 드러내려고 앞 유소씨에 관련하여 표현했음.

*玉鬢紅顔(옥빈홍안): 고운 귀밑머리와, 피는 꽃 같은 얼굴을 가진 젊고 아름다운 여인.

*態度(태도): 모습. 몸가짐.

*가는 허리: 가느다란 허리. 디딜방아 몸통인 큰 나무의 허리부분. 발로 밟는 두 갈래의 디딤 발판 바로 앞의 부분으로, 옆으로 나 있는 구멍에 비녀 막대기를 꽂은 잘록한 부분임.

*簪(잠): 비녀. 방아의 긴 몸체 허리부분에 옆으로 뚫린 구멍 양쪽으로 튀어나오게 꽂힌 막대기를 말함. 몸체 양쪽에 세워진 작은 기둥의 벌어진 틈에 얹어져 움직임. 방아 디딤 발판을 밟으면 이 막대기가 돌면서 반대쪽 방아머리를 들리게 하며, 다시 밟았던 발을 놓으면 이 막대기가 반대로 돌아 무거운 방아머리를 아래로 급하게 떨어뜨려, 방아공이가 방아확 속의 찧을 곡식을 내리쳐 찧어지게 함.

와 방아나 좀 찧어주고 가제." "방아를 공연히 찧어줘?"
*空然히

"아, 방아만 찧어주면 고기반찬에 밥도 주고 술도 주고 담
飯饌

배도 한 묶음 주지라이." "그것 참 실없이 여러 가지 것 준
*주지라이   *실없이

다. 그럽시다. 일포식도 재수라고 방아나 한번 찧어보지요.
*一飽食   財數

그러나 여보시오 부인네들! 망로이가라 하였으니, 방아를
婦人   *忘勞以歌

찧더래도 선소리를 맞춰가며 찧읍시다이." "그럽시다." 심봉
*선소리   沈奉

사가 점심밥을 얻어먹을 작정으로 방아를 찧는디.
事   點心   *作定

<중중모리> "어유아 방아요, 어유아 방아요, 떨그덩 떵 잘
*어유아 방아요

찧는다." "어유아 방아요." "태고라 천황씨는 이목덕으로 왕
*太古   天皇氏   以木德   王

하였으니 남기 아니 중할소냐." "어유아 방아요." "유소씨
*남기 *重   *有巢氏

구목위소 이 남기로 집 지셨나." "어유아 방아요." "옥빈홍
構木爲巢 *이 남기로 집 지셨나   *玉鬢紅

안 태도련가? 가는 허리에 잠이 찔렸구나." "어유아 방아
顔 *態度   *가는 허리 *簪

◇참고: 디딜방아 모습

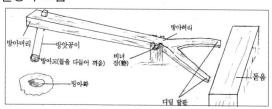

*머리 들어 오른 樣(양): 방아 디딤 발판을 밟으면, 허리부분의 비녀를 중심으로 반대쪽의 방아머리가 들리어 올라오는 모습.

*蒼海老龍(창해노룡): 푸른 바다 속의 늙은 용.

*성을 낸 듯: 용이 화를 내어 용트림을 하면서 솟아오르는 모습 같다는 뜻.

*머리 숙여 내린 樣(양): 밟은 발을 놓아, 방아머리가 아래로 내리는 모습.

*周文王(주문왕): 옛날 중국 주(周)나라의 건국 발판을 마련한 문왕.

*頓首(돈수): 머리를 조아리고 겸손하게 예를 갖춤. 주나라 문왕이 강태공(姜太公)을 위수(渭水)에서 초빙할 때 극진히 예를 갖춰 모신 사실을 말함.

*길고 가는 허리: 방아 몸체가 길고, 비녀 꽂힌 허리부분이 가느다란 모습.

*楚王宮(초왕궁) 허리: 중국 춘추시대 초(楚) 영왕(靈王)이 허리 가는 궁녀들을 좋아한 사실. 이때 궁녀들이 밥을 적게 먹어 쇠약해져 죽는 궁녀도 있었다고 함. 이후 허리 가는 미인을 '초요(楚腰: 초의 미인 허리)'라고 함.

*五羖大夫(오고대부): 중국 춘추시대 진(秦)나라의 어진 재상 백리해(百里奚). 백리해가 초(楚)나라에 구금된 때, 진(秦) 목공(穆公)이 그의 어짊을 알고 값이 매우 비싼 '다섯 마리 검정색 암양 가죽(五羖羊皮)'을 초나라에 주고 그를 데려와 국정을 맡기었음. 그 결과 진나라는 크게 번창해 패권을 잡았다는 고사에서 백리해를 '오고대부'라 함. 곧 백리해 사망 후 정치가 나빠져 백성들 살림살이가 어려워져 곡식 찧는 방아소리가 끊어졌다는 표현임.

*聖上 卽位(성상 즉위): 현재의 황제가 등극한 것을 말함.

*國泰民安(국태민안): 나라가 태평스럽고 백성들 살림살이가 편안해짐.

*古今(고금): 옛날부터 오늘날에 이르기까지.

*太平聖代(태평성대): 어질고 착한 임금이 다스리는 태평한 세상.

*자주 찧읍시다: 방아를 빨리 찧자는 말. 발을 빨리 움직이자는 뜻임.

*萬疊靑山(만첩청산): 일만 겹이나 첩첩한 봉우리가 겹쳐 있는 푸른 산.

*形容(형용): 생긴 모습. / *比樣(비양): 비슷하게 모방된 모습.

*한 다리 올려 딛고: 디딜방아를 찧을 때 두 사람이 돋움 위에 나란히 서서, 각기 한 발은 방아 본체 디딤 발판에 올려 딛고, 돋움 위의 발을 떼면 체중이 디딤 발판 위에 실리면서, 디딤 발판은 내려가고 건너편 방아머리가 들려 올라옴. 그 다음 돋움에서 떨어진 발을 다시 돋움을 딛으면서 디딤 발판 밟은 발의 힘을 빼면, 디딤 발판이 올라오면서 방아머리는 제 무게에 의해 아래로 내려 떨어짐. 이런 동작을 두 사람이 맞추어 반복함.

요.” “떨그렁 떵 잘 찧는다.” “어유아 방아요.” “머리 들어
_{*머리 들어}

오른 양은 창해노룡이 성을 낸 듯.” “어유아 방아요.” “머리
오른 樣 　*蒼海老龍 　*성을 낸 듯 　　　　　*머리

숙여 내린 양은 주문왕의 돈수런가.” “어유아 방아요.” “길
숙여 내린 樣 　*周文王 　*頓首 　　　　　　*길

고 가는 허리를 보니 초왕궁의 허리런가.” “어유아 방아요.”
고 가는 허리 　　　　*楚王宮 허리

“오고대부 죽은 후에 방아소리가 끊쳤더니, 우리 성상 즉위
*五羖大夫 　　　後 　　　　　　　*聖上 卽位

하사 국태민안 하옵신디, 하물며 맹인잔치 고금에 없는지
*國泰民安 　　　　　　盲人 　*古今

라. 우리도 태평성대 방아타령을 하여보세.” “어유아 방아
*太平聖代 　　打令

요.” “떨그덩 떵 잘 찧는다.” “어유아 방아요.”

<아니리> “여보시오 봉사님! 우리가 이렇게 방아를 찧다
奉事

가는 몇 날이 걸릴지 모르겠소.” “그럼 자주자주 찧읍시다.”
*자주자주 찧읍시다

<자진모리> “어유아 방아요, 어유아 방아요. 만첩청산을
*萬疊靑山

들어가 길고 곧은 솔을 베어 이 방아를 놓았는가.” “어유

아 방아요.” “방아 만든 형용 보니 사람을 비양턴가, 두 다
*形容 　　　　　　*比樣

리를 쩍 벌렸구나.” “어유아 방아요.” “한 다리 올려 딛고
*한 다리 올려 딛고

*오리랑 내리랑: '오르락내리락'의 방언. 올라갔다 내려갔다 하는 모습.

*孟浪(맹랑): 생각과는 달리 매우 수상하고 이상함.

*풋호박국: 아직 덜 성숙하여 여물지 않은 호박을 썰어 넣어 끓인 국.

*깨방아: 참깨를 볶아서 조미료인 깨소금을 만들려고 방아에 찧는 일. 오늘
날은 모두 작은 절구를 사용하지만 옛날 시골에서는 디딜방아에 찧었음.

*찐득찐득: 서로 엉겨 붙어 떨어지지 않는 모습.

*찰떡방아: 찹쌀을 쪄서 찰떡을 만들려고 디딜방아에 찧는 일. 근래에는 떡
메로 쳐서 찰떡을 만들지만, 옛날 시골에서는 지역에 따라 디딜방아에 찧
어서 만들었음. 이 찰떡방아를 찧을 때는 방아공이를 돌이 박히지 않은 순
수 나무로만 된 방아공이로 바꾸어 꽂음.

*고추방아: 고추를 말려서 가루를 내기 위하여 디딜방아에 찧는 일. 옛날 시
골에서는 고춧가루를 많이 만들었으므로 말린 고추를 디딜방아에 찧었음.
이때 매운 공기가 코로 들어가 방아 찧는 사람들이 재채기를 하고 매우
괴로워했음.

*昭詳覺知(소상각지): 모든 내용을 자세히 깨달아 잘 알고 있음.

*거: 그것을. '그 사실'이 이상하여 의문을 표시한 말.

*怪異(괴이): 기이하고 이상함.

*理(리): 원리. 이치. 까닭.

*萬無(만무): 결코 그런 일은 없음.

한 다리 내려 딛고, 오리랑 내리랑 하는 양 이상하고도 맹
　　　　　　　*오리랑 내리랑　　　　　様 異狀　　*孟

랑하다.""어유아 방아요.""황성천리 가는 길에 방아 찧기
浪　　　　　　　　　　　皇城千里

도 처음이로구나.""어유아 방아요.""떨그렁 떵 잘 찧는다."

"어유아 방아요.""보리쌀 뜨물에 풋호박국 끓여라. 우리 방
　　　　　　　　　　　　　*풋호박국

아꾼 배도 부르자.""어유아 방아요.""떨그렁 떵 잘 찧는

다.""어유아 방아요.""고소하구나 깨방아, 찐뜩찐뜩 찰떡방
　　　　　　　　　　　　　*깨방아　*찐뜩찐뜩 *찰떡방

아.""어유아 방아요.""재채기 난다 고추방아.""어유아 방
아　　　　　　　　　　　　*고추방아

아요.""어유아 방아요, 떨그렁 떵 잘 찧는다, 점심 때가 늦
　　　　　　　　　　　　　　　　　點心

어간다.""어유아 방아요."

3. 안씨 맹인 만남, 심봉사 눈뜨고 끝남

(1) 그 부인이 하는 말이—심봉사 안씨 부인 만남

<아니리>　　심봉사가 방아를 찧고 점심밥을 잘 얻어먹고,
　　　　　　　沈奉事　　　　　　　　點心

그렁저렁 황성을 당도하여 한 곳을 다달으니, 어떠한 부인
　　　　　皇城　　當到　　　　　　　　　　　婦人

이 심봉사를 소상각지 알고 찾거늘 심봉사 거 괴이 여겨,
　　沈奉事 *昭詳覺知　　　　　　沈奉事 *거 *怪異

"이 곳에서 나를 알 리 만무한데 이상한 일이다." 그 여인
　　　　　　*理 *萬無　　　異常　　　　　　女人

*外堂(외당): 가정의 바깥채. 대문을 들어와 바로 들 수 있는 바깥채.

*夕飯(석반): 저녁 식사.

*內堂(내당): 가정의 안채. 대문을 들어와 다시 중문(中門) 안에 있는 안채.

*讀經(독경): 불경(佛經)이나 귀신을 쫓는 진언(眞言)을 외움. 옛날 시골에서는 장님이 재앙을 물리치거나 집의 평안을 비는 안택(安宅) 독경을 했음.

*疑端(의단): 어떤 의문 사항이나 풀기 어려운 일.

*座(좌): 좌석(座席). 앉을 자리.

*小女(소녀): 여자가 상대방에게 자기를 낮추어 일컫는 말.

*安哥(안가): 성씨(姓氏)가 안씨(安氏)인 사람.

*棄世(기세): 사람이 죽어 세상을 떠남. 죽는다는 말의 존칭어에 해당함.

*卜術(복술): 점을 치는 기능.

*平生 我自知(평생 아자지): 자신 일평생 일을 자기 스스로 모두 알고 있음.

*吉年(길년): 행운이 깃든 해. 운명론에서 사람에게는 타고난 연월일시(年月日時) 사주(四柱)에 따라 행운이 드는 해인 '길년'이 있다고 함.

*日月(일월)이 떨어져 물에 잠겨 *沈氏 盲人(심씨 맹인): 해와 달이 떨어져서 물속에 잠김을 보고, '심(沈)' 성씨를 가진 소경인 줄을 알았다는 말. 이 말은, '沈' 글자가 성씨로 사용될 때는 음이 '심'이지만, 음이 '침'일 경우 '잠기다'라는 뜻이 되기 때문에, 물에 잠기는 것을 보고 글자를 추리하여 '심씨' 성씨를 가진 사람이 자기의 배필임을 알았다는 말임.

*斟酌(짐작): 어렴으로 헤아려 생각함.

*사람을 놓아: 염탐하는 사람을 사방으로 보내 알아봄.

*因緣(인연): 어느 사물에 관계하여 맺어지는 연줄. 곧 서로 운명적으로 만나게 되는 실마리가 연결되어 있다는 말.

*저버리지 않으시면: 돌아보지 않거나 버리고 떠나지 않으신다면.

*千不當 萬不當(천부당 만부당): 완전히 전혀 모든 면에서 합당하지 않음.

*洞房華燭(동방화촉): 남녀가 첫날밤을 지내는 아름다운 신방(新房).

*胡蝶夢(호접몽): 잠잘 때 꾸는 꿈. '꿈'인 '夢'에 '나비'인 '胡蝶'이 연결된 것은 중국 전국시대 철학자 장주(莊周; 莊子)가 자신이 나비가 된 꿈을 꾸고 다음과 같이 말한 것에서 유래함. "나 장주가 꿈에 나비가 되었는지, 나비가 꿈에 나 장주로 된 것인지 모르겠노라(不知周之夢爲胡蝶與 胡蝶之夢爲周與)"라고 설파했는데, 물아일체관(物我一體觀) 사상에 입각한 토로임.

따라가 외당에 앉아 석반을 든든히 먹은 후 여인이 다시
　　　　*外堂　　　　*夕飯　　　　　　　　　後　女人

나와, "여보시오 심봉사님, 나를 따라 내당으로 들어가사이
　　　　　　　　沈奉事　　　　　　　　*內堂

다." "아니, 왜 이러시오? 나는 봉사만 되었지 독경도 못하
　　　　　　　　　　　　　　奉事　　　　　　*讀經

는 봉사요. 혹 댁에 의단 있소?" "아니올시다. 내당에서
　奉事　　　宅　*疑端　　　　　　　　　　　內堂

찾사오니 어서 들어가사이다." 심봉사 마지못해 내당에 들
　　　　　　　　　　　　　　沈奉事　　　　內堂

어가니 어떠한 부인이 좌를 주며 하는 말이.
　　　　　　　婦人　*座

<중모리>　그 부인이 하는 말이, "소녀는 안가이요. 나도
　　　　　　　　婦人　　　　　　*小女　*安哥

어려서 부모 일찍 기세하고 복술을 배웠기로 평생을 아자
　　　　　　*棄世　　*卜術　　　　　　　*平生　我自

지라. 이십오 세에 길년이 있는데 금년 이십오 세일뿐더러,
知　　二十五　歲　*吉年　　　　　今年　二十五　歲

간밤에 꿈을 꾸니 하늘에 일월이 떨어져 물에 잠겨 보이기
　　　　　　　　　　　*日月이　떨어져　물에　잠겨

로, 심씨 맹인인 줄 짐작하고 차차 사람을 놓아 이제야 만
　*沈氏　盲人　　*斟酌　　　次次 *사람을 놓아

나 뵈었으니 인연인가 아옵니다."
　　　　　　　*因緣

<아니리> "저버리지 않으시면 평생한이 없겠네다." 심봉사
　　　　　*저버리지　않으시면　平生恨　　　　　　沈奉事

속으로는 좋으나 어데 그럴 수가 있소. "내게는 천부당 만
　　　　　　　　　　　　　　　　　　　　*千不當　萬

부당이요." 그날 밤이 어찌 되었든지, 동방화촉에 호접몽을
不當　　　　　　　　　　　　　　　　*洞房華燭　　*胡蝶夢

제3장　175

*愁心(수심) 겨워: 근심을 이기지 못하여. 깊은 시름에 잠기는 모습. '겨워'는
 '이기지 못함<不勝; 불승>'의 뜻임.

*북을 메어: 북으로 만들어.

*解夢(해몽): 잠잘 때 꾼 꿈의 내용을 현실과 연관시켜 해석함.

*身入火 和樂(신입화 화락): 몸이 불속으로 들어갔으니, 활활 타는 불꽃처럼
 강렬한 기쁨이 있을 징조임. '火'와 '和'의 음이 동일함을 이용한 표현임.

*去皮作鼓(거피작고) 큰소리: 가죽을 벗기어 북을 만들었으니, 큰 북을 울
 리는 것 같은 웅장한 소리가 있을 징조임.

*落葉歸根(엽락귀근) *子女可逢(자녀가봉): 나뭇잎이 떨어져 뿌리로 돌아갔으
 니, 자식이 자기 뿌리인 부모를 찾는 것과 같아서, 자녀를 만나게 될
 좋은 징조임.

*壯(장)히: 매우 훌륭하고 웅장함.

*闕內(궐내): 대궐의 안.

*證驗(증험): 분명한 증거가 되어 실제로 경험하게 됨.

*千不當 萬不當(천부당 만부당): 절대로 있을 수 없는 가당치 않은 일.

*御前使令(어전사령): 황제나 임금 주변에 항시 대기하면서 명령을 직접 수
 행하는 관리.

*亡終(망종): 마지막 끝.

*參禮(참례): 어떤 행사에 참가하여 한 몫을 담당함.

*遠近山川(원근산천): 멀고 가까운 모든 산과 강,

꾸었것다. 심봉사 새벽 일찍 잠이 깨어 수심 겨워 하는 말
　　　　沈奉事　　　　　　　　　　*愁心 겨워

이, "여보시오 안씨 맹인! 간밤에 이상한 꿈을 꾸었소. 내가
　　　　　安氏 盲人　　　　異常

불 속으로 들어가 보이고, 가죽을 벗겨 북을 메어 보이고,
　　　　　　　　　　　　　　　　*북을 메어

나뭇잎이 떨어져 뿌리를 덮어 보이니, 나 죽을 꿈 아니요?"

안씨 맹인 이 말을 듣고 해몽을 하는데.
安氏　盲人　　　　　　　*解夢

<창조>　　"신입화하니 화락이요, 거피작고하니 큰소리 날
　　　　　　*身入火　　和樂　　*去皮作鼓

것이요. 낙엽이 귀근하니 자녀를 가봉이라. 그 꿈 장히 좋
　　　*落葉　歸根　*子女　可逢　　　　　　*壯

소이다. 오늘 궐내에 들어가시면 좋은 증험이 있으리라."
　　　　　*闕內　　　　　　　　*證驗

"아니, 자녀를 가봉이라니 내게는 천부당 만부당이제."
　　　子女　可逢　　　　　*千不當 萬不當

<중중모리>　　　　뜻밖에 어전사령이 나온다.　어전사령이
　　　　　　　　　*御前使令　　　　　御前使令

나온다. "각도 각읍 맹인님네,　오늘 잔치 망종이니 바삐
　　　　　各道　各邑 盲人　　　　　　*亡終

나와 참례하오."　골목골목 다니며 이렇듯 외는 소리, 원근
　　*參禮　　　　　　　　　　　　　　　　*遠近

산천이 덩그렇게 들린다.
山川

*歎息(탄식): 여러 가지 잘못된 일을 생각하며 한숨 쉬고 애통해 함.

*排設(배설): 어떤 일을 위하여 장소를 설치해 펼쳐놓음.

*丁寧(정녕): 틀림없이 꼭. 매우 간절하고 절실한 모습.

*哀痛(애통): 슬피 탄식하여 우는 모습.

*靈(영)검: 귀신이나 신령의 영험. '검'은 신령을 뜻하는 우리말.

*盲人 中(맹인 중)으 빠지셨나: 소경의 부류 속에서 제외 되셨는가? 하고 의심해봄.

*亡終(망종): 마지막 끝.

*禮部尚書(예부상서): 중국 조정 부서인 예부(禮部)의 우두머리 벼슬. '상서'는 우리나라 조선시대 육조(六曹)의 판서(判書)에 해당하는 벼슬임.

*下敎(하교): 임금이나 황제가 명령을 내림.

*居住姓名(거주성명): 살고 있는 지역의 행정구역 명칭과 성씨와 이름.

*明白 記錄(명백 기록): 확실하고 분명하게 문서로 작성해 써놓음.

*次次 護送(차차 호송): 차례차례 순서에 따라 보호해 인도함.

*別宮(별궁): 대궐 안 궁궐 중 임금이 신하를 접견하는 정궁(正宮) 이외에, 별도의 특별한 일을 처리할 때 사용하기 위해 지어놓은 궁궐.

*點考(점고): 작성된 명부의 이름에 점으로 표시해 가면서 한 사람 한 사람씩 대조해 인원을 점검함.

*우에서: 위 지위인 상급(上級) 기관으로부터.

(2) 이 잔치를 배설키는—심봉사 아버지 소리에 눈을 뜸

<아니리>　　　이때의 심황후는 맹인잔치를 열어놓고 아무리
　　　　　　沈皇后　　盲人

기다려도 부친이 아니 들어오니 슬피 탄식 우는 말이.
　　　　　　父親　　　　　　　*歎息

<진양조>　　"이 잔치를 배설키는 부친상봉 허잤더니 어이
　　　　　　　　*排設　　　父親相逢

이리 못 오신고? 내가 정녕 죽은 줄 아르시고 애통타가 이
　　　　　　　　*丁寧　　　　　　　*哀痛

세상을 떠나셨나? 부처님의 영검으로 완연히 눈을 떠 맹인
世上　　　　　　　*靈검　　完然　　　　　　*盲人

중으 빠지셨나. 오늘 잔치 망종인디 어이 이리 못 오신고?"
中　빠지셨나　　　　*亡終

<아니리>　　　이렇듯 슬피 탄식하시다 예부상서를 또 다시
　　　　　　　　歎息　　*禮部尙書

불러 하교허시대, "오늘도 봉사 거주성명을 명백히 기록하
　　*下敎　　　　　　奉事 *居住姓名 *明白　　記錄

여 차차 호송하되,　만일 도화동 심맹인이 계시거든 별궁
　*次次　護送　　　萬一　桃花洞　沈盲人　　　　*別宮

안으로 모셔오너라." 예부상서 분부 듣고 봉사 점고를 하는
　　　　　　　　　禮部尙書 分付　　　奉事 *點考

디, 차차로 불러 나가다가 저기 한 구석에 앉은 봉사 앞에
　次次　　　　　　　　　　　　　　　　　奉事

가서 더 묻는 말이, "여보시오! 당신 성명이 무엇이요?"
　　　　　　　　　　　　　　　姓名

"예, 나는 심학규요." "옳다, 심맹인 여기 계시다." 하더니
　　　沈鶴圭　　　　　沈盲人

"어서 별궁으로 들어갑시다." "아니, 왜 이러시오?" "우에서
　　別宮　　　　　　　　　　　　　　　　*우에서

*알았제: 알았지. '제'는 뜻을 강조하는 어미 '지'의 방언. 미리 알고 있었다고 강조하는 말.

*이놈: 상대방을 낮추어 부르는 말이지만, 여기에서는 심봉사가 자기 자신을 낮추어 일컫는 말임.

*용케: 요행으로, 어쩌다가 좋은 운을 만나서 다행으로.

*天下盲人 滿座中(천하맹인 만좌중): 온 세상의 장님들이 가득 모여 자리 잡고 앉아 있는 그 속.

*지팡이 잡으시오: 내가 잡고 있는 지팡이의 한 끝을 잡고 나를 인도해 들어가자는 말.

*沈盲人 待令(심맹인 대령): "심씨 성을 가진 장님을 데리고 와서 명령을 받들어 기다립니다." 하고 아뢰어 보고하는 말.

*白首風神(백수풍신): 머리가 허옇게 센 노인의 의젓한 풍채.

*形容(형용): 얼굴 모습.

*隱隱(은은): 자세하지 않고 희미하게 보임. 문에 발이 쳐져서 분명히 보이지 않은 상태.

*珊瑚 珠簾(산호 주렴): 산호 구슬을 실에 꿰어 늘어뜨린 발.

*먼눈: 앞이 보이지 않는, 눈이 먼 장님의 눈.

*小盲(소맹): 지체 높은 사람 앞에서 장님이 자기 자신을 낮추어 일컫는 말.

*故土(고토): 옛날부터 살아온 고향의 땅.

*産後症(산후증): 출산 후에 병이 생겨 앓게 되는 병.

*喪妻(상처): 아내를 잃음. 아내가 사망하여 혼자됨.

*襁褓(강보): 아기를 싸안는 포대기.

상을 내리실지 벌을 내리실지는 모르나, 심맹인이 계시거
賞   罰   沈盲人

든 별궁 안으로 모셔오라 하셨으니 어서 들어갑시다.”“내
別宮

가 이럴 줄 알았제. 이놈 용케 잘 죽으러 왔다. 내가 딸 팔
        *알았제 *이놈 *용케

아먹은 죄가 있는데, 이 잔치를 배설키는 천하맹인 만좌중
        罪   排設   *天下盲人 滿座中

에 나를 잡아 죽이려고 배설한 것이로구나. 에라, 한 번 죽
              排設   番

지 두 번 죽것냐? 내 지팡이 잡으시오. 들어갑시다!”심봉
   番   *지팡이 잡으시오   沈奉

사를 별궁으로 모시고 들어가, “심맹인 대령하였소.”심황후
事   別宮   *沈盲人 待令   沈皇后

부친을 살펴 볼 제, 백수풍신 늙은 형용 슬픈 근심 가득한
父親   *白首風神   *形容

게 부친 얼굴이 은은하나, 또한 산호 주렴이 앞을 가려 자
   父親   *隱隱   *珊瑚 珠簾   仔

세히 보이지 아니하니, “그 봉사 거주를 묻고, 처자가 있나
細   奉事 居住   妻子

물어 보아라.”심봉사 처자 말을 듣더니마는, 먼눈에서 눈
        沈奉事 妻子   *먼눈

물이 뚝뚝뚝 떨어지며.

<중중모리>   “예! 소맹이 아뢰리다. 예! 소맹 아뢰리다.
                *小盲   小盲

소맹이 사옵기는 황주 도화동이 고토옵고, 성명은 심학규
小盲   黃州 桃花洞 *故土   姓名   沈鶴圭

요. 을축년 정월달에 산후증으로 상처하고 어미 잃은 딸자
   乙丑年 正月 *産後症 *喪妻   子

식을 강보에다 싸서 안고 이집 저집을 다니면서 동냥젖을
息 *襁褓

*孝誠 出天(효성 출천): 효도하는 정성을 하늘이 점지해 낸 특출함.

*印塘水(인당수): 우리나라와 중국 양자강 하류 사이의 황해(黃海) 깊은 바다 바람이 심한 어느 지점을 가리키는 것 같지만, 옛날 전적들에 전혀 등장하지 않는 것으로 보아, 불교와 관련하여 창작한 바다이름 같음.

*祭需(제수): 신령에게 제사할 때 올리는 음식이나 물건.

*匕首劍(비수검): 칼날이 날카로워 잘 잘라지는 짧은 칼.

*드는 칼: 날이 날카로워 잘 잘라지는 칼.

*當場(당장): 바로 여기 이 자리. 지금 곧바로.

*보선발: 버선발. 마음이 급하여 미처 신을 신지 못하고 버선만 신은 채 뛰어나감을 나타내는 말.

*우르르르: 급하게 정신없이 달려 나가는 모습. 뒤에 이어질 '달려 나가'를 생략한 표현임.

*無男獨女(무남독녀): 아들이 없고 오직 하나뿐인 딸.

*于今 三年(우금 삼년): 오늘날에 이르기까지 삼년이 지났음.

*風浪 中(풍랑 중): 폭풍이 심한 바다 물결 속.

얻어 먹여 겨우겨우 길러내어 십오 세가 되었는데, 효성이
十五 歲 *孝誠

출천하여 애비 눈을 띄인다고 남경장사 선인들께 삼백 석
出天 南京 船人 三百 石

에 몸이 팔려 인당수 제수로 죽으로 간 지가 삼년이요. 눈
*印塘水 *祭需 三年

도 뜨지 못 하옵고 자식만 팔아먹은 놈을 살려두어 쓸 데
子息

있소? 비수검 드는 칼로 당장에 목숨을 끊어 주오."
*匕首劍 *드는 칼 *當場

<자진모리> 심황후 이 말 듣고, 산호 주렴을 걷어버리고
沈皇后 珊瑚 珠簾

보선발로 우르르르, 부친의 목을 안고 "아이고 아버지!"심
*보선발 *우르르르 父親 沈

봉사 깜짝 놀라, "아니 아버지라니? 뉘가 날더러 아버지여!
奉事

응? 누가 날더러 아버지여? 에이, 나는 아들도 없고 딸도

없소. 무남독녀 외딸 하나 물에 빠져 죽은 지가 우금 삼년
*無男獨女 *于今 三年

인데, 뉘가 날더러 아버지여?" "아이고 아버지! 여태 눈을

못 뜨셨소? 인당수 풍랑 중에 빠져 죽던 청이가 살아서 여
印塘水 *風浪 中 淸

기 왔소. 어서어서 눈을 떠서 저를 급히 보옵소서." 심봉사
急 沈奉事

가 이 말을 듣더니 어쩔 줄을 모르는구나. "아니, 청이라
淸

니? 에잉! 이것이 웬 말이냐? 내가 지금 죽어 수궁에 들어
守宮

왔느냐? 내가 지금 꿈을 꾸느냐? 죽고 없는 내 딸 청이
淸

*道術(도술): 신선 사상에서 말하는 초능력 발휘의 방술(方術).

*薰(훈)김: 어떤 위대한 신령이 발휘하는 힘이, 주변까지 영향을 입혀 근처가 함께 그 힘을 받는 상황.

*滿座 盲人(만좌 맹인): 좌석에 가득 앉아 있는 많은 장님들.

*새 갈모: '새'는 '새로움<新>'의 뜻이며, '갈모'는 '갓모'의 방언으로, 비올 때 머리에 쓴 갓이 빗물에 젖는 것을 막기 위해 갓 위에 얹어 쓰는 일종의 작은 지우산(紙雨傘). 잘게 쪼갠 대나무 조각을 우산살로 하여 접는 우산처럼 만드는데, 다만 크기가 갓의 갓양이 덮일 정도로 작게 만들며, 보통 우산에서의 손잡이인 우산대가 없는 것이 특징임. 살 위를 덮은 덮개재료는 한지를 여러 겹 붙여 두껍게 하여 들기름을 먹여 물이 스미지 않게 하며, 펼쳐 갓 위에 덮어 쓰고는 양쪽에 달린 끈으로 갓끈처럼 턱밑에 매어 고정시킴. 이 갓모를 처음 만들면 지우산처럼 접어 끈으로 묶어두는데, 오래 둔 것을 펼칠 때 덮개인 한지종이에 바른 들기름이 마르면서 엉겨 붙어, 살이 펼쳐지면서 '짝 짝' 하는 소리가 나는 것을 표현했음.

*떼는: 떨어지게 하는. 오래 접어둔 갓모를 펼칠 때, 덮개 종이의 들기름이 엉겨 붙어 있는 것을 떼어 펼침을 뜻함.

*中路(중로): 길을 가는 도중. / *실없이: 실답지 못하고 헤픈 행동.

*어이없이: 엄청나게 기가 막혀 어처구니없음을 나타내는 말.

◇참고: 갈모의 모양

갈모 쓴 모습   갈모 접은 모습

여기가 어디라고 살아오다니 웬 말이냐? 내 딸이면 어디 보자! 어디 내 딸 좀 보자! 아이고! 내가 눈이 있어야 내 딸을 보제? 아이고 답답하여라." 두 눈을 끔적하더니마는 눈을 번쩍 떴구나.

(3) **만좌 맹인이─여러 맹인이 모두 눈을 뜸**

<아니리> 이게 모두 부처님의 도술이것다. 심봉사 눈 뜬
                    *道術   沈奉事
김에 여러 봉사들도 훈김에 눈을 뜨는디.
        奉事   *薰김

<자진모리> 만좌 맹인이 눈을 뜬다. 어떻게 눈을 뜨는고
              *滿座 盲人
하니, 전라도 순창 담양 새 갈모 떼는 소리라. 짝짝 하더니
      全羅道 順昌 潭陽 *새 갈모 *떼는
마는 모두 눈을 떠버리는구나. 석 달 동안 큰 잔치에 먼저

나와 참여하고 내려간 맹인들도 저희 집에서 눈을 뜨고, 미
        參與   盲人
처 당도 못한 맹인 중로에서 눈을 뜨고, 가다가 뜨고 오다
    當到   盲人 *中路
가 뜨고, 서서 뜨고 앉아 뜨고, 실없이 뜨고 어이없이 뜨고,
                          *실없이   *어이없이
화내다 뜨고 울다 뜨고 웃다 뜨고, 떠보느라고 뜨고 시원히

뜨고, 앉아 놀다 뜨고, 자다 깨다 뜨고 졸다 번뜻 뜨고,

*至於飛禽走獸(지어비금주수): 나는 새와 달리는 짐승들에 이르기까지 모두.

*光明天地(광명천지): 밝고 밝은 이 세상 하늘과 땅.

*七寶金冠(칠보금관): 칠보 보석으로 장식한, 황금으로 된 머리에 쓰는 관, '칠보'는 불교에서 말하는 일곱 가지 보물로, 여러 불경 기록에 조금씩 다르게 나타나 있음. 법화경(法華經)에는 '금·은·유리(瑠璃)·마노(瑪瑙)·거거(硨磲)·진주(眞珠)·매괴(玫瑰)' 등 7가지로 나타나 있음.

*恍惚(황홀): 광채가 호화롭고 어른거려 눈이 부심.

*前後不見 初面(전후불견 초면): 옛날 전생(前生)에서도 본 적이 없고, 근래 현세(現世)에서도 보지 못한 처음 보는 생소한 얼굴.

*甲子(갑자): 갑자 해. 육갑(육갑) 간지(干支)로 '갑자' 년에 해당하는 해.

*초파일夜(야): 음력 4월8일 석가모니 탄신일의 밤.

*人道還生(인도환생): 죽은 사람이 살던 인간세상으로 죽기 전 육신을 그대로 지닌 채 다시 살아 돌아 옴.

*生時(생시): 살아 있는 현실의 상태.

지어비금주수까지 일시에 눈을 떠서 광명천지가 되었구나.
*至於飛禽走獸　　　一時　　　　　*光明天地

(4) 옳지 인제 알겠구나──심봉사 둘러보며 춤추고 좋아함

<아니리> 심봉사 정신을 차려 궁 안을 살펴보니, 칠보금관
　　　　　沈奉事　精神　　　宮　　　　　　*七寶金冠
황홀하여 딸이라니 딸인 줄 알지, 전후불견 초면이라. 가만
*恍惚　　　　　　　　　　　*前後不見　初面
히 살펴보니.

<중모리>　"옳지 인제 알겠구나. 내가 인제야 알겠구나.

갑자 사월 초파일야 꿈속에 보던 얼굴 분명한 내 딸이라.
*甲子　四月 *초파일夜　　　　　　　　分明
죽은 딸을 다시 보니 인도환생을 하였는가? 내가 죽어서
　　　　　　　　　*人道還生
따라왔느냐?　이것이 꿈이냐, 이것이 생시냐? 꿈과 생시
　　　　　　　　　　　　　*生時　　　　生時
분별을 못하겠네. 나도 어제까지 맹인으로 지팡이를 짚고
分別　　　　　　　　　　盲人
다니면은, 어디로 갈 줄을 아느냐, 올 줄을 아느냐? 나도

오늘부터 새 세상이 되었으니 지팡이 너도 고생 많이 허였
　　　　　世上　　　　　　　　　　苦生
다. 이제는 너도 너 갈 데로 잘 가거라?"피르르르르 내던

지고, 얼씨구나 얼씨구나 좋네, 지화자 좋을시구.

<중중모리>　얼씨구나 절씨구 지화자 좋을시고.　어둡던

*皇城宮闕(황성궁궐): 중국 황제가 거처하는 도성(都城) 안의 궁궐.

*蒼海萬里(창해만리): 푸른 물결 출렁이는 멀고먼 바다.

*還世上(환세상): 인간사는 세상으로 다시 살아 돌아 옴.

*千千萬萬(천천만만): 결코 있을 수 없는 뜻밖의 일이 일어났을 때 의아함을 나타내는 말인 '천만'을 강조한 표현임.

*山陽水(산양수) 큰 싸움에 *子龍(자룡) 본 듯: '산양'은 중국 섬서성 장안(長安)의 종남산(終南山)과 태화산(太華山) 남쪽 지역. '산양수'는 이 지역에 있는 강. '자룡'은 중국 삼국시대 촉한(蜀漢) 유비(劉備) 휘하 장수 조운(趙雲; 자가 자룡). 적벽대전 후, 촉한 군과 조조 군대가 중원(中原)을 차지하려는 싸움에서, 조조 군의 계략에 의해 관우(關羽)와 마초(馬超)가 포위 당하니, 당시 사천(四川) 지역을 지키고 있던 조자룡이 관우가 얼굴에 피를 흘리는 꿈을 꾸고, 천기(天氣)를 보니 촉한 군이 위태로웠음. 조자룡이 곧장 말을 달려 와서 두 장군을 구해냈을 때의 그 반가움이란 이야기임. 이 내용은 『삼국지연의』에는 없으며, 1916년에 간행된 우리나라 구활자본 소설 『산양대전』과 그 한참 뒤에 나온 『조자룡전』 등에 나타나 있음. 개화기 이후, 옛날의 『삼국지연의』보다, 민간에서는 구활자본인 딱지본 고소설을 더 많이 읽었으므로, 그 내용이 민간에 널리 전파되었음.

*興盡悲來 苦盡甘來(흥진비래 고진감래): 왕성한 때가 지나면 슬픔이 오고, 고통의 세월이 지나면 행복한 기쁨이 다가옴.

*照臨(조림): 높은 곳에서 비추어 밝혀줌.

*堯舜天地(요순천지): 중국 고대 백성을 잘 다스린 요임금과 순임금 때 세상.

*不重生男重生女(부중생남중생녀): 아들 낳기를 중요하게 여기지 않고 딸 낳기를 중요 하게 여김. 중국 당(唐) 현종(玄宗) 임금이 양귀비(楊貴妃)를 총애해 그의 친정 친척들이 모두 높은 벼슬을 하니, 사람들이 아들보다 딸 낳기를 중요하게 여겼다고 함. 만당(晚唐) 시인 백락천(白樂天)이 '장한가(長恨歌)' 속에서 이 현종 때의 세상 민심을 읊은 구절임.

*沈皇后 陛下(심황후 폐하): 심씨 황후님. '폐하'는 황제나 황후에 대한 존칭.

*太古(태고)적 時節以後(시절이후): 먼먼 옛날 시대부터 그 뒤로의 시대.

*府院君(부원군): 황후나 왕후 친아버지와 정일품 공신에게 내리는 칭호.

*貴賓(귀빈): 매우 중요한 귀한 손님.

눈을 뜨고 보니   황성궁궐이 웬일이며, 궁 안을 살펴보니
             *皇城宮闕   宮

창해만리 먼먼 길에   인당수 죽은 몸이 환세상 황후되기
*蒼海萬里   印塘水   *還世上 皇后

천천만만 뜻밖이라, "얼씨구나 절씨구. 어둠침침 빈방 안에
*千千萬萬   房

불 켠 듯이 반갑고, 산양수 큰 싸움에 자룡 본 듯이 반갑
             *山陽水 큰 싸움에 *子龍 본 듯이

네. 흥진비래 고진감래 나를 두고 이름인가? 얼씨구나 절
   *興盡悲來   苦盡甘來

씨구, 지화자자 절씨구. 일월이 밝아 조림하여 요순천지가
                      日月   *照臨   *堯舜天地

되었네, 부중생남중생녀 나를 두고 이름이로구나, 얼씨구나
        *不重生男重生女

절씨구." 여러 봉사들도 좋아라, 춤을 추며 노닌다. "얼씨구
                奉事

나 얼씨구나, 얼씨구 좋구나 지화자 좋네. 얼씨구나 절씨구,

이 덕이 뉘 덕이냐? 심황후 폐하의 덕이라. 태고적 시절
  德   德   *沈皇后 陛下 德   *太古적 時節

이후로 봉사 눈 떴단 말 처음이로구나. 얼씨구나 절씨구,
以後   奉事

송천자폐하도 만만세,   심황후 폐하도 만만세.   부원군도
宋天子陛下   萬萬歲   沈皇后 陛下   萬萬歲   *府院君

만만세, 여러 귀빈들도 만만세. 천천만만세를 태평으로만
萬萬歲   *貴賓   萬萬歲 千千萬萬歲   泰平

누리소서, 얼씨구나 좋을시고!"

*皇極殿(황극전): 중국 황제가 머물며 집무하는 궁전.

*惹端(야단): 매우 시끄럽고 떠들썩한 일이 벌어짐.

*至於飛禽走獸(지어비금주수): 나는 새와 달리는 짐승들에 이르기까지 모두.

*誘引(유인): 꾀이고 유도하여 자신에게로 끌어들임.

*沈府院君(심부원군): 심씨 성씨를 가진 부원군, 곧 황후인 심청의 부친.

*行次時(행차시): 지체 높은 분의 길 갈 때를 높여 이르는 말.

*五更時(오경시): 새벽 3시에서 5시 사이.

*九天(구천): 가장 높은 하늘. 하늘을 다음 아홉 방위로 나누고 있음. 중앙
(中央)—균천(鈞天), 동방(東方)—창천(蒼天), 서방(西方)—호천(昊天), 남방(南
方)—염천(炎天), 북방(北方)—현천(玄天), 동북방(東北方)—변천(變天), 서북
방(西北方)—유천(幽天), 서남방(西南方)—주천(朱天), 동남방(東南方)—양천
(陽天). 그리고 또 불교에서는 대지(大地)를 중심으로 다음 아홉 개의 별자
리가 회전한다고 말하고 있음. 일천(日天), 월천(月天), 수성천(水星天), 금
성천(金星天), 화성천(火星天), 목성천(木星天), 토성천(土星天), 항성천(恒
星天), 종동천(宗動天).

*明天(명천): 인간 세상을 굽어보고 있는, 모든 것을 다 아는 밝은 하늘.

⑸ 예 죄상을 아뢰리다—황봉사 한 눈만 뜨고 마무리

<아니리>   이렇게 춤으로 그냥 황극전이 춤 바다가 되었
             *皇極殿

던가 보더라. 이렇게 춤을 추고 경사스러워 야단이 났을 적
                      慶事   *惹端

에, 어떤 봉사 하나 눈 못 뜨고 저기 한 구석에 가 우두머
        奉事

니 울고 섰거늘, 심황후가 분부하시되, "지어비금주수까지
            沈皇后   分付   *至於飛禽走獸

도 모두 눈을 떴는디, 어찌하여 저 봉사는 눈을 못 뜨는
                              奉事

고?" 그때의 황봉사는 뺑덕이네 유인한 죄로 눈을 못 뜨고,
        黃奉事   *誘引 罪

그 자리에 엎드러지며.

<중모리>   "예, 죄상을 아뢰리다. 예, 죄상을 아뢰리다.
             罪狀   罪狀

심부원군 행차시에 뺑덕이란 여인을 앞세우고 오시다가
*沈府院君 *行次時   女人

주막에 들어 잠잘 적에, 그 여인 유인하여 밤중 도망을
酒幕   女人 誘引   中 逃亡

하였는데, 그날 밤 오경시에 심부원군 우시는 소리, 구천에
          *五更時   沈府院君   *九天

사무쳐서 명천이 아신 바라. 여태 눈을 못 떴으니, 이런
        *明天

천하 못 쓸 놈을 살려두어 쓸 데 있소? 당장 목숨을 끊어
天下   當場

주오."

*人讐無竭(인수무갈): 사람의 원수는 다 갚을 수가 없음.

*改則爲善(개즉위선): 잘못을 뉘우치고 고치면 곧 착한 사람이 됨.

*是以(시이): 이런 것을 가지고서. 이런 까닭으로써.

*御命(어명): 황제나 임금의 명령.

*銃(총) 놓기 좋을 만하게: 총을 쏠 때는 목표물을 조준하기 위하여 한쪽 눈을 감기 때문에, 한쪽 눈만 안 보이는 경우를 총 쏘기에 알맞다고 했음.

*積善之家 必有餘慶(적선지가 필유여경): 착한 일을 많이 하여 축적하는 가정은 반드시 넉넉한 경사가 있음.

*積惡之家 必有餘殃(적악지가 필유여앙): 악한 일을 많이 저질러 그 악을 점점 쌓는 가정에는 반드시 많은 재앙이 있게 됨.

*天道(천도): 천지자연의 위대한 원리 원칙.

*沈生員(심생원): 심봉사를 일컬음. '생원'은 본래 지방에서 실시하는 소과(小科) 과거에서 '생원과(生員科)'에 급제한 사람을 말하지만, 시골의 보통 선량한 선비들에게 존칭으로 성씨 밑에 붙여 불러줌.

*敎旨(교지): 임금이 내리는 문서로 된 정식 명령.

*貞烈夫人 封(정렬부인 봉): 정조가 굳고 행실이 곧은 여인에게 임금이 내리는 벼슬 칭호인 '정렬부인'을 내려줌.

*別給賞賜(별급상사): 특별히 표창하여 상을 내림.

*職品(직품): 관리들의 직급에 따른 품계.

*도도아: '돋우어'의 방언. 더 높게 올라가게 함.

*禮部尙書(예부상서): 중국 조정의 부서 벼슬 이름. 우리나라 예조판서(禮曹判書)에 해당됨.

*化主僧(화주승): 집집으로 다니면서 결연(結緣)의 법을 설법하고 시주(施主)가 베푸는 돈이나 곡식을 얻어 부처님께 공양하고 절의 양식과 경비를 돕는 스님.

*堂上(당상): 조정 대신 중에 정삼품의 명선(明善)·순봉(順奉)·통정(通政) 대부(大夫) 이상의 문관과, 절충장군(折衝將軍) 이상의 무관.

*歲役(세역): 매년 일정하게 국가에 봉사하는 부역(賦役).

*百行根本 忠孝(백행근본 충효): 모든 행실의 기본이 되는 덕목이 나라에 충성함과 부모님께 효도하는 일임.

*더질더질: 판소리 한 바탕이 끝난 때 붙이는 말.

<아니리> 심황후 이 말을 들으시고, "인수무갈이요 개즉
沈皇后 　　　　　　　　 *人讐無竭 　 *改則

위선이라. 네가 네 죄를 아는 고로 시이 살리노라. 어서 눈
爲善 　　　　　　罪 　　　故 　*是以

을 뜨라!" 어명 하여노니, 황봉사가 그제야 눈을 뜨는데,
　　　　　 *御命 　　　　　　黃奉事

마치 총 놓기 좋을 만하게 한 눈만 떴구나. 이런 일을 보더
　　*銃 놓기 좋을 만하게

라도 적선지가에 필유여경이요 적악지가에 필유여앙이라.
　　　*積善之家 　　 必有餘慶 　 *積惡之家 　　 必有餘殃

어찌 천도가 없을소냐?
　　*天道

<엇중모리>　　그 때의 심생원은 부원군을 봉하시고, 안씨
　　　　　　　　　　 *沈生員 　*府院君 　封 　　　　安氏

맹인 교지를 내려 정렬부인을 봉하시고, 무릉촌 승상부인
盲人 *敎旨 　　 *貞烈夫人 　 封 　　　 武陵村 　丞相夫人

은 별급상사하시고, 그 아들은 직품을 도도아 예부상서 시
　 *別給賞賜 　　　　　　 *職品 *도도아 *禮部尙書

키시고, 화주승은 불러 올려 당상을 시키시고, 젖 먹이던
　　　 *化主僧 　　　　　 *堂上

부인들과 귀덕어미는 천금상을 내리시고, 도화동 백성들은
婦人 　　　　　　　 千金賞 　　　　 桃花洞 百姓

세역을 없앴으니, 천천만만세를 누리리라. 어화 여러 소년
*歲役 　　　　　 千千萬萬歲 　　　　　　　　　 少年

님네! 인간의 백행근본 충효밖에 또 있느냐? 그 뒤야 뉘
　　　 人間 *百行根本 忠孝

알소냐? 그만 더질더질.
　　　　　 *더질더질

<심청가 마침>

박봉술제 적 벽 가

　조선시대는 초기부터 주자학(朱子學)을 신봉하여 학자와 선비를 중시해 왔지만, 임진왜란과 병자호란을 겪으면서 많은 사람들이 전쟁에 대하여 큰 관심을 갖게 되었고, 중국 전쟁소설『삼국지연의』의 무용담에 심취하는 경향이 더 깊어졌다. 그 분위기에서 특히 간웅(奸雄) 조조(曹操)의 치명적 수치(羞恥)인 적벽강 패배를 희롱하고, 관우(關羽)의 화용도 관용(寬容)을 강하게 부각시켜 미화한 이야기인 판소리 '적벽가'는, 정의를 존중하는 우리 민족성에 깊은 인상을 심어주어 큰 호응을 받아왔다.

　박봉술제 적벽가는 송흥록 명창을 시초로 한 정통 동편제 판소리로서, 기교를 부리지 않고 씩씩하고 웅장하게 뽑어내는 창법이 그 특징이다. 명창 송흥록 소리는 송우룡 송만갑 명창을 거쳐 박봉래 명창에게로 이어졌고, 마침내 아우인 동편제 소리의 대가 박봉술 명창에게로 전승되었다.

　박봉술 명창은 어릴 때부터 기량이 뛰어났으며 항상 최고의 노력을 경주하는 진정한 소리꾼으로 이름을 날리셨다. 박봉술 명창의 제자이신 송순섭 명창께서 그 뛰어난 기량을 고스란히 이어받으셔서, 2002년 2월에 국가무형문화재 제5호 판소리 박봉술제 적벽가 계승 예능보유자로 지정되시었다. 현재 송순섭 명창께서는 여든을 넘기시는 연세에도 명료한 소리로 탁월한 기량을 발휘하시는 국악계의 진정한 어른이시다. 송 명창께서는 또 일찍이『동편제 적벽가창본(민속원 간)』을 집필 출판하시어 국악 공부에 큰 가르침을 주셨고, 이 교주본 집필자도 많은 도움을 입었음에 깊은 감사를 드립니다.

목　차 —[박봉술 바디 적벽가]

제 1 장

제 2 장

제 3 장

*漢(한): 진(秦)에 이어 유방(劉邦)이 장안(長安)에 전한(前漢)을 건립했으며
  (B.C.206), 왕망(王莽)의 찬탈 이후 다시 낙양(洛陽)에 '후한'이 이어졌음.
*末葉(말엽): 끝 무렵. 곧 후한(後漢) 말기 헌제(獻帝; 190~220 A.D.) 무렵.
*魏漢吳(위한오): 후한(後漢) 말, 위(魏)·촉한(蜀漢)·오(吳) 3국으로 분립됨.
*皇后(황후): 중국의 황제. / *幼弱(유약): 나이 어려 힘이 없고 나약함.
*群盜竝起(군도병기): 여러 도적들이 함께 일어남.
*奸凶(간흉)하다: 간사하고 음흉하구나.
*曹孟德(조맹덕): 황제를 농락해 위왕(魏王) 된 조조(曹操). 자(字)가 '맹덕'.
*天子(천자): 중국의 황제를 일컬음. / *假稱(가칭): 거짓으로 꾸며 일컬음.
*天下(천하): 온 세상 여러 나라. / *氾濫(범람): 넘침. 지나친 행동을 함.
*孫仲謀(손중모): 중국 삼국시대 오왕(吳王) 손권(孫權). 자(字)가 '중모'임.
*江下(강하): 중국 양자강(揚子江) 남쪽지역.
*險固(험고): 지역이 험악하고 견고함.
*帝業(제업): 나라 세워 황제 되는 일. / *銘心(명심): 마음에 깊이 새김.
*倡義(창의)혈사: 의사(義士)들을 모아 나라를 위해 용감히 싸우는구려.
*劉玄德(유현덕): 중국 삼국시대 촉한(蜀漢)을 세워 황제가 된 유비(劉備).
  한(漢) 종실 후예로 기우는 황실을 재건하려고 애썼음. 자(字)가 '현덕'임.
*宗社(종사): 국가 종묘(宗廟)와 사직(社稷). 곧 국가라는 뜻임.
*血誠(혈성): 열렬한 정성. / *救治(구치): 구제해 본래 상태로 잘 다스림.
*忠奸(충간) *共立(공립): 충신과 간신이 함께 섞여 난립하여 서로 다툼.
*鼎足(정족) *三分(삼분): 세 발 달린 솥처럼, 셋으로 대등하게 나누어짐.
*謀士(모사) *雲集(운집): 계책을 세워 적을 제압하는 책사(策士)들이 많음.
*名將(명장) *蜂起(봉기): 이름난 장수들이 벌 떼처럼 일어남.
*北魏謀士(북위모사): 중국 삼국시대 북쪽 위에서 계책 세우는 전략가들.
*程昱(정욱): 중국 삼국시대 위나라 조조를 따라다니며 도운 신하.
*荀攸(순유): 중국 삼국시대 조조를 도운 모사(謀士)로 순욱(荀彧)의 조카.
*荀文若(순문약): 중국 삼국시대 조조 휘하에서 모든 군무(軍務)를 책임지고
  처리하던 순욱(荀彧). 자가 '문약'이며 만세정후(萬歲亭侯)로 봉해졌음.

[청자삼감무늬, 국립중앙박물관 장]

1. 유비·관우·장비 도원결의

<아니리> 한나라 말엽 위한오 삼국시절에, 황후 유약허고
　　　　 *漢　　 *末葉 *魏漢吳 三國時節　 *皇后 *幼弱

군도병기 헌디, 간흉허다 조맹덕은 천자를 가칭하야 천하
*群盜竝起　　　*奸凶허다 *曹孟德　 *天子　 *假稱　　 *天下

를 엿보았고, 범람타 손중모는 강하에 험고 믿고 제업을
　　　　　　 *氾濫　 *孫仲謀　 *江下　 *險固　　 *帝業

명심허며, 창의혈사 유현덕은 종사를 돌아보아 혈성으로
*銘心　　 *倡義혈사 *劉玄德　 *宗社　　　　　 *血誠

구치허니, 충간이 공립허고 정족이 삼분헐 새, 모사는 운
*救治　　 *忠奸 *共立　　 *鼎足　 *三分　　 *謀士 *雲

집이요 명장은 봉기로다. 북위모사 정욱 순유 순문약이며,
集　　 *名將 *蜂起　　 *北魏謀士 *程昱 *荀攸 *荀文若
*東吳謀士(동오모사): 중국 삼국시대 동남쪽 오나라의 계책 수립가.

*魯肅(노숙): 중국 삼국시대 오나라 손권을 도운 전략가. 자는 자경(子敬).

*張昭(장소): 오 손권 신하, 보오장군(輔吳將軍)이 됨. 자는 자포(子布).

*諸葛瑾(제갈근): 오 손권의 전략가. 제갈량의 형이며 자는 자유(子瑜).

*經天緯地(경천위지): 계책으로 천하를 경영하여 자기 마음에 맞게 다스림.

*無窮造化:(무궁조화): 대자연 원리를 통달해 천지변화를 마음대로 조절함.

*잘긴들 아니 허리: 끈질기고 꾀를 많이 부리기도 한다는 뜻.

*漢(한): 삼국시대 유비(劉備)가 세운 촉한(蜀漢)을 말함.

*關羽(관우): 촉한 유비와 결의형제 맺은 용감한 장수. 자는 운장(雲長).

*張飛(장비): 촉한 유비 관우와 결의형제를 맺은 장수. 자는 익덕(翼德).

*桃園(도원): 복숭아꽃이 만발한 정원. 유비·관우·장비가 결의형제 맺은 곳.

*義兄弟(의형제): 같은 부모 밑에 태어난 형제가 아니고 의리로 맺은 형제.

*結義(결의): 의리로 서로 마음을 합치기로 단단히 약속함.

*涿縣(탁현): 중국 하북성(河北省)의 고을. 옛날 '휜원씨(軒轅氏)'가 반란군 치우(蚩尤)를 잡은 '탁록야(涿鹿野)' 지역. 춘추시대 연(燕) 땅임.

*樓桑村(누상촌): 중국 하북성 탁현의 유비(劉備) 고향. 유비 집 옆에 가지가 많이 뻗고 키가 다섯 길 되는 뽕나무가 있어서, 마치 귀인의 수레 위를 덮는 '거개(車蓋)' 같았음. 유비가 어릴 때 "내가 뒤에 천자 되어 이 거개를 덮고 다닐 것이다"라고 했음. 이로 인해 마을이 '누상촌'이라 일컬어졌음.

*蟠桃河(반도하): 탁록현의 탁록산에서 흐르는 강 협하(俠河)가 '도수(桃水)' 와 합쳐 탁수(涿水) 강이 됨. 이 '도수(桃水)' 강을 아름답게 일컬어 '반도 하'라 하며, '반도(蟠桃)'는 3천년에 한 번 열리는 신선의 복숭아임.

*禁(금)줄: 신성한 행사를 할 때 잡인(雜人)이 못 들어오게 치는 새끼줄.

*烏牛白馬(오우백마): 검정 소와 흰 말. 신령에게 제사할 때의 제물임.

*義盟(의맹): 결의형제를 맺는 맹서.

*劉關張(유관장): 유비(劉備), 관우(關羽), 장비(張飛) 세 사람.

*盟約(맹약): 맹서와 약속. 굳은 약속.

*救國忠心(구국충심): 나라를 구제하겠다는 충성스러운 마음.

*漢末(한말) *不運(불운): 중국 후한 말기 전국이 소란한 불행한 운수.

*風塵(풍진): 먼지가 바람에 날려 어지러운 상태를 뜻하는 말로, 보통은 세상이 혼란하여 안정되지 못한 정국(政局)을 나타냄.

동오모사 노숙 장소 제갈근과, 경천위지 무궁조화 잘긴들
*東吳謀士 *魯肅 *張昭 *諸葛瑾 *經天緯地 *無窮造化 *잘긴들

아니 허리. 그 때에 한나라 유현덕은 관우 장비와 더불어
아니 허리 *漢 劉玄德 *關羽 *張飛

도원에서 의형제 결의를 허는디.
*桃園 *義兄弟 *結義

<중모리> 도원이 어데인고, 한나라 탁현이라. 누상촌 봄
桃園 漢 *涿縣 *樓桑村

이 들어 붉은 안개 빚어나고, 반도하 흐르난 물 아침노을
*蟠桃河

에 물들었다. 제단을 살펴보니 금줄을 둘러치고, 오우백마
祭壇 *禁줄 *烏牛白馬

로 제 지내며, 세 사람이 손을 잡고 의맹을 정하는디, 유현
祭 *義盟 定 劉玄

덕으로 장형 삼고, 관운장은 중형이요, 장익덕 아우 되여,
德 長兄 關雲長 仲兄 張翼德

몸은 비록 삼인이나 마음과 정신은 한 몸이라. 유관장 의
三人 精神 *劉關張 *義

형제는 같은 연월 한날한시에 죽기로써 맹약허고, 피 끓는
兄弟 年月 時 *盟約

구국충심 도원결의 이루었구나. 한말이 불운하야 풍진이
*救國忠心 桃園結義 *漢末 *不運 *風塵

*黃巾賊(황건적): 후한 말 나라가 혼란한 틈을 타, 하북성 거록(鉅鹿) 지역
  에서 일어난 도적무리로 머리에 노랑수건을 둘러쓰고 있어 붙여진 이름임.
  당초에 거록을 중심으로 장각(張角)이 두 아우와 함께 신선사상(神仙思想)
  에 바탕을 둔 종교집단 태평도(太平道)를 창시했음. 이들은 신령이 준 물
  을 떠 놓고 주문(呪文)을 외우면 모든 병이 낫는다고 속여 무리를 모은 다
  음, 한(漢)나라 황실 전복의 반란을 일으켰음. 유비(劉備)와 조조(曹操) 등
  제후 연합군에 의해 평정되었음.
*平亂(평란): 난리가 평정됨.
*董卓(동탁): 후한 영제(靈帝) 때 전장군(前將軍)으로 임명되어, 황건적 평정
  을 위해 황성으로 들어와, 황건적이 평정된 후 장수 여포(呂布)를 수양아
  들로 삼아 조정을 장악했음. 이 때 정치를 문란케 하던 내시 무리들을 몰
  아내고 어린 황제를 폐립하는 등, 정권을 남용하면서 많은 대신들을 죽였
  음. 뒤에 양아들 여포(呂布)에 의해 죽음을 당했음. 길에 버려진 동탁의 시
  체를 지키는 병사들이 기름기 많은 시체의 배꼽에 불을 붙이니, 며칠 동안
  길을 환하게 비추면서 불탔다고 전해짐.
*李郭(이곽): 동탁(董卓)의 부하인 이각(李傕)과 곽범(郭汜) 두 사람. 동탁이
  사도(司徒) 왕윤(王允)의 계책으로 여포(呂布)에 의해 살해되니, 동탁 부
  하 장수 '이각·곽범' 등이 계책을 세워 여포를 따돌리고, 황궁을 포위하
  여 왕윤을 죽게 하고는 황궁을 점령했음. 이후 황제를 협박하여 관직을 제
  수 받고, 황실과 조정에 온갖 횡포를 자행했음.
*亂世 奸雄(난세 간웅): 어지러운 세상을 이용해 간신 노릇을 하는 영웅.
*曹阿瞞(조아만): 조조(曹操)의 어릴 때 이름이 '아만'임. 한말(漢末) 효기교
  위(驍騎校尉)로 있으면서 동탁(董卓)의 신임을 얻어, 동탁을 암살하려다가 실
  패하고 도피하는 과정에서, 여포의 추격을 간신히 피해 고향으로 돌아갔음.
*挾天子而橫暴(협천자이횡포): 이각·곽범 무리들이 서로 다투는 사이, 몇몇
  대신이 황제를 모시고 황성을 탈출했음. 이에 조조가 재빠르게 맞이해
  천자를 허수아비로 만들고, 천자 명령을 참칭해 포악한 행동을 자행했음.
*碧眼紫髥(벽안자염): 푸른 눈동자에 붉은 수염을 가지고 있음.
*孫仲謀(손중모): 중국 삼국시대 오왕(吳王) 손권(孫權). 자(字)가 '중모'임.
*江東(강동) *雄據(웅거): 양자강 동남쪽 지역을, 차지하여 점거하고 있음.
*富國强兵(부국강병): 나라 재정을 풍족하게 하고 군사들을 강하게 훈련함.

뒤끓는다. 황건적을 평란허니 동탁이 일어나고, 동탁란을
*黃巾賊　*平亂　　*董卓　　　　　　董卓亂

평정허니　이곽이　난을　짓고, 이곽을 평정헌　후, 난세
平定　　　*李郭　亂　　　　　　李郭　　平定　後 *亂世

간웅 조아만은 협천자이횡폭허고, 벽안자염 손중모는 강동
奸雄 *曹阿瞞　*挾天子而橫暴　　　*碧眼紫髥 *孫仲謀 *江東

에 웅거허여 부국강병을 자랑헌다.
*雄據　　　*富國强兵

◇참고: 동탁(董卓)·이각(李催)·곽범(郭汜)·여포(呂布)·조조(曹操) 관계

'동탁'은 후한 영제(靈帝) 때 전장군(前將軍)으로 성격이 사나웠음. 황건적의
난이 평정되니, 동탁은 온갖 횡포를 일삼는 조정 내시들을 몰아내려고 황성에
머물렀음. 마침 영제가 사망하고 어린 황제<홍농왕(弘農王)>가 즉위하니, 동탁
은 군사를 거느리고 내시들을 몰아낸 다음, 자의(自意)로 어린 황제를 폐하고
역시 나이 어린 헌제(獻帝, 9세)를 즉위시키고, 하태후(何太后; 홍농왕 모친)도
죽였음. 그리고 승상이 되어 황제 명령을 참칭해 정권을 남용하면서 많은 대신
들을 죽였음. 이에 제후 원소(袁紹) 등이 군사를 일으켜 토벌하려 하니, 낙양(洛
陽)을 불태우고 장안(長安)으로 천도(遷都)를 했음. 동탁의 수양아들 여포(呂布)
는 매우 용맹했고 그의 말 적토마(赤兎馬)도 천하에서 가장 좋은 말이었음. 이
무렵 효기교위(驍騎校尉) 벼슬에 있던 조조(曹操)가 동탁의 신임을 얻고 있다가,
사도(司徒) 왕윤(王允)과 공모해 동탁을 암살하려다 실패하고 도주하면서, 여포
의 추격을 간신히 면하여 고향으로 도피했음. 이어, 동탁의 수양아들 여포장군
이 마침 사도 왕윤(王允)의 수양딸 초선(貂蟬)을 사랑하니, 왕윤은 여포에게 두
사람의 결연을 승낙한다 해놓고, 동탁을 집으로 초빙해 술대접 하면서 초선에
게 춤추게 했음. 초선을 본 동탁이 그 미색에 빠져 궁녀로 들이라고 강요하여,
속여 자기 집으로 데리고 가서 즐겼음. 왕윤이 이 사실을 여포에게 알리니, 화
가 난 여포는 동탁 몰래 초선을 만나고 왕윤의 계략에 의해 동탁을 창으로 찔
러 죽였음. 주인을 잃은 동탁 부하 '이각·곽범' 등이 계책을 세워, 여포를 황궁
밖으로 따돌리고 궁성을 포위해 왕윤을 죽인 다음, 황실을 점거해 황제로부터
관직을 제수 받아 온갖 횡포를 일삼았음. 이에 쫓겨난 여포는 초선과 함께 도
망하여 남양(南陽)의 원술(袁術)에게 의탁했다가 조조와 싸워 패해 죽고, 초선
은 조조가 취하려 하자 거부하고 자결했음. 그리고 여포의 적토마(赤兎馬)는 조
조가 차지하고 있다가, 뒷날 자기에게 의탁한 관우에게 환심을 사려고 주었음.

*漢室 回復(한실 회복): 기울어진 후한 황실을 다시 튼튼하게 되돌려 세움.

*奮鬪(분투): 힘을 내어 용감히 싸움.

*軍師(군사): 계책을 세워 전쟁을 지휘하는 사람.

*徐庶(서서): 하남성 양성(陽城) 사람. 유비(劉備)의 책사(策士)가 되어 계책
을 세워 조조 군을 물리치고 한수(漢水) 북의 번성(樊城)을 차지하니, 조조
가 그의 모친을 잡아 구금하고, 모친 병이 위독하다는 위조편지를 만들어
보냈음. 이에 서서는 유비에게 제갈량(諸葛亮)을 추천하고 모친에게로 달
려 오니, 모친은 속아서 현군(賢君)을 버리고 간웅(奸雄)에게로 왔다면서
꾸짖고 자결했음. 이후 서서는 조조를 위해 아무 계책도 세워주지 않았음.

*不得不(부득불): 어쩔 수 없어서. / *孔明(공명): 제갈량(諸葛亮)의 호.

*前無後無(전무후무): 이전에도 없었고 앞으로도 있을 수 없음.

*臥龍岡(와룡강) *伏龍(복룡): 와룡산 기슭에 엎드려 숨어사는 용 같은 삶.

*草堂(초당): 풀로 이영을 한 초가집.

*上通天文 下達地理(상통천문 하달지리): 위로 하늘의 조화를 통달하고, 아
래로 땅의 변화를 꿰뚫어 모두 잘 알고 있음.

*九宮八卦(구궁팔괘): 하늘 9개 별자리와 주역 팔괘를 배열해 점치는 방법.

*遁甲藏身(둔갑장신): 몸의 형태를 변화시키고 몸체가 보이지 않게 숨김.

*亘萬古之人才(긍만고지인재): 옛날부터 지금까지에서 가장 재주 있는 사람.

*超人間(초인간)의 哲人(철인): 인간 능력을 초월한, 명석하고 뛰어난 사람.

*關張(관장): 관우와 장비. / *劉賢主(유현주): 훌륭한 임금인 유비(劉備).

*冠玉(관옥): 관(冠)을 장식하는 여러 옥. 곱고 아름다운 얼굴을 비유함.

*自顧其耳(자고기이): 귀가 커서 자기 눈으로 자신의 귀를 돌아봄.

*垂手過膝(수수과슬): 팔이 길어 손을 드리우면 손끝이 무릎 아래를 지나침.

*的盧馬上(적로마상): 적로마 위에 올라탐. '적로마'는 유비의 천리마. 『상마
경(相馬經)』에 의하면, 말 이마의 반점에서 흘러내린 하얀 줄이 입까지 연
결된 말로, 하인이 타면 객사(客死)하고 주인이 타면 형벌 받아 죽는 흉마
(凶馬)임. 그런데 형주(荊州) '단계(檀溪)' 강에 함께 빠진 유비를 구했음.

*爲人(위인): 사람 됨됨이. / *三角鬚(삼각수): 끝이 뾰족한 세모꼴 수염.

*靑龍刀(청룡도): 청룡이 새겨지고 칼끝이 휘어진 청룡언월도(靑龍偃月刀).

*赤兎馬(적토마): 관우의 천리마. 본래 여포(呂布)의 말이었는데, 조조가 여
포를 죽이고 차지했다가, 뒤에 환심을 사려고 관우(關羽)에게 주었음.

2. 유비의 삼고초려

〈아니리〉 그때에 유관장은 삼인이 결심하야 한실을
劉關張　　三人　決心　　*漢室

회복코저 적군과 분투헐 제, 뜻밖에 군사 서서가 노모의
回復　　敵軍　*奮鬪　　　　　*軍師 *徐庶　老母

편지를 받고 부득불 떠나며 공명을 천거허되, "전무후무
便紙　　*不得不　　　*孔明　薦擧　　*前無後無

제갈공명 와룡강의 복룡이요, 초당에 깊이 묻혀 상통천문
諸葛孔明 *臥龍岡 *伏龍　　*草堂　　　　　*上通天文

하달지리 구궁팔괘 둔갑장신 흉중에 품었으니, 긍만고지인
下達地理 *九宮八卦 *遁甲藏身 胸中　　　　*亘萬古之人

재이요 초인간의 철인이라." 이렇듯 말을 허니 유현덕
才　*超人間의　哲人　　　　　　　　劉玄德

반기 여겨 관장과 와룡강을 찾어갈 제.
　　　*關張　臥龍岡

〈진양조〉 당당헌 유현주는 신장은 칠척 오촌이요 얼굴은
堂堂　*劉賢主　身長　七尺　五寸

관옥 같고, 자고기이 허며 수수과슬 영웅이라 적로마상에
*冠玉　　*自顧其耳　　*垂手過膝 英雄　　*的盧馬上

앞서시고. 그 뒤에 또 한 장군의 위인을 보니, 신장은 구척
將軍　*爲人　　　身長　九尺

이나 되고 봉의 눈 삼각수 청룡도 비껴들고, 적토마상에
鳳　　*三角鬚 *靑龍刀　　　　　*赤兎馬上

*雲長威勢(운장위세): 관우 장군의 위엄과 형세의 당당한 모습. 관우의 자(字)가 '운장'임.

*제비택: 제비턱. 사람 턱이 제비의 턱처럼 둥글고 넓적하게 생긴 모습.

*쌍고리 눈: 눈동자 둘레에 흰 테가 두 겹으로 둘려진 눈.

*蛇矛長槍(사모장창): 창날 끝이 독사머리처럼 세모로 되고, 날 부분이 세 갈래로 벌어져 있으며 자루가 길게 달린 창.

*細毛馬上(세모마상): 가늘고 고운 털이 아름답게 덮인 말 위에 타고 있음.

*山岳(산악): 높고 험준한 산.

*眼下(안하): 눈의 아래. 높은 데서 내려 보는 모습.

*翼德(익덕)일시: 장비(張飛)인 것이. '시'를 붙인 것은 강조하는 뜻임.

*建安8年(건안팔년): 후한(後漢) 헌제(獻帝) 등극 후 14년 되는 해로, 서기 203년 계미(癸未) 해임.

*仲春(중춘): 음력 2월경의 봄철. 음력 1·2·3월이 봄임.

*臥龍岡(와룡강): 중국 하남성 남양현(南陽縣) 서남에 있는 산. 제갈량의 초당이 있는 지역.

*景槪無窮 奇異(경개무궁 기이): 경치와 풍경이 잘 어우러져 한없이 아름답고, 기묘하고 특이함.

*山不高而秀麗(산불고이수려): 산이 높지 않되 매우 빼어나고 아름다움.

*水不深而澄淸(수불심이징청): 냇물은 깊지 않으면서 맑고 깨끗함.

*地不廣而平坦(지불광이평탄): 지형이 넓지 않지만 평평하게 펼쳐져 있음.

*林不大而茂盛(임부대이무성): 나무숲이 규모가 크지는 않지만 잎이 매우 많이 우거져 무성함.

*猿鶴 相親(원학 상친): 원숭이와 학들이 서로 어울려 친하게 놀고 있음.

*松竹 交翠(송죽 교취): 소나무와 대나무가 서로 얽혀 비취색으로 아름다움.

*石壁芙蓉(석벽부용): 절벽을 이룬 바위들은 연꽃이 하늘을 받드는 모습으로 아름답게 솟아 있음.

*蒼松 千古節(창송 천고절): 푸른 솔은 겨울에도 잎이 지지 않고 영원한 절개를 지키고 있음.

*柴門(시문): 나뭇가지를 얽어 만든 사립문.

*뚜다리며: '두드리며'의 방언. 문을 두드려 소리 내어 사람이 왔음을 알림.

*童子(동자): 나이 어린 심부름하는 아이.

뚜렸이 앉은 거동   운장위세가 분명허고,   그 뒤에 또 한
　　　　　擧動 *雲長威勢 　分明

사람의 위인을 보니, 신장은 팔척이요 얼골이 검고 제비택
　　　　爲人　　　　　身長　　八尺　　　　　　　　*제비택

쌍고리 눈에 사모장창을 눈 우에 번듯 들고 세모마상에 당
*쌍고리 눈 *蛇矛長槍　　　　　　　　　　*細毛馬上　　堂

당히 높이 앉어 산악을 와그르르 무너 낼 듯, 세상을 모도
堂　　　　　　*山岳　　　　　　　　　　　　世上

안하에 내려다 보니 익덕일시가 분명쿠나. 이때는 건안 8년
*眼下　　　　　　　　*翼德일시　　分明　　　　　　*建安 8年

중춘이라. 와룡강을 당도허니 경개무궁 기이허구나. 산불고
*仲春　　*臥龍岡　　當到　　　*景槪無窮　奇異　　　　*山不高

이수려허고 수불심이징청이요 지불광이평탄허고 임불대이
而秀麗　　　*水不深而澄清　　*地不廣而平坦　　*林不大而

무성이라. 원학은 상친허고 송죽은 교취로다. 석벽부용은
茂盛　　*猿鶴　相親　　*松竹　交翠　　*石壁芙蓉

구름 속애 잠겨있고   창송은 천고절 푸른빛을 띠었어라.
　　　　　　　　　　*蒼松　千古節

시문에 다다라 문을 뚜다리며, “동자야! 선생님 계옵시냐?”
*柴門　　　　　　　*뚜다리며 *童子　　先生

◇참고: 여러 창(槍) 종류와 검(劍)

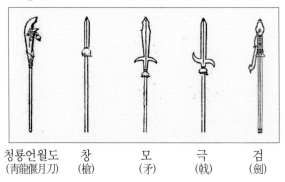

청룡언월도　창　모　극　검
(靑龍偃月刀)　(槍)　(矛)　(戟)　(劍)

*博陵 崔州平(박릉 최주평): 하북성 박릉 지역 은사(隱士)인 최주평.

*潁川 石廣元(영천 석광원): 하남성 영천 지역 은사(隱士) 석광원. '영천'
  은 고대 요임금 때 은사(隱士) 허유(許由)가, 구주(九州)를 맡아 다스려
  달라는 요임금의 말을 듣고 더러운 말을 들었다고 귀를 씻은 곳임.

*汝南 孟公威(여남 맹공위): 하남성의 여남 지역 은사(隱士) 맹공위.

*江湖(강호): 강과 호수. 다른 뜻으로, 중국 삼강(三江)과 오호(五湖)의 약
  칭으로서 보통 사람이 사는 민간세상이란 의미를 가짐.

*船遊(선유): 배를 타고 유람함. / *林間(임간): 나무가 우거진 숲 속.

*바돌둬러: '바둑 두려'의 방언. 바둑을 두며 한가한 시간을 보냄.

*漢 宗室(한 종실): 한나라 황제 문중(門中) 후손.

*劉皇叔(유황숙): '황숙'은 황제 숙부 항렬(行列)에 해당하는 사람. 한나라
  황실이 '유씨(劉氏)'로, 유비(劉備)가 당시 황제의 숙(叔) 항렬에 해당함.

*新野(신야): 중국 하남성에 있는 땅이름. 형주(荊州)에 소속된 성(城)으로,
  형주 관장 유표(劉表)가 갈 곳 없는 유비에게 종실(宗室)이라고 배려해 머
  물게 한 곳임. 이곳을 근거지로 하여 삼고초려로 제갈공명을 초빙해 왔음.

*一朔(일삭): 한 달. / *數三朔(수삼삭): 2개월이나 3개월 정도 되는 기간.

*玄纁玉帛(현훈옥백): 검붉은 색 비단과, 옥이며 비단 등으로 된 선물.

*三顧草廬(삼고초려): 훌륭한 인재가 사는 초가집을 세 번이나 방문한 다음
  초빙해 모신다는 뜻. 유비의 제갈량 초빙 사실에서 숙어로 사용되고 있음.

*南陽 隆中(남양 융중): '남양'은 중국 하남성 남양현. '융중'은 호북성 양양
  현(襄陽縣) 서쪽에 있는 산. 이 산 중턱에 '와룡강(臥龍岡)' 봉우리가 있음.
  '와룡강' 봉우리 아래쪽은 바로 남양현에 속해 '남양 융중'이라 했음.

*柴門(시문)을 뚜다리니: '시문을 두드리니'의 방언. 사립문을 두드려 연락함.

*春睡(춘수): 봄날 낮에 몸이 나른하여 잠이 드는 봄철 낮잠.

*緩緩(완완): 천천히. / *蕭瑟(소슬): 바람이 으스스하고 쓸쓸함.

*松竹聲(송죽성): 소나무 대나무를 스치는 바람소리.

*清凉(청량): 맑고 서늘함.

*風磬(풍경): 처마 끝에 다는 경쇠. 작은 종 모양의 둥근 놋쇠 통 속에 붕어
  모양의 쇳조각을 달아, 바람에 흔들리어 소리를 내는 기구.

*階下(계하): 계단 아래 뜰. / *待侍(대시): 어른을 모시는 자세로 기다림.

*閑臥(한와): 한가롭게 누어 잠을 잠. / 動靜(동정): 어떤 동작이나 움직임.

<아니리>　　동자 여짜오되, "선생께옵선 박릉의 최주평과
　　　　　　童子　　　　　　　　先生　　　　*博陵　　崔州平

영천에 석광원 여남의 맹공위며, 매일 서로 벗이 되어 강호
*潁川　石廣元　*汝南　孟公威　每日　　　　　　　　*江湖

에 배 띄워 선유타가, 임간에 바돌뒤러 나가신 지 오래이
　　　　　*船遊　　　*林間　*바돌뒤러

다." 현덕이 이른 말이, "선생님이 오시거든 한 종실 유황숙
　　玄德　　　　　　　　　　先生　　　　　　　*漢 宗室 *劉皇叔

이 뵈오러 왔더라고 잊지 말고 여쭈어라." 동자다려 부탁허
　　　　　　　　　　　　　　　　　　　　童子　　　付託

고 신야로 돌아와, 일삭이 넘은 후에 두 번 다시 찾아가
　　*新野　　　　　　*一朔　　　後

서도 못 뵈옵고, 수삼삭 지낸 후에 현훈옥백으로 예물을
　　　　　　　　*數三朔　　後　*玄纁玉帛　　　　禮物

갖추고 관장과 삼고초려 찾어갈 제.
　　　關張　*三顧草廬

<중모리>　남양 융중 당도허여 시문을 뚜다리니 동자 나오
　　　　　*南陽 隆中 當到　　*柴門을 뚜다리니　童子

거늘, "선생님 계옵시냐?" 동자 여짜오되, "초당에 춘수 깊
　　　　先生　　　　　　　童子　　　　　　　草堂　*春睡

어 계시나이다." 현덕이 반기 여겨 관공 장비를 문밖에 세
　　　　　　　　　玄德　　　　　　關公 張飛

워두고 완완이 들어가니, 소슬한 송죽성과 청량한 풍경소
　　　　*緩緩　　　　　　　*蕭瑟　*松竹聲　*淸凉　*風磬

리 초당이 한적쿠나. 계하에 대시허고 기다려 서 있으되,
　　草堂　閑寂　　　*階下　*待侍

공명은 한와허여 아무 동정이 없난지라.
公明　*閑臥　　　　*動靜

<중중모리>　　익덕이 성질을 급히 내어 고리눈 부릅뜨고
　　　　　　　翼德　性質　　急

*뒤걷으며: 소매나 바지 끝을 뒤집어지게 걷어 올리는 동작. 화내는 모습.

*高聲大叱(고성대질): 큰 소리를 지르며 무섭게 꾸짖음.

*哥哥(가가): 형님을 뜻함. / *漢胄(한주): 한나라 황실의 후손.

*金枝玉葉(금지옥엽): 매우 귀중한 자식. 금옥으로 된 나무 가지와 잎 같음.

*妖妄(요망): 요사스럽고 망령됨. / *부러: 일부러. 거짓으로 꾸며서.

*結縛(결박): 단단히 묶음. / *掩拂(엄불): 갑자기 엄습해 몸을 떨치는 일.

*단방: '단박'의 방언. 그 자리에서 빠르게.

*쓰러지고: '쓸어 쥐고'의 방언. 낙엽이나 나뭇가지를 쓸어 모아 손에 쥠.

*끄르럼: 바싹 마른 낙엽이나 나뭇가지 같은, 불에 잘 타는 부스러기.

*賢弟(현제): 아우를 대접하여 부르는 말.

*殷王成湯(은왕성탕): 중국 고대 은나라를 세운 훌륭한 탕 임금. 하(夏)나라
  끝 임금 걸(桀)이 포악한 정치를 하여 그를 몰아내고 은나라를 세웠음. 훌
  륭한 업적을 이루었다고 '成'을 존칭으로 '탕(湯)' 앞에 붙인 것임.

*伊尹(이윤): 은나라 탕왕의 어진 재상. 신야(莘野)에서 밭 갈고 있을 때 탕
  왕이 3번 찾아가 간청해 초빙하여 재상으로 삼고 함께 은나라를 건국했음.

*三聘(삼빙): 세 번이나 찾아가서 초빙했다는 말.

*文王(문왕): 중국 고대 은(殷)나라 끝 임금 주(紂)가 포악한 정치를 하니
  여러 제후들과 합심해 몰아내려다가 사망하고, 그 아들 무왕(武王)이 이
  어 대업을 완성하여 주(周)나라를 세웠음.

*呂尙(여상): 고대 주(周)나라 문왕과 무왕을 받든 어진 재상. 성씨가 강씨
  (姜氏)인데 그 선조가 여(呂)에 봉해져 '여씨'가 되었음. 문왕 조부 태공(太
  公)이 만나기를 바라고 있었다고 하여 '태공망(太公望)'이라 하며, 보통 줄
  여 강태공(姜太公)이라 칭함. 위수(渭水)에서 낚시할 때 문왕을 만났음.

*渭水(위수): 중국 감숙성(甘肅省) 조서산(鳥鼠山)에서 발원해 황하로 들어
  가는 강. 문왕이 사냥 갔다가 이 강에서 낚시하는 여상을 만나 모셔왔음.

*草堂春睡足(초당춘수족): 초당에서 봄날 낮잠을 넉넉하게 자고남.

*窓外日遲遲(창외일지지): 창밖의 태양은 많이 솟아올라 시간이 늦었음.

*大夢誰先覺(대몽수선교): 큰 꿈을 누가 먼저 깨어 대업을 이룩할 것인가?
  <'覺'은 꿈을 깸'의 뜻이면 음이 '교'이고, '깨달음'의 뜻이면 음이 '각'임>.

*平生我自知(평생아자지): 내 한평생의 일 내 스스로 잘 알고 있음.
  <『삼국지연의』 원문에는 위 인용된 인용된 시 제3·4행이 제1·2행 앞에 있음.

검은 팔 뒤걷으며 고성대질 왈, "아 우리 가가는 한주 금지
　　*뒤걷으며　*高聲大叱　曰　　　　　*哥哥　*漢胄 *金枝

옥엽이라. 저만헌 사람을 보랴허고 수차 수고를 허였거든,
玉葉　　　　　　　　　　　　　　數次

요망을 피우고 누워 일어나지를 아니 허니, 부러 거만허여
*妖妄　　　　　　　　　　　　　　　　*부러 倨慢

이다. 소제가 초당을 들어가 초당에 불을 벗썩 지르면 공명
　　　小弟　草堂　　　　　草堂　　　　　　　　公明

이 재주가 있다 허니 자나 깨나 죽나 사나 동정을 보아, 제
　　　　　　　　　　　　　　　　　　動靜

만일 죽기 싫으면 응당 나올 테니, 노끈으로 결박하야 신야
萬一　　　　　應當　　　　　　　*結縛　　　新野

로 돌아가사이다." 엄불에 단방 쓰러지고 끄르럼에 불을 들
　　　　　　　*掩拂　*단방 *쓰러지고 *끄르럼

고 초당 앞으로 우루루루 달려드니, 현덕이 깜짝 놀래 익덕
　　草堂　　　　　　　　　　玄德　　　　　　翼德

의 손을 잡고, "현제야 현제야, 이런 법이 없나니라. 은왕성
　　　　　*賢弟　賢弟　　　法　　　*殷王成

탕도 이윤을 삼빙허고, 문왕도 여상을 보랴허고 위수에
湯　*伊尹　*三聘　　*文王　*呂尙　　　　　*渭水

왕래허니, 삼고초려가 무엇이랴?" 좋은 말로 경계 후에,
往來　　三顧草廬　　　　　　　　　　　警戒　後

"운장은 익덕 다리고 문밖에 멀리 서 동정을 기다려라."
　雲長　翼德　　　　門　　　　　動靜

<아니리>　공명이 그제야 잠에 깨어 풍월 지어 읊으는디,
　　　　　孔明　　　　　　　　風月

"초당에 춘수족허니, 창외일지지를. 대몽을 수선교요, 평생
*草堂　春睡足　　*窗外日遲遲　*大夢　誰先覺　*平生

을 아자지를." 동자 들어와 여짜오되, "전일 두 번 찾어왔던
我自知　童子　　　　　　　　前日

*劉皇叔(유황숙): 유비(劉備). 유비의 항렬(行列)이 황제의 숙(叔)에 해당됨.

*거운: '거의, 대략'의 방언. / *半日(반일): 하루의 절반, 한 나절.

*整齊(정제): 바르게 정돈하여 흐트러지지 않게 함.

*八角綸巾(팔각윤건): 푸른색 비단으로 된 8모 두건(頭巾). 제갈량의 두건임.

*鶴氅衣(학창의): '창의'는 소매가 넓고 뒷솔기가 갈라진 선비들의 겉옷임.
　흰색 창의의 옷자락 둘레에 납작한 검정 천을 빙 둘려 붙인 창의를 말함.

*白羽扇(백우선): 흰색의 새 꼬리부분 깃으로 만든 부채.

*禮畢坐定(예필좌정): 인사하는 예의를 마치고 자리를 정하여 앉음.

*氣象(기상): 타고난 성품과 기질. / *殊秀(수수): 특별히 뛰어나고 훌륭함.

*創業之主(창업지주): 나라를 세워 태조가 되는 임금이란 뜻.

*冠玉(관옥): 머리에 쓰는 관에 장식된 아름다운 옥. 잘생긴 남자 얼굴상징.

*眉在江山精氣(미재강산정기): 눈썹에 강과 산의 신령스런 기운이 어리었음.

*淡然淸奇(담연청기): 순수하고 깨끗하며 기이함.

*기운: 하늘과 땅 사이에 가득 차 온갖 사물이 나서 자라게 하는 근원의 힘.

*眉間(미간): 두 눈썹 사이.

*萬古英雄(만고영웅): 영원한 세상에서 뛰어난 남자.

*漢室(한실): 한나라 조정. / *傾覆(경복): 기울어지고 뒤집어져 망함.

*奸臣 弄權(간신 농권): 자기 이익만 생각하고 나라를 돌보지 않는 간악한
　신하들이 권력을 쥐고 농락하여 정권을 마음대로 행사함.

*宗廟社稷(종묘사직): 국가의 기본토대. '종묘'는 나라의 역대 조상 임금 영
　령을 모셔놓은 사당. '사직'은 나라를 지켜주는 땅의 신령과, 곡식을 잘
　자라게 돕는 신령. 건국 초 종묘와 사직단(社稷壇)을 설치, 해마다 제사함.

*亡在朝夕(망재조석): 망함이 아침저녁에 달렸다. 곧 멸망의 위기에 처함.

*帝胄(제주): 한(漢)나라를 세운 고조황제(高祖皇帝)의 후손.

*竭忠報國(갈충보국): 충성을 다하여 나라에 보답함.

*兵微將寡(병미장과): 나라 지키는 군사들은 미약하고 장수들은 수가 적음.

*재주 短淺(단천): 재능이 짧고 옅음. 안목이 원대하지 못하고 소견이 좁음.

*興復(흥복): 기울어지는 것을 일으켜 세워 옛날대로 회복함.

*社稷 凄凉(사직 처량): 국가 토대가 가엾게 됨. / *蒼生(창생): 많은 백성.

*出山相助(출산상조): 산속의 은둔생활을 그치고 산을 나와 서로 도와줌.

*良(량): 공명 선생 성명이 제갈량(諸葛良)임. 자신을 낮춰 이름자를 일컬음.

유황숙이 밖에서 기대린 지가 거운 반일이 넘었나이다."
*劉皇叔   *거운 *半日

<중모리> 공명이 그제야 놀랜 체허고 의관을 정제헌다.
            孔明   衣冠 *整齊

머리에는 팔각윤건 몸에는 학창의로다. 백우선 손에 들고
        *八角綸巾   *鶴氅衣   *白羽扇

당하에 내려와 현덕을 인도하야 예필좌정 후에, 공명이 눈
堂下   玄德   引導   *禮畢坐定 後   孔明

을 들어 현덕의 기상을 보니 수수한 영웅이요 창업지주가
        玄德 *氣象   *殊秀 英雄   *創業之主

분명허고, 현덕도 눈을 들어 공명의 기상을 보니 신장은 팔
分明   玄德   孔明 氣象   身長 八

척이요 얼골은 관옥 같고, 미재강산정기하야 담연청기허고,
尺   *冠玉   *眉在江山精氣   *淡然清奇

맑은 기운이 미간에 일어나니 만고영웅 기상이라. 현덕이
    *기운 *眉間   *萬古英雄 氣象   玄德

속으로 칭찬허며 공손히 앉어서 말을 헌다.
      稱讚   恭遜

<아니리> "선생님을 뵈옵고저 세 번 찾아온 뜻은 다름이
            先生

아니오라, 한실이 경복허고 간신이 농권하와 종묘사직이
        *漢室 *傾覆 *奸臣 弄權   *宗廟社稷

망재조석이라. 이 몸이 제주로서 갈충보국 하랴허되, 병미
*亡在朝夕   *帝胄 *竭忠報國   *兵微

장과허고 재주 단천하와 흥복치 못하오니 사직이 처량허고
將寡   *재주 短淺 *興復   *社稷   凄凉

불쌍한 게 창생이라. 원컨댄 선생께옵선 유비와 백성을
      *蒼生   先生   劉備 百姓

아끼시와 출산상조 허사이다." 공명이 대답허되 "양은 본래
    *出山相助   孔明 對答   *良 本來

*淺薄(천박): 옅고 엷음. 겸손표현으로 소견이 엷고 안목이 좁다는 말.

*布衣野夫(포의야부): 베옷 입은 가난한 선비로 산과 들에 묻혀 사는 사람.

*南陽(남양): 중국 하남성에 있는 고을 이름. 재갈량의 고향임.

*春風細雨(춘풍세우): 봄바람 불어오고 가랑비 내리는 때.

*月下 風月(월하 풍월): 달 밝은 밤에 시(詩)나 짓고 읊조림.

*浪說(낭설): 근거 없이 떠돌아다니는 소문.

*尊駕虛行(존가허행): 존귀한 분의 행차가 헛걸음을 했음.

*군이: 매우 강하게. / *하릴없어: 영락없어, 어쩔 수 없어.

*書案(서안): 책이나 벼루 등을 올려놓는 탁자.

*뚜다리며: '두드리며'의 방언. / *든조시오: '들으십시오'를 강조하는 고어.

*天下大勢(천하대세): 온 세상 돌아가고 있는 현재의 형편.

*曹賊(조적): 나라를 해치는 도적 같은 조조(曹操).

*挾天子而令諸侯(협천자이령제후): 황제인 천자를 허수아비로 하여 끼고, 천
  자 명령을 마음대로 행세하여 온 나라 제후들을 호령하고 있음.

*四百年 漢室運(사백년 한실운): 4백년 이어온 한나라 황실 운명. 기원전
  206년 한고조(漢高祖)가 한나라를 건국하여, 이때는 건안 팔년(建安8年,
  A.D. 203)이니 4백년이 조금 넘었음.

*一朝一夕(일조일석): 하루아침이나 하루저녁. 매우 위급하고 촉박한 시기.

*世上功名(세상공명): 세상에 나가 큰 공을 세우고 명성을 떨쳐 출세하는 일.

*浮雲(부운): 뜬구름. 헛된 일. / *億兆蒼生(억조창생): 수많은 일반 백성.

*듣거니 맺거니: (눈물이) 떨어지기도 하고 맺히기도 함.

*腹痛斷腸(복통단장): 뱃속이 터지고 창자가 끊어지는 것 같은 아픈 마음.

*龍 音聲(용 음성): 용이 소리치는 목소리. 곧 '용'은 임금을 상징하며, 임금
  의 음성은 우렁차고 엄숙하며 힘이 있어야 함을 일컬은 말임.

*뉘랴: 누구인들. / *壁上(벽상): 벽에 걸려 있는 글씨나 그림.

*荊州(형주): 양자강 중류의 호남성 호북성 광서성 일대 지역. 당시 중심지
  는 한수(漢水) 남쪽 양양(襄陽). 태수 유표(劉表)는 유비의 형님에 해당함

*西川 四十一州(서천 사십일주): '서천'은 행정구역 이름이 아니고, 옛날 '촉
  (蜀)'이라고 불리던 지역이며 지금의 사천성. 『삼국지연의』에는 54주로
  되어 있음. 이 지역 중심지 익주(益州) 태수 유장(劉璋)도 황실 종친임.

*賢主(현주): 현명한 임금. 곧 유비를 높인 말.

지식이 천박하야 포의야부로 남양 땅에서 춘풍세우 밭이나
知識 *淺薄 *布衣野夫 *南陽 *春風細雨

갈고, 월하에 풍월이나 지어 읊을지언정 국가대사를 내 어
*月下 風月 國家大事

찌 아오리까? 낭설을 들으시고 존가허행 하였나이다." 굳이
*浪說 *尊駕虛行 *굳이

사양 마다 허니, 현덕이 하릴없어.
辭讓 玄德 *하릴없어

<진양조> 서안을 탕탕 뚜다리며, "여보 선생 듣조시오!
*書案 *뚜다리며 先生 *듣조시오

천하대세가 날로 기우러져서 조적이 협천자이령제후를 허
*天下大勢 *曹賊 *挾天子而令諸侯

니, 사백년 한실운이 일조일석에 있삽거든, 선생은 청렴한
*四百年 漢室運 *一朝一夕 先生 淸廉

본을 받고 세상공명을 부운으로 생각허니 억조창생을 뉘
本 *世上功名 *浮雲 *億兆蒼生

건지리까?" 말을 마치고 두 눈에 눈물이 듣거니 맺거니
*듣거니 맺거니

방울방울 떨어지고, 가슴을 뚜다려 복통단장 울음을 우니,
*腹痛斷腸

용의 음성이 와룡강을 진동헌 듯, 뉘랴 아니 감동허리?.
*龍 音聲 臥龍岡 振動 *뉘랴 感動

<아니리> 두 눈에 눈물이 떨어져 양 소매를 적시거
兩

날, 공명이 감동하야 가기로 허락헌 후 벽상을 가리키며,
孔明 感動 許諾 後 *壁上

"이건 형주 지도요, 저것은 서천 사십일주라. 현주께옵선
*荊州 地圖 *西川 四十一州 *賢主

*襄陽(양양): 형주지역의 한수(漢水) 남쪽에 있는 성으로 형주의 중심지임.

*祁山(기산): 중국 감숙성에 있는 산으로, 뒷날 제갈량이 이곳을 중심으로 중원(中原) 지역 평정을 꾀했음.

*中原(중원): 옛날 주(周)나라가 위치했던 곳으로, 장안(長安) 남쪽 태화산(太華山) 남부 산양(山陽)지역을 지칭함.

*江東(강동): 양자강 동남쪽의 오(吳)나라 손권(孫權)이 차지하고 있는 지역.

*麾下(휘하): 장수가 거느리는 부하. / *雲霧(운무): 구름과 안개.

*基業(기업): 국가기본이 되는 바탕 사업. / *相面(상면): 서로 만나봄.

*禮單(예단): 예물 품목을 적은, 예물 단자(單子; 종이쪽지).

*留宿(유숙): 머물러 밤에 잠을 잠.

*均(균): 제갈량의 아우 제갈균(諸葛均). 제갈량은 삼형제로 형 제갈근(諸葛瑾)은 오(吳)나라 손권(孫權) 밑에서 책사로 있음.

*三顧之恩惠(삼고지은혜): 세 번 방문하여 간절히 요청한 그 은혜.

*出世(출세): 숨어 살던 사람이 세상에 나와 국가에 공헌함.

*松鶴(송학): 산속의 소나무와 학. 산속 자연환경이란 뜻.

*申申(신신): 매우 간절하게. / *四輪車(사륜거): 바퀴가 4개 달린 수레.

*新野(신야): 중국 하남성에 있는 땅이름. 유비가 당시 주둔하고 있던 곳.

*兵不滿千(병불만천): 병사가 1천명에 이르지 못함.

*將不十餘人(장불십여명): 장수는 열 사람이 채 되지 못함.

*招募(초모): 불러들여 모집함. / *스사로: '스스로'의 방언. 몸소 직접.

*八陣法(팔진법): 전쟁 때 8가지 모양으로 변화를 일으키는 진법(陣法). 손자(孫子)와 오자(吳子), 제갈량 등의 팔진법이 있으며 각각 조금씩 다름.

*放砲 一聲(방포 일성): 대포를 쏘아 큰 소리를 한 번 울려 신호함.

*金鼓(금고): 신호용 징과 북. 공격 때는 북을 울리고 퇴각 때는 징을 울림.

*曹賊(조적): 역적 무리인 조조의 군대.

이 지도로 근본을 삼아, 형주병을 일으켜 양양에 나가고,
地圖　　　根本　　　　　荊州兵　　　　　　＊襄陽

서천병을 일으켜 기산으로 나가면, 중원은 가히 회복될 것
西川兵　　　　　＊祁山　　　　　＊中原　　　　　回復

이요. 중원만 회복된다면 강동은 자연 황숙의 휘하로 돌아
　　　中原　回復　　　　＊江東　自然　皇叔　＊麾下

오리다.” 현덕이 듣고 좋아라고, “선생의 말씀을 듣고 보니
　　　　玄德　　　　　　　　　　先生

운무를 헤치고 일월을 대하는 듯하나이다.” 현덕이 형주 지
＊雲霧　　　　　日月　對　　　　　　　　玄德　　　荊州　地

도와 서천 사십일주로 기업을 삼은 후, 관우 장비를 불러
圖　　西川　四十一州　＊基業　　　　　後　關羽　張飛

공명과 상면시킨 뒤에 예단을 올려, 그날 밤 사인이 초당
孔明　＊相面　　　　＊禮單　　　　　　　　四人　草堂

에서 유숙허고, 이튿날 길을 떠날 적에, 공명이 아우 균을
　　＊留宿　　　　　　　　　　　　　　孔明　　　＊均

불러 “내 유황숙에게 삼고지은혜를 갚으려고 세상에 출세
　　　劉皇叔　　＊三顧之恩惠　　　　　　世上　＊出世

허니, 너는 부디 송학을 잘 가꾸고 학업을 잃지 말라.”
　　　　＊松鶴　　　　　　學業

신신이 부탁허고 사륜거에 높이 앉어.
＊申申　付託　　＊四輪車

3. 조조군의 총공세

<중모리> 와룡강을 하직허고 신야로 돌아오니, 병불만천
　　　　臥龍岡　下直　　＊新野　　　　　＊兵不滿千

이요 장불십여인이라. 공명이 민병을 초모하야 스사로
　　＊將不十餘人　　　孔明　　民兵　＊招募　　＊스사로

팔진법 가르칠 제, 방포일성 허고 금고를 쿵쿵 울려 조적과
＊八陣法　　　　　＊放砲一聲　＊金鼓　　　　　＊曹賊

*對決(대결): 상대하여 싸워 결판을 낸다는 뜻으로, 곧 제갈량이 유비의 책사로 와서 최초로 계책을 세워 이긴 전투임.

*博望(박망): 하남성 남양현 산등성이 박망파(博望坡). 제갈량이 유비의 책사(策士)로 신야(新野)에 머무니, 조조는 제갈량을 얕잡아 보고 하후돈(夏候惇)·조인(曹仁) 등 최고 장수들에게 신야를 공격해 점령토록 명령했음. 이때 제갈량은 관우·장비·조운 등을 백하(白河) 유역에 매복시키고, 조조 병이 주둔하고 있는 박망파를 화공(火攻)으로 기습공격하게 하였음. 그리고 백하 강물을 막고 있다가 화공을 피해 달아나는 조조 군사들이 강을 건널 무렵, 막았던 강물을 터놓아 갑자기 불어난 물에 당황하는 패주병에게, 매복 군사들로 하여금 급속하게 공격하도록 지시했음. 이에 하후돈·조인 군사들은 전멸을 당했고, 제갈량의 전략이 한 치 오차도 없이 적중하게 되니, 제갈량을 멸시하던 관우 장비 등이 크게 놀라 두려워했음.

*巢屯(소둔): 모여서 진을 치고 주둔함.

*白河(백하): 중국 하남성 남양 지역을 흘러 한수(漢水)로 들어가는 강.

*淹沒(엄몰): 물에 빠뜨려 죽임. / *壯談(장담): 자신 있다고 큰소리 침.

*夏候惇(하후돈): 조조 휘하 장수. 용기가 있어 항상 큰소리 치고 앞장섰음.

*勝氣(승기): 계속 승승장구하여 이긴 기세를 뽐내고 자랑함.

*曹仁(조인): 조조 종제(從弟)로 장수임. 늘 앞장섰으며 뒤에 대사마에 오름.

*棄槍逃走(기창도주): 겁을 먹어 창을 버리고 도망해 달아남.

*水陸大兵(수륙대병): 수병(水兵)과 보병 기병(騎兵)의 큰 군대. 제갈량의 계책에 크게 패한 조조는 백만 대군을 동원해 직접 지휘해 쳐내려왔음. 이에 유비는 당하지 못해 신야를 버리고 강하(江夏)로 옮겨가다가 백성들 때문에 진행이 늦어 당양(當陽) 지역에서 크게 패했음. 이어 조조 군대는 적벽강에서 진을 쳤고, 적벽대전에서 대패하여 북으로 후퇴했음.

*調發(조발): 뽑아서 징발함. / *지쳐: 용감하게 짓누르며 공격함.

*怨望漲天(원망창천): 백성들의 원망이 하늘까지 넘쳐 퍼짐.

*騷擾(소요): 시끄럽고 소란스러움. / *하릴없어: 어쩔 수 없어서.

*江夏(강하): 호북성 운몽현(雲夢縣) 동남에 있는 지역. 형주(荊州) 자사 유표(劉表)의 장남 유기(劉琦)가 지키고 있었음.

*樊城(번성) 유비 군이 점령하고 있던, 호북성 한수(漢水) 북에 있는 성.

*襄陽(양양): 호북성 형주(荊州) 고을에 소속된 성(城)으로 전략적 요충지임.

대결혈 제, 박망의 소둔 백하 엄몰허고. 장담허던 하후돈
*對決　　　 *博望　*巢屯　*白河 *淹沒　　　*壯談　　　*夏候惇

과 승기 내던 조인 등 기창도주 패한 분심, 수륙대병을
　*勝氣　　　　*曹仁　*棄槍逃走　敗　 憤心　*水陸大兵

조발하야 남으로 지쳐 내려갈 제, 원망이 창천이요 민심이
*調發　　 南　　*지쳐　　　　　 *怨望　漲天　　　民心

소요로구나. 현덕이 하릴없어 강하로 물러나니, 신야 번성
*騷擾　　　玄德　*하릴없어 *江夏　　　　　 新野 *樊城

양양 백성들이 현덕의 뒤를 따르거날, 따라오는 저 백성을
*襄陽 百姓　　　玄德　　　　　　　　　　　　　 百姓

*趙雲(조운) 家率付託(가솔부탁): 유비가 조조의 대병(大兵)에 쫓기면서 조자룡(趙子龍; 이름이 雲)에게 자기 가족을 호송하여 인솔하라고 부탁했음.

*日行十里(일행십리): 하루 십리밖에 행진을 못함. 따라오는 백성들을 보호하여 후퇴하느라고 매우 더디게 행군하여 조조군의 추격을 당했음.

*狂風(광풍): 난잡하게 몰아치는 바람.

*面前(면전): 얼굴 앞.

*帥字旗(수자기): '帥(장수 수)'자가 새겨진 깃발. 지휘하는 대장 상징 깃발.

*景山(경산): 중국 호북성 동남부에 있는 산. 당양현(當陽縣) 지역의 산임.

*水陸大兵(수륙대병): 수군(水軍)과 육군(陸軍)을 합쳐 많은 군사. 이때 대략 표현으로 일백만 대병이라 일컬음.

*旗幟槍劍(기치창검): 추격해 오는 조조 군사들이 각종 깃발이며 창과 칼을 들고 진군해 오는 모습.

*八屛山(팔병산): 8폭 병풍처럼 빙 둘려진 산.

*諸將(제장)이 앞으로 功(공)을 다툴 적: 조조의 많은 장졸(將卒)들이 서로 앞 다투어 유비 군사들을 추격해 먼저 전공(戰功)을 세우려고 경쟁을 함.

*文聘(문빙): 조조 휘하의 장수. 뒤에 신야(新野) 태수가 되었음.

*憤氣衝天(분기충천): 흥분한 기운이 하늘을 찌를 정도로 크게 용기를 냄.

*長坂橋(장판교): 중국 호북성 당양현(當陽縣) 동북에 있는 다리.

*數十萬 百姓(수십만 백성): 신야에서부터 유비를 따라온 수많은 백성들.

*仰天痛哭(앙천통곡): 하늘을 우러러 큰소리로 부르짖어 곡함. 유비를 따라온 백성들이 유비군이 크게 패해 흩어지니 갈 곳을 잃고 슬퍼 통곡했음.

*陣(진)을 헤쳐 逃亡(도망): 조조 군에 쫓긴 유비 군사들이 흩어져 달아남.

*諸將(제장) 모이기를: 쫓겨 흩어진 여러 장수들이 다시 모이기를 기다림.

*公子 禪(공자 선): 유비의 아들 유선(劉禪). 둘째 부인인 미부인(麋夫人) 소생으로, 뒤에 유비를 이어 촉한 황제 후주(後主)가 되었음.

*兩夫人(양부인): 유비의 두 부인, 곧 감부인(甘夫人)과 미부인.

*忿(분): 참기 어려운 일을 당했을 때 마음속에서 솟아오르는 화나는 마음.

*秋霜(추상): 가을날 아침 내린 서릿발 같이 차갑고 무서움.

*魏陣(위진): 조조의 진영.

차마 버릴 길이 전여 없어, 조운으로 가솔을 부탁허고 익덕
          *趙雲   *家率   付託   翼德

으로 백성을 이끌어 일행십리 행할 적에, 그때 마참 황혼이
      百姓   *日行十里 行   黃昏

라 광풍이 우루루, 현덕 면전에 수자기 부러져 펄펄 날리거
  *狂風   玄德 *面前 *帥字旗

날, 경산에 올라 바라보니 조조의 수륙대병이 물밀 듯이 쫓
    *景山   曹操 *水陸大兵

아 온다. 기치창검은 팔병산 나뭇잎 같고, 제장이 앞으로
      *旗幟槍劍   *八屛山   *諸將이   앞으로

공을 다툴 적에, 문빙이 말을 채쳐 달려드니 익덕이 분기충
功을 다툴 적 *文聘   翼德 *憤氣衝

천 불같이 급한 성품 창을 들어 문빙을 물리치고, 현덕을
天   急 性品 槍   文聘   玄德

보호하야 장판교를 지내갈 제, 수십만 백성 울음소리 산곡
保護 *長坂橋   *數十萬 百姓   山谷

중이 가득허고, 제장은 사생을 모르고 앙천통곡 허며 진을
中   諸將 死生   *仰天痛哭 *陣을

헤쳐 도망을 간다.
헤쳐 逃亡

<아니리> 한 모롱이 돌아드니, 현덕의 일행이 나무 아래
                        玄德   一行

쉬어 앉어 제장 모이기를 기다릴 제.
        *諸將 모이기를

<중중모리>   그 때에 조운은 공자 선과 양부인을 잃고
                趙雲 *公子 禪 *兩夫人

일편단심 먹은 마음 분함이 추상이라. 위진을 바래보니
一片丹心   *忿 *秋霜   *魏陣

*番次揮馬(번차휘마): 순번에 따라 차례로 말을 몰아 진격함.

*萬里蒼天(만리창천): 멀고먼 푸른 하늘.

*翩振(편진): 공중으로 힘차게 떨치어 날아감.

*九十春光(구십춘광): 봄 석 달의 아름다운 계절.

*流星(유성): 공중에서 선을 그리며 떨어지는 별똥별.

*深山猛虎(심산맹호): 깊고 깊은 산속의 사나운 호랑이.

*叢中(총중): 많이 무리지어 있는 그 속.

*甘夫人(감부인): 촉한 유비의 첫째부인.

*羅衫(나삼)을 무릅쓰고 一場慟哭(일장통곡): 비단 웃옷으로 머리 위를 덮어 뒤집어쓰고 한 바탕 크게 소리 내어 우는 모습. 달려오는 조운을 보고 적장인 줄 알고 얼굴을 가리고 통곡했음.

*諸將 淳于導(제장 순우도): 조조 휘하의 여러 장수 중 '순우도' 장군.

*麋竺(미축): 유비 휘하의 장수. 미방(麋芳)의 형이며 미부인 오라버니.

*生擒(생금): 산 채로 포로가 되어 잡혀감.

*一聲咆響(일성포향): 한 번 소리쳐 외치는 크게 울리는 음향.

*首延刀(수연도): 칼의 자루가 길게 된 칼. 창처럼 길게 생겼지만 끝의 날이 칼로 된 무기임. '首'는 '칼자루'의 뜻.

*奪馬爲進(탈마위진): 말을 탈취해 타고가게 함. 미축(麋竺) 장군을 생포해 가는 적장 순우도(淳于導)를 죽이고, 그 말을 뺏어 감부인을 태워 보냈음.

*襄陽(양양): 형주지역의 한수(漢水) 남쪽에 있는 성, 형주의 중심지임.

*莫知所向(막지소향): 갈 곳을 알지 못함. 어디로 가야할지 모름.

*麋夫人(미부인): 촉한 유비의 둘째부인. 신야에서 후퇴하는 도중 화살을 맞아 우물에 뛰어들어 자결하고, 아들 아두(阿斗)만 조운이 보호해 왔음.

*前面(전면): 앞쪽으로 향한 방향.

*公子(공자): 미부인 소생의 유선(劉禪). 어릴 때 이름이 아두(阿斗)임.

*一身運動(일신운동): 온 몸을 움직이어 활동함.

번차휘마 가는 거동, 만리창천 구름 속에 편진허는 용의
*番次揮馬　　　擧動 *萬里蒼天　　　　　*翩振　　龍

모양, 구십춘광 새벽 밤에 빠르기는 유성 같고 심산맹호
*九十春光　　　　　　　*流星　　　*深山猛虎

기상이라. 풍우같이 지내다가 한 곳을 바래보니 헤여진
氣象　　　風雨

남녀노소 서로 잡고 울음을 우니, 조운이 크게 웨여 "여봐
男女老少　　　　　　　　　　趙雲

라 남녀 백성들아! 너의 총중 가는 중에 감부인을 보았느
男女 百姓　　　　*叢中　　中 *甘夫人

냐?" 그 때여 감부인은 오는 장수를 바래보며 나삼을 무릅
甘夫人　　　　將帥　　　*羅衫을　무릅

쓰고 일장통곡 헐 제, 조조의 제장 순우도가 미축을 생금하
쓰고 一場慟哭　　曹操 *諸將 淳于導　　*糜竺 *生擒

야 제 진으로 돌아갈 제, 조운이 얼른 보고 일성포향에
陣　　　　　趙雲　　　　　*一聲咆響

수년도를 선듯 들어, 탈마위진하야 감부인을 호송허고. 또
*首延刀　　　　*奪馬爲進　　甘夫人　　護送

한 곳 비래보니 양양으로 가는 백성 막지소향 길을 잃어
*襄陽　　　　百姓 *莫知所向

갈 바를 방황커늘, "여봐라 남녀 백성들아, 너희들 모인 중
彷徨　　　　　男女 百姓　　　　　　　中

에 미부인을 보았느냐?" 저 백성 이른 말이 "어떠한 부인
*糜夫人　　　　百姓　　　　　　夫人

인지 전면 빈 집 안에 아이 안고 우더이다." 조운이 말을
*前面　　　　　　　　　　趙雲

채쳐 그 곳을 당도 허니, 과연 부인이 공자를 안고 좌편 팔
當到　　果然 夫人 *公子　　左便

창을 맞고, 우편 다리 살을 맞어 일신운동을 못 허고, 슬피
槍　　右便　　　　*一身運動

앉아서 울음을 운다.

*不忠之甚(불충지심): 충성을 다하지 못함이 매우 심함.

*罪死無惜(죄사무석): 죄를 물어 죽임을 당해도 애석함이 없음.

*乘馬 徐行(승마 서행): 말을 타고 천천히 행차함.

*뒤를 닦고: 뒤편을 잘 살펴 다스려 보호함. 한자로 '수후(修後)'임.

*竭誠單力(갈성단력): 충성을 다하는 외로운 혼자의 힘.

*帝室肢體骨肉(제실지체골육): 황제 혈통을 이은 몸인 후손(後孫).

*掌中(장중): 손바닥 안. 어떤 일을 처리하는 노력.

*自刎之死(자문지사): 스스로 목숨을 끊어 죽음.

*담을 헐어: 미부인이 상처가 심해 몸을 움직일 수가 없어서, 아들 아두를
조자룡에게 부탁하고 옆에 있는 우물 속으로 뛰어들어 자결하니, 적들이
그 시체를 건져 훼손시킬까 걱정하여, 우물 옆의 담을 밀어 무너뜨려 우물
을 메워 막은 뒤에 후퇴했다는 말임.

*藏身(장신): 품속에 숨겨 잘 감추어 보호함.

*馬延 張顗 *焦觸 張南(마연 장의 초촉 장남): 모두 위(魏) 조조 휘하 장수.
원래 원소(袁紹) 밑에 있다가 원소가 패한 후 조조에게 항복한 장수들임.

*一時 陷穽(일시 함정): 어떤 사정으로 한 때 험악한 구덩이에 빠짐.

*青釭劍(청강검): 쇠를 자를 수 있는 보검(寶劍) 이름. 원래 조조가 가지고
있던 칼인데, 조자룡이 미부인(糜夫人)과 공자 아두(阿斗)를 찾아 적진을
헤맬 때, 적장 하후은(夏侯恩)을 만나 한칼에 목을 베고, 차고 있는 칼에
'청강(青釭)' 두 글자가 새겨져 있어서 보검인 줄 알고 가졌음. 이 칼은 본
래 조조가 '의천(倚天)'과 '청강'이라는 보검 두 자루를 가지고 있다가,
'의천'은 조조 자신이 차고 '청강'은 자기를 따르던 하후은에게 준 것임.

*東(동)에 가 번뜻 西將(서장)을 땡그랑: 동쪽으로 가서 칼을 휘둘러 적을 유
인한 다음, 급히 서쪽으로 가서 선뜻 가볍게 적장 목을 잘랐다는 뜻.

*南將(남장) 얼려서: 남쪽에 있는 장수를 슬슬 유인하여 싸우는 척하다가.

*北將(북장)을 선뜻: 북쪽에 있는 장수를 급하게 목을 베어 죽임.

*土巷(토항): 흙더미가 쌓인 깊고 좁은 골짜기.

*張郃(장합): 위(魏) 조조 휘하 좌장군(左將軍). 본래 원소(袁紹)의 장군임.

*五色彩雲(오색채운): 아름다운 다섯 색채 빛깔의 구름. 상서로움의 상징.

*土坑中(토갱중): 흙으로 이루어진 구덩이 속.

<아니리> 조운이 말께 내려 부축허며 위로허되, "부인께
　　　　趙雲　　　　　　　　　　　　　慰勞　　　夫人

서 고생하심은 소장의 불충지심이라. 죄사무석이오나 추병
　苦生　　　　小將　*不忠之甚　　*罪死無惜　　追兵

이 급하오니 부인은 승마서행 하옵시면 소장이 보호하야
　急　　　夫人　*乘馬徐行　　　　小將　保護

뒤를 닦고 가오리다." 부인이 이른 말씀, "장군께옵션 갈성
*뒤를 닦고　　　　　夫人　　　　　將軍　　*竭誠

단력으로 어찌 두 목숨을 건지리까? 한나라 제실지체골육
單力　　　　　　　　　　　　　漢　　*帝室肢體骨肉

이 이 뿐이니, 부디 이 아이를 살려 부자상봉케 함은 장군
　　　　　　　　　　　　　　父子相逢　　　　將軍

의 장중에 있는가 하나이다." 공자를 부탁허고 우물에 뛰어
　*掌中　　　　　　　公子　付託

들어 자문지사커늘, 조운이 하릴없이 담을 헐어 시신을 묻
　　*自刎之死　　趙雲　　　　　*담을 헐어　屍身

고, 공자일신 보존하야 갑옷으로 장신허고.
　　公子一身　保存　　甲　　*藏身

<자진모리> 마상에 선뜻 올라 채를 쳐 도망헐 제, 앞으로
　　　　　馬上　　　　　　　　　逃亡

마연 장의 뒤로 초촉 장남 앞을 막고 뒤를 치니, 조운 일시
*馬延 張顗　*焦觸 張南　　　　　　　　趙雲 *一時

함정이라. 청강검 빼어들고 동에 가 번듯 서장을 땡그렁,
陷穽　　*靑釭劍　　　*東에 가 번듯 西將을 땡그랑

남장을 얼러서 북장을 선뜻, 이리저리 헤쳐가다 토항 중에
*南將　얼러서 北將을 선뜻　　　　　　　*土巷 中

가 뚝 떨어져 거의 죽게 되었을 제, 장합이 바라보고 쫓아
　　　　　　　　　　　　　*張郃

오니 조운의 생명이 급한지라. 뜻밖에 오색채운이 토갱중
　　趙雲　生命　急　　　　　　*五色彩雲　*土坑中

*天崩地塌(천붕지탑): 하늘이 무너지고 땅이 꺼져 아래로 떨어짐.

*龍驄(용총): 말 갈퀴가 푸른빛을 띤 조운의 천리마. 말 갈퀴가 용의 갈퀴 같이 빳빳하다고 붙인 이름임. 흔히 '청총마(靑驄馬)'라고 일컬음.

*霹靂(벽력): 번갯불이 번쩍이고 벼락이 치며 천지가 흔들리는 상황.

*말을 놓아: 말을 조종하지 않고 제 힘껏 달리도록 말의 힘에 맡겨서 달리게 하는 모습을 일컬음.

*行雲流水(행운유수): 흘러가는 구름과 흐르는 물 같이 계속 빨리 가는 모습.

*一員大將(일원대장): 한 사람의 전쟁 능력이 뛰어난 장수.

*長坂橋(장판교): 중국 호북성 당양현(當陽縣) 동북(東北)에 '장판'이란 지역 이 있으며, 이 지역에 있는 작은 강의 다리임. 장비 장군이 조조 대군을 큰 호통으로 물리치고 유비에게로 올 때 이 다리를 강물에 가라앉혔음.

*먹장 얼굴: 얼굴이 온통 먹물을 묻힌 것처럼 시커먼 모습. 장비(張飛)의 얼 굴을 나타낸 말.

*丈八蛇矛(장팔사모): '장'은 10척의 뜻으로 '장팔'은 18척이며, '사모'는 창 의 끝이 독사 머리 같이 세모로 되어 있는 창. '모'는 창날에 두 날개가 달린 창임.

*速來(속래): 빨리 오라는 뜻.

*追兵(추병): 추격해 오는 적병.

*人疲馬困(인피마곤): 사람과 말이 모두 지쳐서 피곤함.

*幾死之境(기사지경): 거의 죽게 된 지경. 매우 지친 상태를 나타냄.

*衆人(중인): 많은 사람들.

*伏地(복지): 땅에 엎드림.

*公子(공자): 존귀한 사람의 아들. 곧 유비의 아들 아두(阿斗)를 말함.

*하릴없이: 어쩔 도리가 없어. 영락없이.

*公子一身 保存(공자일신 보존): 오직 제왕의 아드님 한 사람의 몸을 보호하 여 잘 모셔왔음.

*阿斗(아두): 유비(劉備)의 아들 유선(劉禪). 둘째 부인인 미부인(糜夫人) 소 생, 뒤에 유비를 이어 황위에 올라 촉한(蜀漢) 후주(後主) 황제가 되었음.

에서 일어나고 천붕지탑이 와그르르 번갯불이 번뜻, 조운
*天崩地塌   趙雲

탄 말 용총이라. 벽력같이 소리 질러 토항 밖으로 뛰어나
*龍驄 *霹靂   土巷

니, 장합이 겁을 내어 달아나고, 조운이 말을 놓아 행운유
張郃 怯   趙雲 *말을 놓아 *行雲流

수로 도망헐 제, 장판교 바래보니 일원대장 먹장 얼굴 장팔
水   逃亡   *長坂橋   *一員大將 *먹장 얼굴 *丈八

사모 들고, "조운은 속래하라. 오는 추병은 내 막으마." 조
蛇矛   趙雲 *速來   *追兵   趙

운이 말을 놓아 장판교를 지낼 제, 인피마곤하야 기사
雲   長坂橋   *人疲馬困   *幾死

지경이 되었구나.
之境

4. 장비의 장판교 호통

<아니리> 한곳을 당도허니, 현덕의 일행이 중인들과 언덕
          當到   玄德 一行 *衆人

아래 쉬었거날 조운이 말께 내려 복지하야 여짜오되, "감부
          趙雲   *伏地   甘夫

인을 호송허고 미부인을 모셔올랴 허였더니, 공자를 부탁
人 護送   糜夫人   *公子 付託

허고 우물에 뛰어들어 자문지사커늘, 하릴없이 담을 헐어
              自刎之死   *하릴없이

시신을 묻고, 공자일신 보존하야 근근이 살아왔나이다."
屍身   *公子一身 保存

갑옷 끌러놓고 보니, 아두는 잠이 들어 아직 깨지 아니 헌
              *阿斗

지라, 조운이 아두 받들어 현덕에게 드리니, 현덕이 아두
      趙雲 阿斗   玄德   玄德 阿斗

*幼子(유자): 어린 자식. / *損傷(손상): 몸체를 훼손시켜 상처를 입음.
*心血(심혈): 마음과 몸뚱이 전체.
*萬分(만분)의 一(일): 일만 개 속의 하나 정도인 매우 작은 정도.
*張翼德(장익덕): 유비 휘하 장수 장비(張飛). '익덕'은 자(字)임.
*曹敵(조적): 적군인 조조 군사. / *魏陣(위진): 조조의 위나라 군진(軍陣).
*塵途 遍野(진도 편야): 먼지가 이는 길이 온 들판에 퍼져 있음.
*喊聲 通蒼(함성 통창): 소리치는 큰 목소리들이 푸른 하늘까지 뻗침.
*丈八蛇矛(장팔사모): 열여덟 자나 되는, 세모 창날에 가지 벌어진 창.
*曹陣(조진): 조조가 진을 치고 있는 진영.
*一員 燕 張翼德(일원 연 장익덕): 한 사람의, 옛날 연나라 땅에서 태어난
  나 이 장비(張飛). 자신의 용맹스러움을 자랑하여 하는 말.
*호통: 큰 소리로 소리치고 노여워함.
*高喊(고함): 크게 외치는 소리.
*十二間 長坂橋(십이간 장판교): 열 두 칸으로 된 장판교 다리.
*中嶝(중등)이 절컥 무너져: 다리 중간 위로 불룩하게 올라온 부분이 큰소리
  를 내고 내리앉아 가라앉음의 뜻. 여기에서 장비가 세 번째 소리치니 장판
  교 중간부분이 내리앉아 물이 그 위로 흘렀다는 표현은 과장하여 나타낸
  표현임.
*曹軍(조군) 遑遑(황황): 조조 군사가, 마음이 급하여 어쩔 줄 모르고 허둥댐.
*夏侯傑(하후걸): 위(魏) 조조 휘하의 장수, 대장군 하후돈(夏侯惇) 하후연(夏
  侯淵) 등과 함께 일족으로 조조의 큰 장수로서 신임이 두터웠음.
*落馬(낙마): 말에서 떨어짐.
*錚(쟁): 징. 후퇴 명령을 내릴 때 신호로서 치는 징소리.
*威嚴 壯(위엄 장): 엄숙하고 점잖고 씩씩하고 의젓함.

받아 땅에 내던지며, "어린 유자 살리려다 중헌 장군을 손
　　　　　　　*幼子　　　　　　重　將軍　*損

상할 뻔 허였고!" 조운이 급히 내려가 아두 안고 여짜오되,
傷　　　　　　趙雲　急　　　　阿斗

"소장은 심혈을 다 바쳐도 만분의 일을 갚지 못하겠나이
小將　*心血　　　　　　*萬分　一

다." 이렇듯 서로 위로헐 제, 한 곳을 바래보니 그 때여
　　　　　　　　慰勞

장익덕은 장판교 마상에 높이 앉어 조적과 대결을 하는디.
*張翼德　　長坂橋　馬上　　　　　*曹敵　　對決

<엇모리> 위진을 바래보니 조조의 수륙대병이 물밀 듯이
　　　　*魏陣　　　　　　曹操　　水陸大兵

쫓아온다. 진도는 편야허고 함성은 통창이라. 장판교상 바
　　　　*塵途　遍野　*喊聲　通蒼　　長坂橋上

래보니 일원대장 먹장 얼굴 장팔사모 들고 조진을 한 번
　　　一員大將　　　　　*丈八蛇矛　　　*曹陣

일컬으며, "일원 연 장익덕은 이곳에 와서 머무른다." 한 번
　　　*一員 燕　張翼德

을 호통허니 하날이 떼그르르 무너져 백호가 뒤넘난 듯, 두
　*호통　　　　　　　　　　白虎

번을 고함 질러노니 땅이 뚝 꺼지난 듯, 세 번을 호통허니
　　高喊

십이간 장판교가 중등이 절컥 무너져, 흐르난 물이 위로
*十二間　長坂橋　*中嶝　절컥　무너져

출렁, 나는 새도 떨어지니 조군이 황황허여 하후걸이가
　　　　　　　　　*曹軍　遑遑　　*夏侯傑

낙마허고, 조진이 쟁을 쳐서 퇴병하야 물러나니, 익덕의
*落馬　　　曹陣　*錚　　　退兵　　　　　翼德

위엄 장허다.
*威嚴 壯

*江夏(강하): 중국 호북성 운몽현(雲夢縣) 동남에 있는 지역. 적벽대전 때 유비 군사가 머물던 곳. 옛날 강하성(江夏城)은 한수(漢水)로 흘러들어가는 운수(溳水) 북쪽에 있었음.

*堅壁不出(견벽불출): 성을 굳게 지키기만 하고 나가 싸우지 않음.

*江東(강동): 양자강 하류 남쪽 지역. 오나라 손권이 차지하고 있는 지역.

*孫權(손권): 오나라 왕. 뒷날 황제를 칭하여 대제(大帝)라 했음. 부(父) 손견 (孫堅)이 오나라의 기반을 확립했고, 형(兄) 손책(孫策)이 부친을 이어 왕위에 올라 동서간인 주유(周瑜)와 함께 오나라를 크게 발전시켰음. 그리고 손책이 젊은 나이에 사고로 인해 사망하니, 아우 손권이 왕위를 물러 받아 부친과 형을 섬기던 신하들과 힘을 합쳐 오나라를 더욱 튼튼하게 발전시켰음.

*周瑜(주유): 오나라 장수, 자는 공근(公瑾). 손권 형 손책(孫策)과 친구이자 동서로 오나라 부흥에 큰 공을 세웠음. 적벽대전에 대승을 거두었고, 늘 제갈량을 시기해 죽이려 했으나 실패했음. 적벽대전 승리 후 조조 군과 싸워 화살을 맞고 36세에 사망함. 음률(音律)에도 재능이 뛰어나 여러 가지 일화를 남기고 있음.

*漢(한): 유비(劉備)의 촉한(蜀漢)을 말함.

*魯肅(노숙): 오나라 손권이 크게 신임한 책사(策士). 촉한과의 연합에 노력하여 적벽대전을 승리로 이끌었음. 주유 사망 뒤 그의 병권(兵權)을 이어 받아 오나라 도독이 되었음.

*誘引(유인): 속임수로 유도하여 끌어들임.

*賢主前(현주전): 촉한 임금 유비 앞에 나아옴. 유비를 '어진 임금'이라고 높여 '현주'라 일컬음.

*大驚歎曰(대경탄왈): 크게 놀라고 탄식하여 말하기를.

*紛紛(분분): 매우 어지럽게 얽혀 복잡함.

*天下得失(천하득실): 앞으로의 나라 일이 잘 되고 잘못 되는 상황.

*出他國(출타국): 어떤 일로 다른 나라로 나아감.

*深諒處分(심량처분): 마음속에 깊이 헤아려 잘 처리하기를 바라는 마음.

*吳王孫權(오왕손권): 오나라는 손권이 왕이 되어 나라를 잘 다스림.

*魏堅曹操(위견조조): 위나라는 조조가 나라를 튼튼히 지키고 있음.

*漢室(한실): 유비의 촉한(蜀漢) 왕실.

5. 한·오 연합

<아니리> 강하로 물러나와 견벽불출 헐 제, 그때에 강동의
　　　　*江夏　　　　　　*堅壁不出　　　　　　　　*江東

손권 주유, 한나라 공명선생 높은 이름 듣고 노숙을 보내여
*孫權*周瑜　*漢　　　孔明先生　　　　　　　*魯肅

좋은 말로 유인커늘, 공명의 깊은 지혜 거짓 속는 체 가기
　　　　*誘引　　　孔明　　　智慧

로 허락헌 후, 현주전 하직허니 현주 대경탄왈, "분분한
　　許諾　　後 *賢主前　下直　　　賢主 *大驚歎曰　*紛紛

천하득실 선생만 믿삽는디, 출타국이 웬 일이요? 심양처
*天下得失　先生　　　　　*出他國　　　　　　　*深諒處

분 하옵소서." 공명이 가만히 여짜오되, "이때를 헤아리니
分　　　　　孔明

오왕손권허고 위견조조허니 한실이 미약이라. 신이 이때를
*吳王孫權　　　*魏堅曹操　　*漢室　微弱　　　臣

*激動(격동): 흥분하도록 충동함. / *逃走而還(도주이환): 도망쳐 돌아옴.

*中途而起(중도이기): 두 나라가 다투는 동안 형세를 살펴 군사를 일으킴.

*吳魏兩國形勢(오위양국형세): 오나라 손권과 위나라 조조 두 세력의 강약과
  허실(虛實) 등 사정을 자세히 관찰함.

*一眼(일안): 한 눈으로 환하게 봄. / *都取(도취): 모두 남김없이 획득함.

*坐而得功(좌이득공): 가만히 앉아서 쉽게 공적을 얻게 됨.

*今冬至(금동지) 달: 금년 동짓달, 곧 금년 음력 11월.

*子龍(자룡): 조자룡(趙子龍), 유비 휘하 장수 조운(趙雲). 자(字)가 '자룡'임.

*一葉船(일엽선): 하나의 작은 배. 작은 배를 나뭇잎에 비기어 일컫는 말.

*南屛山(남병산): 중국 강서성 상요현(上饒縣) 북쪽에 있는 산. 오나라 주유
  가 화공(火攻)을 할 수 있도록 제갈량이 동남풍을 빈 산.

*吳江(오강) 어구: 오강 어귀. 남병산 기슭의 양자강 남안(南岸)이 오나라에
  접해 있어서 '오강'이라 하며, 그 지역 나루가 있는 곳임.

*對面(대면): 서로 만나봄. / *一葉片舟(일엽편주): 한 척의 작은 배.

*江東(강동): 양자강 하류의 남쪽 오나라 지역.

*館驛安歇(관역안헐): 손님을 접대하는 숙소에서 편히 쉬고 있음.

*峨冠博帶(아관박대): 산봉우리처럼 우뚝한 관을 쓰고 넓은 띠를 띤 고관들.

*張昭(장소): 오나라 손권의 형 손책(孫策)이 왕일 때 그를 도와 나라를 일으
  킨 공신. 젊은 손권이 즉위하자 보오장군(輔吳將軍)으로 충성을 다 바쳤음.

*一座(일좌): 좌석에 죽 한 줄로 앉아 있는 사람들.

*舌戰群儒(설전군유) *紛紛(분분): 여러 선비들이 다투어 자기주장을 말하며
  의견이 서로 달라 복잡한 상태.

*數多(수다): 많은 숫자. / *孫仲謀(손중모): 오나라 왕 손권. 자가 '중모'임.

*狐疑(호의)험에: 여우처럼 의심하여 전쟁을 반대함. '험에'는 '함에'의 방언.

*周瑜 激動(주유 격동): 오나라 장수 주유를 충동하여 전쟁을 하게 함. 주유
  는 손권 형 손책과 친구로 교공(喬公)의 두 딸 대교(大喬) 소교(小喬)와 각
  각 결혼해 동서임. 이 두 여인은 강남 미인으로 조조가 이들을 얻고자
  탐했으므로, 제갈량이 주유에게 이 두 부인을 조조에게로 보내면 전쟁은
  없다고 충동했음. 이 말에 주유가 화가 나 전쟁을 고집할 때, 마침 조조가
  항복하라는 격서를 보내왔음. 이에 문신들이 항복과 전쟁으로 격론을 벌였
  고, 제갈량이 화술(話術)로 이들을 설복해 전쟁하는 결정을 내리게 되었음.

타 오나라 들어가 손권 주유를 격동하야 조조와 싸움을 붙
　吳　　　　　　孫權　周瑜　*激動　　　曹操

이고, 신은 도주이환하야 중도이기 하오면, 오위양국형세를
　　　臣　*逃走而還　　*中途而起　　　　*吳魏兩國形勢

일안으로 도취하야 좌이득공할 터이오니, 현주는 염려치
*一眼　*都取　*坐而得功　　　　　　賢主　念慮

말으시고, 금동지 달 이십일 자룡을 일엽선 주어 남병산하
　　　　　*今冬至　달　二十日　*子龍　*一葉船　　*南屛山下

오강 어구로 보내소서. 만일 때를 어기오면 신을 다시 대면
*吳江 어구　　　　　　萬一　　　　　　臣　　*對面

치 못허리다." 하직허고 물러나와.
　　　　　　下直

<중모리>　공명선생 거동보소. 노숙 따라 오나라 들어갈
　　　　　孔明先生　擧動　　　魯肅　　　吳

제, 일엽편주 빨리 저어 강동에 당도허니, 노숙이 인도하야
　*一葉片舟　　　　*江東　當到　　魯肅　引導

관역안헐 할 새, 공명이 눈을 들어 좌우를 살펴보니, 아관
*館驛安歇　　　孔明　　　　　左右　　　　　*峨冠

박대로 장소 등 십여인이 일좌로 늘어 앉어 설전군유가
博帶　*張昭　等　十餘人　*一座　　　*舌戰群儒

분분헐 제, 수다이 묻는 말씀 한두 말로 물리치니 기이허구
*紛紛　　*數多　　　　　　　　　　　　奇異

나 공명선생, 손중모의 호의험에 주유를 격동헐 제,
　　孔明先生　*孫仲謀　*狐疑험에 *周瑜　激動

*大略 無窮(대략 무궁): 크게 세우는 계책이 끝이 없이 넓고 큼.

*부질없이: 쓸모가 없거나 어떤 의미가 내재(內在)되지 않음.

*猜忌(시기): 샘내고 미워함. / *欲殺孔明(욕살공명): 제갈공명을 죽이려함.

*可笑(가소)롭다: 매우 우습고 못났음. 상식에 벗어난 짓을 비난하는 말.

*三日爲限 十萬箭(삼일위한 십만전) *一夜霧中 借得(일야무중 차득): 3일간 한정으로 10만 개 화살을 하룻밤 안개 속에서 빌려 얻어왔음. 주유가 제갈량을 죽이려고, 10일내에 화살 10만 개를 마련해 오라 했음. 제갈량은 3일내 마련하겠다면서, 20척 배의 둘레를 짚으로 에워싸고 안개 긴 밤 조조 진영 가까이에서 북을 치고 소란을 피웠음. 조조가 어두우니 화살만 쏘라고 해, 배 주위에 꽂힌 화살을 싣고 돌아와 바치니 주유가 감탄했음.

*鬼神 難測(귀신 난측): 귀신도 헤아리기 어려움.

*龐統(방통): 지난날 수경(水鏡)선생이 유비에게 대단한 전략가라고 소개해 준 모사(謀士). 처음에 조조 진영에 잠시 갔다가 뒤에 유비 휘하로 왔음.

*連環計(연환계): 방통이 조조에게 가서 병사들의 배 멀미를 핑계로, 배들을 모두 서로 단단히 연결하면 배가 흔들리지 않는다고 속였음. 조조가 이 말대로 배들을 서로 연결하여, 주유의 화공에 배가 못 빠져 대패를 당했음.

*黃蓋(황개) *苦肉計(고육계): 황개는 오나라 장군. '고육계'는 육체 손상까지 무릅쓰는 계책. 황개가 거짓 죄를 지어 주유로부터 매를 맞고, 조조에게 억울하여 귀순하겠다는 편지를 전했음. 조조가 이 말을 믿어 적벽대전 날 화공 장비를 실은 선발대인 그의 배를 공격치 않아 패하게 된 그 계책.

*孔明祈風(공명기풍): 제갈공명이 남병산에서 동남풍을 빈 일.

*게 뉘랴서: 그것이 누구라 해도. / *功役(공역): 애를 써 성공시킨 업적.

*用心 徒浪(용심 도랑): 마음 쓰는 것이 오직 헛된 일 뿐임.

*冬十一月 望間(동십일월 망간): 겨울 음력 11월 보름날 무렵.

*周瑜警軍(주유경군): 주유가 군대 경계를 튼튼히 함.

*山江陸進 遮斷(산강육진 차단): 산과 강과 육지로 진격해 오는 적을 막음.

*陣勢整(진세정): 진을 친 형세가 엄정하고 질서 있음.

*威風嚴肅(위풍엄숙): 위엄 있는 풍모가 엄격하고 빈틈없음.

*赤壁江(적벽강) *曹孟德(조맹덕): 호북성 가어현(嘉魚縣) 동북 양자강 남안(南岸)의 적벽산 아래 강에 진을 친 조조. '맹덕'은 조조의 자임.

*調撥(조발): 선발하여 임무를 맡겨 배치함.

대략이 무궁허니, 주유 부질없이 시기하야 제 죽을 줄 모르
*大略　　無窮　　　周瑜 *부질없이 *猜忌

고서 욕살공명 가소롭다. 삼일위한 십만 전을 일야무중
　　　*欲殺孔明 *可笑롭다　*三日爲限　十萬　箭　　*一夜霧中

차득허니 만고의 높은 재주 귀신도 난칙이라. 방통의
借得　　萬古　　　　　　　*鬼神　難測　　　　*龐統

연환계와 황개의 고육계들, 공명기풍 아닐진대 게 뉘랴서
*連環計 *黃蓋 *苦肉計　*孔明祈風　　　　*게 뉘랴서

성공허리.
成功

<아니리>　공역을 저바리고 주유 용심 도량허다. 이 때는
　　　　　*功役　　　　　　周瑜 *用心　徒浪

어느 땐고, 동십일월 망간이라. 주유 경군허고 산강육진
　　　　*冬十一月　望間　　　*周瑜　警軍　　*山江陸進

차단헐 제, 진세도 정히 허고 위풍이 모두 엄숙허구나. 그
遮斷　　　*陣勢　整히　*威風　　　　嚴肅

때여 적벽강 조맹덕은 백만대병을 조발하야.
　　*赤壁江 *曹孟德　百萬大兵 *調撥

제1장　237

*連環計(연환계): 방통(龐統)이 조조를 속여, 군사들 배 멀미를 핑계로 전선들을 모두 서로 단단히 연결케 한 계책. 조조가 이 계책에 따라 배들을 연결해 놓으니 흔들림이 없어 좋아했지만, 뒷날 출동에 방해가 되어 패했음.

*굳이 무어: 단단하게 묶어 연결함. '무어'는 '조성(造成)하다'의 뜻임.

*江上陸地(강상육지) *삼어두고: 강의 배 위를 육지로 삼아 편히 다니게 함.

*一等名將 留陣(일등명장 유진): 가장 뛰어난 장수를 병영 진에 머물게 함.

*十八技(십팔기): 중국 근대 무예 18가지 기술. 장창(長槍)·당파(鎲鈀)·낭선(狼筅)·쌍수도(雙手刀)·등패(籐牌)·곤봉(棍棒) 등 무예육기(武藝六技)에, 죽장창(竹長槍)·기창(旗槍)·예도(銳刀)·왜검(倭劍)·교전(交戰)·월도(月刀)·협도(挾刀)·쌍검(雙劍)·제독검(提督劍)·본국검(本國劍)·권법(拳法)·편곤(鞭棍) 등을 합친 18가지 전쟁 기예(技藝). 우리나라에도 조선 영조 35년 전해졌음.

*私習(사습): 개인적으로 배워 익힘. / *牛羊(우양): 소와 양.

*犒饋(호궤): 전쟁에서 고생한 장졸들에게 음식을 많이 만들어 먹이는 행사.

*東山月色(동산월색) *如同白日(여동백일): 동쪽 산 달빛이 대낮 같이 밝음.

*長江一帶(장강일대): 양자강의 긴 강물 흘러가는 큰 줄기.

*如橫素練(여횡소련): 하얀 비단을 가로 펼쳐 덮어놓은 것 같음.

*將臺上(장대상)에가: 장군이 지휘하는 높은 대 위에. '가'는 강조 접미어.

*南屛山色(남병산색): 강서성 상요현(上饒縣) 북쪽의 남병산 경관.

*그림景(경): 그림 같이 아름다운 풍경.

*柴桑(시상): 강서성 구강현(九江縣) 서남 지역. 오나라 주유의 군사 근거지.

*夏口城(하구성): 호북성 무창현(武昌縣) 서쪽 지역. 유비의 근거지.

*樊城(번성): 호북성 악성현(鄂城縣) 서북의 번구(樊口). 번항강(樊港江)이 남쪽에서 양자강으로 들어오는 곳.

*烏林(오림): 호북성 가어현(嘉魚縣) 서쪽 양자강 북안(北岸)으로, 적벽과 마주 보이는 육지. 조조의 육군이 주둔하고 군량을 보관한 지역. 적벽대전 때 조조가 이 지역을 통해 패주했으므로 적벽대전을 '오림 전투'라고 함.

*四面廣闊(사면광활): 사방이 널리 툭 트여 넓음.

*如得江南(여득강남): 만약에 강남의 오나라를 정벌해 차지하게 되면.

*享富貴兮 樂太平(향부귀혜 낙태평): 부귀를 누리고 천하태평을 즐길 것임.

*銅雀臺(동작대): 조조가 하남성 임장현(臨漳縣) 서남에 지은 웅장한 건물.

제2장

1. 조조의 위세

<진양조> 천여 척 전선 모아 연환계를 굳이 무어, 강상
千餘　隻 戰船　　　*連環計　　*굳이 무어　*江上

육지 삼어두고 일등명장 유진헐 제,　말 달려 창 쓰기며
陸地　*삼어두고　*一等名將　留陣　　　　　　　　槍

활 쏘아 총 놓기, 십팔기 사습허기 백만군중이 요란헐 제,
　　　銃　　　　*十八技 *私習　　百萬軍中　　擾亂

조조 진중에 술 많이 빚고 떡도 치고 밥도 짓고 우양을 많
曹操　陣中　　　　　　　　　　　　　　　*牛羊

이 잡어 장졸을 호궤헐 제. 동산월색은 여동백일이요 장강
　　　　將卒　*犒饋　　　*東山月色　*如同白日　　長江

일대는 여횡소련이라. 그때 조조는 장대상에가 높이 앉어
一帶　*如橫素練　　　　曹操　*將臺上에가

남병산색 그림 경을, 동을 가르켜 시상이요, 서를 보니 하
*南屏山色 *그림 景　東　　　　*柴桑　　西　　　　*夏

구성이요, 남을 가르켜 번성이요, 북을 보니 오림이로구나.
口城　　　南　　　*樊城　　　北　　　　*烏林

사면이 광활커던 어찌 성공 못헐소냐? "내 나이 오십사
*四面　廣闊　　　　　　成功　　　　　　　五十四

세로 여득강남이면 향부귀혜 낙태평, 동작대 좋은 집에
歲　*如得江南　　*享富貴兮　樂太平 *銅雀臺

*二喬女(이교녀): 오나라 교공(喬公)의 두 딸로 손권의 형 손책과 주유의 부인. 『삼국지연의』에서 조조가 "만약 강남을 얻으면 마땅히 이교를 아내 삼아 동작대에 두고, 노년을 즐기면 내 소원은 만족해짐(如得江南 當娶二喬 置之臺上 以娛暮年 吾願足矣)"이라고 설파한 부분을 인용한 것임.

*可取(가취): 곧 취하게 되면. / *暮年享樂(모년향락): 늘어 누리는 즐거움.

*酒肉間(주육간): 술과 고기 모두. / *魏漢吳(위한오): 위나라·촉한·오나라.

*萬乘帝業(만승제업): 통일된 천하의 황제. '만승'은 중국 황제(皇帝)를 뜻함.

*맽겼으랴: 맡기었겠느냐? / *得天下(득천하) 헌: 천하 얻는 일을 완성함.

*千金賞 萬戶侯(천금상 만호후): 1천금 상금과, 1만 가호(家戶)의 왕에 봉함.

*封(봉): 황제가 신하에게 벼슬이나 땅을 지정해 내려주는 것.

*文武將卒(문무장졸): 문관 무관, 장수와 병졸. / *軍禮(군례): 군대의 예절.

*願得凱歌(원득개가): 전쟁을 이겨 승리 노래를 부르며 돌아오기를 원함.

*勝氣(승기): 이기겠다는 결심과 기개.

*酒肉 爭食(주육 쟁식): 술과 고기를 다투어 많이 먹음.

*서름겨워 哭(곡): 슬픈 마음을 이기지 못하여 소리 내어 울음을 움.

*鬪牋(투전): 돈을 걸고 하는 놀음 기구. 빳빳한 한지 종이를 손가락 하나 넓이 되고 길이 5치 정도로 자른 것 약 4,5십장 만듦. 그리고 그 한쪽 면에 새나 짐승 몸체를 그려 1부터 10까지의 숫자를 나타냄. 둘러앉아 돈을 걸고 이것을 5장씩 돌려 3장으로 10 단위를 맞추고, 나머지 2장을 합쳐 끝수 높은 사람이 이기는 방법임. 3장으로 10 단위를 못 맞추면 탈락임.

*半醉中(반취중): 술에 반쯤 취한 정도.

*盡醉中(진취중): 술에 완전히 취해 정신을 잃은 상태.

*택: '턱'의 방언. 사람 입 아랫부분. / *處處(처처): 곳곳. 사방 여러 곳.

*軍兵中(군병중): 군대 병사 가운데.

*兵淚則將爲不幸(병루즉장위불행): 병사가 눈물을 흘리면 곧 장차 불리해짐.

*帳下(장하): 군대 막사 안.

*벙치: 벙거지. 털실로 두껍게 짠 천으로 만든 갓모양의 모자. 위로 솟은 모자 부분이 둥글고 높으며, 옆으로 둘러 퍼진 부분은 평평하고 넓음.

*如狂如醉(여광여취): 미친 사람 같기도 하고 술 취한 사람 같기도 함.

*失性發狂(실성발광): 이성을 잃은 미치광이 같이 날뛰고 설침.

*퍼버리고: 두 다리를 죽 뻗어 벌리고 앉은 모습.

이교녀를 가취허면 모년향락이 나의 원에 족할지라. 어와
*二喬女 *可取 *暮年享樂 願 足

장졸 영 들어라! 너희들도 주육간에 실컷 먹고 위한오
將卒 令 *酒肉間 *魏漢吳

승부를 명일로 결단허자. 만승제업을 한 사람께 맽겼으랴?
勝負 明日 決斷 *萬乘帝業 *맽겼으랴

득천하 헌 연후에 천금상 만호후를 차례로 봉하리라.”문무
*得天下 헌 然後 *千金賞 萬戶侯 次例 *封 *文武

장졸이 영을 듣더니 군례로 모두 늘어서서, “원득개가허
將卒 令 *軍禮 *願得凱歌

오리다.”

<아니리> 군사들이 승기 내어 주육을 쟁식허고.
軍士 *勝氣 *酒肉 爭食

<중모리>   노래 불러 춤도 추고, 서름겨워 곡허는 놈,
*서름겨워 哭

이야기로 히히하하 웃는 놈, 투전허다가 다투는 놈, 반취중
*鬪牋 *半醉中

에 욕허는 놈, 진취중에 토허는 놈, 잠에 지쳐 서서 자다
辱 *盡醉中 吐

창끝에다 택 꿰인 놈, 처처 많은 군병중에 병루즉장위불행
槍 *택 *處處 *軍兵中 *兵淚則將爲不幸

이라. 장하의 한 군사 벙치 벗어 손에 들고 여광여취 실성
*帳下 軍士 *벙치 *如狂如醉 *失性

발광, 그저 퍼버리고 울음을 우니.
發狂 *퍼버리고

*丞相(승상): 중국 조정의 황제 아래에서 제일 높은 벼슬. 곧 조조를 일컬음.

*千里 戰場(천리 전장): 1천리나 멀리 진격해온 싸움터.

*勝負 未決(승부 미결): 승리와 패배가 결정되지 않음.

*天下大事(천하대사): 전쟁을 승리하고 천하를 차지하여 황제가 되는 큰 일.

*連(연)하여: 이어서. 계속하여.

*高堂上 鶴髮兩親(고당상 학발양친): 고향집에 계신, 머리가 허연 노부모님.

*拜別(배별): 인사드리고 작별하여 떠나옴.

*父兮生我 母兮育我(부혜생아 모혜육아): 아버님이시여 나를 낳아주시고, 어머님이시여 나를 길러주셨도다.

*欲報其恩 昊天罔極(욕보기은 호천망극): 그 낳고 길러주신 은혜를 갚고자 하지만, 넓은 하늘로도 다 갚을 길이 없도다. 이 구절은 위 구절과 함께 『시경(詩經)』 '육아(蓼莪)' 장(章) 내용을 바꾸어 간략하게 나타낸 것임.

*節內眷黨(절내권당): 한 가문 안에서 가깝게 지내던 친척과 가족들.

*閨中 紅顔妻子(규중 홍안처자): 안방의 아름다운 아내와 어린 자식들.

*寄別(기별): 소식을 전함.

*出門望(출문망): 대문 밖에서 자식을 기다림. '의문망(倚門望)'과 같은 말임.

*倚閭之望(의려지망): 마을 입구 문에 나와서 멀리 바라보며 자식을 기다림. '出門望, 倚閭之望'은 부모가 집 떠난 아들을 기다리는 뜻의 숙어임. 『전국책(戰國策)』에, 춘추시대 위(衛)의 왕손고(王孫賈)가 15세에 왕의 신하 되었을 때, 왕이 쫓겨 달아나 간 곳을 모르니 그의 모친이, "네가 아침에 나가 저물어 돌아올 때는 내 대문에 의지해 기다리고<의문이망(倚門而望)>, 저녁때 나가 돌아오지 않으면 곧 마을 입구 여문(閭門)에 기대어 기다렸다<의려이망(依閭而望)>"라고 하면서, 왕을 찾아야 한다고 말한 고사(故事).

*蘇中 鴻雁去來 便紙(소중 홍안거래 편지): 한(漢) 중랑장(中郞將) 소무(蘇武)가 보낸 편지를 기러기가 전했다는 말. 곧 한나라 중랑장 소무가 흉노(匈奴)에 사신 갔다가 19년간 북방 황무지에 억류되었음. 화의(和議)가 이루어져 포로교환을 하면서 소무만은 돌려보내주지 않았음. 이에 한나라 사신이 가서, "황제가 상림원(上林苑)에서 기러기 발목에 묶인 소무의 편지를 얻었다."라는 거짓 이야기를 꾸며, 소무를 돌려보내라고 흉노 왕에게 추궁했음. 흉노 왕은 크게 놀라고 소무를 돌려보내 주었음. 이 일로 편지에 기러기가 결부되었고, 또 편지를 '안서(雁書)'라고 일컫게 되었음.

2. 조조 군사 한탄(1)

<아니리>　한 군사 내다르며, "아나 이애! 승상은 지금
　　　　　　軍士　　　　　　　　　　　*丞相

대군을 거나리고 천리 전장을 나오시어 승부가 미결되어
大軍　　　　　*千里　戰場　　　　　　*勝負　未決

천하대사를 바래는디, 왜 요망스럽게 울음은 우느냐? 우지
*天下大事　　　　　　　妖妄

말고 이리 오니라, 나허고 술이나 먹고 노자." 저 군사 연
　　　　　　　　　　　　　　　　　　　　　　　軍士 *連

하여 왈, "네 말도 옳다마는 내의 서름을 들어봐라."
하여　曰

<진양조>　"고당상 학발 양친 배별헌 지가 몇 날이나
　　　　　　*高堂上　鶴髮　兩親 *拜別

되며, 부혜여 생아시고 모혜여 육아시니 욕보기은인댄
　　　　*父兮　生我　　母兮　育我　　*欲報其恩

호천망극이로구나. 화목허던 절내권당 규중의 홍안처자,
昊天罔極　　　　　和睦　　*節內眷黨　*閨中　紅顔妻子

천리전장에다가 나를 보내고 오늘이나 소식이 올거나 내일
千里戰場　　　　　　　　　　　　　　　消息　　　　來日

이나 기별이 올거나. 기두리고 바래다가 서산의 해는 기
　　*寄別　　　　　　　　　　　　　　　西山

울어지니 출문망이 몇 번이며, 바람 불고 비 죽죽 오난
　　　　*出門望

디 의려지망이 몇 번이나 되며,　소중의 홍안거래 편지를
　*倚閭之望　　　　　　　　　*蘇中　鴻雁去來　便紙

*뉘: 누가. 누구 어떤 사람이.

*相思曲(상사곡): 어떤 대상을 생각해 잊지 못하는 마음을 나타낸 노래.

*斷腸懷(단장회): 창자가 끊어질 정도로 애태우며 잊지 못하는 마음.

*晝夜愁心(주야수심): 밤낮 근심에 싸임.

*長槍環刀(장창환도): 긴 창과 허리에 차는 고리 달린 칼.

*陸戰水戰(육전수전): 육지에서의 전쟁과, 물에서 배를 타고 싸우는 전쟁.

*生死 朝夕(생사 조석): 매우 급박한 때이므로, 살고 죽는 순간이 아침이나
  저녁 언제인지를 모른다는 말.

*客死(객사): 객지에 나와 죽음.

*허거드면: '하게 되면'의 방언. 그렇게 될 것 같으면.

*게 뉘라서: 거기에 누가 있어서.

*安葬(안장): 시체를 좋은 곳에 잘 묻어줌.

*骨暴沙場(골폭사장): 죽은 사람의 해골(骸骨; 뼈)이 모래밭에 드러남.

*희여져서: 햇볕에 드러나 말라 하얗게 백골(白骨)이 됨.

*烏鳶(오연): 까마귀와 솔개.

*손뼉을 뚜다려주며: 손뼉을 쳐 두드려줄 것이며. 손뼉을 쳐서 소리 내어 시
  체를 해치는 까마귀와 솔개를 쫓아줄 사람이 아무도 없다는 말.

*日日思親 十二時(일일사친 십이시): 날마다 하루 12시간 온종일 어버이를
  생각하는 마음.

*설리 우니: 서럽게 울고 있음.

*誠孝之心 奇特(성효지심 기특): 정성스런 효도의 마음이 기이하고 특출함.

*본깨: '보나까'의 방언.

*五代 獨身(오대 독신): 5대째를 내려오면서 대대로 형제 없는 외아들인 몸.

*近五十 將近(근오십 장근): 거의 50세 나이가 장차 가까워짐.

*膝下一點血肉(슬하일점혈육)이 없어: 자기 몸에서 난 자식이 하나도 없음.

*윗다: '아참!' 하고 크게 감탄하는 소리.

*功(공): 정성을 쏟아 소원을 이루어 달라고 신령에게 비는 마음.

뉘 전허며, 상사곡 단장회는 주야수심이 맺혔구나. 장창환
*뉘 傳　　　 *相思曲 *斷腸懷 *晝夜愁心　　　　 *長槍環

도를 들어 메고 육전수전을 섞어 헐 적에, 생사가 조석이로
刀　　　　 *陸戰水戰　　　　　　　*生死　 朝夕

구나. 만일 객사를 허거드면 게 뉘라서 안장을 허며, 골폭
萬一 *客死　 *허거드면 *게 뉘라서 *安葬　　　　 *骨暴

사장이 희여져서 오연의 밥이 된들 뉘라 손뼉을 뚜다려 주
沙場　 *희여져서　 *烏鳶　　　　　　 *손뼉을 뚜다려 주

며, 날려 줄 이가 뉘 있드란 말이냐? 일일사친 십이시로
며　　　　　　　　　　　　　　 *日日思親　 十二時

구나."

<아니리>　 이렇다시 설리 우니 또 한 군사 내다르며, "아나
　　　　　　 *설리 우니　　　　 軍士

이애! 부모 생각 네 서름은 성효지심이 기특허다. 전장에
　　 父母　　　　 *誠孝之心　 奇特　　 戰場

나와서도 효성이 지극헌 것 본깨, 너는 안 죽고 살아 가겄
　　　 孝誠　 至極　 *본깨

다." 그 중에 또한 군사 나서면서.
　 中　　　 軍士

<중중모리>　　 "여봐라 군사들아! 니 내 서름을 들어라.
　　　　　　　　　 軍士

너의 내 서름을 들어봐라. 나는 남에 오대 독신으로 열일곱
　　　　　　　　　　　　　　 *五代 獨身

에 장가들어 근오십 장근토록 슬하 일점혈육이 없어 매일
　　　 *近五十 將近　　　 *膝下 一點血肉이　 없어　 每日

부부 한탄. 윗다, 우리 집 마누래가 왼갖 공을 다 드릴 제,
夫婦 恨歎 *윗다　　　　　　　　 *功

*名山大刹(명산대찰): 유명한 산의 산신과 큰 절의 부처님.

*靈神堂(영신당): 신령스런 신을 모신 당집.

*古廟叢祠(고묘총사): 어떤 인물의 혼령을 모신 사당과 잡신을 모신 당집.

*釋王寺(석왕사): 함경도 안변 설봉산에 있는 절. 무학대사(無學大師)가 창건
하였으며, 이성계(李成桂)의 왕 될 꿈을 해석해 주어 절 이름이 '석왕'임.

*石佛菩薩 彌勒(석불보살 미륵): 돌부처 보살들과, 돌부처인 미륵부처님. '보
살'은 중생을 구제하여 석가모니에 준하는 성인이 된 불자(佛者)를 말함.

*노구摩旨(마지) 집짓기: '노구'는 놋쇠나 구리로 이동할 수 있게 만든 작은
솥. '마지'는 부처님께 공양하는 밥. '집짓기'는 신령 모실 당집을 짓는 일.

*七星佛供(칠성불공): 칠성신을 모신 칠성당에 공양을 올리고 치성을 드림.

*羅漢佛供(나한불공): '아라한' 부처께 공양드림. '나한'은 아라한(阿羅漢)의
준말로, 생사를 초월하여 더 배울 것이 없는 경지에 이른 부처.

*百日山祭(백일산제): 산신님께 1백일 동안 정성들여 제사드림.

*神衆摩旨(신중마지): 여러 산천(山川) 신에게 밥을 지어 올리고 비는 일.

*袈裟施主(가사시주): 스님 옷인 가사를 지어 받치거나 그 비용을 드리는 일.

*引燈施主(인등시주): 부처님 앞에 불을 밝힐 재료나 비용을 받치는 일.

*다리勸善(권선) *길닦기: 내에 다리를 놓거나, 길을 닦아 적선하는 일.

*성주竈王(조왕): 집을 지켜주는 신령인 성주<成造>와 부엌을 지키는 신령.

*堂山天龍(당산천룡): 부락 가까운 산언덕에 마을을 지켜주는 신령을 모신
'당산'을 지어 받드는 일과, 하늘을 나는 용신인 '천룡'을 받드는 일.

*中天群雄(중천군웅): 공중을 떠다니는 여러 부류의 신령들.

*地神祭(지신제): 땅 신령에게 제사함. / 功(공)든 塔(탑): 공들여 쌓은 탑.

*심든 남기: 힘들여 심어 가꾼 나무. / 胎氣(태기): 임신의 조짐.

*席不正不坐(석부정부좌): 앉을자리가 똑 바르지 않으면 앉지 않음.

*割不正不食(할부정불식): 잘라놓은 모습이 똑 바르지 않으면 먹지 않음.

*耳不聽淫聲(이불청음성): 귀로는 음탕한 소리를 듣지 않음.

*目不視惡色(목불시악색): 눈으로는 옳지 않은 사물이나 색채를 보지 않음.
<위 4항목은 주 문왕(周文王) 모친 태임(太任)의 태교(胎敎) 중 일부임>.

*十朔(십삭): 열 달. / 解腹機微(해복기미): 출산을 하려는 조짐.

*昏迷中 誕生(혼미중 탄생): 정신이 아찔하여 기절할 지경에서 아이를 낳음.

*디: '것이'의 고어(古語). '것인데'의 뜻.

명산대찰, 영신당 고묘총사, 석왕사 석불보살 미륵님, 노구
*名山大刹 *靈神堂 *古廟叢祠 *釋王寺 *石佛菩薩 彌勒 *노구

마지 집짓기와, 칠성불공 나한불공, 백일산제 신중맞이,
摩旨 집짓기 *七星佛供 *羅漢佛供 *百日山祭 *神衆摩旨

가사시주 인등시주, 다리권선 길 닦기, 집에 들어 있는 날
*袈裟施主 *引燈施主 *다리勸善 *길 닦기

은 성주조왕 당산천룡, 중천군웅의 지신제를 지극정성 드
*성주竈王 *堂山天龍 *中天群雄 *地神祭 至極精誠

리니, 공든 탑 무너지며 심든 남기가 꺾어지랴? 그 달부터
*功 塔 *심든 남기

태기 있어, 석부정부좌허고 할부정불식허고 이불청음성
*胎氣 *席不正不坐 *割不正不食 *耳不聽淫聲

목불시악색하야, 십삭이 점점 차드니 하루난 해복기미가
*目不視惡色 *十朔 漸漸 *解腹機微

있든가 보더라. 아이고 배야 아이고 허리야 아이고 다리야,

혼미중에 탄생허니 딸이라도 반가울 디 아들을 낳었구나.
*昏迷中 誕生 *디

◇참고: 문왕 모친 태임(太任)의 태교 내용

문왕 모친 태임이 문왕을 임신하여 태교를 실시해 훌륭한 문왕을 낳았
다는 내용으로, 그 전문은 다음과 같음.
"잠잘 때 몸을 기울게 하지 않으며, 자리 끝부분에 앉지 않으며, 서 있을
때는 두 다리를 똑 바로 하여 선다. 사특한 맛의 음식을 안 먹으며, 바르게
자른 것이 아니면 안 먹으며, 자리가 바르지 않으면 앉지 않으며, 사특한 색
채를 안 보며, 음탕한 소리를 듣지 않는다. 밤에는 장님으로 하여금 시를 읽
게 하여 들으면서, 올바른 일만 말해야 함.(寢不側 坐不邊 立不蹕 不食邪味
割不正不食 席不正不坐 目不視於邪色 耳不聽於淫聲 夜則令瞽頌詩 道正事.
『列女傳』卷一)."

*열손에다 떠받들어: 귀한 아들이므로 많은 사람이 아이를 보호해 늘 받들어 안고 있다는 말.

*全(전)이: 전혀. 모두 온전하게.

*三七日(삼칠일): 아기를 낳은 후 21일 동안. 보통 이 동안은 아이를 낳게 해준 삼신제왕(三神帝王)에게 치성을 드리고 정성을 쏟음.

*五六朔(오륙삭): 다섯 여섯 달 정도.

*樣(양): 모습, 모양.

*도리도리: 아이를 안고 고개를 좌우로 흔들면서 어르는 모습.

*쥐암잘깡: 아이를 안고 손을 오므려 폈다 쥐었다 하면서 어르는 모습.

*설마둥둥: 아이를 안고 세워 들어 올렸다 내렸다 하며 어르는 모습.

*어루며: '어르며'의 방언. 아이를 안고 기쁘게 하며 즐기는 일.

*愛情(애정)헌 게: 사랑스럽고 정다운 것.

*急(급)한 亂離(난리): 매우 위급한 상태의 전쟁.

*魏國(위국): 중국 삼국시대 조조(曹操)의 위나라.

*赤壁(적벽): 중국 호북성 지역을 흐르는 양자강의 동남쪽 연안 절벽으로, 조조가 전함(戰艦)으로 진(陣)을 친 곳.

*祠堂門(사당문): 조상 위패를 모신 가묘(家廟)의 문.

*痛哭再拜(통곡재배): 소리 내어 크게 울고 두 번 절함.

*衎衎(간간): 매우 사랑스럽고 즐거운 모습.

*家率(가솔): 가정의 거느리는 식구. 곧 아내.

*등 치며: 등을 두드리며. 안고 누워 등을 두드리며 달래어 부탁하는 모습.

*後嗣(후사): 대를 이을 자손.

*얼워: '얼러'의 방언. 아이를 데리고 놀며 즐겁게 해줌.

*이렇다시: 이와 같이. 이런 모습으로.

열손에다 떠받들어 땅에 뉘일 날이 전이 없이 삼칠일이 다
*열손에다 떠받들어   *全   *三七日

지내고, 오륙삭 넘어가니 발바닥에 살이 올라 터덕터덕 노
        *五六朔

는 양, 빵긋 웃는 양, 엄마 아빠 도리도리 쥐암잘깡 설마둥
    *樣   樣   *도리도리 *쥐암잘깡 *설마둥

둥, 내 아들 내 아들이지 내 아들, 옷고름에 돈을 채워, 감
둥

을 사 껍질 베껴 손에 들여 어루며, 주야 사랑 애정헌 게
                    *어루며 晝夜   *愛情헌 게

자식밖에 또 있느냐? 뜻밖에 급한 난리, 위국 땅 백성들아!
子息   *急한 亂離 *魏國   百姓

적벽으로 싸움 가자! 나오너라 웨난 소리 아니 올 수가 없
*赤壁

든구나. 사당문 열어 놓고 통곡재배 하직헌 후, 간간헌 어
        *祠堂門   *痛哭再拜 下直   *衎衎

린 자식 유정헌 가솔 얼굴, 안고 누워 등 치며 부디 이 자
    子息 有情 *家率   *등 치며   子

식을 잘 길러 나의 후사를 전해주오. 생이별 하직허고 전장
息   *後嗣 傳   生離別 下直   戰場

에를 나왔으나, 언제나 내가 다시 돌아가 그립든 자식을 품
                                          子息

안에 안고, 아가! 응아, 얼워 볼거나? 아이고 아이고 내일
                    *얼워

이야.”

3. 조조 군사 한탄(2)

<아니리>   이렇다시 울음 우니, 여러 군사 허는 말이,
            *이렇다시   軍士

*拙丈夫(졸장부): 옹졸하고 못난 사나이.

*可笑(가소)롭다: 매우 우스운 일이다. 멸시하는 말.

*父母 早失(부모 조실): 어릴 적에 부모를 잃음.

*바이 없어: 그럴 것이 없어. 어떻게 할 방도가 없어.

*孑孑單身(혈혈단신): 부모나 일가친척이 없어 외로운 몸이 됨.

*二姓之合(이성지합): 두 성씨가 결합함. 곧 남녀가 결혼하여 부부가 됨.

*조촐하야: 행실이 단정하고 정숙하며 건실함.

*宗家大事 托身安定(종가대사 탁신안정): 문중 우두머리 가문의 큰일들을 자기 스스로 도맡아 잘 처리해 집안을 편안하게 함.

*철: 계절. 세월. / *不和兵(불화병): 정세가 화평하지 못해 전쟁이 일어남.

*天鵝聲(천아성): 젊은이들을 전쟁에 나오라고 부는 나팔소리. 임금 행차 때 부는 나팔소리도 '천아성'이라 함. '천아'의 본뜻은 '백조(白鳥), 고니'.

*足不離地(족불리지): 발걸음이 땅에서 떨어지지 않음.

*戰笠(전립): 군인과 하예(下隷)들이 쓰는 관(冠). 검고 두꺼운 모직으로 되었으며, 둥글게 솟은 '모자'는 주위에 '운월(雲月)무늬'가 새겨지고 옆으로는 넓적한 '전'이 둘려졌음. 모자의 둥근 꼭대기에는 품계에 따라 금·은·옥·석 등으로 된 증자(鏳子)가 얹혔고, 증자 끝에 상모(象毛; 깃털 장식)가 달렸음. 그리고 아래쪽에는 옥으로 된 갓끈 패영(貝纓)이 달림.

*槍(창)대: 창의 손잡이인 긴 막대.

*二八紅顔(이팔홍안): 16세 정도의 젊고 아름다운 얼굴을 가진 여인.

*戰爭出世(전쟁출세): 싸움터에 나가 공을 세워 이름을 세상에 크게 드날림.

※참고: 전립(戰笠)의 뒷모습〈앞쪽에는 '勇'자를 붙이기도 함〉

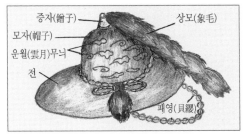

"자식 두고 우는 정은 졸장부의 말이로다. 전장에 네 죽어
子息　　　　　　情　　*拙丈夫　　　　　　　戰場

도 후사는 전켔으니 네 서름은 가소롭다." 그 중에 또 한
　　後嗣　傳　　　　　　　*可笑롭다　　　中

군사 나서면서.
軍士

<중모리> "니 내 서름 들어봐라. 나는 부모님을 조실허고
　　　　　　　　　　　　　　　　*父母　　　早失

일가친척 바이 없어 혈혈단신 이 내 몸이 이성지합 우리
一家親戚　*바이 없어　*孑孑單身　　　　　　*二姓之合

아내 얼굴도 어여쁘고 행실도 조촐하야 종가대사 탁신안정,
　　　　　　　　　　　　行實　*조촐하야　*宗家大事　託身安定

일시 떠날 뜻이 바이없어 철 가는 줄 모를 적에, 불화병 일
一時　　　　　　　　　　*철　　　　　　　　　　*不和兵

어나며 위국땅 백성들아 적벽으로 싸움가자. 천아성 웨난
　　　魏國　百姓　　　赤壁　　　　　　*天鵝聲

소리 족불리지 나를 끌어내니, 아니 올 수 없든구나. 군복
　　*足不離地　　　　　　　　　　　　　　　　　軍服

입고 전립을 쓰고 창대 끌고 나올 적에, 우리 아내 내 거동
　　*戰笠　　　　*槍대　　　　　　　　　　　　　舉動

을 보더니 버선발로 우루루루 달려들어 나를 안고 엎더지

며, "날 죽이고 가오. 살려두고는 못 가리다. 이팔홍안 젊은
　　　　　　　　　　　　　　　　　　*二八紅顔

년을 나 혼자만 띠어두고 전장을 가랴시오?" 내 마음이 어
　　　　　　　　　　　戰場

찌 되겠느냐? 우리 마누래를 달래랄 제, "허허 마누라 우지

마오. 장부가 세상을 태어났다 전쟁출세를 못 허고 죽으면
　　丈夫　世上　　　　　*戰爭出世

*丈夫節槪(장부절개): 대장부가 나라 위해 충성을 다하는 굳은 절조.

*日復之戰爭 不息(일부지전쟁 불식): 날마다 거듭되는 전쟁이 그치지 않음.

*東西南北 守直(동서남북 수직): 사방(四方)으로 군인들이 지키고 있음.

*萬端情懷(만단정회): 마음속에 한없이 많이 품고 있는 애정 내용.

*家屬 不可無者(가속 불가무자): 가족이란 가히 없을 수 없는 것임. 가족은 반드시 있어야 하는 것이란 뜻.

*毛毬(모구) 눈: 큰 공 같이 둥글고 무섭게 생긴 눈. '모구'는 가는 새끼 줄이나 끈으로 둥근 공을 만든 다음, 털이 붙은 동물가죽으로 싸서 기워 탄탄하게 만들고, 한쪽 끝에 고리를 달아 줄을 연결한 공임. 이 공을 말을 타고 막대기로 쳐서 상대방의 문으로 넣는 경기가 격구(擊毬)임.

*주벅택: '주걱턱'의 방언, 앞으로 뾰족하게 튀어나온 턱. '주걱'은 '밥주걱'.

*쥐털수염 거사리고: '쥐털수염'은 가늘고 부드러운 털이 매우 촘촘히 많이 나 양쪽 뺨까지 덮인 수염. 이 수염이 위로 뻗쳐 더부룩하게 된 모습.

*斫刀(작도)만한 칼: '작도'는 소나 말의 먹이인 여물을 잘게 썰 때 사용하는 연장. 이 작도 날 같이 큰 칼이란 말. 큰 작두는 발판이 달려 한 사람이 작두날 옆에서 짚단이나 풀을 잡아 날과 바탕나무 사이에 넣어 먹이면, 다른 한 사람이 작도 날의 발판을 발로 밟아 잘라지게 함.

*萬軍衆 悚神(만군중 송신): 많은 군인 무리가 놀라 정신이 아찔해짐.

*울 제 좀놈일다: 울고 있을 때는 마음이 넓지 못하고 작은 일에 얽매이는 못난 졸장부라는 말.

*爲國者 不顧家(위국자 불고가): 나라를 위해 큰일을 하는 사람은 가족을 돌아보지 않음.

*男兒何必戀妻子(남아하필연처자): 사내대장부가 어찌 반드시 처자의 애정에 연연하리요?

*莫向江村老長年(막향강촌노장년): 시골 강촌마을에서 한가롭게 노년을 편안하게 오래 살려는 생각을 하지 말라.

장부절개가 아니라고 허니, 우지 말라면 우지 마오." 달래
  *丈夫節槪

여도 아니 듣고 화를 내도 아니 듣든구나. 잡었던 손길을

에후리쳐 떨치고 전장을 나왔으나 일부지전쟁은 불식이라.
              戰場   *日復之戰爭   不息

살어 가기 꾀를 낸들 동서남북으로 수직을 허니, 함정에 든
              *東西南北   守直   陷穽

범이 되고 그물에 걸린 내가 고기로구나. 어느 때나 고향을
                                          故鄕

가서   그립든 마누라 손을 잡고   만단정회 풀어 볼거나?
                            *萬端情懷

아이고 아이고 울음을 우니.

<아니리>   여러 군사 허는 말이, "가속이라 허는 것은
              軍士   *家屬

불가무자라, 어쩔 수가 없느니라. 네 서름은 울 만하다."
*不可無者

또 한 군사가 나서는디, 그 중에 키 작고 머리 크고 모구
    軍士   中   *毛毬

눈 주벅택에 쥐털수염 거사리고 작도만한 칼을 막 내두리
눈 *주벅택   *쥐털수염   거사리고 *斫刀만한 칼

며, 만군중이 송신을 허게 말을 허것다.
    *萬軍衆   悚神

<중중모리>   이놈 저놈 말 듣거라. 너의 울 제 좀놈일다.
                              *울 제 좀놈일다

위국자 불고가라 옛글에도 일러 있고, 남아하필연처자오
*爲國者 不顧家   *男兒何必戀妻子

막향강촌노장년허소. 우리 몸이 군사 되어 전장 나왔다가
*莫向江村老長年   軍士   戰場

*功名(공명): 나라를 위하여 큰 공적을 세우고 이름을 세상에 떨침.

*속절없이: 단념할 수밖에 별 도리가 없어 실망함.

*心思 平生 恨(심사 평생 한): 마음속에 한 평생 이루려고 한탄하던 일.

*腰下三尺(요하삼척): 허리 아래 차고 있는 석자나 되는 큰 칼.

*吳漢兩陣 將帥(오한양진 장수): 오(吳)와 촉한(蜀漢) 두 진영 우두머리 장수.

*凱歌聲(개가성): 전쟁을 승리하여 개선하는 노래를 크게 외치는 소리.

*得勝鼓(득승고): 전쟁에 승리하여 울리는 북소리.

*妻子 眷率(처자 권솔): 아내와 아들 등 거느리는 가족들.

*遠近黨(원근당): 멀고 가까운 많은 친척들.

*項道令(항도령): 항우(項羽)를 지칭. '도령'은 젊은 사람을 우대하는 말.

*싸움打令(타령): 싸움을 중심내용으로 하는 노래,

*始用干戈(시용간과) *軒轅氏(훤원씨): 처음으로 무기를 사용해 정벌(征伐)을 한 중국 고대 헌원씨. '헌원씨'는 고대 중국 전설상의 제왕으로 황제(黃帝)라 일컬음. 당시 염제(炎帝)가 정치를 그르쳐 제후들이 복종하지 않고 서로 반란을 일으키니, 훤원씨가 무기를 만들고 전쟁 방법을 익혀 이들을 정벌해 반란을 평정했음. 이 헌원씨의 정벌이 중국 최초의 정쟁이라 함.

*與炎帝戰(여염제전) *阪泉(판천) 싸움: 염제와 맞서서 전쟁을 한 판천 싸움. 훤원씨가 염재와 전쟁 하여 이긴 곳이 하북성 탁록현(涿鹿縣) '판천'임.

*能作大霧(능작대무) *蚩尤作亂(치우작란) *涿鹿(탁록)싸움: 큰 안개를 일으켜 앞을 못 보게 하는 재주를 가진 '치우의 반란'을, 헌원씨가 지남거(指南車)를 만들어 타고 방향을 잡아, 하북성 '탁록' 들판에서 사로잡은 일.

*周(주)나라 *衰盡天地(쇠진천지): 문왕(文王)과 무왕(武王)이 세운 주나라가 뒤에 정치가 문란해져 쇠퇴해진 세상.

*紛紛(분분): 전쟁이 일어나 세상이 매우 어지러움.

*春秋(춘추)싸움: 주(周)가 쇠퇴해질 무렵, 각처의 제후들이 주나라에 복종하지 않고 각기 독립을 선언하여 서로 다투던 춘추시대(春秋時代)의 싸움.

*威服秦皇(위복진황): 위협으로 제후들을 복종케 한 진(秦) 시황제(始皇帝).

*蠶食山東 六國(잠식산동 육국) 싸움: 진나라 경계지역인 험한 산지 효산(崤山)과 함곡관(函谷關) 동쪽 지역'이 '산동'임. 이 산동에 있는 여섯 나라인, 연(燕)·제(齊)·초(楚)·한(韓)·위(魏)·조(趙) 등 나라를, 진시황이 조금씩 잠식해 합병시키려 하니, 6국이 맞서 저항하던 싸움.

공명도 못 이루고 속절없이 돌아가면 부끄럽지 않겠느냐?
*功名   *속절없이

이 내 심사 평생 한이 요하삼척 드는 칼로 오한양진 장수
*心思 平生 恨 *腰下三尺   *吳漢兩陣 將帥

머리를 번뜻 땡그렁 비어 들고 창끝에 높이 달아, 개가성
槍   *凱歌聲

부르면서 득승고 쿵쿵 울려 본국으로 돌아가면, 부모형제
*得勝鼓   本國   父母兄弟

처자권솔 일가친척 반기허여 펄쩍 뛰어 나오며 다녀온다
*妻子眷率 一家親戚

다녀와, 전장 갔든 낭군이 살아를 오니 반갑네. 이리 오오!
戰場   郎君

이리 와. 울며불며 반기 헐 제, 원근당 기쁨을 보이면 그
*遠近黨

아니 좋드란 말이냐? 우지 말라면 우지 마라.

<아니리> 이렇다시 말을 허니, 여러 군사 허는 말이, "네
軍士

말이 정 그렇다면 천하장사 항도령이라고 불러주마." 또 한
天下壯士 *項道令

군사 내다르며 싸움타령으로 노래를 허것다.
軍士   *싸움打令

<중모리> "시용간과 헌원씨 여염제전 판천 싸움, 능작
*始用干戈 *軒轅氏 *與炎帝戰 *阪泉 싸움 *能作

대무 치우작란 사로잡던 탁록 싸움, 주나라 쇠진천지 분분
大霧 *蚩尤作亂   *涿鹿 싸움 *周나라 *衰盡天地 *紛紛

헌 춘추 싸움, 위복진황 늙은 후에 잠식산동 육국 싸움,
*春秋 싸움 *威服秦皇   *蠶食山東 六國 싸움

*蜂起之將(봉기지장): 여기저기에서 벌떼처럼 일어나는 장수들.

*八年風塵 楚漢(팔년풍진 초한) 싸움: 한(漢) 유방(劉邦)과 초(楚) 항우의 8
년 동안 다툰 '초한' 싸움. 처음에 항우와 유방이 힘을 합쳐 진(秦)을 항복
받았음. 이어 항우와 유방 사이에 싸움이 시작되어 8년에 걸쳐 싸워, 항우
가 쫓겨 마지막에 해하(垓下)에서 패해 달아나 자결한 초한전 싸움.

*七十餘戰 功(칠십여전 공)이 없다: '초한(楚漢)' 싸움에서 항우는 70여 번이
나 크게 싸웠지만, 성공한 공적이 남아 있지 않은 헛된 싸움이 됨.

*項道令(항도령) 羽壁(우벽) 싸움: 항우의, 꽉 막힌 절벽과 싸우는 것 같은
고집스런 싸움. 항우는 항상 자기 고집대로 싸워 망했다는 말.

*魏漢吳 三國(위한오 삼국) 싸움: 위나라 촉한 오나라 세 나라의 현재 싸움.

*東南風(동남풍): 남동에서 불어오는 바람. 제갈량(諸葛亮)이 불게 한 바람임.

*위턱구나: 위엄 있고 규모가 매우 큼. 위엄<威>과 두터움<厚>의 합성어.

*赤壁(적벽) 싸움: 호북성 양자강 남안(南岸) 언덕인 적벽 밑 강에서의 싸움.

*功成身退(공성신퇴): 공적이 이루어져 전쟁에서 물러나 돌아감.

*才談 醉談(재담 취담): 재치 있고 재미있는 얘기와, 술에 취해 조리 없이
아무렇게나 떠드는 이야기.

*實談 虛談(실담 허담): 실제 알맹이 있는 이야기와, 실속 없는 헛된 이야기.

*壯談 悖談(장담 패담): 힘을 뽐내는 이야기와, 도리에 벗어난 이야기.

*明日大戰(명일대전): 내일의 큰 전투.

*弑殺(시살): 이리저리 모두 죽임.

*柔能制剛(유능제강): 부드러운 것이 능히 굳센 것을 제압하여 이김.

*弱能敵强(약능적강): 약한 것이 능히 강한 것을 대적해 이김.

*兵家 徵驗(병가 징험): 병법 연구가들이 경험하여 얻은 증거.

*興亡盛衰 在德(흥망성쇠 재덕): 흥하고 망하고, 왕성해지고 쇠퇴해짐은 지
도자의 덕망이 있고 없음에 달려 있음.

*直死 惡死 沒殺(직사 악사 몰사): 바로 죽고, 잔악하게 죽고, 모두 다 죽음.

*懷心(회심) 걱정: 마음속으로 간직하여 근심함.

*月明深夜(월명심야): 달이 밝고 밤이 깊은 한밤중.

*南天(남천)을 무릅쓰고: 남쪽 하늘을 가로질러 거침없이 빠르게 날아감.

*半空(반공): 조금 낮은 하늘 한복판 허공.

*如何鳴(여하명): 무슨 까닭으로 울고 지나가는지를 묻는 말.

봉기지장 요란허다 팔년풍진 초한 싸움, 칠십여전 공이 없
*蜂起之將 擾亂　*八年風塵 楚漢 싸움 *七十餘戰 功

다 항도령의 우벽 싸움, 통일천하 언제 헐고 위한오 삼국
*項道令　羽壁 싸움　統一天下　　　　　　*魏漢吳 三國

싸움, 동남풍이 훨훨 부니 위텁구나 적벽 싸움. 에, 아서라
싸움 *東南風　　　　　*위텁구나 *赤壁 싸움

싸움타령, 가삼 끔쩍 기맥힌다. 싸움타령 허지 말고 공성신
打令　　　　　氣　　　　打令　　　　*功成身

퇴 허고지고." 또 한 군사 나서면서, "너희 아직 술잔 먹고
退　　　　軍士

재담 취담 실담 허담 장담 패담 허거니와, 명일대전 시살헐
*才談 醉談 *實談 虛談 *壯談 悖談　　　　*明日大戰 *弒殺

제 승부를 뉘 알소냐? 유능제강이요 약능적강이라 병가의
勝負　　　*柔能制剛　　*弱能敵强　　*兵家

징험이요, 흥망성쇠 재덕이니, 승부간에 직사 악사 몰살헐
徵驗　　*興亡盛衰 在德　　　勝負間 *直死 惡死 沒殺

제 너희들 어찌 허랴느냐?" 뭇 군사들이 모도 이 말을 듣
軍士

고 회심 걱정을 허올 적에.
*懷心 걱정

4. 패전 조짐 오작남비

<진양조>　　떴다 저 까마귀 월명심야 고요헌디, 남천을
　　　　　　　　　　*月明深夜　　　　*南天을

무릅쓰고 반공에 둥둥 높이 떠서 까옥까옥 까르르르 울고
무릅쓰고 *半空

가니, 조조 듣고 묻는 말이 "저 가마귀 여하명고?"
　　曹操　　　　　　　　　*如何鳴

*左右諸將(좌우제장): 주위에 모시고 있는 여러 장수들.

*詩興 滔滔(시흥 도도): 시를 짓고 싶은 흥취가 떨치어 넘침.

*月明星稀 烏鵲南飛(월명성희 오작남비): 달이 밝으니 별빛이 희미한데, 까마귀 남쪽으로 날아감. '烏鵲'은 '까마귀'를 지칭함. 또 '까치'를 뜻하기도 하며, 한자의 뜻대로 '까마귀와 까치'를 의미하기도 함.

*繞樹三匝 無枝可依(요수삼잡 무지가의): 나무 주위를 빙빙 세 바퀴 돌았지만, 가히 의지해 앉을 만한 나뭇가지 없도다. 이 네 구절은 건안(建安)12년(A.D.207) 11월15일 달밤에, 조조가 잔치를 열고 휘하 장병들에게 술과 고기를 마음껏 먹도록 하고는, 자신도 술에 취해 기분이 상기되어 긴 창을 비껴 안고 시를 지어 읊었는데, 그 시 끝부분에 있는 구절임. 까마귀가 남쪽으로 내려가 의지할 곳이 없다는 말은, 내일 전쟁이 끝나면 유비 일행은 패하여 아무데도 의지할 곳이 없을 것이라고 빗댄 말인데, 결과는 조조 자신이 쫓겨 도망가 의지할 데가 없었음.

*劉馥(유복): 조조의 신하 양주자사(揚州刺史). 자(字)가 원영(元穎)임.

*臨戰時(임전시) *不吉兆(불길조): 전쟁이 임박한 시기에 좋지 않은 조짐.

*妖說(요설) *執斷(집단): 요망한 이야기라고, 고집하여 단정함.

*哀惜(애석): 슬프고 가엾은 일. / *근들: 그것인들. 그것이야 말로.

*壯談(장담): 자기의 뜻이 옳다고 당당하게 내세우는 말.

*水陸軍 分撥(수륙군 분발): 배를 타고 싸우는 수병과 육지에서 싸우는 육군을 각기 임무를 나누어 맡기는 일.

*此日 水軍都督 毛玠 于禁(차일 수군도독 모개 우금): 오늘 이날 수군의 총지휘자는 장군 모개와 우금으로 지정함.

*連鎖戰船 畢鎖(연쇄전선 필쇄): 전쟁 배인 전선들을 연결해 묶는 일을 모두 끝냄. 조조는 북쪽 육지에서 인솔해온 병사들이 수전에 서툴러 배를 타면 멀미를 해 병에 걸리는 것을 걱정했음. 이를 안 오(吳) 책사(策士) 방통(龐統)이 조조에게 가서, 모든 배들을 연결하여 묶으면 배가 흔들리지 않고 안전하다는 '연환계(連環計)'를 일러주었음. 이 말에 속아 조조가 전함들을 모두 연결해 묶어놓고, 육지처럼 흔들리지 않고 안전하다면서 좋아했음. 하지만 이로 인해 화공에 배를 이동하지 못해 대패했음.

*樓船(누선): 배 안에 이층인 높은 다락이 있는 배. 대장이 타고 전투를 지휘하는 배임.

<a니리> 좌우제장이 대답허되 "달이 밝으매 별이 드므니
*左右諸將   對答

가마귀가 새벽인가 하야 남으로 떠 우나 보이다." 조조 듣
南   曹操

고 시흥이 도도하야 글 지어 읊었으되, "월명성희에 오작이
*詩興   滔滔   *月明星稀   烏鵲

남비허니 요수삼잡에 무지가의라. 가마귀가 남으로 떠 울
南飛   *繞樹三匝   無枝可依   南

고 우리 진을 지내가니 어떻다 허리오?" 제장 중 유복이가
陣   諸將 中 劉馥

여짜오되 "월명성희에 오작이 남비허고 요수삼잡에 무지가
月明星稀   烏鵲   南飛   繞樹三匝   無枝可

의란 곡조는 명일 임전시에 불길조로소이다." 조조 듣고 화
依   曲調   明日 *臨戰時   *不吉兆   曹操

를 내어 "네 이놈! 니가 어찌 나의 심중에 있는 말을 허는
心中

고?" 요설이라 집단허고 칼을 빼여 유복의 목을 콱 찔러
*妖說   *執斷   劉馥

놓니, 애석한 그 죽음은 근들 아니 불쌍허냐? 이렇게 유복
*哀惜   *근들   劉馥

이를 죽여 놓고 그래도 조조는 허허 웃고 장담허며, 전쟁을
曹操   *壯談   戰爭

헐 양으로 수륙군을 분발헐 제.
*水陸軍   分撥

5. 조조 군사 배치

<자진모리>   차일 수군도독 모개 우금이요. 연쇄전선
*此日 水軍都督 毛玠 于禁   *連鎖戰船

필쇄 허고, 즉일 군병 재촉하야 조조 누선에 높이 앉어
畢鎖   卽日 軍兵   曹操 *樓船

*水陸軍諸將 分撥(수륙군제장 분발): 수군과 육군의 여러 장군들을 각기 나누어 책임을 맡김.

*水陣(수진) *中協摠 毛玠 于禁(중협총 모개 우금): 수군 진영 중앙 부장군은 모개·우금 양 장군임. '협(協)'은 부장(副將)의 뜻.

*前協摠 張郃(전협총 장합): 부대 전군(前軍) 부장군은 장합 장군이 맡음.

*左協摠 文聘(좌협총 문빙): 부대 좌군의 부장군은 문빙 장수가 맡음.

*右協摠 呂通(우협총 여통): 부대 우군의 부장군은 여통 장수가 맡음.

*後協摠 呂虔(후협총 여건): 부대 후군의 부장군은 여건 장수가 맡음.

*陸陣(육진) *前司把 徐晃(전사파 서황): 육군의 전군(前軍) 지휘관은 서황 장수가 맡음. '사파(司把)'는 지휘관을 뜻함.

*左司把 樂進(좌사파 악진): 육군의 좌군 지휘관은 악진 장수가 맡음.

*右司把 夏侯淵(우사파 하후연): 육군의 우군 지휘관은 하후연 장수가 맡음.

*水陸應接使 夏侯惇 曹洪(수륙응접사 하후돈 조홍): 수군과 육군의 연합전투 연락책임은 하후돈과 조홍 양 장수가 맡음.

*左右護衛將 許褚 張遼(좌우호위장 허저 장요): 좌군 우군 호위 지휘관은 허저와 장요 양 장군이 맡음.

*水陣 撥兵曰(수진 발병왈): 수군 군사들에게 각기 임무를 맡기면서 가로되.

*管旗定捉 耳聽金鼓 目視旌旗(관기정착 이청금고 목시정기): 관장하는 부대 깃발을 정확히 포착하고, 귀는 징과 북소리를 잘 들으며, 눈은 배의 깃발을 잘 살펴 볼 것.

*駕船如馬 見敵爭先 同舟共命(가선여마 견적쟁선 동주공명): 배를 타고 나갈 때는 말을 탄 것처럼 빨리 하고, 적을 보면 먼저 싸우기를 다투며, 같은 배 병사들은 목숨을 함께 해야 함.

*縱逃敵舟 軍法不貸(종도적주 군법부대): 도망하는 적의 배를 놓아주면 군법에서의 처벌을 용서하지 않을 것임.

*關哨鼓動(관초고동): 관문 지키는 초병은 북을 잘 울려 진격명령을 내려라!

*起去(기거)아: "예! 명령 받들어 일어나 가겠습니다." 하며 대답하는 소리.

*陸陣 分付(육진 분부): 육군에게 명령을 내림.

*悠悠小設(유유소설): 여유 있게 천천히 작은 모습을 베풀어 나약한 모습을 보여주면.

수륙군제장을 분발헐 제. 수진의 중협총 모개 우금이요,
*水陸軍諸將 分撥 *水陣 *中協摠 毛玠 于禁

전협총 장합이요, 좌협총 문빙이며, 우협총 여통, 후협총
*前協摠 張郃 *左協摠 文聘 *右協摠 呂通 *後協摠

여건이라. 육진의 전사파 서황이며, 좌사파 악진이요, 우사
呂虔 *陸陣 *前司把 徐晃 *左司把 樂進 *右司

파 하후연이며, 수륙응접사 하후돈이며 조홍이요, 좌우
把 夏侯淵 *水陸應接使 夏侯惇 曹洪 *左右

호위장에 허저 장요라. 수진의 발병왈, "관기정착 이청금고
護衛將 許褚 張遼 *水陣 撥兵曰 *管旗定捉 耳聽金鼓

목시정기, 가선여마 견적쟁선 동주공명, 종도적주며 군법부
目視旌旗 *駕船如馬 見敵爭先 同舟共命 *縱逃敵舟 軍法不

대, 관초고동." "기거아!" 육진에 분부허되, 유유소설허면
貸 *關哨鼓動 起去 *陸陣 分付 *悠悠小設

*可爲小視하야 視如天如(가위소시 시여천여): 적들이 보잘 것 없는 것으로 알고, 바라보기를 하늘 쳐다보듯이 소홀히 여길 것이다.

*假曾如脫退 敵不急遽(가증여탈퇴 적불급거): 거짓으로 꾸며 곧 퇴각하는 것 같이 하면, 적이 급하게 잡으려 하지 않을 것임.

*各隊 整齊(각대 정제): 각각의 부대를 잘 정돈하고 질서 있게 해야 함.

*不許參戰 越候(불허참전 월후): 전투 벌이는 일을 허용치 말고 피하면서 멀리 적진의 동정을 살펴야 함.

*各應聲畢(각응성필): 출동명령에 대하여, 각기 소리를 쳐 호응하기를 마침.

*全船 風旗帆(전선 풍기범): 모든 전함이 깃발과 돛을 올려 바람에 나부낌.

*連船(연선): 배를 모두 쇠사슬로 연결해 묶은 연환계(連環計). 오(吳)에서 간 방통(龐統)의 계략에 속아 모든 전함을 연결해 묶어 놓았음.

*平地(평지)같이 往來(왕래): 전함들이 파도에 많이 흔들려 북쪽에서 온 병사들이 배 멀미를 하며 고통을 겪다가, 배들을 연결해 묶어 배들이 흔들리지 않고 육지의 평지처럼 오갈 수 있게 되었다는 뜻.

*練習 觀光(연습 관광): 군사들이 연습하는 모습을 바라보고 관람함.

*大喜(대희): 크게 기뻐함.

*龐士元 妙計策(방사원 묘계책): 방통(龐統, '사원'은 자임)의 기묘한 책략.

*程昱(정욱): 조조가 가장 신임하는 신하로 자(字)가 중덕(仲德)임.

*筍彧(순욱): 자가 문약(文若)이며, 조조 진영 모든 군무(軍務)를 책임진 모사(謀士). 큰 공으로 만세정후(萬歲亭侯)에 봉해졌다가 뒤에 죽임을 당함.

*萬一(만일) 불로 치올진 댄: 만에 하나 오나라 주유가 불의 공격인 화공(火攻)으로 공격해 오게 될 것 같으면.

*내의 陣(진)은 北(북)에 있고: 내가 친 치고 있는 곳은 북쪽이고, 주유가 진 친 곳은 남쪽이니, 지금 겨울철이라 북서풍이 부는데 화공을 하게 되면, 남쪽의 주유 자신 진영이 먼저 불타게 된다는 말.

*勝戰 妙法(승전 묘법): 전쟁을 이기는 기묘한 방법.

*水陸軍 整頓(수륙군 정돈): 수군과 육군을 잘 준비하여 다듬어 이지러짐이 없게 준비함.

가위소시하야 시여천여라. 가증여탈퇴면 적불급거니, 각대
*可爲小視하야   視如天如   *假曾如脫退   敵不急遽   *各隊

정제하야 불허참전 월후하라. 각응성필에 전선 풍기범으로
整齊   *不許參戰 越候   *各應聲畢   *全船 風旗帆

연선, 평지 같이 왕래하야 이리저리 다닌다.
*連船 *平地 같이   往來

<아니리>   조조 연습을 관광허고, 마음이 대희하야 방사원
          曹操 *練習   觀光   *大喜   *龐士元

의 묘한 계책을 진중에 자랑허니, 정욱 순욱이 여짜오되,
    妙   計策 *陣中에 자랑   *程昱 *筍彧

"만일 불로 치올진 댄 어찌 회피허오리까?"   조조 듣고
*萬一 불로 치올진 댄   回避   曹操

대답허되, "내의 진은 북에 있고 저의 진은 남에 있으니,
對答   *내의 陣은 北에 있고   陣 南

만일 불로 치면   저의 진이 먼저 탈 것이니, 이는 반드시
萬一   陣

승전할 묘법이로다." 수륙군 정돈하야 싸움을 재촉헐 제.
*勝戰   妙法   *水陸軍 整頓

*周瑜(주유): 오나라 도독(都督) 장수.

*陣勢(진세): 군사들을 배치해 전쟁에 대비한 형세.

*狂風(광풍): 갑자기 힘차게 회오리바람을 일으키며 몰아치는 바람.

*忽起(홀기): 예기치 못한 사이에 어떤 일이 갑자기 일어남.

*曹寨黃旗(조채황기): 조조 진영의 노란색 깃발. 진영 중앙 상징의 깃발임.

*江中(강중): 강물 속.

*吳陣(오진): 오나라 주유가 병사들을 배치하고 있는 진영.

*周瑜面上(주유면상): 오나라 도독 주유의 얼굴 위.

*火攻(화공): 적의 진영에 불을 질러 공격하는 싸움.

*徵兆(징조): 어떤 일이 일어나려는, 미리 짐작되는 조짐.

*欲破無計(욕파무계): 격파하고자하나 합당한 계책이 없음.

*吐血氣塞(토혈기색): 매우 큰 충격을 받아, 피를 토하고 숨이 꽉 막힘.

*都督(도독): 군대를 지휘하는 총사령관.

*置重(치중): 어떤 상황에 중점적으로 치우치게 됨.

*일지 못헐: 일어나지 못함. 병을 앓아누워 일어나지 못하는 위급한 상황.

*魯肅(노숙): 오나라 손권(孫權) 모사(謀士)로 주유와 함께 전쟁을 수행했음.

*攀緣(반연): 매개자를 통하여 인연을 맺어 어떤 일을 성사시킴.

*左右(좌우): 주위에서 모시고 있는 사람이나 호위하는 사람.

*凉藥(양약): 마음속을 시원하게 해주는 약.

제 3 장

1. 제갈량의 동남풍

<중모리> 그 때에 오나라 주유는 진세를 가만히 살피더니,
　　　　　　　　　吳　　*周瑜　*陣勢

광풍이 홀기허여 조채황기는 강중에 떨어지고 오진 깃발은
*狂風　*忽起　　*曹寨黃旗　*江中　　　　　　*吳陣

주유면상 치고 가니 화공할 징조로되 동남풍이 없었으니
*周瑜面上　　　　　　*火攻　*徵兆　　　東南風

욕파무계하야, 한 소리 크게 허고 토혈기색이 가련토다.
*欲破無計　　　　　　　　　　　　*吐血氣塞　　可憐

<아니리> 도독의 병세가 점점 치중허여 눕고 일지 못헐
　　　　　　*都督　病勢　漸漸　*置重　　　　　*일지 못헐

적에, 공명이 노숙을 반연허여 주유의 병을 볼 제, 좌우를
　　　　孔明　*魯肅　*攀緣　　周瑜 病　　　　　*左右

물리치고 "양약을 먹일지라. 양은 서늘한 게요, 서늘한 즉
　　　　　*凉藥　　　　　凉　　　　　　　　卽

*窒塞(질색): 숨이 꽉 막힘. 예기치 못한 일을 당할 때 놀라 생기는 현상.

*十六字(십육자): 열여섯 글자. 다음에 나오는 넉자로 된 네 글귀의 16글자.

*欲破曹兵 宜用火攻(욕파조병 의용화공): 조조의 병사들을 격파하고자하면, 마땅히 불로 공격하는 화공을 사용해야 한다.

*萬事具備 欠東南風(만사구비 흠동남풍): 모든 일이 다 잘 갖추어져 있으나, 동남풍이 없는 것이 결점이로다.

*天地造化(천지조화): 하늘과 땅, 곧 우주의 원리에 의한 여러 가지 변화.

*謀事在人(모사재인): 어떤 일을 계획하여 꾸미는 것은 사람에 달려 있음.

*成事在天(성사재천): 어떤 일의 결과가 이루어짐은 하늘 조화에 달려 있음.

*天意(천의): 하늘의 뜻. 우주의 원리에 의해 나타나는 결과.

*南屏山(남병산): 중국 강서성 상요현(上饒縣) 북쪽에 있는 산.

*領率(영솔): 거느려 인솔함. 곧 제갈량에게 인솔해 가도록 했다는 뜻.

*精軍(정군): 무예가 뛰어난 군사.

*旗(기) 잡고 壇(단)을 지켜: 따로 1백 2십 명의 뛰어난 군사를 시켜, 깃발을 잡고 칠성단을 지키면서, 제갈량을 감시하게 했다는 뜻임.

*聽令伺候(청령사후): 명령을 받들어 지키며 동정을 살피는 일.

*祈風三日(기풍삼일): 3일 동안 하늘에 빌어 동남풍이 불기를 기원함.

*竝馬(병마): 나란히 함께 말을 타고 감.

*地勢(지세): 지역이 구성되어 있는 형세.

*軍士(군사)로 取用(취용): 병사들로 하여금 채취하여 가져오게 함.

*三層壇(삼층단) *쌓니: 3층으로 된 제단을, 높게 쌓아놓으니.

*方圓 二十四丈(방원 이십사장): 사방의 둘레가 2백 4십 자. '장(丈)'은 보통 어른 키 한 길이를 나타내는데, 길이 단위로서는 10척(尺; 자)을 나타냄.

*每一層 高三尺(매일층 고삼척): 모든 층의 한 층 높이는 3척임.

*合(합)허니 九尺(구척): 층마다 3척이어서, 합해 전체 높이는 9척이란 뜻.

*下一層(하일층): 맨 아래 하나의 층.

*二十八宿 各色旗(이십팔수 각색기): 하늘에 해와 달이 지나는 길인 항도(恒道)에 28개 별자리가 배치되어 있어, 이를 '이십팔수'라 함. 이십팔수는 동서남북 4방에 각각 7개씩 배치되어 있으므로, 각기 4방의 정해진 색채에 따라, 동 청색, 남 적색, 서 백색, 북 흑색 등의 깃발 7개씩을 세웠음. <'宿'; '잠자다'라는 뜻이면 음이 '숙', '별자리'의 뜻이면 음이 '수'임>.

바람이라." 주유 질색하야 아무 대답을 아니 허니, 공명이
　　　　　　周瑜 *窒塞　　　　　對答　　　　　　　孔明

다시 십육자 글을 써서 주유를 주니, 주유 받아 본 즉 허였
　　　*十六字　　　　　　周瑜　　　　周瑜　　即

으되, 욕파조병이면 의용화공허고 만사구비허나 흠동남풍
　　　*欲破曹兵　　　宜用火攻　　*萬事具備　　　欠東南風

이라. 주유 보고 탄복허여 물어 왈, "바람은 천지 조화온디,
　　　周瑜　　歎服　　　　　曰　　　*天地　造化

어찌 인력으로 얻으리까?" 공명이 대답허되 "모사는 재인
　　人力　　　　　　　孔明　對答　　　*謀事　在人

이요 성사는 재천이라, 내 헐 일 다 헌 후에 천의야 어찌
　　*成事　在天　　　　　　　　　後　*天意

아오리까? 오백 장졸만 명하야 주시면 노숙과 남병산에
　　　　　五百　將卒　命　　　　　魯肅　*南屏山

올라가 동남풍을 비오리다."
　　東南風

<자진모리> 주유가 반겨 듣고 오백 장졸을 영솔. "일백
　　　　　　周瑜　　　　　　五百　將卒 *領率　一百

이십 정군은 기 잡고 단을 지켜 청령사후허라." 그 때의
二十 *精軍 *旗 잡고　壇을 지켜 *聽令伺候

공명은 기풍삼일 허랴 허고, 노숙과 병마허여 남병산 올라
孔明　*祈風三日　　　　　魯肅 *竝馬　　　南屏山

가서 지세를 살피더니, 동남방 붉은 흙을 군사로 취용하야
　　*地勢　　　　　東南方　　　　*軍士로 取用

삼층단을 높이 쌓니, 방원 이십사장이요 매일층 고삼척,
*三層壇　　　*쌓니 *方圓 二十四丈　　*每一層　高三尺

합허니 구척이로구나. 하일층 이십팔수 각색기를 꽂았다.
*合허니 九尺　　*下一層 *二十八宿 各色旗

*東方七面 靑旗(동방칠면 청기): 이십팔수(二十八宿) 중 동쪽 방향에 해당하는 7개의 푸른색 깃발.

*蛟龍貉狐兔虎豹(교룡하호토호표): 이십팔수 중 동방 7개의 별자리 이름은 '각항저방심미기(角亢氐房心尾箕)'이며, 이 별자리들에 각각 해당하는 7개 동물이, 위 별자리 이름 순서에 맞추어 '蛟(교룡)·龍(용)·貉(오소리)·狐(여우)·兔(토끼)·虎(범)·豹(표범)' 등임.

*布蒼龍之形(포창룡지형): 이십팔수 중 동방 상징 푸른 용<蒼龍: 靑龍>의 형상으로 펼쳐 배열해놓음.

*東方靑旗(동방청기): 동방 상징 색깔인 푸른색의 깃발.

*北方七面 黑旗(북방칠면 흑기): 북쪽 방향에 해당하는 7개 검정 깃발.

*獬牛蝠鼠燕猪貐(해우복서연저유): 이십팔수 중 북방 7개 별자리 이름은 '두우여허위실벽(斗牛女虛危室壁)'임. 이 별자리들에 각각 해당하는 7동물이, '獬(해치; 神牛)·牛(소)·蝠(박쥐)·鼠(쥐)·燕(제비)·猪(돼지)·貐(원숭이)'임.

*作玄武之勢(작현무지세): 현무(검정 거북 형상 짐승)의 형세를 만들어 놓음.

*北方黑旗(북방흑기): 북방 상징 색깔인 검정색의 깃발.

*西方七面 白旗(서방칠면 백기): 서쪽 일곱 방향에 해당하는 7개 흰색 깃발.

*狼狗雉鷄烏猴猿(낭구치계오후원): 이십팔수 중 서방 7개 별자리 이름은 '규루위앙필자삼(奎婁胃昴畢觜參)'임. 이 별자리들에 각각 해당하는 7동물이, '狼(이리)·狗(개)·雉(꿩)·鷄(닭)·烏(까마귀)·猴(큰원숭이)·猿(원숭이)'임.

*踞白虎之威(거백호지위): 흰 호랑이가 위엄 있게 웅크리고 앉아 있는 모습.

*西方白旗(서방백기): 이십팔수 중, 서쪽 방향에 해당하는 흰색 깃발.

*南方七面 紅旗(남방칠면 홍기): 남쪽 일곱 방향에 해당하는 7개 붉은 깃발.

*犴羊獐馬鹿蛇蚓(간양장마녹사인): 이십팔수 중 남방 7개의 별자리 이름은, '정귀유성장익진(井鬼柳星張翼軫)'임. 이 별자리들에 각각 해당하는 7동물이, '犴(들개)·羊(양)·獐(노루)·馬(말)·鹿(사슴)·蛇(뱀)·蚓(지렁이)' 등임.

*成朱雀之象(성주작지상): 붉은색으로 된 꼬리가 긴 상상의 새인 주작 형상을 이루어 배열해놓음.

*南方紅旗(남방홍기): 이십팔수 중, 남쪽 방향에 해당하는 붉은색 깃발.

*第一層 中流(제일층 중류): 맨 아래층 중간 부분.

*黃神大旗(황신대기): 노란색(중앙 상징 색깔)의, 중앙을 맡은 신령을 표시하는 큰 장수 깃발.

동방칠면　청기에는　교룡학호토호표로다,　포창룡지형하야
*東方七面　　靑旗　　　　*蛟龍狢狐兎虎豹　　　*布蒼龍之形

동방청기를　세우고.　북방칠면　흑기에는　해우복서연저유로
*東方靑旗　　　　*北方七面　　黑旗　　　　*獬牛蝠鼠燕猪貐

다,　작현무지세하야　북방흑기를　세우고.　서방칠면　백기에는
　*作玄武之勢　　*北方黑旗　　　　　*西方七面　白旗

낭구치계오후원이라,　거백호지위하야　서방백기를　세우고.
*狼狗雉鷄烏猴猿　　　*踞白虎之威　　　*西方白旗

남방칠면　홍기에는　간양장마녹사인이라,　성주작지상하야
*南方七面　　紅旗　　　*犴羊獐馬鹿蛇蚓　　*成朱雀之象

남방홍기를　세우고.　제일층　중류에는　황신대기를　세웠으되,
*南方紅旗　　　　*第一層　中流　　*黃神大旗

※참고: 이십팔수(二十八宿) 그림

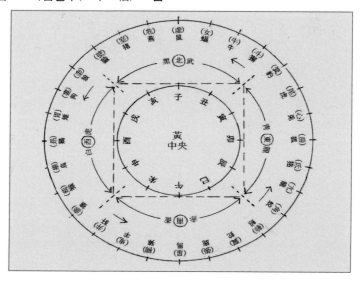

*河圖洛書(하도낙서): 옛날 복희씨(伏羲氏) 때 황하에서 용마(龍馬) 몸에 새기고 나온 무늬가 '하도'로, 주역팔괘(周易八卦) 기본이 됨. 뒤에 우(禹)임금 치수 때 낙수(洛水)에서 거북이 등에 새기고 나온 무늬가 '낙서'임.

*八卦 六十四卦(팔괘 육십사괘): '팔괘'는 '하도(河圖)' 54개의 점을 이용한 8개 괘로서, 건·태·이·진·손·감·간·곤(乾☰·兌☱·離☲·震☳·巽☴·坎☵·艮☶·坤☷)임. '64괘'는 석 줄인 8개 괘를 둘씩 모두 한 번씩 합친 6줄 64개 괘를 말함.

*按檢八位(안검팔위) *排立(배립): 팔괘의 8방위를 잘 검토하여 배열해 세움.

*上一層 用四人(상일층 용사인): 제일 위층에는 네 사람을 서 있게 시킴.

*各人(각인) *束髮冠帶(속발관대): 각각 모두에게 머리를 묶고 관을 쓰고 띠를 띠게 함. '관대'는 우리말 '관디'인데, 관을 쓰고 관복(官服)을 입는 것.

*羅袍鳳衣(나포봉의) *博帶朱履方裙(박대주리방군): 비단 도포에 봉을 새긴 웃옷 입고, 넓은 띠 둘러, 붉은 신을 신고, 뒷자락이 네모난 도포를 입음.

*前左 立一人(전좌 입일인): 앞줄의 왼쪽에 한 사람을 세움.

*手執長竿(수집장간): 손에 긴 대 막대를 잡아 서게 함.

*竿尖上(간첨상) *用鷄羽葆以招風信(용계우보이초풍신): 긴 막대 꼭대기 위에는, 닭 깃으로 더부룩하게 장식하여, 그것이 바람 소식을 불러오게 함.

*前右 立一人(전우 입일인): 앞줄의 오른쪽에 한 사람을 세움.

*繫七星號帶以表風色(계칠성호대이표풍색): 잡은 막대 위에, 북두칠성 상징의 명주 띠를 매어, 바람 일으키는 신(神)을 나타내는 표시로 삼음.

*後左 立一人 捧寶劍(후좌 입일인 봉보검): 뒷줄 왼편에 한 사람을 세워, 보석으로 장식된 행사용 칼을 받들어 가지게 함.

*後右 立一人 捧香爐(후우 입일인 봉향로): 뒷줄 오른편에 한 사람을 세워, 향이 피어오르는 향로를 받들고 있게 함.

*壇下 二十四人(단하 이십사인): 칠성단 아래에는 24명 병사들을 세움.

*①旌旗(정기) ②寶蓋(보개) ③大戟(대극) ④長槍(장창) ⑤黃旄(황모) ⑥白鉞(백월) ⑦朱幡(주번) ⑧皂纛(조독): ①새 짐승 깃을 뭉쳐 연결한 깃발. ②비단과 보석으로 장식한, 위를 덮는 덮개. ③창날에 두 날개 달린 큰 창. ④자루가 긴 직선 창. ⑤소꼬리를 묶어 늘어뜨린 깃발. ⑥날이 납작하게 벌어진 자루 긴 도끼. ⑦여러 모양의 붉은색 보통 깃발. ⑧붉은 막대기 끝에 소꼬리를 통처럼 둥글게 묶어 늘어뜨린, 원수(元帥) 상징 깃발.

*環繞四面(환요사면): 사방에 빙 둘러 세워놓음.

하도낙서 그린 팔괘 육십사괘를 안검팔위를 배립하야 한가
*河圖洛書   *八卦 六十四卦   *按檢八位   *排立

운데 둥두렷이 꽂고. 상일층 용사인 각인을 속발관대허고,
            *上一層 用四人 *各人   *束髮冠帶

검은 나포봉의와 박대주리 방군을 입히고. 전좌 입일인하
    *羅布鳳衣   博帶朱履 方裙   *前左 立一人

야 수집장간허고 간첨상에 용계우보이초풍신허고. 전우 입
    *手執長竿   *竿尖上   用鷄羽葆以招風信   *前右 立

일인 계칠성호대이표풍색허고. 후좌 입일인 봉보검허고,
一人 *繫七星號帶以表風色   *後左 立一人 捧寶劍

후우 입일인 봉향로하야. 단하에 이십사인은 각각 정기 보
*後右 立一人 捧香爐   *壇下   二十四人   各各 *旌旗 寶

개 대극 장창 황모 백월과 주번 조독을 가져 환요사면하라.
蓋 大戟 長槍 黃旄 白鉞   朱幡 皂纛   *環繞四面

※참고: 각종 의장(儀仗)과 기(旗)

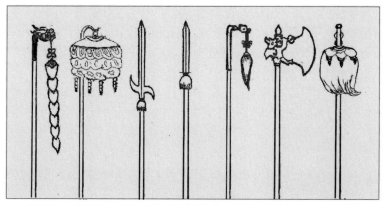

정기(旌旗) 보개(寶蓋) 대극(大戟) 장창(長槍) 황모(黃旄) 백월(白鉞) 조독(皂纛)

*此時(차시) *沐浴齋戒 淨(목욕재계 정): 이때에, 목욕하고 정성들이고, 몸을 정결히 하여 조심함.

*剪爪斷髮(전조단발): 손톱 발톱을 깎고, 머리를 단정하게 깎아 다듬음.

*身嬰白茅(신영백모): 몸을 하얀 띠(길게 자란 풀잎) 옷으로 둘러 감쌈.

*子敬(자경) : 오나라 모사 노숙(魯肅)의 자(字).

*陣中(진중) *公瑾 調兵(공근 조병): 진 치고 있는 병영에서, 주유(周瑜; 字가 공근)가 군사들을 임무 맡겨 배치하는 상황.

*應(응)함이 없드래도: 호응하는 영험이 없더라도. 신령이 호응하여 동남풍 이 불어오게 하는 효험이 만약에 없다 하더라도.

*怪異(괴이)함을 두지마오: 이상하게 여김을 마음속에 품지 마십시오.

*守壇 將卒(수단 장졸) *嚴肅 令(엄숙 영): 칠성단을 지키는 군사들에게, 위 엄 있게 명령을 내림.

*不許壇離方位(불허단리방위): 칠성단에서 맡은 방위 떠남을 허용하지 않음.

*不許失口亂言(불허실구란언): 입을 놀려 어지럽게 소리침을 허용하지 않음.

*不許交頭接耳(불허교두접이): 머리를 맞대고 귀를 가까이 하여 속삭이는 행 동을 허용하지 않음.

*不許大驚騷怪(불허대경소괴): 크게 놀라 괴이한 소란 행위를 허용치 않음.

*違令者(위령자) *軍法 斬(군법 참): 명령을 어기는 사람은 군대 규율에 따라 죄를 물어 목을 베어 죽임.

*緩步(완보): 걸음걸이를 천천히 하여 걸음.

*焚香 獻爵 後(분향 헌작 후): 향을 피우고 단 위에 술잔을 올린 다음.

*讀祝(독축): 축문을 읽음.

*祝文(축문): 제사를 올릴 때 신령에게 기원하는 내용을 적어 읽는 글.

*造化(조화): 대자연에 의한 변화. / *下壇(하단): 칠성단에서 내려옴.

*帳中(장중): 임시로 설치한 막사 안. / *風色(풍색): 바람이 일어날 조짐.

*鶴氅衣(학창의): '창의(氅衣)'는 선비들이 입는, 소매가 넓고 뒷솔기가 갈라 진 겉옷임, 이 창의의 옷 솔기 끝자락을 검정 천으로 빙 둘러 장식한 것을 '학창의'라 함. 학의 날개 끝이 검게 된 것에 비유하여 만든 옷임.

*胸膛(흉당)에다가 딱 붙이고: 입고 있는 학창의가 길어 걷는 데 방해되므로 그 끝자락을 걷어쥐고 가슴에다 딱 붙여 잡는 모습.

*帳幕(장막): 포장을 쳐서 임시로 일을 보거나 쉬게 만든 막사.

차시에 공명은 목욕재계 정히 허고 전조단발 신영백모,
*此時 *孔明 *沐浴齋戒 淨 *剪爪斷髮 *身嬰白茅

단상에 이르러서 노숙의 손을 잡고, "여보 자경." "예!" "자
壇上 魯肅 *子敬 子

경은 진중에 내려가 공근의 조병함을 도우되, 만일 내가
敬 *陣中 *公瑾 調兵 萬一

비는 바 응함이 없드래도 괴이함을 두지 마오." 약속을 정
*應함 *怪異함을 두지 마오 約束 定

하야 노숙을 보낸 후, 수단 장졸의게 엄숙히 영을 허되,
魯肅 *守壇 將卒 *嚴肅 令

"불허단이방위허며 불허실구난언허며 불허교두접이허며
*不許壇離方位 *不許失口亂言 *不許交頭接耳

불허대경소괴하라. 만일 위령자면 군법으로 참허리라."
*不許大驚騷怪 萬一 *違令者 *軍法 斬

그때의 공명은 완보로 단에 올라.
孔明 *緩步 壇

<아니리> 분향헌작 후에 하날을 우러러 독축을 허는디, 이
*焚香獻爵 後 *讀祝

축문의 조화를 뉘 알 리 있겠느냐? 삼일을 제 지내고 하단,
*祝文 *造化 三日 祭 *下壇

장중에 잠깐 쉬어 풍색을 살피더니 바람을 얻은 후에.
*帳中 *風色 後

<중모리> 머리 풀고 발 벗고 학창의를 거듬거듬 흉당에
*鶴氅衣 *胸膛에

다가 딱 붙이고, 장막 밖으로 선뜻 퉁퉁 남병산을 얼른
다가 딱 붙이고 *帳幕 南屛山

*上流(상류): 강물이 흘러들어오는 위 부분. 곧 남병산 아래에서 본 양자강 상류의 나루터 지역을 일컬음.

*江天 遙落(강천 요락): 강물과 하늘이 멀리 아득하게 맞닿아 보임.

*지난 달빛 비꼈난디: 서쪽으로 지고 있는 달빛이 비스듬히 기울어졌음.

*吳江邊(오강변): 양자강 하류인, 오나라에 접하고 있는 강 언덕 지역.

*常山 趙子龍(상산 조자룡): 촉한(蜀漢) 유비(劉備)의 장수인 조운(趙雲)은 자(字)가 자룡이며, 그의 고향이 하북성 '상산' 지역이기 때문에, 상산에서 나온 조자룡이라 한 것임.

*마치: 마침. 때맞추어.

*等待(등대): 명령을 받들어 기다리고 있음. 앞서 제갈량이 오나라로 들어오면서 유비에게, 동짓달 20일 조자룡에게 일엽선(一葉船)을 주어 남병산 아래 오강(吳江) 어귀로 보내 달라고 부탁했기 때문에, 조자룡이 배를 가지고 와서 기다리고 있은 것임.

*船尾(선미): 배의 뒤편 꼬리부분.

*危邦陣中(위방진중): 적대시하여 위태로운 지역인 오나라 병영 속.

*賢主(현주): 어진 임금. 유비를 존대하여 일컫는 말.

*諸將軍卒(제장군졸): 여러 장수들과 병졸들.

*一片風席(일편풍석): 한 조각 바람맞이 돗자리란 뜻으로 배의 돛을 일컬음.

*추여 달고: 높이 올려 매달아 둠.

*滔溶滔溶(도용도용): 넘실넘실. 배가 출렁출렁 물에 떠가는 모습.

*一般 文武(일반 문무): 문관과 무관 관원들이 모두 함께.

*將臺上(장대상): 장수가 전투를 지휘하는 높은 누대(樓臺) 위.

*軍兵調撥(군병조발): 군대 병력을 선발하여 명령해 임무 맡기는 일.

*豫備(예비): 미리 방비함.

*間間近夜(간간근야): 시간이 조금씩 경과되어 밤이 점점 가까워짐.

*天色 淸明(천색 청명): 날씨가 맑아 하늘에 구름이 없고 명랑함.

*微風 不動(미풍 부동): 작은 바람도 일어나지 않음.

*隆冬(융동): 한겨울. 추위가 절정에 달한 겨울철.

넘어 상류를 바래보니, 강천은 요락허고 샛별이 둥실둥실
　　　*上流　　　　　*江天　　遙落

떠 지난 달빛 비꼈난디, 오강변을 당도허니 상산 조자룡은
　　*지난 달빛 비꼈난디 *吳江邊　當到　　*常山 趙子龍

배 마치 등대허고 선생 오기를 기다린다. 선생 오심을 보고
　　*마치 *等待　　先生　　　　　　　先生

자룡의 거동 봐라. 선미에 바삐 내려 공명전 절 허며 "선생
子龍　　擧動　　*船尾　　　　　孔明前　　　　　先生

은 위방진중을 평안히 다녀오시니까?" 공명 또한 반가라고
　*危邦陣中　平安　　　　　　　孔明

자룡 손길 잡고, "현주 안녕허옵시며 제장 군졸이 무사허
子龍　　　　*賢主　安寧　　　*諸將 軍卒　　無事

오?" "예." 둘이 급히 배에 올라 일편풍석을 순풍에 추여
　　　　　急　　　*一片風席　順風　*추여

달고 도용도용 떠나간다.
달고 *滔溶滔溶

2. 주유의 제갈량 견제 실패

<아니리> 그 때에 주유는 일반 문무 장대상에 모여 앉어
　　　　周瑜　*一般 文武 *將臺上

군병조발을 예비헐 새, 이 날 간간근야에 천색은 청명허고
*軍兵調撥 *豫備　　　*間間近夜 *天色　清明

미풍이 부동커날, 주유 노숙다려 왈, "공명이 나를 속였다.
*微風　不動　周瑜 魯肅　　　孔明

이 융동 때에 동남풍이 있을소냐?" 노숙이 대답허되, "제
*隆冬　　東南風　　　　魯肅　對答

생각에는 아니 속일 듯 하여이다.""어찌 아니 속일 줄을

아느뇨?""공명을 지내보니 재주는 영웅이요, 사람은 또한
　　孔明　　　　　　英雄

*君子(군자): 인격과 덕망이 훌륭한 사람.

*맞지 못하야: 마치지 못하여. 끝나지 아니하여.

*三更時(삼경시): 한밤중 12시. 밤을 오경(五更)으로 나눈 한 중간 시간.

*狂風(광풍): 세차고 사납게 부는 바람.

*風聲 搖亂(풍성 요란): 바람 소리가 사방을 흔들면서 어지러움.

*靑龍朱雀(청룡주작): 동쪽 표시인 푸른 바탕에 용을 그린 '청룡기'와, 남쪽
  표시인 붉은 바탕에 꼬리 긴 새를 그린 '주작기'.

*兩旗脚(양기각): 청룡 주작 두 깃발의 기각(旗脚). '기각'은 깃발 폭의 깃대
  반대편 끝자락 아래 위에 붙인, 불꽃처럼 오려 만든 긴 천으로 된 띠.

*白虎玄武 應(백호현무 응): 서쪽 표시인 흰 바탕에 호랑이를 그린 '백호기'
  와, 북쪽 표시인 검정 바탕에 거북 모양을 그린 '현무기' 쪽으로 호응하여
  나부끼며 펄럭임.

*霎時間(삽시간): 갑자기 짧은 시간.

*와직근 움죽: 깃발들이 바람에 나부끼어 서로 부딪히며 소리 내어 흔들림.

*旗幅版(기폭판): 깃발의 넓은 바탕.

*天動(천동): 우리말 '천둥'. 우레가 하늘에서 크게 소리 내어 흔드는 것.

*肝膽(간담): '간과 쓸개'가 자리 잡은 사람의 마음속.

*奪造化(탈조화): '조화'는 사람의 능력이 미치지 못하는 대자연의 원리를 뜻
  하며, 그 자연의 원리에서 벗어나 사람 능력으로 조종함을 뜻함.

*鬼神 難測(귀신 난측): 모든 것을 알고 있는 귀신도 미처 헤아리지 못함.

*두서는: 두어서는. 처치하지 않고 그대로 살려둠.

*東吳 禍根(동오 화근): 동쪽에 치우쳐 있는 오나라에 재앙을 끼치는 근원.

*後患(후환): 뒷날의 근심거리.

*徐盛 丁奉(서성 정봉): 두 사람 모두 오나라 도독(都督) 주유 휘하의 장수.

*慇懃 分付(은근 분부): 몰래 가만히 비밀명령을 내림.

*水陸(수륙): 배와 육지 두 길. 곧 서성은 배로, 정봉은 말을 달려가게 함.

*長短(장단)을 묻지 말고: 이런저런 이유나 사정을 따져 물어보지 말고 즉시.

*싹: 칼로 목을 베는 동작을 나타냄. 곧 "싹 잘라버려라"는 말의 줄임 표현.

*未明(미명): 새벽에 날이 채 밝기 전.

*將次 遺患(장차 유한): 앞으로 장래에 걱정거리를 끼치게 됨.

*銘心不忘(명심불망): 마음속에 깊이 새겨 절대로 잊지 않아야 함.

군자라. 군자 영웅이 이러한 대사에 어찌 거짓으로 남을
*君子　　君子 英雄　　　　　　大事

속이리까? 조금만 더 기다려 보사이다."

<자진모리> 말이 맞지 못하야 이 날 밤 삼경시에 바람이
　　　　　　*맞지 못하야　　　　　*三更時

차차 일어난다. 뜻밖에 광풍이 우루루루 풍성이 요란커늘,
　　　　　　　　　*狂風　　　　　　　*風聲 搖亂

주유 급히 장대상에 퉁퉁 내려 깃발을 바래보니, 청룡주작
周瑜 急　 將臺上　　　　　　　　　　　*靑龍朱雀

양기각이 백호현무를 응하야 서북으로 펄펄 삽시간에 동남
*兩旗脚 *白虎玄武 　應 　　西北 　　　*霎時間 東南

대풍이 일어 기각이 와직끈 움죽, 기폭판도 떼그르르 천둥
大風　 　　旗脚 *와직근 움죽 *旗幅版　　　　*天動

같이 일어나니, 주유가 이 모양을 보더니 간담이 떨어지는
　　　　　　　周瑜　　模樣　　　*肝膽

지라. "이 사람의 탈조화는 귀신도 난측이다. 만일 오래 두
　　　　　*奪造化 *鬼神 難測 萬一　 *두

서는 동오에 화근이매, 죽여 후환을 면하리라." 서성 정봉
서는 *東吳 禍根　　　*後患 免　　　 *徐盛 丁奉

을 불러 은근히 분부허되, "너희 수륙으로 나누어 남병산
　　　　*慇懃 分付　　　　*水陸　　　　南屛山

올라가 제갈량을 만나거든 장단을 묻지 말고, 공명의 상투
　　　　諸葛亮　　　　*長短을 묻지 말고 孔明

잡고 드는 칼로 목을 얼른 싹, 미명에 당도허라. 공명을 지
　　　　　　　　　　*싹 *未明 當到　　孔明

내보니 재주는 영웅이요 사람은 군자라. 죽이기는 아까우
　　　　　英雄　　　　　君子

나 그대로 살려두어서는 장차에 유환이니 명심불망허라."
　　　　　　　　　　*將次 遺患　　*銘心不忘

*간 디: 간 데. 어디로 간 곳.

*執旗章士(집기장사): 기장(旗章; 國旗 軍旗 등의 총칭)을 잡고 있는 병사들.

*當風立(당풍립): 동남풍 바람을 맞으며 서 있음.

*遮日帳幕(차일장막): 햇빛을 가리기 위해 설치한 휘장과 막사.

*旗(기) 잡은 軍士(군사)들: 위 한자어 '집기장사(執旗章士)'의 풀이말임.

*여기저기가 이만허고 서 있거날: 여기저기에서 물끄러미 바라보고 서 있음.

*只在此山中(지재차산중): 다만 이 산 속에 있음.

*從天降 從地出(종천강 종지출): 하늘에서 내려오겠느냐, 땅에서 솟겠느냐?

*헐따: '하겠느냐?'를 위엄 있게 표현한 말. / *壇下(단하): 칠성단의 아래.

*萬頃蒼波 *揮興(만경창파 휘흥): 한없이 넓은 푸른 물결이 휘둘러져 일어남.

*來去踪迹 無去處(내거종적 무거처): 오고간 자취와 흔적이 간 곳이 없음.

*守卒(수졸): 강의 수비 병졸. / *小卒(소졸): 병졸들이 자기를 낮추는 말.

*此日 寅卯時(차일 인묘시): 오늘 인시(寅時; 4시 경)와 묘시(卯時; 6시 경).

*江岸(강안): 강가 언덕. / *洋洋江水(양양강수): 넘실대는 넓고 넓은 강물.

*十里長江 碧波上(십리장강 벽파상): 십리나 먼 양자강의 푸른 물결 위.

*거룻배: 돛이 없는 작은 배로 낚싯배 같은 것을 이름.

*桐江 七里灘(동강 칠리탄) *嚴子陵(엄자릉): 중국 절강성의 '동강'에는 물결
  이 매우 센 좁은 협곡이 7 리에 뻗혀 있어 '칠리탄'이라 함. 후한(後漢)
  은사(隱士) 엄광(嚴光: 字가 子陵임)이 여기에서 낚시했으며, 간의대부
  (諫議大夫)를 마다하고 근처 부춘산(富春山)에서 밭 갈며 숨어 살았음.

*五胡上煙月(오호상연월) *范相公(범상공): 중국 춘추시대 월(越)나라 재상인
  범려(范蠡)가 서시(西施)를 찾아 데리고, '오호'에서 연기 자욱한 달밤 배
  를 타고 도피한 이야기. '오호'는 중국 양자강 남쪽 강소성과 절강성에
  걸쳐 있는 태호(太湖)를 일컬음. 호수 안에는 많은 섬이 있고 경치가 아름
  다워 신선이 사는 동천복지(洞天福地)로 일컬어짐. 춘추시대 양자강 하
  류 남쪽의 오(吳)와 월(越) 두 나라는 오랫동안 싸워, 월왕 구천(句踐)이
  재상 범려(范蠡; 范相公)와 함께 국력을 기르고, 미인 서시(西施)를 오왕
  부차(夫差)에게 바쳐 정사를 그르치게 하고는, 공격해 부차의 항복을 받았
  음. 이후 범려는 서시와 함께 오호에서 배를 타고 제(齊)나라로 도피했음.

*萬端疑心(만단의심): 여러 가지 많은 의문을 품음.

*蒼黃奔走(창황분주): 놀라 허둥대며 달아남. / *船尾(선미): 배꼬리 부분.

서성은 배를 타고 정봉은 말을 놓아 남병산 높은 봉을
徐盛　　　　　丁奉　　　　　　南屛山　　　峰

나는 듯이 올라가 사면을 살펴보니, 공명은 간 디 없고
　　　　　　　四面　　　　　　孔明　*간 디

집기장사에 당풍립 하야, 끈 떨어진 차일장막 동남대풍에
*執旗章士에　*當風立 하야　　　　*遮日帳幕　　東南大風

펄렁펄렁, 기 잡은 군사들은 여기저기가 이만허고 서 있거
　　　　　*旗 잡은 軍士들　*여기저기가　이만허고　서　있거

날, "이 놈 군사야." "예." "공명이 어디로 가드냐?" 저 군사
날　　軍士　　　　　孔明　　　　　　　　軍士

여짜오되, "바람을 얻은 후 머리 풀고 발 벗고 이 넘으로
　　　　　　　　　後

가더이다." 두 장수 분을 내어 "그러면 그렇지, 지재차산중
　　　　　將帥　憤　　　　　　　　　*只在此山中

이여든 종천강허며 종지출 헐따? 제 어디로 도망을 갈까?"
　　　*從天降　　從地出 *헐따　　　　　逃亡

단하로 쫓아가니 만경창파 너룬 바다 물결은 휘흥헌디, 공
*壇下　　　　*萬頃蒼波　　　　　　　　*揮興　　孔

명의 내거종적 무거처여늘, 수졸을 불러 "이 놈 수졸아!"
明　*來去踪迹　無去處　　*守卒　　　　　　守卒

"예." "공명이 어디로 가드냐?" "아니 소졸 등은 공명은
　　　孔明　　　　　　　　　　　　*小卒 等　孔明

모르오나 차일 인묘시 강안의 매인 배, 양양강수 맑은 물에
　　　*此日　寅卯時 *江岸　　　　　*洋洋江水

고기 낚는 어선배, 십리장강 벽파상 왕래허던 거룻배, 동강
　　　　漁船　*十里長江 碧波上　往來　*거룻배 *桐江

의 칠리탄 엄자릉의 낚싯배, 오호상 연월 속에 범상공 가는
　七里灘 *嚴子陵　　　　*五胡上　煙月　　　*范相公

밴지 만단의심을 허였더니, 뜻밖에 어떤 사람 머리 풀고
　　*萬端疑心

발 벗고 창황분주 내려와 선미에 다다르매, 그 배 안에서
　　*蒼黃奔走　　　*船尾

*一員大將(일원대장): 한 사람의 장수.

*두 번 보기 嚴肅(엄숙)한: 두려워 한 번 더 쳐다보기에는 너무 위엄 있고 씩씩하여 무서움.

*揖(읍)을 치며: 두 손을 맞잡아 들어 예를 표하고 인사를 올림.

*날랜 배를 잡아타고: 성능이 좋은 민간인 배를 징발해 잡아 탐.

*沙工(사공): 배를 저어 강을 건네주는 뱃사람.

*잡아야 망정: 붙잡아야 망정이지. 꼭 붙잡아야 한다는 다짐.

*長槍(장창): 자루가 긴 창. / *니 白骨(백골): 너의 죽은 시체와 뼈.

*惶怯(황겁): 놀랍고 두려워 어쩔 줄 모름.

*까딱 잘 못허다가는: 어쩌다가 조금 실수하여 잘못을 저지를 것 같으면.

*치다리 잡아라: 키의 따리를 잘 잡아 조정하라. '치'는 '키'의 방언. 배의 뒤편인 고물에, 막대기 끝에 넓은 판자를 붙여 물속에 넣어 틀며 배 방향을 잡아주는 장치. '다리'는 '따리'의 방언으로, '키'의 긴 막대기 아래에 붙은 넓은 판자. 물에 잠겨 물살을 받아 방향을 틀어주는 작용을 함. '잡아라'는 '손으로 잡고 조종하라'는 뜻.

*위겨라: (노를) 저어라(밀었다 당겼다 해라). '위겨라'는 '이기어라, 이겨라'의 방언. 진흙이나 밀가루를 반죽할 때 손으로 뭉쳐 내밀었다 끌어당겼다 하는 동작임. 이처럼 배의 노를 잡고 밀고 당겨 힘껏 저으라는 뜻.

*隱隱(은은): 가만히 조용한 모습.

*여울: 흐르는 물의 물살이 힘차게 흐르는 곳.

*孔明(공명)일시 分明(분명): 제갈공명인 것이 확실하고 명확함.

*너의 都督 殺害(도독 살해) 마음: 너의 도독인 주유가 나를 죽이려고 하는 마음을 가지고 있음.

*이무: '이미'의 방언. 이전에 진작부터.

※참고: 배의 키와 따리

일원대장이 우뚝 나서난디, 한 번 보매 두 번 보기 엄숙한
*一員大將   *두 번 보기 嚴肅한

장수 선미에 퉁퉁 내려 절하매, 읍을 치며 둘이 귀를 대고
將帥 船尾   *揖을 치며

무엇이라고 소곤소곤, 고개를 까딱까딱 입을 종긋종긋 허

더니, 그 배를 급히 잡어타고 상류로 가더이다." "옳다 그것
          急   上流

이 공명일다." 날랜 배를 잡어타고 "이 놈 사공아!" "예."
  孔明   *날랜 배를 잡어타고   *沙工

"네 배를 빨리 저어 공명 탄 배를 잡어야 망정, 만일에 못
              孔明   *잡아야 망정 萬一

잡으면 이 내 장창으로 네 목을 땡그렁 비어, 이 물에 풍덩
          *長槍

드리치면 니 백골을 뉘 찾으리." 사공들이 황겁하야, "여봐
        *니 白骨   沙工   *惶怯

라 친구들아! 우리가 까딱 잘못 허다가는 오강의 고기밥이
              *까딱 잘못 허다가는 吳江

되겠구나. 열두 친구야 치다리 잡아라, 위겨라 저어라 저어
              *치다리 잡아라 *위겨라

라 위겨라, 어기야뒤아 어기야 어기야뒤여, 어어어허 어어

어허 어기야, 엉어그야 엉어그야." 은은히 떠 들어갈 제,
              *隱隱히

상류를 바래보니 오강 여울 떴난 배, 흰 부채 뒤적뒤적 공
上流   吳江 *여울   *孔

명일시 분명쿠나. 서성이 크게 외쳐, "저기 가는 공명선생!
明일시 分明   徐盛   孔明先生

가지 말고 게 머무러 내의 한 말 듣고 가오." 공명이 허허
                                        孔明

대소허며, "너의 도독 살해 마음 내 이무 아는지라, 후일
大笑   *너의 都督 殺害 마음 *이무   後日

*回報(회보): 돌아가서 보고함. / *緊(긴)히: 매우 중요하게. 요긴하게.

*氾濫(범람): 사리에 맞지 않게 지나친 행동이나 생각을 함.

*배아지: 복부(腹部). 가슴 아래 '배'의 비속어(卑俗語).

*散炙(산적) 꿰듯: 고기를 잘게 썰어 꼬챙이에 꿰어 구운 산적음식처럼. 한
  화살로 여러 사람의 배 부분을 관통시켜 줄줄이 꽂히게 하겠다는 말.

*兩國和親(양국화친): 촉한(蜀漢)과 오(吳) 두 나라 사이 화평 맺은 우호관계.

*常山 趙子龍(상산 조자룡): 중국 화북지역의 상산 출신인, 촉한 장수 조운
  (趙雲). '자룡'은 그의 자(字)임.

*遺功(유공): 끼쳐준 큰 공로. / *딸오느냐: '따라 오너냐?'의 줄임말.

*兩國大事(양국대사): 촉한과 오 두 나라 사이의 화평관련 중대한 일.

*手段(수단): 솜씨와 능력.

*百步(백보) 안에가 드듯마듯: 1백 보(步) 정도 거리 안에 들어올 만한 위치.

*長弓鐵箭(장궁철전)을 먹여: 장궁 활에 철전을 장치하여. '장궁'은 소나 양
  뿔로 제작한 '각궁(角弓)'의 한 종류로 크고 억샌 활. '철전'은 쇠 활촉이
  박힌 튼튼한 화살로 육량전(六兩箭) 아량전(亞兩箭) 장전(長箭) 등이 있음.

*非丁非八(비정비팔): 활을 쏠 때 발 위치로, 몸이 반쯤 옆으로 돌아선 자세.
  두 발 위치가 정자(丁字)와 팔자(八字) 모양이 아닌, 나란한 모습이란 뜻.

*胸虛腹實(흉허복실): 활을 쏠 때, 가슴은 힘을 빼고 배에 힘을 준다는 뜻.

*大套(대투): 큰 머리. '대두(大頭)'와 같은 말로 '머리'란 뜻.

*호무뼈 거들며: '호미 뼈'가 도움. '호미 뼈'는 어깨의 등 쪽에 받쳐져 있는
  뼈. 삼각형으로서 끝이 뾰족하여 호미 날처럼 생겨 붙인 이름임. 활시위
  를 당길 때 어깨의 이 뼈가 위로 올라가면서 팔의 힘을 도와 줌.

※참고: 어깨의 '호미 뼈' 모습

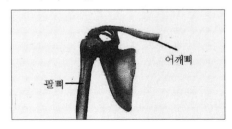

보자 회보하라." 서성 정봉 못 듣난 체 빨리 저어서 쫓아오
*回報　　　　徐盛　丁奉

며, "긴히 헐 말 있사오니 게 잠깐 머무소서." 자룡이 분을
*緊히　　　　　　　　　　　　　　　　　　　子龍　忿

내어, "선생은 어찌 저런 범람한 놈들을 목전에다가 두오니
先生　　　　　　*氾濫　　　　　目前

까? 소장의 한 살 끝에 저 놈의 배아지를 산적 꿰듯 허오
小將　　　　　　　　　　　　*배아지　*散炙 꿰듯

리다." 공명이 만류허되, "아니, 그는 양국화친을 생각하야,
孔明　挽留　　　　　　　　*兩國和親

죽이든 말으시고 놀래여서나 보내소서." 자룡이 분을 참고
子龍　忿

선미에 우뚝 나서, "이 놈 서성 정봉아! 상산 조자룡을 아
船尾　　　　　　　　　　徐盛　丁奉　*常山　趙子龍

느냐 모르느냐? 우리나라 높은 선생 너의 나라 들어가서
先生

유공이 많했거든, 은혜는 생각잖고 해코저 딸오느냐? 너희
*遺功　　　　　恩惠　　　　　　害　　*딸오느냐

를 죽여 마땅허되, 양국대사를 생각허여 죽이든 않거니와,
*兩國大事

내의 수단이나 네 보아라." 가는 배 머무르고 오는 배 바래
*手段

보며, 뱃보 안에가 드듯마듯 장궁 철전을 먹여, 비정비팔
*百步　안에가 드듯마듯 *長弓 鐵箭을 먹여　*非丁非八

허고 흉허복실하야 대투를 숙이고 호무뼈 거들며, 주먹이
*胸虛腹實　　　*大套　　　　　*호무뼈 거들며

*좀통: '줌통'의 방언. 활 몸체에서 손으로 잡는, 가운데 잘록한 부분.

*三指(삼지): 활시위에 장착된 화살 뒤끝을 잡은 엄지손가락과 인지(人指) 장지(長指) 세 손가락.

*弓弦(궁현)을 따르르르르: 활시위를 당길 때 활시위가 가슴을 스치는 소리.

*귀밑 아씩: 활시위를 힘껏 당겨 귀밑까지 바싹 닿게 하는 모습.

*精氣一發(정기 일발): 정신정력을 모두 쏟아 쏘는 하나의 화살.

*깍지손을 딱 떼니: '깍지'는 활 쏠 때, 활시위를 잡는 손 엄지에 끼는 뿔로 된 기구. 깍지가 끼인 손의 손가락을 놓아 화살이 날아가게 했다는 뜻.

*돛대 와지끈: 돛대가 화살에 맞아 급하게 부러지면서 나는 소리.

*물에 풍: 돛대가 꺾여 넘어져 물속으로 풍덩 소리 내며 빠지는 모습.

*가로저 물결이 뒤체여: 배가 가로로 돌아 흐르는 물결에 뱃전이 부딪혀 채여서 떠내려가게 된 상황.

*蕭瑟狂風(소슬광풍): 쓸쓸하고 으스스한 사나운 바람.

*意氣騰騰(의기등등): 용기와 자신감에 넘쳐 사기가 오름.

*雄聲 號令(웅성 호령): 영웅다운 웅장한 목소리로 크게 명령하여 소리침.

*當陽 長坂橋(당양 장판교): 중국 호북성 당양현(當陽縣) 장판(長坂) 지역에 있는 다리. 앞서 유비 일행의 신야성(新野城) 철수 때, 조자룡이 유비의 아들 아두(阿斗)를 품속에 안고, 당양(當陽) 들판에 가득 찬 조조 대군을 호통 쳐 휘저으며, 장비(張飛)가 지키고 있는 장판교를 건넌 사실을 말함.

*阿斗(아두): 촉한 유비의 아들 유선(劉禪). 둘째 부인인 미부인(糜夫人) 소생으로, 뒤에 유비를 이어 황위에 올라 촉한 후주(後主)가 되었음.

*匹馬單槍(필마단창): 한 필의 말을 타고 오직 창 하나로 외로이 싸움.

*魏國賊兵 十萬大軍(위국적병 십만대군): 적국인 위나라 조조의 10만이나 되는 많은 수의 군대.

*常山 趙子龍 名望(상산 조자룡 명망): 하북성 상산 출신 조운(趙雲) 장군의 널리 알려진 명성.

*못 들었다는: '듣지 못했느냐?'하고 엄하게 꾸짖는 말.

*散炙(산적) 주검: 고기를 잘라 꼬챙이에 꿰어 구워낸 음식처럼, 한 화살에 여러 명 적병의 몸이 나란히 꿰여 죽게 함.

*忿(분)헌지고: 원통하여 화가 치미는 상태를 표현함.

*滔溶滔溶(도용도용): 배가 넘실넘실 출렁이며 가볍게 떠가는 모습.

터지게 좀통을 꽉 쥐고 삼지에 힘을 올려, 궁현을 따르르르
　　*좀통　　　　　　　　*三指　　　　　　　　*弓弦을 따르르르르

르 귀밑 아씩 정기일발 깍지 손을 딱 떼니, 번개같이 빠른
　　*귀밑 아씩 *精氣一發 *깍지 손

살이 해상으로 피르르르, 서성 탄 배 덜컥 돛대 와지끈
　　　　　海上　　　　　　徐盛　　　　　　*돛대 와지끈

물에 풍. 오든 배 가로저 물결이 뒤체여, 소슬광풍에 뱃머
*물에 풍　　　　　　*가로저 물결이 뒤체여 *蕭瑟狂風

리 빙빙빙빙빙 워리렁 출렁 뒤둥그러져 본국으로 떠나간다.
　　　　　　　　　　　　　　　　　　　　本國

<중모리> 자룡의 거동 보아라, 의기등등하야 활 든 팔 내
　　　　　　子龍　　舉動　　*意氣騰騰

리고 깍지 손 올려 허리 짚고 웅성으로 호령허되, "이 놈들
　　　　　　　　　　　　*雄聲　　號令

당양 장판교 싸움에 아두를 품에 품고 필마단창으로 위국
*當陽 長坂橋　　　　　*阿斗　　　　　　*匹馬單槍　　　*魏國

적병 십만 대군을 한 칼에 무찌르던 상산 조자룡이란 명망
賊兵 十萬 大軍　　　　　　　　　*常山 趙子龍　　　名望

도 못 들었는다? 너희를 죽일 것이로되 우리 선생 명령하
　*못 들었는다　　　　　　　　　　　　　先生 命令下

에 너희를 산적 주검을 못시키는구나, 어 분헌지고. 사공
　　　*散炙 주검　　　　　　　*忿헌지고 沙工

아!" "예." "돛 달고 노 저어라." 순풍에 돛을 달고 도용도용
　　　　　　　　櫓　　　　　順風　　　　　　*滔溶滔溶

떠나간다.

*徐盛 丁奉(서성 정봉) *怯走(겁주): 오나라 주유(周瑜) 장군의 부하 서성과 정봉이 조자룡(趙子龍)의 화살에 돛대를 잃고, 겁을 먹고 달아나 돌아감.

*事緣(사연) *回報(회보): 공명 선생을 죽이지 못했다는, 사정 내용을 돌아와 주유에게 보고함.

*하릴없이: 영락없이, 어쩔 수 없이.

*玄德(현덕) *後圖 約束(후도 약속): 주유가 제갈량을 살해하고 유비(劉備)를 제거하려 했는데 실패하여, 조조를 공격한 후에 유비는 뒷날 다른 계책을 세워 제거하겠다고, 책사인 노숙과 약속한 일.

*水陸軍 分撥(수륙군 분발): 수군과 육군에게 각기 나누어 임무를 맡김.

*甘寧(감영) *蔡中 降卒(채중 항졸): 앞서 조조 휘하 장수 '채중'이 거짓으로 항복해 와 오나라 정세를 조조에게 보고하고 있었음. 적벽대전 직전에 주유가 부하 장수 '감영'을 시켜, 여러 항복해 온 군졸들과 함께 '채중'을 거느리고 조조 병사로 위장하여, 조조진영 보급 창고가 있는 오림(烏林)으로 침투해, 곡식창고에 불을 붙인 다음에 횃불을 올려 신호하도록 한 일.

*擧火爲號(거화위호): 횃불을 들어 올려 신호함.

*前營(전영) *太史慈(태사자) *各率三千(각솔삼천): 최전방 진영에는 장수 태사자가 거느리는 3천 병졸에게 각기 임무를 맡김.

*各處(각처) *埋伏(매복): 여러 곳에 각각 책임 지워 은신해 숨어있게 함.

*領兵軍官(영병군관): 각 부대의 장병을 거느리는 책임 장수.

*第一隊 韓當(제일대 한당): 제일 첫 번째 부대는 장수 한당이 맡음.

*第二隊 周泰(제이대 주태): 두 번째 부대는 장수 주태가 맡음.

*第三隊 蔣欽(제삼대 장흠): 세 번째 부대는 장수 장흠이 맡음.

*第四隊 陳武(제사대 진무): 네 번째 부대는 장수 진무가 맡음.

*三百 戰船(삼백 전선) *一字 擺列(일자 파렬): 3백 척의 전투함을 한 줄로 펼쳐 나열하게 함.

*上部都督 周瑜 程普 徐盛 丁奉(상부도독 주유 정보 서성 정봉): 최고 사령부의 지휘 책임자는 주유와 정보와 서성과 정봉으로 함.

*先鋒隊長 黃蓋(선봉대장 황개): 제일 앞서 진격하는 장수는 황개로 함. 앞서 황개 장군은 거짓으로 죄를 지어 주유로부터 매를 맞고, 억울하여 귀순하겠다는 비밀 편지를 조조에게 보내 놓았음. 이날 밤 황개가 불 일으킬 재료 가득 실은 배들을 이끌고 맨 먼저 진격해 조조를 속인 것임.

3. 주유·제갈량 군사배치

<아니리> 서성 정봉이 겁주하야 돌아와 이 사연을 회보
*徐盛 丁奉　*怯走　　　　　　　　　*事緣　*回報

허니, 주유 하릴없이 그러면 조조를 먼저 치고 현덕을 후도
周瑜 *하릴없이　　　　曹操　　　　　*玄德을 *後圖

하자는 약속을 허고 수륙군을 분발헐 제.
約束　　　*水陸軍　　分撥

<중모리> 감녕은 채중 항졸 거나리고 조조 진중 들어가서
*甘寧　*蔡中　降卒　　　　　曹操　陣中

거화위호허라. 전영의 태사자는 각솔삼천허여 각처에 매복
*擧火爲號　　*前營 *太史慈　*各率三千　　各處　*埋伏

허고. 영병군관 제일대 한당, 제이대 주태, 제삼대 장흠, 제
*領兵軍官　第一隊 韓當　第二隊　周泰 *第三隊　蔣欽　第

사대 진무 등은 삼백 전선 일자로 파열허고. 상부도독 주유
四隊　陳武　等　*三百　戰船 *一字　擺列　　*上部都督 周瑜

정보 서성 정봉, 선봉 대장 황개라. 주유 군중에 호령허되,
程普　徐盛　丁奉 *先鋒　隊長　黃蓋　　周瑜　軍中　　號令

*兵法(병법): 전쟁 관련 내용의 책. 중국에는 옛날부터 많은 전쟁 전문가들이 전투 방법을 책으로 기술했음. 손무(孫武)의 『손자병법(孫子兵法)』, 오기(吳起)의 『오자병법(吳子兵法)』 등이 크게 알려져 있음.

*乘火煙如雲(승화연여운) *一齊應進(일제응진): 불꽃과 연기가 이는 것을 틈타 구름 같이 움직이며, 한꺼번에 급히 대응해 진격함.

*捧銃携棒(봉총휴봉) *山崩如壯跳(산붕여장도): 총을 받들어 메고 막대기를 가지고, 산이 무너지는 것처럼 장엄하게 뛰어 내달음.

*黃蓋 火船 擧火(황개 화선 거화): 황개의 불붙인 배에서 불길이 올라옴.

*黃昏時 號令出(황혼시 호령출): 해질 무렵 출격 명령이 나올 때.

*各船 聽候(각선 청후): 각각의 배에서는 명령을 잘 들어 살펴 기다림.

*起去(기거)아: "예! 명령 받들어 가겠습니다."라는 청령(聽令) 소리.

*此時(차시) *一葉片舟(일엽편주): 이때, 한 척의 작은 배.

*本國(본국): 나라를 떠난 사람이 자기 나라를 일컫는 말. 공명이 오나라에 갔다가 동남풍을 빌어주고, 유비 휘하로 돌아옴을 말함.

*벌였난디: 죽 길게 나열해 있음.

*車騎將軍 張翼德(거기장군 장익덕): 정벌(征伐) 책임 장군인 장비(張飛).

*鎭軍將軍 趙子龍(진군장군 조자룡): 적군 진압 장군인 조운(趙雲).

*軍禮(군례) *現身(현신): 군대 예절에 맞는 절차로 앞에 나아와 인사 올림.

*軍中 答拜(군중 답배): 군영 안에서, 장병들의 인사에 답하여 절함.

*賢主(현주): 현명한 주상(主上). 촉한 유비(劉備)를 높여 일컫는 칭호.

*將臺上(장대상): 성곽 위 높은 곳에 마련된 장군의 지휘소.

*塘報上 金鼓(당보상 금고): '당보'는 사방을 망볼 수 있는 높은 곳에서 적의 동정을 살펴 알리는 병사. 곧 당보병사가 있는 높은 대에 매단 징과 북.

*將卒(장졸) *分撥(분발): 장수와 병졸들에게 각기 임무를 나누어 맡김.

*兵寡將少(병과장소) *必用破先(필용파선): 병사 수가 적고 장수가 많지 않으니, 반드시 선제공격으로 격파를 먼저 해야 함.

*烏林(오림): 중국 호북성 적벽 건너편, 한수(漢水)와 양자강이 만나는 사이 지역. 이 지역에 조조 군의 식량 창고와 육군 병영이 있어 육지 중심 주둔지임. 조조가 적벽대전(赤壁大戰)에서 패하여 이곳을 통해 달아났음.

*屯兵埋伏(둔병매복): 병사들을 주둔시켜 보이지 않게 숨어 대기함.

*曹兵(조병): 조조 병사의 후퇴하는 군대.

병법에 일렀으되 "승화연여운허고 일제응진허며 봉총휴봉
*兵法 *乘火煙如雲 *一齊應進 *捧銃携棒

하야 산붕여장도라고 허였으니, 황개 화선 거화 보아 황혼
*山崩如壯跿 *黃蓋 火船 擧火 *黃昏

시 호령출을 각선에 청후허라." "기거아!" 차시에 한나라
時 號令出 *各船 聽候 *起去아 *此時 漢

공명선생 일엽편주를 빨리 저어 본국으로 돌아오니, 일등
孔明先生 *一葉片舟 *本國 一等

명장이 벌였난디 거기장군 장익덕과 진군장군 조자룡 군례
名將 *벌였난디 *車騎將軍 張翼德 *鎭軍將軍 趙子龍 *軍禮

로 꾸벅꾸벅 현신허니, 공명 또한 군중에 답배허고 현주께
*現身 孔明 *軍中 答拜 *賢主

뵈온 후에 장대상에가 높이 앉어, 당보상의 금고를 쿵쿵
後 *將臺上 *塘報上 *金鼓

울리며 장졸을 차례로 분발헌다. 병과장소허니 필용파선이
*將卒 *分撥 *兵寡將少 *必用破先

라. 진군장군 조자룡을 불러, "그대는 삼천군 거나리고
鎭軍將軍 趙子龍 三千軍

오림 갈대숲에 둔병매복을 허였다가, 조병이 지내거든,
*烏林 *屯兵埋伏 *曹兵

*先軍(선군) *掩襲(엄습): 조조 군사들 선발대가 지나고 나서, 갑자기 내달아 습격해 사로잡음.

*起去(기거)야: "예! 명령 받들어 가겠습니다."라고 청명하는 소리.

*烏林山嶝 後 葫蘆谷(오림산등 후 호로곡): 오림산 산등성이 뒤편에 있는, '호리병박' 모양의 좁은 '호로곡' 골짜기.

*明日 午時(명일 오시): 내일 낮 정오시각.

*멕이노라 煙氣(연기): 군사들에게 음식을 해 먹이느라고 밥을 지으면서 연기가 날 것임.

*麋芳 麋竺 劉封(미방 미축 유봉): 세 장수 모두 유비 휘하에서 신변을 호위하는 장수들임. 미방 미축은 유비의 처남들이며, 유봉은 유비의 양아들임.

*戰船 江上(전선 강상) *敗軍器械(패군기계): 전투 배를 타고 강물 위에 떠 있다가, 패한 조조군사들의 무기와 여러 도구를 건져 습득해 가져옴.

*이렇다시: 이러하게. 이와 같이. / *들온다: '들어온다'의 줄임말.

*漢壽亭侯 關公(한수정후 관공): '한수정후' 관직을 제수 받은 관우(關羽). 앞서 유비 삼형제가 조조 군에 패하여 흩어져, 관우가 조조 휘하에 머물고 있으면서, 화북지역을 관장하고 있던 원소(袁紹)의 장수 안량(顔良)의 목을 한칼에 베어 공을 세우니, 조조는 황제 명령을 빌리어 관우에게 '한수정후' 벼슬을 봉했음. 그리고 뒤에 원소 휘하 장수 문추(文醜)도 관우가 죽였음.

*鳳(봉)의 눈 三角鬚(삼각수) 거사려: 관우의 얼굴 표현. 봉의 눈처럼 깊고 무서운 눈에, 삼각 모양 긴 수염 끝을 위로 거슬러 쓰다듬어 올리는 모습.

*靑龍刀(청룡도): 청룡언월도(靑龍偃月刀). 중국 장수들이 사용하던 칼로, 날부분이 활처럼 휘어져 있고 칼 등에는 가지가 벌어져 있음. 자루 연결하는 부분에는 청룡 아가리가 새겨지고, 그 아가리에 긴 자루가 꽂힌 칼임.

*兄長(형장)모아 *戰場(전장)마다 *落伍(낙오)헌: 유비(劉備) 형님을 모시고 전쟁하는 곳마다, 대열에서 빠져 불참한 일이 없었음. '모아'는 '뫼시어'의 방언으로 '모시어 받들다'의 뜻임.

*大戰時(대전시): 큰 전쟁을 하는 이 중요한 시기.

*華容道(화용도): 중국 호북성 한수(漢水) 남쪽지역으로, 산속 절벽 사이 매우 좁은 산길임. 조조가 후퇴하면서 고집 부려 둘러가는 평탄한 길을 버리고, 시간 단축을 위해 좁고 험준한 이 길을 택해 지나갔음. 이를 예측한 제갈량의 계책에 의해, 매복한 관우가 조조를 잡았다가 도로 놓아주었음.

내닫지 말고 선군 지내거든 불 놓아 엄습하야 사로잡아라."
　　　　*先軍　　　　　　　　　*掩襲

"기거아!" 거기장군 장익덕을 불러, "그대도 삼천군 거나리
*起去　　車騎將軍　張翼德　　　　　　　三千軍

고, 오림산등 후 호로곡에 둔병매복을 허였으면, 명일 오시
　*烏林山嶝　後　葫蘆谷　　屯兵埋伏　　　*明日　午時

에 조조 비를 맞고 그리 지내다가, 군사 밥 멕이노라 연기
　曹操　　　　　　　　　　　　軍士　*멕이노라　煙氣

날 것이니 엄습하야 사로잡아라." 미방 미축 유봉을 불러
　　　　　掩襲　　　　　　　*麋芳　麋竺　劉封

들여, "너희는 각각 모두 전선 타고 강상에 가 멀리 떴다,
　　　　　　　　　　*戰船　　　　江上

패군기계를 앗아오너라."
*敗軍器械

<아니리>　이렇다시 약속하야 분발헐 제.
　　　　　*이렇다시　約束　　分撥

<엇모리>　한 장수 들온다. 한 장수 들온다. 이난 뉜고
　　　　　將帥 *들온다　　將帥

하니 한수정후 관공이라. 봉의 눈 부릅뜨고 삼각수 거사려,
　　*漢壽亭侯　關公　*鳳의 눈　　　*三角鬚　거사려

청룡도 비껴들고 엄연히 들어와 큰 소리로 여짜오되, "형장
*靑龍刀　　　　嚴然　　　　　　　　　　　*兄長

모아 전장마다 낙오헌 일이 없삽드니, 오늘날 대전시에 찾
모아　*戰場마다 *落伍헌　　　　　　　*大戰時

난 일이 없사오니 그 어쩐 일이니까?"

<아니리>　공명이 허허 웃고 대답허되, "장군을 제일
　　　　　孔明　　　　　　　對答　　將軍　第一

요긴한 화용도로 보내랴 허였으나, 전일 조조가 장군의게
要緊　*華容道　　　　　　　　　前日　曹操　將軍

제3장　　291

*厚待 功(후대 공): 두텁게 대접한 공적. 유비 삼형제가 패하여 흩어져 서로 생사를 모를 때, 관우는 조조 휘하에서 조조를 위해 싸웠음. 이때 조조는 관우를 영원히 부하로 잡아두려고 온갖 편의를 제공하며 잘 대접했음. 특히 여포(呂布)를 잡아 죽이고 차지한 적토마(赤兎馬)를 관우에게 주면서 회유했음. 그러나 관우는 유비 소식이 전해지자 조조의 모든 대접을 뿌리치고 유비에게로 달아났음. 본문에 '후한 공'이라 한 것은 바로 이때의 후한 대접을 뜻하며, 뒤에 호용도에서 그 은혜 때문에 조조를 놓아 주었음.

*定(정): 결정하는 것. 확정짓는 것.

*關公(관공) *正色(정색): 관우가 거부의 뜻으로 얼굴색을 엄숙하게 고침.

*跪告(궤고): 꿇어앉아 고하여 아룀.

*軍中 無私情(군중 무사정) *私(사)를 두오리까: 군대의 규율에는 사사로운 감정에 치우침이 없는 법임. 어찌 사사로운 감정을 마음에 품겠습니까?

*依律當斬(의율당참) *次(차): 군대 규율에 의거 마땅히 목을 자를 것으로.

*軍令狀(군령장): 군대 명령을 어기면 군법에 따른 처벌을 받겠다는 서약서.

*峰 煙氣 曹操 誘引(봉 연기 조조 유인): 산봉우리에 불 피워 연기를 내어, 복병이 있는 것처럼 위장해 보여주어 조조를 유인하라는 뜻. 조조는 꾀가 많아 연기를 보면, 거짓으로 연기를 피워 그 쪽으로 오지 못하게 하는 것으로 넘겨짚어, 오히려 그쪽으로 올 것임을 환히 알고 꾸민 계책임.

*질이 둘이온디: '질'은 '길'의 방언. 길이 두 갈래 길임. 조조가 오림에서 강릉(江陵)으로 도망하면서, 중간에 남쪽 평지로 둘러가는 길과, 북쪽으로 질러가는 험한 화용도 길 중, 반드시 화용도로 오지 않을 수도 있다는 말.

*맞 軍令狀(군령장): 관우는 조조를 잡았다가 놓아주면 형벌을 받겠다는 서약서인 '군령장'을 썼고, 제갈량은 조조가 화용도를 통과하지 않으면 형벌을 받겠다는 '군령장'을 썼으므로, 둘이 함께 맞서는 군령장을 썼다는 말.

*두 着啣 分明(착함 분명): 군령장에 적힌 두 사람의 서명 이름이 명확함.

*關平 周倉(관평 주창): 관우 휘하의 두 장수.

*五校刀手(오교도수): 칼싸움에 능한 다섯 사람의 장교.

*鴛鴦隊 排立(원앙대 배립): 원앙새처럼 짝을 지은 편대로 죽 늘어섬.

*淸道旗(청도기) *벌렸난디: 임금이나 고관 행차 앞에서 길을 치우는 의미로, 군영에 진열된 여러 깃발들을 좌우로 나열해 모두 들고 나가는 행렬.

*行軍節次(행군절차): 군대가 행진해 나아가는 순서와 격식.

후대한 공이 적지 아니 헌지라, 장군께서는 조조를 잡고도
*厚待　功　　　　　　　　　　　將軍　　　　曹操

놓을 듯하야 정치 아니 허오." 관공이 이 말을 듣더니 정색
　　　　*定　　　*關公　　　　　　　　　　*正色

하야 칼을 짚고 궤고왈, "군중은 무사정이온디 어찌 사를
　　　　　　　*跪告曰　*軍中　無私情　　　　　*私를

두오리까?" 만일 조조를 잡고도 놓으면은 의율당참 하올
두오리까　萬一　曹操　　　　　　　　　*依律當斬

차로 군령장을 올리거늘, 공명이 허락하야 관공을 화용도
*次로 *軍令狀　　　　　孔明　許諾　關公　　華容道

로 보낼 적에, "장군은 제일 요긴한 화용도를 가시거든,
　　　　　　　將軍　第一　要緊　華容道

화용도 소로 높은 봉에 불 놓아 연기 내고, 조조를 유인하
華容道　小路　*峰　　　煙氣　　　曹操　誘引

야 묻지 말고 잡어 오오!" 관공이 다시 꿇어 여짜오되, "그
　　　　　　　　　　　　　關公

곳에 질이 둘이온디, 만일 조조가 그 길로 아니 오면 그는
　　　*질이　둘이온디　萬一　曹操

어찌 허오리까?" "예, 나도 그는 군령장을 두오니 그리 아
　　　　　　　　　　　　軍令狀

오." 둘이 맞 군령장에 두 착함이 분명허니 관공이 대희허
　　　*맞 軍令狀　*두　着唬　分明　　關公　大喜

사, 관평 주창을 거나리고 오교도수 앞세워 원앙대로 배립
　*關平　周倉　　　*五校刀手　　　*鴛鴦隊　排立

하야 화용도로 행군을 헐 제, 청도기를 벌렸난디 행군절차
　　華容道　行軍　　　*淸道旗　*벌렸난디 *行軍節次

가 꼭 이렇게 생겼든가 보더라.

*淸道(청도): 잡인을 막는 '淸道' 글자 새긴 삼각형 깃발. 군대 행군에 많은 깃발인 '청도기' 행렬 앞에서, 양편 '청도'기 한 쌍이 소리치며 길을 치움.

*한 雙(쌍): 둘이 나란함. / *紅門(홍문): 행렬 앞쪽에 들고 나가는 홍문기.

*靑龍(청룡): 병영에는 오위(五衛)를 표시하는 '대오방기(大五方旗)'를 세움. 좌위(左衛)는 청색 청룡기(靑龍旗), 우위는 백색 백호기(白虎旗), 전위(前衛)는 적색 주작기(朱雀旗), 후위는 흑색 현무기(玄武旗), 중군(中軍)에는 황색 등사기(螣蛇旗)를 세움. 각 기폭에는 해당 방향 상징의 동물을 새김.

*東南角(동남각) *東北角(동북각): 동쪽에서 남과 북으로 치우친 방향 깃발.

*靑高招(청고초): 동쪽을 표시하는 고초기. '고초기'는 군대 지휘용 깃발임. 동·서·남·북·중(東·西·南·北·中) 다섯 방위에 따라 각기 청색, 백색, 적색, 흑색, 황색 등의 색깔로 되었으며, 깃발 표면에는 팔괘(八卦)가 그려짐.

*靑門(청문): 동쪽을 표시하는 청문기.

*朱雀 南東角 南西角 紅高招 紅門(주작 남동각 남서각 홍고초 홍문):①

*白虎 西北角 西南角 白高招 白門(백호 서북각 서남각 백고초 백문):②

*玄武 北東角 北西角 黑高招 黑門(현무 북동각 북서각 흑고초 흑문):③

①②③ 모두, 각각 남쪽·서쪽·북쪽 표시 깃발로, 위 동쪽 표시 깃발 설명에서의 방위와 색채만 다르고 동일함.

*黃神(황신): 중앙 표시의 황신기(黃神旗). 병영 깃발에 '중오방기(中五方旗)'가 있음. 다섯 방위에 따라 동쪽 남신기(藍神旗), 남쪽 홍신기(紅神旗), 서쪽 백신기(白神旗), 북쪽 흑신기(黑神旗), 중앙 황신기(黃神旗)가 그것임.

*豹尾(표미): 표미기. 오각형의 긴 자루 모양 깃발로, 겉면에 표범 꼬리를 두 면에 걸쳐 꺾어 그렸으며, 이 깃발 세워진 곳에는 함부로 접근하지 못함.

*金鼓(금고): 금고기(金鼓旗): 노란 바탕에 '金鼓' 글자 새긴 악대 지휘 깃발.

*鑼(나): 놋쇠로 된 작은 징 같은, 가운데가 튀어나온 악기. / *錚(쟁): 징.

*哱囉(바라): 놋쇠로 둥글게 만든 두 판을 가운데 끈을 잡고 치는 악기.

*令旗(영기): '令'자가 새겨진 지휘용 깃발. / *鼓(고): 큰북.

*細樂(세악): '북·장구·피리·저·해금' 등으로 이루어진 군악대.

*中司命 左貫耳(중사명 좌관이)에 *右令箭(우영전): 중앙에는 장수 관직내용을 새긴 깃발 '사명기'를 들고 감. 그리고 좌측에는 명령 어긴 군인의 귀에 꽂아, 널리 회람시키는 짧은 화살 '관이전(貫耳箭)'을 들고 나가며, 우측에는 멀리 쏘아 명령을 전하는 긴 화살인 '영전(令箭)'을 들고 나감.

4. 관운장의 행군

<자진모리>   청도기를 벌렸난디, 청도 한 쌍 홍문 한
             清道旗   *淸道 *한 雙 *紅門

쌍, 청룡 동남각 동북각 청고초 청문 한 쌍, 주작 남동각
雙, *靑龍 *東南角 *東北角 *靑高招 *靑門   雙, *朱雀 南東角

남서각 홍고초 홍문 한 쌍, 백호 서북각 서남각 백고초
南西角 紅高招 紅門   雙 *白虎 西北角 西南角 白高招

백문 한 쌍, 현무 북동각 북서각 흑고초 흑문 한 쌍, 황신,
白門   雙, *玄武 北東角 北西角 黑高招 黑門   雙, *黃神

표미, 금고 한 쌍, 나 한 쌍, 쟁 한 쌍, 바래 한 쌍, 영기
*豹尾, *金鼓   雙, *鑼   雙, *錚   雙, *哱囉 雙   *令旗

두 쌍, 고 두 쌍, 세악 두 쌍,   중사명 좌관이에 우영전,
  雙, *鼓   雙, *細樂   雙,   *中司命 左貫耳   右令箭

※참고: 중사명(中司命)·좌관이(左貫耳)·우영전(右令箭)

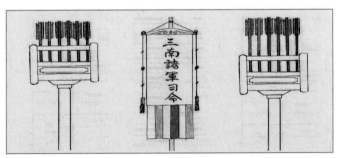

    <좌편에서 들고 가는>   <중앙에서 들고 가는>   <우편에서 들고 가는>
      관이전(貫耳箭)   사명기(司命旗)   영전(令箭)

*執事(집사): 각종 행사를 주관하고 여러 잡무를 처리하는 사람.

*軍牢直列(군뢰직렬): 군대 죄인 다스리는 군사 '군뢰'가 한 줄로 늘어섬.

*攔後(난후) *親兵(친병): 후방을 맡은 난후군과, 대장이 직접 거느리는 친병.

*敎師(교사) *塘報(당보): 훈련 맡은 교사관과, 적을 살펴 알리는 당보병.

*좌르르르: 죽 늘어선 모습. / *五馬隊(오마대): 다섯줄 행군의 기마대열.

*氣色 如雲(기색 여운): 장졸들의 씩씩한 모습이 공중에 떠있는 구름과 같음.

*劍光 如霜(검광 여상): 칼날의 번쩍이는 빛이 서릿발과 같음.

*威嚴 凜凜(위엄 늠름): 씩씩하고 엄숙한 용기가 장엄하게 나타나 보임.

*殺氣 騰騰(살기 등등): 적을 무찔러 죽이겠다는 기운이 높이 솟아오름.

*大軍行次(대군행차): 많은 군대가 행진하여 나아가는 절차의 모습.

*玄德 孔明 致謝(현덕 공명 치사): 유비(劉備; 玄德은 자임)가 제갈량이 오나
라에 가서 두 나라 사이의 동맹을 이룬 것에 대하여 감사하며 칭송함.

*周瑜用兵 看審次(주유용병 간심차): 주유의 병력운용상황을 살펴 관찰함.

*樊口(번구): 중국 호북성, 한수(漢水)가 양자강으로 들어가는 입구 지역.

*漸起(점기): 점점 일어남. / *將臺上(장대상): 장수가 지휘하는 높은 대 위.

*長劍(장검): 긴 칼. / *將卒(장졸): 장수와 병졸들.

*들어서라: "잘 들어라!" 하는 명령소리. / *長槍(장창): 자루가 긴 창.

*黃巾(황건): 후한(後漢) 말 영제(靈帝) 때 노랑 수건을 머리에 두른 도적 떼
홍건적(紅巾賊)의 반란. 태평도(太平道)를 창설한 장각(張角)이 일으킴.

*董卓(동탁) *呂布(여포): 황건적 평정을 위해 수도 낙양(洛陽)에 들어온 서
량(西涼) 태수 '동탁'은, 환관(宦官)을 처치한다면서 낙양에 머물렀음. 이때
역시 환관 처치 구실로 병주(幷州) 태수 정원(丁原)이 장수 '여포'를 양아
들로 삼아 낙양에 들어왔음. '동탁'은 자기 명마 '적토마(赤兎馬)'를 '여포'
에게 주고 꾀어, 정원을 죽이게 하고 자기와 부자 의를 맺었음. 이어 '동
탁'은 '여포'에 의해 죽음을 당했고, '여포'는 또 조조에게 잡히어 죽었음.

*四海 平定(사해 평정): 온 세상을 편안하게 안정시킴.

*天運(천운): 사람의 힘으로 어떻게 할 수 없는 하늘이 정해준 운수.

*程昱(정욱): 위(魏) 조조가 신임하는 신하. 자(字)는 중덕(仲德)임.

*紛紛(분분)한 隆冬(융동): 눈발이며 찬바람이 펄펄 날리는 왕성한 한겨울.
본문의 '윤동' 표기는 음운 혼동에 의한 '융동'의 오류임.

*東南風 怪異(동남풍 괴이): 동남풍이 분다는 것은 기이하고 괴상한 일임.

집사 한 쌍, 군뢰직열이 두 쌍, 난후 친병 교사 당보 각 두
*執事   雙, *軍牢直列   雙, *攔後 *親兵 *敎師 *塘報 各

쌍으로,   좌르르르 늘어서서 오마대로 가는 거동,   기색은
雙   *좌르르르   *五馬隊   擧動 *氣色

여운이요 검광은 여상이라. 위엄이 늠름, 살기가 등등허니,
如雲   *劍光   如霜   *威嚴   凜凜 *殺氣   騰騰

이런 대군행차가 세상에서는 드문지라.
    *大軍行次   世上

5. 적벽강 큰 싸움

<아니리>   현덕이 공명을 치사허고, 주유용병 간심차로
    *玄德   孔明   致謝   *周瑜用兵   看審次

번구를 내려서니 동남풍이 점기로구나.
*樊口   東南風 *漸起

<진양조>   그 때여 조조는 장대상에가 높이 앉어 장검을
    曹操   *將臺上   *長劍

어루만지며, "이봐! 장졸 들어서라!   이내 장창으로 황건
    *將卒 들어서라   *長槍   *黃巾

동탁을 베고 여포 사로잡어. 사해를 평정허면 그 아니 천운
*董卓   *呂布   *四海   平定   *天運

이냐?   하날이 날 위하야 도움이 분명허니, 어찌 아니가
    爲   分明

좋을소냐?" 정욱이 여짜오되 "분분헌 윤동 때에 동남풍이
    *程昱   *紛紛 隆冬   東南風

괴이허니 미리 예방을 허사이다."
怪異   豫防

*冬至 一陽始生(동지 일양시생): 음양오행(陰陽五行說)설에서, 24절후(節候) 중 양(陽)이 극치인 하지(夏至)부터 동지까지 음(陰)이 조금씩 자라 동지 때 음이 극치에 이름. 이어 동지부터 '양(陽) 하나가 생기기 시작해<一陽 始生>' 점점 자라 하지 때 양이 극치에 달한다고 설명함. 동지 지나면 겨울인 데도, 이 1개 양기(陽氣) 때문에 동남풍이 있을 수 있다는 말임.

*豈無東南風(기무동남풍): 어찌 동남풍이 없겠는가? 동남풍이 있을 수 있다.

*黃蓋 約束(황개 약속): 오나라 장수 황개는 도독 주유(周瑜)와 비밀계책으로 일부러 죄를 지어 매를 맞고, 조조를 속여 억울해 항복하겠으니 기다려 달라고 편지를 보내 약속했음. 앞서 위(魏)에서 조조 지시로 채화(蔡和) 채중(蔡中) 형제가 거짓으로 오나라에 항복해 와 간첩 행위를 하고 있어서, 이를 안 황개가 매 맞은 사실을 조조에게 보고하도록 유도하기 위해 꾸민 일인데, 채화 채중은 이 꾸민 것을 진실로 알고 보고하여 조조가 속았음.

*吳 黃蓋 二十火船(오 황개 이십화선): 오나라 장수 황개가 20척의 배에 화공(火攻) 재료를 가득 싣고 선봉이 되어 조조 진영으로 들어간 사실.

*靑龍牙旗 船旗上(청룡아기 선기상): 청룡이 새겨진 대장 깃발을 세운 배 위. '아기'는 임금이나 대장군이 주재하는 곳에 세우는 큰 깃발임.

*靑布帳(청포장): 배에 꽂힌 아기 깃발 위에 푸른 포장이 덮여 있다는 뜻.

*三乘(삼승): 몽고(蒙古) 지역에서 생산되는 두꺼우면서 바탕이 고운 무명베. 배의 돛으로 많이 사용되고, 가정에서는 이불이나 버선 감으로 사용됨.

*吳江(오강) 여울: 오나라에 접해 있는 양자강인, '오강'의 거센 물결.

*지국총 소리: 어부들이 배를 젓거나 닻줄을 감을 때 나는 소리 형용.

*陣中(진중): 군대가 주둔하여 전쟁형태를 갖추어 진을 치고 있는 구역 안.

*隱隱(은은)히: 아련히. 아득하고 조용하게 가만한 모습.

*黃公覆(황공복): 오나라 장수 황개(黃蓋)의 자(字)가 '공복'임.

*糧草(양초): 군인들이 먹는 식량과 말을 먹이는 먹이풀.

*軍糧(군량): 군대의 군인들이 먹는 식량.

*배량이면: 배일 것 같으면. / *船體(선체): 배의 몸체.

*穩重(온중)헐 디: 매우 무겁게 내려앉아 중량감이 느껴져야 할 터인데.

*搖搖(요요): 물 위에 떠서 가볍게 흔들리는 모습.

*汎流(범류): 물 위에 가볍게 둥둥 떠서 흐르는 것 같이 경쾌함.

*萬一 奸計(만일 간계): 만에 하나 혹시, 간사하게 거짓으로 속이는 계책.

<아니리> 조조 허허 웃고 대답허되, "동지에 일양이
始生(冬至 一陽)
시생허니 기무동남풍가? 의심 말라." 분부허고 황개 약속을
始生 *豈無東南風 疑心 分付 *黃蓋 約束
기다릴 제.

<중모리> 그때에 오나라 황개는 이십화선 거나리고, 청룡
*吳 黃蓋 二十火船 *靑龍
아기 선기상에 청포장을 둘러치고 삼승 돛 높이 달아, 오강
牙旗 船旗上 *靑布帳 *三乘 *吳江
여울 바람을 맞춰 지국총 소리 허며, 조조 진중 바래보고
여울 *지국총 소리 曹操 *陣中
은은히 떠 들어오니, 조조가 보고 대희허여 장졸다려 이른
*隱隱히 曹操 大喜 將卒
말이, "정욱아! 네 보아라. 정욱아 정욱아! 정욱아 정욱아!
程昱 程昱 程昱 程昱 程昱
정욱아 네 보아라. 황공복이 나를 위하야 양초 많이 싣고
程昱 *黃公覆 爲 *糧草
저기 온다. 정욱아 정욱아! 네 보아라." 허허허허 대소허니.
程昱 程昱 大笑

<아니리> 정욱이 여짜오되, "군량 실은 배량이면 선체가
程昱 *軍糧 *배량이면 *船體
온중헐 디, 둥덩실 높이 떠 요요허고 범류허니, 만일 간계
*穩重헐 디 *搖搖 *汎流 *萬一 奸計
있을진댄 어찌 회피 허오리까?" 조조 듣고 의심 내어,
回避 曹操 疑心

*文聘(문빙): 조조의 부하 장군. / *防塞(방색): 막아 접근하지 못하게 함.

*어디뱁나: 어느 나라 어느 부대 소속의 배이냐?

*슈 前(영 전): 명령이 있기 이전. / *陣(진): 군대가 주둔하고 있는 지역.

*지듯마듯: 끝나자말자. 말소리가 떨어지자 말자 곧.

*擧火砲(거화포): 불을 멀리 쏘아 올려 신호하는 대포.

*神機箭(신기전): 신호에 사용하는 불화살. '승기전'은 '신기전'의 방언.

*擂鼓(뇌고): 북을 힘차게 쉴 새 없이 자주 치는 동작.

*左右各船 部隊(좌우각선 부대): 왼쪽 오른쪽의 여러 전함(戰艦) 조직.

*불이 벗석: 불이 번쩍하며 번짐. / *떼그르르르: 크게 울려 퍼지는 소리.

*宇宙(우주)가 바뀐 듯: 온통 불이 붙어 세상이 뒤집혀 없어지는 것 같음.

*火焰 衝天(화연 충천): 불꽃이 솟아 하늘을 찌름.

*風聲(풍성)이 우루루루루: 크게 울리는 바람이 사방을 흔드는 소리.

*戰船(전선) 뒤뚱: 전투 배들이 넘어질 듯이 크게 흔들리는 모습.

*용총: 돛을 오르내리게 하는 줄.

*활대: 돛폭에 가로로 붙여 돛이 벌어져 있도록 지탱하는 막대기.

*櫓(노): 배를 젓는 납작한 막대기. / *槎枒(사아)대: 배를 떠미는 상앗대.

*雨備(우비): 비올 때 몸을 가리는 기구.

*三板(삼판): 연안에서 짐과 사람을 실어 나르는 작은 배인 삼판선(三板船).

*다리: '따리'의 방언. 배 방향을 트는 키의 물에 잠기는 넓적한 부분.

*足板(족판): 배 위에 걸치는 나무판자.

*行裝(행장): 선원들의 일용품 보따리들.

*網鉅(망거): 그물에 달린 갈고랑이. / *各布袋(각포대) 여러 가지 보따리.

*旗幟(기치): 여러 깃발. / *帳幕(장막) 쪽쪽: 덮는 포장이 찢어지는 소리.

*火箭(화전): 불을 쏘게 만든 불화살. / *弓箭(궁전): 여러 활이며 화살들.

*鎲把槍(당파창): 창의 날이 세 갈래로 벌어진 삼지창(三枝槍).

*퉁노구: 퉁노구. 놋쇠나 구리로 이동할 수 있게 만든, 발이 달린 작은 솥.

*거말장: 거멀장. 맞대 붙인 나무가 벌어지지 않게 연결해 박는 'ㄷ'자형 쇠.

*바람쇠: '마름쇠'의 방언. 적이 못 들어오게 흩어두는, 가시 돋친 쇳덩이.

*錚(쟁): 징.

*風波江上(풍파강상): 바람이 불어 물결이 일고 있는 강물 위.

*數萬 戰船(수만 전선): 매우 많은 전쟁 선박.

"그래 그래, 그렇겠다 잉. 네 말이 당연허니 문빙 불러
當然　　　　*文聘

방색하라." 문빙이 우뚝 나서 "저기 오는 배 어디 뱁나?
*防塞　　文聘　　　　　　　　　　　　　　*어디 뱁나

우리 승상님 영 전에는 진 안을 들어서지 말랍신다."
承相　*令 前　*陣

<자진모리>　이 말이 지듯마듯, 뜻밖에 살 한 개가 피르르
　　　　　　*지듯마듯

르 문빙 맞어 떨어지니, 황개 화선 이십척 거화포 승기전
文聘　　　　　　黃蓋　火船　二十隻　*擧火砲 *神機箭

과, 때때때 나팔소리 두리둥둥 뇌고 치며, 좌우각선 부대가
喇叭　　　　　　*擂鼓　　　　*左右各船　部隊

동남풍에 배를 모아 불을 들고 달려들어 조조 백만 군병에
東南風　　　　　　　　　　　　　　曹操　百萬　軍兵

다가, 한 번을 불이 벗석 천지가 떠그르르르 강산이 무너지
　　　*불이 벗석 天地가 *떠그르르르　江山

고, 두 번이 불이 벗석 우주가 바뀐난 듯, 세 번을 불로
　　　　　　　　　*宇宙가 바뀐난 듯

치니 화염이 충천, 풍성이 우루루루루 물결은 출렁, 전선
*火焰　衝天 *風聲이　우루루루루　　　　　　*戰船

뒤뚱, 돛대 와지끈, 용총 활대 노 사옥대 우비 삼판 다리
뒤뚱　　　　　　*용총 *활대 *櫓 *槎枒대 *雨備 *三板 *다리

족판 행장 망어 각포대가 물에가 풍, 기치 펄펄 장막 쪽쪽,
*足板 *行裝 *網鋸 *各布袋　　　　　*旗幟　　　*帳幕 쪽쪽

화전 궁전 당파창과 깨어진 퉁노구 거말장 바람쇠, 나팔,
*火箭 *弓箭 *鎲把槍　　　　　*퉁노구 *거말장 *바람쇠　喇叭

큰 북, 쟁, 꽹과리, 웽그렁 쳉그렁, 와르르 철철철 산산이
　　　*錚

깨어져서. 풍파강상에 화광이 훨훨 수만 전선이 간 디 없고
　　　*風波江上　　火光　　*數萬 戰船

제3장　301

*亂離(난리): 온통 소란해져 질서가 어지럽고 사람들이 사방으로 흩어짐.

*可憐(가련)할손 *百萬軍兵(백만군병): 가엾고 불쌍하구나, 1백만이나 되는 수많은 조조의 군사들. '할손'은 '그러한 것은'의 뜻인 고어(고어).

*오미락 꼼짝딸싹 못 허고: 몸을 오므리거나 펴거나 하는 동작을 전혀 못함.

*숨 맥히고 氣(기) 맥히고: 놀라서 숨을 못 쉴 정도이고, 숨통도 막힘.

*살도 맞고: 화살도 맞아 상처를 입음.

*腹臟(복장): 뱃속 창자 부분. 몸의 중심 부분.

*바사져: '부서져'의 방언. 산산이 파괴되어버림.

*가이없이: 끝이 없이. 가엾고 불쌍한 모습.

*어이없이: 어처구니없이. 상상할 수 없을 정도의 큰 고통을 당함.

*서 빠져: '혀 빠져'의 방언. 심한 고통을 당해 입이 벌어져 혀가 빠져나옴.

*誤死(오사): 잘못된 일로 인해 죽음.

*急死(급사): 매우 다급한 상황에서 급하게 죽음.

*惡死(악사): 나쁜 일을 당하여 참혹하게 죽음.

*沒死(몰사): 모두 다 한꺼번에 죽음.

*無端(무단)히: 아무 까닭 없이 갑자기.

*함부로 덤부로: 제 멋대로 하여 덤비는 행동.

*궁굴다: '뒹굴다가'의 방언. 넘어져 구르는 동작.

*落傷(낙상): 높은 곳에서 떨어지거나 넘어져 상처를 입음.

*이놈 제기: '이놈 제기랄'의 준 말. 마음에 맞지 않아 욕하는 말.

*뿌시락 뿌시락: '부스럭 부스럭'의 방언. 무엇을 만질 때 나는 소리.

*워따: '아이고' 하며 놀라 지르는 소리.

*제기를 칠 놈들: 상대방의 행동이 못마땅하여 비난하며 욕하는 말.

*多急(다급)한 版(판): 매우 사정이 급박하여 정신 차릴 여유가 없는 상황.

*砒霜(비상): 비석(砒石)이란 광물질을 불에 구워 만든 독약. 많이 먹으면 즉사하는 독약임. 옛날에는 자살용으로 가지고 다녔음.

*사 넣드니라: 사서 넣어 두었느니라. '돈을 주고 사서 넣어 두었다'를 엄숙하게 표현한 말.

*三代獨子(삼대독자): 3대에 걸쳐 형제 없이 하나뿐인 외아들.

적벽강이 뒤끓을 제, 불빛이 난리가 아니냐? 가련할손 백
赤壁江　　　　　　　　　　　　　*亂離　　　　　　　*可憐할손 *百

만군병은 날도 뛰도 오도가도 오미락 꼼짝딸싹 못 허고, 숨
萬軍兵　　　　　　　　　　　*오미락 꼼짝딸싹　못 허고 *숨

맥히고 기맥히고, 살도 맞고 창에도 찔려, 앉어 죽고 서서
맥히고　氣맥히고 *살도 맞고　槍

죽고, 웃다 울다 죽고, 밟혀 죽고 맞어 죽고, 애타 죽고

성내 죽고, 덜렁거리다 죽고, 복장 덜컥 살에 맞어 물에가
　　　　　　　　　　　　　　*腹臟

풍 빠져 죽고, 바사져 죽고 찢어져 죽고, 가이없이 죽고
　　　　　*바사져　　　　　　　　　*가이없이

어이없이 죽고, 무섭게 눈 빠져 서 빠져 등터져, 오사 급사
*어이없이　　　　　　　　　*서 빠져　　　　*誤死 *急死

악사 몰사하야, 다리도 작신 부러져 죽고, 죽어 보느라고
*惡死 *沒死

죽고 무단히 죽고, 함부로 덤부로 죽고, 땍때그르르 궁굴다
　　　*無端히　　　 *함부로 덤부로　　　　　　　*궁굴다

아뿔사 낙상하야 가삼 쾅쾅 뚜다리며 죽고, 이놈 제기 욕
　　　*落傷　　　　　　　　　　　　　 *이놈 제기 辱

하며 죽고, 꿈꾸다가 죽고, 떡 큰 놈 입에다 물고 죽고,

한 놈은 주머니를 뿌시럭 뿌시럭 거리더니, "워따! 이 제기
　　　　　　　　*뿌시럭 뿌시럭　　　　　　　 *워따　 *제기

를 칠 놈들아! 나는 이런 다급한 판에 먹고 죽을라고 비상
를 칠 놈들　　　　　　 *多急한 版　　　　　　　　*砒霜

사 넣드니라." 와삭와삭 깨물어 먹고 물에 가 풍, 또 한 놈
*사 넣드니라

은 돛대 끝으로 뿍뿍뿍뿍뿍 올라가더니, "아이고 하나님!

나는 삼대독자 외아들이오. 제발 덕분 살려주오. 빌다 물에
　　　*三代獨子　　　　　　　　德分

*望拜(망배): 멀리서 부모님이나 연고 있는 어른을 향해 하는 절.

*望哭(망곡): 멀리서 부모님이나 임금의 서거에 그 쪽을 향해 절하며 통곡함.

*하릴없이: 영락없이. 어쩔 도리 없이. / *버끔: '거품'의 방언.

*지가 閑暇(한가)한 칠 허고: 자기가 아무 일 없이 편안한 척하고.

*時調(시조): 고려 말에 시작되어, 조선시대에 왕성했던 시가(詩歌)로 3장 6
구 형태를 가진 정형시. 정형이 아닌 '엇시조'와 '사슬시조'도 있음.

*半章(반장) *빼고: 시조 한 장(章)의 반인 2마디를 소리 내어 길게 읊음.

*卽死(즉사): 어떤 계기로 갑자기 죽음. / *沒死(몰사): 한 번에 모두 죽음.

*大海水中(대해수중): 크고 넓은 바다의 물 속.

*赤戟(적극): 창날에 가지가 벌어지고, 자루에 붉은 칠을 한 긴 창

*鳥銃(조총): 화약을 쟁여 넣어 불을 붙여 탄환을 나가게 한 총. 화승총.

*괴암통: 총과 대포에 화약을 쟁여 넣는 통.

*남날개: 화약과 탄환 등을 넣어 가지고 다니는 기구.

*도래송곳: 송곳의 날카로운 끝이 둥글게 생기고 긴 자루가 달려, 나무속을
후벼 파 낼 때 사용하는 연장.

*독바늘: 돗바늘. 돗자리나 찢어진 돛 등을 꿰맬 때 쓰는 크고 굵은 바늘.

*一等名將(일등명장): 최고로 뛰어난 유명한 장수.

*날랜 將帥(장수) *無用(무용): 동작이 날쌘 뛰어난 장군도 쓸모가 없음.

*火箭(화전) *弓箭(궁전): 불을 쏘게 만든 불화살과, 활이며 화살 등.

*許褚(허저) 張遼(장요) 徐晃(서황): 모두 조조 휘하의 뛰어난 장수들임.

*保衛(보위): 보호해 호위함. / *天方地軸(천방지축): 방향을 잃고 허둥댐.

*火煙(화연): 불꽃과 연기. / *紅袍(홍포): 붉은색 겉옷인 붉은 도포.

*逃亡(도망) 말고 쉬 죽어라: 도피해 달아나지 말고 빨리 죽으라는 소리.

*先鋒隊長(선봉대장): 맨 앞에 나아가면서 부대를 지휘하는 우두머리 장수.

*호통: 크게 호령하여 꾸짖음. / *惶怯(황겁): 두려워 겁을 먹고 위축됨.

*軍士(군사) 戰笠(전립) 앗아 쓰고: 일반 병사의 벙거지를 탈취해 씀.

*참 曹操(조조): 신분을 숨기고 변장하여 달아나고 있는 진짜 조조.

*제 이름 제 부르며: 조조로 지목된 군사가 자신의 이름을 스스로 크게 부르
면서 자신은 조조가 아니라고 밝히는 행동.

*지가 眞正(진정): 저 사람 자신이 거짓 없이 정말 참된 조조라고 외침.

가 풍, 또 한 놈은 뱃전으로 우루루 퉁퉁퉁퉁퉁 나가더니,

고향을 바라보며 망배 망곡으로, "아이고 아버지 어머니!
故鄕   *望拜 *望哭

나는 하릴없이 죽습니다. 언제 다시 뵈오리까." 물에가 풍,
    *하릴없이

버끔이 부그르르. 또 한 놈은 그 통에 지가 한가한 칠 허
*버끔   *지가 閑暇한 칠 허

고 시조 반장 빼다 죽고, 즉사 몰사 대해수중 깊은 물에 사
고 *時調 *半章 *빼고   *卽死 沒死 *大海水中

람을 모도 국수 풀듯 더럭더럭 풀며, 적극 조총 괴암통 남
                        *赤戟 *鳥銃 *괴암통 *남

날개 도래송곳 독바늘 적벽 풍파에 떠나갈 제, 일등명장이
날개 *도래송곳 *독바늘 赤壁 風波   *一等名將

쓸 디가 없고 날랜 장수도 무용이로구나. 화전 궁전 가는
        *날랜 將帥 *無用   *火箭 *弓箭

소리 여기서도 피르르르 저기서도 피르르르. 허저 장요 서
                                        *許褚 張遙 徐

황 등은 조조를 보위하야 천방지축 달아날 제, 황개 화연
晃 等 曹操 *保衛   *天方地軸   黃蓋 *火煙

무릅쓰고 좇아오며 웨는 말이 "붉은 홍포 입은 것이 조조
                        *紅袍   曹操

니라, 도망 말고 쉬 죽어라. 선봉대장에 황개라." 호통허니,
   *逃亡 말고 쉬 죽어라 *先鋒隊長 黃蓋 *호통

조조가 황겁하야 입은 홍포를 벗어버리고 군사 전립 앗아
曹操 *惶怯   紅袍   *軍士 戰笠 앗아

쓰고 다른 군사를 가리키며, "참 조조 저기 간다." 제 이름
쓰고 軍士   *참 曹操   *제 이름

을 제 부르며 "이 놈 조조야! 날다려 조조란 놈 지가 진정
  제 부르며   曹操   曹操   *지가 眞正

조조니라." 황개가 쫓아오며 "저기 수염 긴 것이 조조니라."
曹操 黃蓋   鬚髥   曹操

*氣怯(기겁): 갑자기 놀라거나 겁을 먹어 숨이 막힘.

*쥐여뜯고: 손으로 움켜쥐어 뜯어버림.

　※조조 도망의 위 표현은, 적벽대전이 끝난 한참 뒤 조조가 서량(西涼) 장
수 마초(馬超)와의 싸움에서 쫓겨 도망할 때의 모습임. 마초가 "홍포 입은
것이 조조다" 하고 추격하니 조조는 홍포를 벗어던지고 도망했으며, 또
"수염 긴 저것이 조조다" 하고 쫓으니 조조는 수염을 움켜잡고 칼로 베어
던지고 도주한 내용으로, 여기에 연결해 붙였음.

*꽤탈양탈: 온갖 꾀를 부려 핑계 대고, 또한 못마땅하다고 앙탈을 부림.

*張遼(장요): 조조 휘하의 뛰어난 장수.

*落水(낙수): 물속으로 빠져 들어감.

*公義(공의) *韓當(한당): '한당'은 오나라 장수로 자(字)가 의공(義公)임. 황
개(黃蓋)가 장요의 화살을 맞고 물에 빠진 것을 구제했음. 이때 황개
가 위급하여 '의공(義公)아' 하고 외칠 것을 '공의(公義)야' 하고 소리쳤음.

*烏林(오림): 호북성의 한수(漢水)와 양자강 사이 지역. 조조 군대의 식량
창고가 있고 육군 주둔지임. 조조가 이곳으로 달아나면서 낭패를 당했음.

*잔 말이 非常(비상)허여: 조리에 맞지 않는 말이 남달리 특별히 많음.

*요강 마렵다 오줌 들여라: "오줌 마렵다 요강 들여라"를 반대로 한 말.

*뒷중 났다 똥 칠세라: 매우 다급한 상황이 벌어져 너무 놀라, 모르는 사이
에 똥이 나와 옷에 똥칠을 하게 된다는 속담.

*弄(롱) 치지마라 *까딱허면은 똥 싸것다: "웃으며 장난치지 말라. 조금만
웃어도 모르는 사이에 똥을 쌀 것 같다." 조급해 똥이 나올 것 같은 상황.

*程昱(정욱): 조조를 곁에서 호위하는 신하.

*怯(겁)짐: 겁이 나는 통에. '짐'은 '김'의 방언. / *워째: '어찌하여'의 방언.

*退不如前(퇴불여전): 물러나기만 하고 앞으로 나아가지 않음.

*周瑜(주유) 魯肅(노숙): 오나라 도독 주유와, 계책을 세우는 책사 노숙.

*縮地法(축지법): 지맥을 축소하여 먼 거리를 가깝게 하는 도술(道術) 방법.

*아매도: '아마도'의 방언.

*縮天縮地法(축천축지법): 허공과 지맥을 축소하여, 공중과 먼 지역을 가깝
게 끌어당겨 보통 사람과 다르게 빨리 달아나는 도술 방법.

*언제 옳게 타것느냐: 바쁜데 어느 시간에 말을 내려 바로 타겠느냐는 말.

*말목아지: 말의 목 부분. '목아지'는 목의 비속어(卑俗語).

조조 정신 기겁하야 긴 수염을 걷어잡아, 와드득 와드득
曹操 精神 *氣怯   鬚髥

쥐여뜯고 꽤탈양탈 도망헐 제, 장요 활을 급히 쏘니 황개
*쥐여뜯고 *꽤탈양탈 逃亡   *張遼   黃蓋

맞어 물에가 풍 꺼꾸러져 낙수허니, "공의야 날 살려라."
              *落水   *公義

한당이 급히 건져 살을 빼어 본진으로 보내랼 적에, 좌우편
*韓當   本陣   左右便

호통소리 조조 장요 넋이 없어 오림께로 도망을 헐 제,
       曹操 張遼   *烏林   逃亡

조조 잔말이 비상허여, "문 들어온다. 바람 닫아라! 요강
曹操 *잔말이 非常허여   *요강

마렵다 오줌 들여라. 된중 낫다 똥 칠세라. 배아프다 농 치
마렵다 오줌 들여라 *된중 났다 똥 칠세라   *弄 치

지마라 까딱허면은 똥 싸것다. 여봐라 정욱아! 위급허다
지마라 *까딱허면은 똥 싸것다.   *程昱   危急

위급허다. 날 살려라 날 살려라." 조조가 겁짐에 말을 거꾸
危急   曹操 *겁짐

로 잡어타고, "아이고 여봐라 정욱아! 워째 이놈의 말이 오
               程昱   *워째

늘은 퇴불여전허여 적벽강으로만 그저 뿌두둥 뿌두둥 들어
    *退不如前   赤壁江

가니 이것이 웬일이냐? 주유 노숙이 축지법을 못 하는
            *周瑜 魯肅   *縮地法

줄 알았더니 아매도 축천축지법을 하나부다." 정욱이 여짜
       *아매도 *縮天縮地法   程昱

오되, "승상이 말을 거꾸로 탔소." "언제 옳게 타겄느냐?
      丞相   *언제 옳게 타겄느냐

말목아지만 쑥 빼다 얼른 돌려 뒤에다 꽂아라. 나 죽겄다
*말목아지만

어서가자. 아이고 아이고 아이고."

*蒼惶奔走(창황분주): 몹시 다급하고 두려워서 멀리 달아남.

*伏兵(복병): 몰래 습격하려고 몸을 숨기고 대기하는 병사.

*追兵(추병): 뒤따르며 추격하는 병사.

*半生半死(반생반사): 거의 죽을 지경에 이른 위급한 상황.

*움쑥움쑥 움치니: 턱을 앞으로 내밀었다가 뒤로 끌어당겨 젖혔다가 하면서
  몸을 움죽움죽 움직임.

*무게 많은 중에: 몸무게가 많은 그 위에 더하여.

*말 허리 느오리다: 무게 때문에, 타고 있는 말의 허리가 늘어지겠음.

1. 조조의 패주(새타령)

<중모리> 창황분주 도망을 갈 제, 새만 푸르르 날아나도
　　　　　 *蒼惶奔走　　逃亡

복병인가 의심허고, 낙엽만 벗석 떨어져도 추병인가 의심
*伏兵　　疑心　　　落葉　　　　　　　 *追兵　　　疑心

을 허며,　엎떠지고 자빠지며 오림산 험한 곳을 반생반사
　　　　　　　　　　　　 烏林山　　　　*半生半死

도망을 간다.
逃亡

<아니리>　조조가 가다가　목을 움쑥움쑥 움치니 정욱이
　　　　　　 曹操　　　　　　 *움쑥움쑥　움치니　程昱

여짜오되, "아 여보시오 승상님 거 무게 많은 중에 말 허리
　　　　　　　　　　 丞相　　　 *무게 많은 중에 *말 허리

느오리다.　어찌하야 목은 그리 움치시나이까?" "야야! 말
느오리다

마라 말 말어. 내 귓전에 화살이 윙윙허고, 눈 우에 칼날이

번뜻번뜻 허는구나." 정욱이 여짜오되, "이제는 아무 것도
　　　　　　　　　　 程昱

*더러: 이따금. 간혹 조금씩. / *意外(의외): 생각지도 않은 동안에.

*말굽통 머리: 달리는 말의 둥근 발굽 바로 그 앞. 말은 발굽 끝이 갈래로 벌어져 있지 않고 하나의 둥근 통처럼 되어 있어서, 말굽에 '통'을 붙여 표현한 말임.

*메초리: '메추리'의 방언. / *여: 여기에. 감탄하여 하는 말.

*눈치 밝소: 사정을 살피는 능력이 매우 빠르다는 말.

*그대지: '그다지'의 방언. 그렇게 심하게.

*장꿩: 장끼. 수꿩.

*氣絶招風(기절초풍): 너무 놀라 숨이 막혀 움직이지 못할 지경의 마비증상을 불러옴. '초풍'은 신경 마비 증상인 '풍병(風病)을 불러일으킴'의 뜻.

*가진: 갖추어진. 모든 조건이 잘 구비됨.

*쌈박: 음식이 연하여 잘 씹히면서 내는 소리로, 음식 맛이 아주 좋고 연하며 잘 넘어갈 때의 표현.

*憂患 中(우환 중): 근심걱정에 싸여 있는 속.

*새에: 사이에. 그 동안에.

*怨鳥(원조): 원통하게 죽은 사람의 혼백이 변해서 된 새로, 원한을 품고 있어서 우는 소리가 매우 슬프고 처량함. '원조'는 따로 있는 새 종류가 아니고, 우는 소리가 매우 가냘프고 처량하여 슬픔을 느끼게 할 때, 사람들이 이름 붙여 일컫는 말임.

*새打令(타령): '타령'은 광대가 창(唱)하는 잡가의 총칭임. 어떤 사물에 대하여 계속 노래하거나 끊임없이 호소하는 것을 이름. '새타령'은 새에 대한 여러 가지 사설을 노래한 대목임.

*山川 險峻(산천 험준): 산과 강이 험악하고 높은 절벽으로 이루어짐.

*樹木 叢雜(수목 총잡): 숲속의 나무들이 꽉 들어차 혼잡하게 얽혀 있음.

*萬壑(만학) *千峰(천봉): 일만 산골짜기와 일천 봉우리. 수많은 골짜기와 산봉우리들.

*花草木實(화초목실): 꽃과 풀, 그리고 나무에 달린 열매들.

*鸚鵡鴛鴦(앵무원앙): 사람 소리를 흉내 내는 앵무새와, 짝을 지어 물에 뜨는 원앙새. 새들을 대표하여 일컫는 말임.

없사오니 목을 늘여 사면을 더러 살펴보옵소서." "야야, 거
四面 *더러

진정 조용허냐?" 조조가 막 목을 늘여 사면을 살피랴 헐
眞正 曹操 四面

제, 의외에도 말굽통 머리에서 메초리란 놈이 푸루루루 날
*意外 *말굽통 머리 *메초리

아나니, 조조 깜짝 놀래 "아이고 여봐라 정욱아! 여 내 목
曹操 程昱 *여

달아났다. 목 있나 좀 보아라." 정욱이 기가 맥혀 "눈치 밝
程昱 氣 *눈치 밝

소. 그 조그마한 메초리를 보고 그대지 놀래실진댄 큰 장꿩
소 *그대지 *장꿩

보았으면 기절초풍할 뻔 허였소 그리여 잉." "야야 그것이
*氣絶招風

거 메초리드냐? 허허 그놈 비록 조그만한 놈이지마는 털

뜯어서 가진 양념하야 보글보글 보글보글 볶아났으면 술
*가진

안주 몇 점, 쌈박허니 좋니라마는." "거 우환 중에도 입맛
按酒 *쌈박 *憂患 中

은 안 변했소 그려 잉." 조조가 목을 느려 사면을 살펴보
變 曹操 四面

니, 그 새에 적벽강에서 죽은 군사들이 원조라는 새가 되어
*새에 赤壁江 軍士 *怨鳥

모도 이 조승상을 원망을 허며 우는디, 이것이 적벽강 새타
曹丞相 怨望 赤壁江 *새打

령이라고 허든가 보더라 잉.
令

<중모리> 산천은 험준허고 수목은 총잡헌디, 만학에 눈
*山川 險峻 *樹木 叢雜 *萬壑

쌓이고 천봉에 바람칠 제 화초목실이 없었으니 앵무원앙이
*千峰 *花草木實 *鸚鵡鴛鴦

*赤壁火戰(적벽화전): 적벽강에서 조조 선단이 대패한, 불을 이용한 전쟁.

*끝끝터리: '끄트머리'의 방언. 맨 끝.

*塗炭(도탄): 진흙과 불구덩이. 어려운 지경에 빠져 헤어나기 어려운 상황.

*歸蜀道 不如歸(귀촉도 불여귀): 두견새의 우는 소리를 형용한 말. "촉나라
로 돌아감이여, 돌아가고 싶다"라는 뜻이 담긴 두견새의 울음소리.

*楚魂鳥(초혼조): 두견새. '촉혼조(蜀魂鳥)'를 다르게 이르는 말로, 고대 촉
(蜀)지역 망제(望帝)가 쫓겨나 돌아가기를 원하다 죽어 그 혼백이 이 새로
되었다는 고사에서, '촉 망제 혼백'이라고 '촉혼조'라 함. 또 다르게 두견새
를 '초조(楚鳥)' 또는 '초혼조'라고도 함. 전국시대 말 초(楚)나라 회왕(懷
王)이 진(秦)나라 소왕(昭王)의 계략에 빠져 동맹을 맺으려 무관(武關)에
갔다가 구금되어 돌아오지 못하고 죽었음. 그 뒤로 두견새가 슬프게 울어,
초나라 사람들이 회왕 넋이라고 생각해 이 새를 '초혼조, 초조'라고 함.

*如山軍糧 燒盡(여산군량 소진): 산더미 같은 군사 양식을 불에 태워 없앰.

*村匪擄掠(촌비노략): 마을의 도적이 되어 약탈해 물건을 탈취함. 조조가 오
림에서 쫓겨 도망하다가 마을 양식을 강탈해 와 밥을 지은 것을 말함.

*소텡소텡 *凶年(흉년)새: '흉년새'는 소쩍새, 곧 두견새. '소텡소텡' 하고 우
는 소리를 '솥이 텅 비었다'는 흉군량 소진에 결부시켜 붙인 이름임.

*今日 敗軍(금일 패군): 지금 오늘 군사들이 전쟁에 패함.

*삣죽새: '입 삐죽 입 삐죽'이라 우는 '박새'. 적벽대전에서 조조가 자랑하던
백만 대군을 다 잃었으니, 사람들이 입을 삐죽이며 비웃는 것에 결부시킴.

*自稱 英雄(자칭 영웅): 조조는 스스로 자기를 영웅이라 일컬음.

*百計圖生(백계도생): 일백 가지 계책으로 자기 몸만 살아남기를 도모함.

*꾀로만 判斷(판단) 꾀꼬리: '꾀꼬리'의 '꾀' 발음을 끌어와서 모든 일을 잔꾀
로만 결정하는 조조에게 연관시켜, 잔꾀만 부리는 비열함을 비꼰 것임.

*草坪大路(초평대로): 풀이 나 있는 평지 들판의 탄탄한 너른 길.

*深山 叢林(심산 총림) *가마귀: 숲이 울창한 산속에 사는 까마귀를 결부
시켜, 평탄한 길을 버리고 오림(烏林) 숲속 화용도 길 택함을 비꼰 말.

*可憐(가련)타: 가엾고 불쌍함. / *주린 將卒(장졸): 음식을 굶은 장병들.

*冷病(냉병) *아니 드리: 몸이 차가워 생기는 여러 병에 걸리기 쉽다는 말.

*쑥국: 냉병에 좋다는 쑥으로 끓인 '쑥국'을 결부 시키려고, '쑥국 쑥쑥국' 하
고 우는 뻐꾸기 울음소리를 결부시켰음.

끊쳤난디 새가 어이 울랴마는, 적벽화전에 죽은 군사 원
                                        *赤壁火戰   軍士 怨

조라는 새가 되어 조승상을 원망허여 지지거려 우더니라.
鳥   曹丞相   怨望

나무나무 끝끝터리 앉어 우는 각 새소리, 도탄의 싸인 군사
      *끝끝터리   各   *塗炭   軍士

고향 이별이 몇 핼런고. 귀촉도 귀촉도 불여귀라 슬피 우는
故鄕 離別   *歸蜀道 歸蜀道 不如歸

저 초혼조. 여산군량이 소진헌디 촌비노략이 한 때로구나,
  *楚魂鳥 *如山軍糧   燒盡   *村匪擄掠

소텡소텡 저 흉년새. 백만군사를 자랑터니 금일 패군이 어
*소텡소텡   *凶年새 百萬軍士   *今日 敗軍

인 일고? 입 삣죽 입 삣죽 저 삣죽새. 자칭영웅 간 곳 없
                  *삣죽새 *自稱英雄

고 백계도생의 꾀로만 판단, 꾀꼬리 수리루리루 저 꾀꼬리.
  *百計圖生   *꾀로만 判斷 꾀꼬리

초평대로를 마다 허고 심산 총림에 고리걱 까옥 저 가마귀.
*草坪大路   *深山 叢林   *가마귀

가련타 주린 장졸 냉병인들 아니 드리? 병에 좋다고 쑥국
*可憐타 *주린 將卒 *冷病   *아니 드리 病   *쑥국

*살 간다: 화살이 빠르게 소리 내며 날아감. '호반새'의 울음인 '스르르르' 소리를 화살이 빠르게 날아가는 소리에 결부시켰음.

*수루루루 *湖畔(호반)새: '호반새'는 5월경 왔다가 9월경에 가는 철새. '비르르르, 스르르르' 하고 우는 소리를 화살 나는 소리에 결부시킨 것임.

*半空(반공): 그리 높지 않은 하늘 가운데.

*바람맥이: 큰 날개로 공중을 훨훨 나는 '보라매'의 방언. '바람'을 방언으로 '보람'이라 하기 때문에, 음운 혼란으로 '보라매'를 그렇게 일컬은 것임.

*絶望(절망): 희망이 전혀 없음.

*火兵(화병): 밥 짓는 취사병(炊事兵).

*노고지리: 종달새. 봄에 보리밭에서 이 새가 울면 보리가 익어 배고픈 춘궁(春窮)을 면하므로, 취사병에게 절망하지 말라 한 것임.

*黃蓋(황개) 호통: 오장(吳將) 황개가 도망치는 조조를 쫓으며 호통 친 일.

*벗은 紅袍(홍포): 조조가 붉은색 겉옷인 홍포를 벗어던지고 도망친 일.

*내 입었네 따옥이: '따오기'는 몸은 희고 머리가 붉어서 조조가 벗어던진 홍포를 '따서 가져와' 입었다고 표현한 것임.

*華容道 不遠(화용도 불원): 화용도의 길이 멀지 않고 가까운 곳에 있음.

*赤壁風波(적벽풍파)가 밀어온다: 적벽강의 거센 물결 같은 적이 몰려옴.

*어서 가자 저 게오리: '게오리'는 '거위'의 방언. '게 오리' 즉 '그것(적군)이 올 것이다'로 해석하여, 곧 무서운 적이 올 것이니 속히 가자고 한 말임.

*웃난 끝에난 겁낸 將卒(장졸): 조조 웃음마다 변이 생겨 겁먹는 장병들.

*갈수록이 얄망궂다: 시간이 경과할수록 더욱 괴이쩍고 이상한 일이 생김.

*伏兵(복병) *逃亡(도망): 웃음 끝에 숨은 적병이 출현하니 도주하자는 말.

*辭說(사설) 많은 *할미새: 자잘하게 늘어놓는 잔소리 같이 우는 할미새. '할미새'는 물가에 살며 부리가 길고, 머리와 꼬리를 요란하게 움직이면서 계속 우는소리를 냄. 조조의 방정맞은 웃음소리에 빗대어 결부시킨 것임.

*純金 甲(순금 갑)옷: 순수한 황금으로 된, 화살이나 창을 막는 전쟁겉옷.

*飢寒 汨沒(기한 골몰): 춥고 배고픈 어려운 지경으로 빠져 들었음.

*내 丹粧(단장): 내 몸 색채가 치장한 듯 고운 모습.

*傷處 毒氣(상처 독기) *쫏아주마: 딱따구리가 그 곱게 치장한 몸에, 또 날카로운 부리를 가지고 있어서, 그 부리로 군사들 다친 곳의 악화된 종기를 쪼아, 독기를 찍어내 주겠다는 말.

쑥쑥국.　장요는 활을 들고 살이 없다 걱정마라, 살 간다
　　　　*張遼　　　　　　　　　　　　　　　　　　　*살 간다

수루루루 저 호반새. 반공에 둥둥 높이 떠 동남풍을 내가
*수루루루　*湖畔새　*半空　　　　　　　　　　　東南風

막어 주랴느냐? 너울너울 저 바람맥이. 절망의 벗어났구나
　　　　　　　　　　　*바람맥이　*絶望

화병아 우지 말거라 노고지리 노고지리 저 종달새. 황개 호
*火兵　　　　　　　*노고지리　　　　　　　　　　　*黃蓋 호

통 겁을 내어 벗은 홍포를 내 입었네, 따옥따옥이 저 따옥
통　怯　　　　*벗은 紅袍　*내 입었네　　　　　　　*따옥

이. 화용도가 불원이로다 적벽풍파가 밀어온다 어서 가자
이 *華容道　不遠　　　*赤壁風波가　밀어온다 *어서 가자

저 게오리.　웃난 끝에는 겁낸 장졸, 갈수록이 얄망궂다.
저 게오리　*웃난 끝에는 겁낸 將卒 *갈수록이 얄망궂다.

복병을 보고서 도망을 허리. 이리 가며 팽당그르르르 저리
*伏兵　　　　　*逃亡

가며 행뚱행뚱, 사설 많은 저 할미새. 순금 갑옷을 어데다
　　　　　*辭說　　　　　*할미새 *純金 甲옷

가 두고, 살도 맞고 창에도 찔려, 기한에 골몰이 되어 내
　　　　　　　　　槍　　　　*飢寒　汩沒　　　　*내

단장을 부러 마라, 상처의 독기를 좇아주마. 뾰족헌 저
丹粧을 부러 마라 *傷處　毒氣 *좇아주마

*징구리: 끝이 '정'처럼 날카로운 '갈고리' 모양인, 딱따구리의 부리.

*때쩌구리: '딱따구리'의 방언.

*凄凉(처량): 쓸쓸하고 가엾게 보임.

*諸將 寃鬼 怨望(제장 원귀 원망): 여러 장수의 원통하게 죽은 영혼들이 원한을 품고 하소하는 것 같음.

*설리: 섧게. 슬프게.

*大笑(대소): 큰소리로 웃음.

*僅僅圖生(근근도생): 겨우 겨우 살아남을 방법을 강구해 왔음.

*蒼惶 中(창황 중): 바쁘고 두렵고 위급한 속.

*周瑜(주유) *實技(실기): 오나라 도독인 주유의 실제 전쟁하는 전투능력.

*지듯 마듯: 끝나자 말자 곧바로.

*烏林山谷 兩便(오림산곡 양편): 호북성에 있는, 한수(漢水)와 양자강이 만나는 사이 지역인 오림산 골짜기 협곡 양쪽 언덕.

*鼓聲火光 衝天(고성화광 충천): 북소리와 함께, 불빛이 번쩍이면서 하늘을 찌르고 오름.

*荊山白玉(형산백옥): '형산'은 중국 안휘성에 있으며 질 좋은 옥이 많이 생산되는 산. 이 산의 고운 옥돌 같이 아름답게 잘 생긴 얼굴.

*눈은 瀟湘江(소상강): 눈이 소상강 물결처럼 맑다는 말. 소상강은 중국 호남성을 흘러 동정호(洞庭湖)로 들어오는 강으로, 상강(湘江)과 소강(瀟江)이 합쳐서 흐르며 물이 맑기로 크게 이름난 강이어서, 조자룡(趙子龍)의 맑고 파르스름한 눈에 비유했음.

징구리로 속 텅 빈 고목 안고, 오르며 때피르르르, 내리며
*징구리   古木

꾸벅 때그르르르, 뚜드럭꾸벅 찍껵 때그르르르르, 저 때쩌
                                        *때쩌

구리는 처량허구나. 각 새소리 조조가 듣더니 탄식헌다.
구리   *凄凉   曹操   歎息

"우지마라 우지마라. 각 새들아 너무나 우지를 말어라. 너
                  各

희가 모도다 내 제장 죽은 원귀가 나를 원망허여서 우는구
          *諸將   寃鬼   怨望

나."

2. 조자룡 기습

<아니리> 한참 이리 설리 울다가 히히히 해해해 대소허니
              *설리   *大笑

정욱이 여짜오되, "아 여보시오 승상님, 근근도생 창황 중
程昱   丞相   *僅僅圖生 *蒼惶 中

에 슬픈 신세를 생각잖고 어찌하야 또 그리 웃나니까?"
        身世   *생각잖고

"야야 말 마라. 말 말어. 내 웃는 게 다름이 아니니라. 주유
                                        *周瑜

는 실기는 좀 있으되 꾀가 없고, 공명은 꾀는 좀 있으되
    *實技   孔明

실기 없음을 생각하야 웃었느니라." 이 말이 지듯 마듯.
實技   *지듯 마듯

<엇모리>   오림산곡 양편에서 고성화광이 충천, 한 장수
          *烏林山谷 兩便   *鼓聲火光 衝天   將帥

나온다 한 장수 나온다. 얼굴은 형산백옥 같고 눈은 소상강
        將帥   *荊山白玉   *눈은 瀟湘江

*麟(린)의 허리: 기린 같이 늘씬하게 잘 생긴 허리 모습을 말함.

*곰의 팔: 곰의 팔처럼 억세고 유연함을 나타낸 말.

*綠鉓掩身甲(녹포엄신갑): 녹색 철판을 연결해 만든, 몸의 상체를 보호하기 위해 옷 위에 덧입은 갑옷.

*八尺長槍(팔척장검): 여덟 자나 되는 긴 자루 달린 창.

*堂堂威風 一咆聲(당당위풍 일포성): 늠름한 위엄을 지닌 풍채로, 산천을 울리는 큰소리를 질러 호통 침.

*常山名將 趙子龍(상산명장 조자룡): 하북성 상산에서 출생한 이름난 장수 조운(趙雲). '자룡'은 그의 자(字)임.

*아는다 모르는다: '아느냐, 모르느냐?' 하고 호통 치는 말의 고어(古語).

*닫지 말고: 말을 달려 도망가지 말라는 말.

*霹靂(벽력): 공중에서 울리는 벼락 치는 소리.

*말 놓아: 말을 몰지 않고 마음대로 달리게 놓아 달려 적병을 무찌름.

*東(동)에 얼른 西(서)를 쳐: 동쪽에 번듯 서쪽에 번듯 정신없이 무찌름.

*生門(생문) *死門(사문): 군대 진법(陣法)인 '팔문금쇄진(八門金鎖陣)'의 8개 문(門) 중에서 길문(吉門)인 '생문'과 흉문(凶門)인 '사문'을 말함. 술수가(術數家)들은 하늘에 '휴·생·상·두·경·사·경·개(休·生·傷·杜·景·死·驚·開)' 여덟 개 문이 있어서, 땅의 팔방(八方)에 해당하는 팔괘(八卦) 방향과 호응한다고 설명함. 그런데 8개 문 중에 '개·휴·경·생(開·休·景·生)' 4문은 길문(吉門)이며, 나머지 3개 문은 흉문(凶門)으로 규정되어 있음. 이 술수가들의 이론을 전쟁의 진 치는 방법에 응용해 만든 것이 '팔문금쇄진'임.

*將卒(장졸) *秋風落葉(추풍낙엽): 장병 목이 가을바람에 나뭇잎처럼 떨어짐.

*左右 衝突(좌우 충돌): 왼쪽 오른쪽으로 부딪쳐 돌진해 공격함.

*허리파 허리파 허리파: 힘차게 휘저으며 말을 달려 공격하는 모습의 형용.

*白松(백송)두리 꿩 차듯: 우리나라 사냥매인 해동청(海東靑) 중에서, 굳세고 날쌘 '백송골(白松鶻; 백송고리)' 매가 꿩을 낚아채는 것 같다는 말.

*두꺼비 파리 잡듯: 두꺼비가 긴 혀로 파리를 날름 잡아 입에 넣는 것 같음.

*銀粧刀(은장도) 칼 빼듯: 은장식의 칼집에서 칼 뽑는 것 같이 쉽게 처리함.

*橫行行行(횡행행행): 마구 헤치고 다님. / *如山(여산): 산더미 같음.

*徐晃 張郃(서황 장합) *雙椄(쌍접): 서황과 장합 장군이 양편에서 보호함.

*葫蘆谷(호로곡): 오림 지역 산등성이 뒤편 절벽 사이의 오목한 골짜기.

물결이라. 인의 허리, 곰의 팔, 녹포엄신갑에 팔척장창을
　　　　　*麟의 허리　*곰의 팔　*綠袍掩身甲　　*八尺長槍

비껴들어 당당위풍 일포성 큰 소리로 호령하되, "네 이놈
　　　　　*堂堂威風　一咆聲　　　　　　　號令

조조야! 상산명장 조자룡 아는다 모르는다? 조조는 닫지
曹操　　*常山名將　趙子龍　*아는다 모르는다　曹操　*닫지

말고 내 장창 받아라." 우레 같은 소리를 벽력같이 지르며
말고　　長槍　　　　　　　　　　　*霹靂

말 놓아 달려들어, 동에 얼른 서를 쳐, 남에 얼른 북을 쳐,
*말 놓아　　　　　*東에 얼른　西를 쳐　南　　　北

생문으로 들이몰아 사문에 와 번뜻, 장졸의 머리가 추풍낙
*生門　　　　　　*死門　　　　　*將卒　　　　*秋風落

엽이라. 예 와서 번뜻 허면 저가 정그렁 베고, 저 와서 번
葉

뜻 허면 예 와서 땡그렁 베고, 좌우로 충돌 허리파 허리파
　　　　　　　　　　*左右로　衝突　*허리파　허리파

허리파, 백송두리 꿩 차듯, 두꺼비 파리 잡듯, 은장도 칼 빼
허리파　*白松두리　꿩 차듯　*두꺼비 파리 잡듯　*銀粧刀 칼 빼

듯, 여름날 번개 치듯, 횡행행행 쳐들어갈 제, 피 흘려 강수
듯　　　　　　　　*橫行行行　　　　　　　　江水

되고 주검이 여산이라. 서황 장합 쌍접, 겨우겨우 방어허고
　　　　　*如山　　*徐晃 張郃 *雙椄　　　　防禦

호로곡으로 도망을 간다.
*葫蘆谷　　　逃亡

※참고: '팔문금쇄진(八門金鎖陣)' 보충설명

『산국지연의』에서, 조조 휘하 장수 조인(曹仁)이 신야(新野) 성을 공격하면서
이 진을 쳤음. 유비(劉備)의 책사(策士) 서서(徐庶)가 '팔문금쇄진'이라 말하고,
8문 중 생·경·개(生·景·開) 3문은 길문(吉門)이고, 상·경·휴(傷·驚·休) 3문은 상
처 입는 문이며, 두·사(杜·死) 2문은 사문(死門)이라 하면서, 조자룡에게 동남쪽
'생문'으로 치고 들어가 서쪽 '경문(景門)'으로 나오면 저 진이 무너진다고 했음.
조자룡이 그대로 치고 들어가 종횡무진 진을 와해시키니, 조인은 크게 패했음.

*身世自嘆(신세자탄): 자기 자신의 현재 처지를 스스로 한탄함.

*地動(지동) 치듯: 뇌성 번개로 인해 땅이 흔들리는 상황.

*器械(기계): 전쟁에 사용되는 여러 가지 기구와 무기들.

*어디메: '어디'의 방언. / *살끄나?: '살겠는가?' 하고 한탄하는 말의 방언.

*슈(영)을 놓아: 명령을 내림.

*村落 擄略(촌락 노략): 민간 마을을 위협해 약탈함. 쫓기어 몸만 달려와 병사들 밥 지을 양식이 없어 군사들을 시켜 마을에 가 약탈을 해오게 했음.

*若干 救急(약간 구급): 많지 않은 얼마간으로 위급함을 구제함.

*曬風(쇄풍)에 달고: 햇볕에 쬐고 바람에 쏘여 말리려고 막대기 끝에 매닮.

*漢水(한수): 중국 사천성에서 흘러내려 호북성의 양자강에 합류하는 강.

*여울: 강이나 바다의 물살이 세차게 흐르는 곳.

*夷陵橋(이릉교): 호북성 한수(漢水) 남쪽 이릉현(夷陵縣) 고을에 있는 다리.

*寂寂山谷 淸溪上(적적산곡 청계상): 쓸쓸하고 적막한 산골의 맑은 냇물 위.

*雙雙 白鷗(쌍쌍 백구): 짝을 지어 나르는 흰 갈매기 들.

*흘리 떴구나: 여기 저기 공중에 흩어져 떠서 날고 있는 모습.

*쭉지: 날개 죽지. 새의 날개가 몸통에 붙은 부분.

*雨後淸江(우후청강): 비 온 뒤의 깨끗하고 맑은 강물.

*興味(흥미): 아름다운 기분이 일어나는 흥취.

*紅蓼月色(홍료월색): 물가에 어우러져 피어있는 '붉은 여뀌' 꽃을 달빛이 아름답게 비추고 있는 정경. '요(蓼; 여뀌)'는 홍갈색 줄기가 가을에 꽃이 피고 단풍이 들면 붉은색을 띠어 붉게 보여 '홍료(紅蓼)'라 함.

*漁笛水聲 寂寞(어적수성 적막): 어부들 피리소리에 물소리 어우러져 쓸쓸함.

*뉘 期約(기약)을 기다리다가: 누구와 만나기로 한 약속을 기다림.

*泛彼蒼波(범피창파) *勝遊(승유): 저 푸른 물결 위에 떠서 즐겁게 노님.

*奔走(분주): 바쁘게 뛰어 왔다 갔다 함.

*千里戰場(천리전장): 고향에서 일천리나 멀리 떨어진 곳 싸움터.

*沒死:(몰사): 모두 다 죽음.

*風波(풍파)에 困(곤)한 身世(신세): 모진 물결에 곤란을 겪은 가엾은 처지.

*半生半死(반생반사): 절반은 죽고 반만 살아남음. 거의 죽을 지경에 처함.

*面目(면목): 얼굴. 체면. / *갈끄나: '갈거나?'의 방언. 가겠는가?

*哀(애)둡고: 너무 큰 슬픔이 몸을 감싸는 상황.

<아니리> 이렇듯 도망을 허여 호로곡으로 들어가며 신세
　　　　　　　　　　 逃亡　　　　　　葫蘆谷　　　　　　　　*身世

자탄 울음을 우는디.
自嘆

<진양조> "바람은 우루루루 지동 치듯 불고 굳은비는
　　　　　　　　　　　　　　　　　　 *地動 치듯

퍼붓는디, 갑옷 젖고 기계 잃고 어디메로 가야만 살끄나?"
　　　　　 甲　　 *器械　 *어디메　　　　 *살끄나

조조 군중의 영을 놓아 촌락노략 양식을 얻고, 말도 잡아
曹操　軍中　*令을 놓아　*村落擄略　糧食

약간 구급을 허며, 젖은 옷은 쇄풍에 달고 겨우 기어 살어
*若干 救急　　　　　　　　 *曬風에 달고

갈 제, 한 곳을 바래보니 한수 여울 흐른 물은 이릉교로
　　　　　　　　　　　　　 *漢水 *여울　　　　　 *夷陵橋

닿었난디, 적적산곡 청계상의 쌍쌍 백구만 흘리 떴구나. 두
　　　　　 *寂寂山谷 清溪上　*雙雙 白鷗　*흘리 떴구나

쭉지를 쩍 벌리고 펄펄 수루루루 둥덩 우후청강 좋은 흥미,
*쭉지　　　　　　　　　　　　　　　 *雨後清江　　 *興味

묻노라 저 백구야! 너는 어이 한가허여 홍요월색 어인일고?
　　　　 白鷗　　　　　　　 閑暇　 *紅蓼月色

어적수성이 적막헌디 뉘 기약을 기다리다가 범피창파 흘리
*漁笛水聲　 寂寞　　 *뉘 期約을 기다리다가　*泛彼蒼波

떠서 오락가락 승유허고, 나는 어이 분주허여 천리전장에
　　　　　　 *勝遊　　　　　　 *奔走　 *千里戰場

를 나왔다가 백만 군사 몰사를 시키고, 풍파에 곤한 신세
　　　　　 百萬　軍士 *沒死　　　　 *風波에 困한 身世

반생반사 되었으니, 무슨 면목으로 고향을 갈끄나? 애돏고
*半生半死　　　　　　　 *面目　　 故鄉 *갈끄나 *哀돏고

*忿(분): 후회스럽고 원통한 감정이 복받쳐 진정하기 어려움.

*어이 허면은: '어떻게 하면은'의 방언.

*설리 울다: 서럽게 울다가.

*程昱(정욱): 조조 휘하에서 계책을 수립하여 돕는 신하.

*복병(伏兵): 적을 기습하려고 몸을 숨기고 있는 병사.

*얇은 속: 속이 좁고 이해성이 부족한 마음.

*伏兵(복병)은 커녕: 숨어 있는 병사는 말할 것도 없음. 여기 '복병'을 우리
말과 독음(讀音)이 같은 '복병(腹病; 배가 아픈 병)'과 '술을 담는 술병'으
로 바꾸어서 농담하고 있음.

*左右山谷(좌우산곡): 주위 오른쪽 왼쪽 산과 골짜기.

*싫컨: '실컷'의 방언. 하고 싶은 대로 마음껏.

*怨(원): 원한이 맺혀 한스러운 마음.

*慓毒(표독): 사납고 독살스러운 마음.

*먹장 낯: 먹물 같이 온통 시커먼 빛을 띤 얼굴.

*고리눈: 눈동자 둘레에 흰 테가 둘린 무서운 눈.

*다박鬚髥(수염) 거사리고: 덥수룩하게 많은 수염이 자연적으로 위로 뻗쳐
올라가 엉성하게 얼굴을 덮고 있는 모습.

*黑驄馬(흑총마): 말 갈퀴의 색이 검은 천리마.

*칩터 타: 말을 힘차게 올라탄 모습.

*蛇矛長槍(사모장창): 창끝 날이 세 모로 되고 창날 몸체 양쪽에 가지가 벌
어진 자루가 긴 창.

*불끝 같이: 활활 타는 불꽃의 끝부분처럼 무섭고 맹렬함.

*急(급)한 性情(성정): 참을성이 없고 다급하게 행동하는 무서운 성품.

*윗따: '아 정말' 잘 만났다고 기뻐 소리치는 말.

분헌 뜻을 어이 허면은 갚드란 말이냐?
*忿헌   *어이 허면은

3. 장비의 호통소리

<아니리>   이렇듯이 설리 울다 히히해해 대소허니, 정욱이
          *설리 울다   大笑   *程昱

기가 맥혀, "얘들아 승상님이 또 웃으셨다. 승상님이 웃으
氣   丞相   丞相

시면 복병이 꼭꼭 나타나느니라." 조조 듣고 얕은 속에 화
    *伏兵   曹操   *얕은 속

를 내여, "야, 이놈들아! 내가 웃으면 복병이 꼭꼭 나타난단
                              伏兵

말이야? 아 이전에 우리 집에서는 아무리 웃어도 복병은
        以前   *伏兵

커녕 뱃병도 안 나고 술병만 꼭꼭 들어오더라. 이놈들아!"
      病   瓶

이 말이 지듯 말듯, 좌우산곡에서 복병이 일어나니 정욱이
              *左右山谷   伏兵   程昱

기가 막혀, "여보시오 승상님, 즐기시는 웃음이나 싫컨 더
氣   丞相   *싫컨

웃어보시오. 죽어도 원이나 없게." 조조 웃음 쏙 들어가고
              *怨   曹操

미쳐 정신 못 차릴 적에.
     精神

<자진모리>   장비의 거동 봐라, 표독한 저 장수 먹장 낯
           張飛 擧動   *慓毒   將帥 *먹장 낯

고리눈에 다박수염 거사리고 흑총마 칩터 타, 사모장창 들
*고리눈 *다박수염 거사리고 黑驄馬 *칩터 타 *蛇矛長槍

고 불끝 같이 급한 성정 맹호 같이 달려들어, "윗따 이놈
  *불끝 같이 *急한 性情 猛虎   *윗따

*날따 길따: '날겠는가? 기겠는가?'의 고어 표현. 어디에도 갈 곳이 없음.

*파랑개비: 바람에 도는 팔랑개비. 여기서는 돌아서 날아오르는 프로펠러.

*飛上天(비상천): 날아서 하늘로 올라감. / *뒤저기: '두더지'의 방언.

*팔따: 파겠는가? 땅을 파 숨겠는가? / *닫지 말고: 내달아 달리지 말고.

*霹靂(벽력): 벼락. / *軍中(군중)을 橫行(횡행): 군진 안을 누비고 다님.

*軍領(군령): 군대에서 상부로부터 지급받아 사용하는 각종물품.

*淸道 巡視(청도 순시): 길을 치우는 깃발과 순회 시찰 때 들고 나가는 깃발.

*司命 令旗(사명 영기): 대장 지휘 상징 깃발과 군령 전하는 '영(令)'자 깃발.

*偃月 環刀(언월 환도): 칼날이 반달처럼 둥글고 가지가 벌어진 자루 긴 칼
  언월도(偃月刀)와 장수들이 군복에 갖추어 허리에 차던 긴 칼 군도(軍刀).

*錚(쟁): 징. / *金鼓(금고): 군대 악단을 지휘하는 '金鼓' 글자 새겨진 기.

*細樂手(세악수): 북·장구·피리·저·깡깡이로 구성된 군악 연주. '수(手)'는 기
  능인을 뜻함.

*火箭(화전): 불을 달아 쏘는 화살. 신호용으로 사용하는 화살임.

*肅靜牌(숙정패): 군령(軍令)을 집행할 때 정숙하라는 '肅靜' 글자 새긴 팻말.

*長槍 大劍(장창 대검): 긴 창과 크고 긴 칼.

*쇠도리깨: 쇠로 된, 막대기 끝의 채를 돌려 접었다 폈다 하는 도리깨.

*동개: 활과 화살을 넣어 등에 짊어지는 통.

*고도리: 화살촉을 철사나 대로 둥글고 뭉뚝하게 만들어 끼운 고두리살.

*細身(세신)바늘: 몸체가 가늘고 질이 좋은 바늘.

*도리송곳: 송곳날이 반원형으로 되어 구멍을 도려 파낼 때 사용하는 연장.

*바람쇠: 마름쇠. 날카로운 뿔이 많이 달려 적의 접근을 막는 쇳덩어리.

*帳幕(장막): 휘장. / *筒(통)노구: 놋쇠나 구리로 간편하게 만든 작은 솥.

*부쇠: 부시. 부싯돌에 쳐서 불을 일으키는 쇳조각.

*火繩(화승): 총이나 대포의 화약에 불을 유도해 붙이는 도화선(導火線).

*앗고: 습득하여 얻음.

*風伯(풍백)을 호령하니: 바람을 맡은 신령 '풍백'이 큰 바람을 일으키는 것
  같이, 크게 호통 쳐 놀라운 분위기를 조성했다는 말.

*雄聲落鳥 不見(웅성낙조 불견): 웅장한 호령에 새들이 놀라 떨어져 안 보임.

*惶怯(황겁): 놀라 겁에 질려 두려워함.

*아래택만 까불까불: 턱을 계속 움직여 말을 많이 하는 것을 비꼰 비속어.

조조야! 날따 길따? 길따 날따? 파랑개비라 비상천허며 뒤
曹操 *날따 길따 *파랑개비 *飛上天 *뒤

저기라 땅을 팔따? 닫지 말고 창 받어라!" 우레 같은 소리
저기 *팔따 *닫지 말고 槍

를 벽력 같이 뒤지르며 군중을 횡행하야, 조조 약간 남은
*霹靂 *軍中을 橫行 曹操 若干 남은

군령 일시에 다 뺏는다. 청도 순시 사명 영기, 언월 환도
*軍領 一時 *淸道 巡視 *司命 令旗 *偃月 環刀

쟁 북 나팔 금고 세악수, 화전 숙정패 장창 대검 쇠도리깨,
*錚 喇叭 *金鼓 *細樂手 *火箭 *肅靜牌 *長槍 大劍 *쇠도리깨

투구 갑옷 화살 동개, 고도리 세신바늘 도리송곳 바람쇠 장
*동개 *고도리 *細身바늘 *도리송곳 *바람쇠 *帳

막 통노구 부쇠 화신을 일시에 모도 앗고, 차시 대장이 풍
幕 *筒노구 *부쇠 *火繩 一時 *앗고 此時 大將 *風

백을 호령허니, 웅성낙조 불견하야 나는 새도 떨어지고 땅
伯을 호령하니 *雄聲落鳥 不見

이 툭툭 꺼지난 듯, 조조가 황겁하야 아래 택만 까불까불,
曹操 *惶怯 *아래 택만 까불까불

*前日(전일)에 關公(관공): 지난날 관운장(關雲長). 앞서 유비 삼형제가 패하여 흩어져, 관운장이 조조 휘하에 머물었을 때의 일.

*張翼德(장익덕): 유비(劉備) 휘하의 장수 장비(張飛), '익덕'은 자(字)임.

*晝夜長川(주야장천) *襃奬(포장): 밤낮으로 항상 늘 칭찬하고 찬양함.

*的實(적실): 틀림없고 확실함.

*許褚(허저) 張遼(장요) 徐晃(서황): 조조 휘하의 장수들.

*限死挾攻 防禦(한사협공 방어): 죽음을 무릅쓰고 조조 주위에서 싸워 막아, 보호해 위기를 면함.

*天方地軸(천방지축): 너무나 다급하여 하늘과 땅 동서남북 어디로 향할 방향을 잡지 못하고 허둥댐.

*諸將(제장): 여러 장수들.

*南郡(남군): 호북성에 있는 강릉(江陵)의 다른 이름. 조조가 일찍이 여기를 점령해 군사들이 주둔해 있으므로, 이곳으로 향하여 도피해 가고 있음.

*大路 草坪(대로 초평): 통행불편이 없는 큰길인 초원의 평탄한 지역.

*小路(소로): 평탄하지 못한 좁은 산 길.

*華容道(화용도): 호북성 한수(漢水) 남쪽에 있는 협곡으로 길이 좁고 험함.

*危急(위급)함: 위태롭고 급박함.

*小路 山上 火光(소로 산상 화광): 좁고 험한 화용도 길 산 위에서 불빛이 비치고 있음.

*峰煙氣處(봉연기처): 산봉우리에 연기가 나고 있는 곳. 제갈량이 관운장을 화용도로 보내면서 산봉우리에 불을 피워 연기를 내게 했음. 조조의 마음을 꿰뚫어 알고 있는 제갈량이, 조조가 이 연기를 속이려는 거짓 술책으로 판단하여 이 길로 올 것임을 미리 알고 있었음. 병법서에 연기 나는 곳은 군대가 주둔하고 있으니 피해야 한다고 되어 있어서, 교활한 조조는 제갈량이 꾀가 많아 역이용할 것으로 생각하고 이 길을 택했지만, 제갈량은 다시 한 번 더 역이용하여 적중시켰음.

*必有軍馬留陣(필유군마류진): 반드시 군대와 기마병이 주둔해 머물러 진을 치고 있음.

*兵法(병법): 전쟁방법에 대하여 여러 가지 기법을 기록한 책. 손무(孫武)의 『손자병법(孫子兵法)』과 오기(吳起)의 『오자병법(吳子兵法)』이 널리 알려져 있으나, 더 많은 병법서가 전해지고 있음.

"여봐라 정욱아! 전일에 관공 말이, '내 아우 장익덕은 만군
　　　程昱　*前日에　關公　　　　　　　　　*張翼德　萬軍

중 장수 머리를 풀같이 비어온다.' 주야장천 포장터니 그
中　將帥　　　　　　　　　　　　*晝夜長川　*襃獎

말이 적실허니, 이러한 영웅 중에 내가 어이 살어나리? 날
　　*的實　　　　　　英雄　中

살려라 날 살려라." 허저 장요 서황 등은 안장 없는 말을
　　　　　　　　　　　*許褚　張遼　徐晃　等　　鞍裝

타고 한사협공 방어헐 제, 조조는 갑옷 벗고 군사한테 뒤섞
　　*限死挾攻　防禦　　　曹操　　　　　　　軍士

이여 이리 비틀 저리 비틀 천방지축의 도망을 갈 제.
　　　　　　　　　　　　　*天方地軸　　逃亡

<아니리>　　　한 곳을 당도허니 전면에 두 길이 있는지라.
　　　　　　　當到　　　　前面

조조 제장다려 물어 왈, "이 길은 어느 지경으로 닿았으며,
曹操　*諸將　　　　　曰　　　　　　　　　地境

저 길은 어느 지경으로 행허느냐?" 제장이 대답하되 "두
　　　　　　地境　　　行　　　　諸將　對答

길 모두다 남군으로 통하옵니다만, 대로로는 초평 허오나
　　　　　*南郡　　　通　　　　　*大路　　草坪

이십 리가 더 머옵고, 소로로는 가까우나 화용도 길이 험악
二十 里　　　　　　　*小路　　　　　*華容道　　　險惡

허오니 초평대로로 가사이다." 조조 위급함만 생각허고 "소
　　　草坪大路　　　　　　曹操　*危急함　　　　　　小

로로 가자!" 정욱이 여짜오되, "소로 산상에 화광이 있사온
路　　　　程昱　　　　　*小路　山上　火光

즉 봉연기처에 필유군마유진허리니 초평대로로 가사이다."
則　*烽煙氣處　*必有軍馬留陣　　　　草坪大路

조조 듣고 화를 내어, "네 이놈! 니가 병법도 모르고,
曹操　　　　　　　　　　　　　　　*兵法

*그래 갖고: 그렇게 하여가지고. 그 정도의 능력을 가지고서.

*軍師(군사): 군대에서 계책을 세워 장수들 전투를 지휘는 책사(策士).

*實卽虛 虛卽實(실즉허 허즉실): 적의 동정을 살필 때, 겉으로 튼튼해 보이면 실속에 허점이 있고, 겉으로 허해 보이면 실제 내용은 튼튼하다는 말.

*伏兵(복병): 적의 통로에 미리 숨어 있다가 기습하는 군대.

*헛불: 일부러 튼튼한 방비가 있는 것처럼 보이게 하려고 피우는 거짓 불.

*빠질 성 싶으냐?: 그 계책에 빠져들어 속임을 당하지 않는다는 뜻.

*抑制(억제): 강제로 억압하여 제압함. 강제로 명령해 따르게 함.

*人馬氣盡(인마기진): 사람과 말의 기운이 거의 다 빠져 지침.

*大人老弱(대인노약): 장년(壯年) 나이를 지난, 늙어 쇠약해진 사람.

*更令(갱령): 다시금 힘을 내라고 명령함.

*山高樹疊(산고수첩): 산이 높고 나무들이 겹겹이 울창함.

*휘여진 雜木(잡목): 가지들이 밑으로 쳐져 얽혀진 여러 종류의 나무들.

*허첨허첨: 장애물을 이리저리 헤쳐 치우는 모습.

*검처잡고: 거머잡고. 단단하게 손에 쥐어 잡음.

*후유 끌끌 서를 차며: '후유'하고 한숨을 쉬면서 한스러워 혀를 차는 모습.

*蜀道之難(촉도지난): 서촉(西蜀) 지역으로 들어가는 길의 험난함. 당(唐) 현종(玄宗)이 안록산(安祿山)의 난에 양귀비를 데리고 험악한 '촉도'를 통해 서촉 지역으로 몽진(蒙塵)했음. 시인 이태백(李太白)이 그 피난길 촉도의 어려움을 '촉도난(蜀道難)'이라 읊은 시(詩)에서 온 말.

*所約盡心(소약진심): 맹세해 약속한 바 있는, 정성을 다하겠다는 참된 마음.

*運籌決勝(운주결승): 책사(策士)가 장군 막사에 앉아 지도 위에 막대기를 이리저리 옮기며 계책을 수립해, 멀리 일선의 전투를 이기게 하는 능력.

*諸符終始不如意(제부종시불여의): 모든 계책이 모두 언제나 뜻대로 안 됨.

*草行露宿(초행노숙): 풀 우거진 들판을 헤매며 바깥에서 잠을 잠.

*妄想(망상): 분별없는 망령스러운 생각.

*酒色 限死(주색 한사): 술과 여자를 보면 탐을 내 죽음을 무릅씀.

*臨戰(임전) 꾀病(병): 싸움에 임박해서는 슬그머니 꾀를 부려 핑계 대 피함.

*三部六師(삼부육사): '삼부'는 세 부서조직. '육사'는 황제의 모든 군대.

*謀事 虛事(모사 허사): 계책을 세워 꾀했던 모든 일이 헛된 결과로 나타남.

*空手(공수): 헛된 빈 손. / *全別將(전별장): 특별 임무 맡은 모든 장수.

그래갖고 군사라 어이 다니는고? 병서에 허였으되 실즉허
*그래갖고 *軍師   兵書   *實卽虛

하고 허즉실이라 허였느니라. 꾀 많은 공명이가 대로에 복
      虛卽實   孔明   大路 *伏

병허고 소로에 헛불놓아 나를 못 가게 유인을 허제마는,
兵   小路 *헛불   誘引

내가 제까짓 놈 꾀에 빠질 성 싶으냐? 잔말 말고 소로로
              *빠질 성 싶으냐   小路

가자." 장졸을 억제허고 화용도로 들어갈 제.
      將卒 *抑制   華容道

<중모리>   이 때 인마기진허여 대인노약 막대 짚고 상한
            *人馬氣盡   *大人老弱   傷

장졸 갱령허여, 눈비 섞어 오는 날에 산고수첩 험한 길로,
將卒 *更令   *山高樹疊 險

휘여진 잡목이며 엉크러진 칡잎을 허첨허첨 검처잡고 후유
*휘여진 雜木   *허첨허첨 *검처잡고 *후유

끌끌 서를 차며, 촉도지난이 험타 헌들 이에서 더 헐소냐?
끌끌 서를 차며 *蜀道之難 險

허저 장요 서황 등은 뒤를 살펴 방어허고 정욱이가 울음을
許褚 張遼 徐晃 等   防禦   程昱

운다. "아이고 아이고 내 신세야. 평생의 소약진심 운주결
                        身世   平生 *所約盡心 *運籌決

승 허쟀더니 제부종시불여의로구나. 초행노숙 어인 일고?
勝   *諸符終始不如意   *草行露宿

승상이 망상허여 주색 보면 한사 허고 임전 허면 꾀병터니,
丞相 *妄想 *酒色   限死 *臨戰   꾀病

삼부육사 간 곳 없고 백만군사가 몰사허니 모사가 허사되
*三部六師   百萬軍士   沒死 *謀事   虛事

고 장수 또한 공수로다." 이렇다시 울음을 우니, 전별장도
  將帥 *空手   *全別將

*博望 燒屯(박망 소둔): 박망 지역 전투에서 화공(火攻)에 주둔지가 불타 군사들을 죽게 한 일. 앞서 유비(劉備)가 신야(新野)에 머물면서 제갈량을 초빙해 왔음. 이때 조조 휘하 장수 하후돈(夏侯惇)이 군사를 거느리고 신야를 공격해 왔는데, 제갈량이 계책을 세워 화공으로 전멸시켰음. 이 승리가 제갈량의 최초 계책에 의한 '박망파(博望坡)' 승리임.

*雨雪 傷(우설 상)한 길: 비와 눈으로 손상된 도로.

*怨(원) 없을까: 가슴속 품은 원한이 결코 없지 않다는 뜻.

*前伏兵(전복병) *後伏兵(후복병): 앞서 숨어 있던 병사들의 습격을 받아 당했는데, 뒤에 또 숨어 있다가 기습해 올 적국병사들.

*뉘라서 當(당) 허드란 말이냐: 누가 있어서 감당해 견디어낸다는 말인가? 아무도 없다고 한탄하는 말.

*死生 有命(사생 유명): 사람이 죽고 사는 것은 하늘이 낸 운명에 달려 있음.

*軍法 斬(군법 참): 군대 규율에 의거하여 목을 벰.

*草原山谷(초원산곡): 풀이 우거진 들판과 깊고 험한 산골짜기.

*두세 번 머물러: 두 번이나 세 번쯤 행군을 멈추고 쉬었다가 다시 행군함.

*落後敗卒 領率(낙후패졸 영솔): 상처 입어 뒤떨어지는 패잔 병졸들을 잘 거느려 인솔함.

*寂寂山中 松林間(적적산중 송림간): 고요하고 적막한 산속 소나무 숲 우거진 사이에.

*怒目 嫉視(노목 질시): 눈을 칩떠 화낸 눈초리로 미워하며 노려봄.

*채鬚髥(수염): 텁수룩하고 길게 묶음을 이루어 늘어뜨려진 수염.

*嚴然(엄연): 위엄 있고 의젓한 모습.

*大驚(대경) 질겁: 크게 놀라 겁에 질려 몸을 움츠림.

*長丞(장승): 원래는 지역의 거리를 표시해 세우는 '이정표(里程標)' 팻말이었는데, 민속적으로 길목이나 마을을 지켜주는 신령으로 생각하여, 큰 통나무에 무서운 형상의 남녀 얼굴을 조각하고, 몸체에 '천하대장군'과 '지하여장군' 글씨를 새겨 길목에 세운 나무.

*거 張飛(장비) 한 一家(일가)냐: 그것이 유비(劉備)의 휘하장수 장비와 한 문중(門中) 사람이냐? '장승'과 '장비'의 첫 글자가 발음이 같아 하는 말.

*릿수: 거리의 멀고 가까움을 나타내는 이수(里數).

울고 간다. "박망의 소둔 게우 살어 적벽화전 또 웬 일고?
*博望 燒屯 赤壁火戰

우설에 상한 길을 고치라고만 호령허니 지친 군사가 원 없
*雨雪 傷한 길 號令 軍士 *怨 없

을까? 전복병에 살아오나 후복병 다시 나면 그 일을 뉘랴
을까 *前伏兵 *後伏兵 *뉘랴

서 당허드란 말이냐?" 아이고 아이고 아이고 울음을 우니.
서 當허드란 말이냐

4. 장승 치죄

<아니리> 조조 듣고 화를 내어, "네 이놈들! 사생이 유명
曹操 *死生 有命

커든 너희 왜 우는고? 또다시 우는 놈이 있으면 군법으로
*軍法

참허리라." 초원산곡 아득헌디 두세 번 머물러 낙후패졸 영
斬 *草原山谷 *두세 번 머물러 *落後敗卒 領

솔하야 한 곳을 당도허니, 적적산중 송림간에 소리 없이 키
率 當到 *寂寂山中 松林間

큰 장수 노목을 질시허고 채수염 점잔헌듸 엄연히 서 있거
將帥 *怒目 嫉視 *채鬚髥 *嚴然

날, 조조 보고 대경 질겁하야, "여봐라 정욱아! 저 앞에 나
曹操 *大驚 질겁 程昱

를 보고 우뚝 섰는 저 장수가 누군가 좀 살펴봐라. 어디서
將帥

보든 얼굴 같으다." 정욱이 여짜오되, "승상님 그게 장승이
程昱 丞相 *長丞

요." 조조 깜짝 놀래며 "장승이라니? 거 장비네 한 일가
曹操 長丞 *거 張飛 한 一家

냐?" 정욱이 기가 맥혀, "아 여보시요 승상님, 화용도 릿수
程昱 氣 丞相 華容道 *릿수

*妖妄(요망): 요사스럽고 망령스러움.

*軍法 施行(군법 시행): 군대 규율을 어긴 사람에게 형벌을 가함.

*조우더니: 졸았더니. 졸음이 와서 잠시 잠이 들었다는 말.

*非夢似夢(비몽사몽): 꿈이 아닌 것 같기도 하고 꿈같기도 한 몽롱함 속.

*木神現夢(목신현몽): 나무에 붙어 있는 신령이 꿈속에 나타나서 이야기함.

*天地萬物(천지만물) 삼겨날 제: 하늘과 땅, 모든 사물이 생겨 태어날 때.

*各色 草木(각색 초목): 여러 종류의 풀과 나무들.

*人皇氏(인황씨) *神農氏(신농씨): 두 사람 모두 중국 고대 전설상의 제왕. '인황씨'는 구주장(九州長)을 맡았다고 전해지며, '신농씨'는 농기구를 만들어 농사법을 가르쳤고, 풀을 맛보아 의약(醫藥)을 제정했다고 전해짐.

*構木爲巢(구목위소): 나무를 얽어 집을 지음. 『시략(史略)』에 유소씨(有巢氏)가 '구목위소' 했다고 나타나 있음.

*軒轅氏 作舟車 以濟不通(헌원씨 작주거 이제불통): 옛날 헌원씨는 배와 수레를 만들어 막힌 길을 통하게 했음. 나무의 쓰임을 말한 것임.

*石上 梧桐木(석상 오동목): 매우 오래된 큰 오동나무. '石上'은 관형어(冠形語)로 사용되면 '오래된, 낡은'의 뜻이며, '돌 위'의 뜻이 아님.

*五絃琴(오현금) 복판: 다섯 줄 거문고의 가운데 몸통 나무.

*大舜膝上(대순슬상) 비껴 누워: 순(舜)임금 무릎 위에 비스듬히 엎혀 누움.

*南風歌(남풍가): 순임금이, 남풍이 잘 불어 백성들이 행복하다고 읊은 노래.

*鳳凰(봉황): 단산(丹山)에 산다는 상서로움의 상징인 상상의 새. 봉이 수컷이고 황이 암컷임. 대나무 열매만 먹고 오동나무에만 깃들인다고 함.

*山鳥(산조): 산에 사는 여러 종류의 새.

*文王之甘棠木(문왕지감당목): 주(周) 무왕(武王) 아우 소공(召公)이 남국(南國) 지역을 순시할 때, 부친 '문왕(文王)'의 좋은 정사(政事)를 본받아 베풀었음. 이때 '소공'이 '감당나무(팥배나무)' 아래에 집을 짓고 살아, 뒷사람들이 감당나무를 숭배했음. '소공'의 일이지만 '문왕'의 아들로, 특히 부친 '문왕'의 좋은 정사를 본받아 시행했으므로, '문왕의 감당나무'라 했음.

*琵琶聲(비파성) 띄어있고: 감당나무로 만든 '비파'가 고운소리를 내기 때문에 사람들의 사랑을 받으므로, 유용한 나무로서 감당나무를 등장시켰음.

*死後靈魂 棺板木(사후영혼 관판목): 죽은 혼백 안장하는 '관' 나무 널빤지.

*白骨屍體 安葬(백골시체 안장): 백골인 시체를 편하게 잘 땅속에 매장함.

표시헌 장승이온디 그대지 놀래시니까?" 조조 듣고 화를
表示   長丞   曹操

내어, "이 요망헌 장승 놈이 영웅 나를 속였구나. 네 그 장
      *妖妄 長丞   英雄   長

승 놈 잡아들여 군법으로 시행하라." "예이!" 좌우 군사
丞   *軍法 施行   左右 軍士

소리치고 달려들어 장승 잡아들일 적에, 조조가 잠깐 조우
              長丞   曹操   *조우

더니 비몽사몽간에 목신이 현몽을 허는디.
더니 *非夢似夢間 *木神 現夢

<중중모리> 천지만물 삼겨날 제 각색 초목이 먼저 나, 인
          *天地萬物 삼겨날 제 *各色 草木   *人

황씨 신농씨 구목위소를 허였고, 헌원씨 작주거 이제불통
皇氏 *神農氏 *構木爲巢   *軒轅氏 作舟車 以濟不通

을 허였고, 석상의 오동목은 오현금 복판되어 대순 슬상에
      *石上 梧桐木 *五絃琴 복판되어 *大舜 膝上

비껴 누워 남풍가 지어내어 시르링둥덩 탈 제, 봉황도 춤
비껴 누워 *南風歌   *鳳凰

추고 산조도 날아드니 그 아니 태평이며, 문왕지감당목은
    *山鳥   太平   *文王之甘棠木

비파성 띄어있고, 사후영혼 관판목은 백골시체 안장허고,
*琵琶聲 띄어있고 *死後靈魂 棺板木 *白骨屍體 安葬

※참고: 순(舜)임금의 남풍시(南風詩)

순(舜)임금이 백성들을 생각하며 오현금을 퉁기면서 다음과 같은 '남풍시'
를 읊었음. "남풍이 아름답게 잘 부니 내 백성들 노여움이 풀어지겠구나.
남풍이 때맞추어 잘 불어 내 백성들의 재산이 불어날 수 있겠도다(南風之薰
兮 可以解吾民之慍兮 南風之時兮 可以阜吾民之財兮).

*神返室堂(신반실당) 허올 적에: 사망한 사람의 관을 매장한 다음, 상주들이 혼백인 신주(神主)를 모시고 집으로 돌아와 빈소에 안치하는 일을 말함.

*栗木 神主(율목 신주): 밤나무 패에 글씨를 써 혼령으로 모시는 위패(位牌).

*四時節祀 忌故日(사시절사 기고일): 일 년 네 명절 제사와, 사망한 날 모시는 기제사날. 네 멸절은 설날·단오(端午)·추석(秋夕)·동지(冬至).

*萬般珍羞 設位(만반진수 설위): 여러 음식을 차리고 밤나무 위패를 모심.

*焚香獻爵 讀祝(분향헌작 독축): 향을 피우고, 술잔을 올리고, 축문을 읽음.

*所重(소중): 신주(神主) 위패에 사용된 밤나무는, 이렇게 귀한 위치에 있음.

*木物八字(목물팔자): 앞에서 열거한 여러 나무들의 타고난 운명.

*이내 一身 困窮(일신 곤궁): 나의 이 한 몸 운명은 고단하고 보잘 것 없음.

*下山作梁(하산작량): 산에서 벌목되어 끌려 내려와, 시내 양쪽 언덕에 걸쳐져 사람들이 건너다니는 다리 구실을 했음.

*宮闕棟樑(궁궐동량): 영광스러운 궁궐 건물 기둥이나 대들보가 됨.

*大栿(대광): 큰 수레나 배 앞쪽에 가로로 대는 중요한 구실 나무됨을 원함.

*無知(무지)헌: 지식이 없고 사리분별에 어두운 사람.

*가지 찍어 防川(방천) 말: 가지를 잘라 냇물 막는 제방 말뚝으로 사용함.

*동동이: 한 토막 한 토막씩 잘라내는 모습.

*馬板(마판) 구시: 마구간에 까는 널빤지와, 말과 소의 먹이를 담는 구유.

*斫刀 版(작도 판): 말과 소 먹이인 여물을 써는 '작도' 날 닿는 바탕 나무.

*개밥 통: 개의 밥을 담아주는 그릇. 큰 나무의 속을 파내어 만든 통 그릇.

*뒷간 가래: 옛날 변소 오물통 위에 걸치어, 딛고 앉아 용변 보는 막대기.

*所欲(소욕): 하고 싶은 모든 것. / 險鬼(험귀): 험상궂게 생긴 귀신 모습.

*방울눈 *다박수염 *주먹코: 둥글고 큰 눈, 더부룩한 수염, 우묵하게 큰 코.

*朱土 漆(주토 칠): 붉은색 흙으로 칠을 하여 벌겋게 보이도록 함.

*八字(팔자) 없는 紗帽品帶(사모품대): 운명으로 타고나지도 않은, 벼슬한 사람의 관복 차림인, 비단 관(冠)을 쓰고, 품계(品階)에 맞는 각띠를 두름.

*行人去來 大道上(행인거래 대도상): 사람들이 오고가는 큰길 위.

*嚴然(엄연)히: 매우 위엄 있고 의젓한 모습을 함.

*입이 있으니 말을 하며: 입은 있지만 말을 할 수 없음. 반어(反語) 표현임.

*발이 있어 걸어갈까: 발이 있어서 걸어가겠느냐? 발이 없어서 걷지 못함.

*有耳不聞(유이불문) : 귀는 있으나 듣지를 못함.

신반실당 허을 적에 율목은 신주되어 사시절사 기고일
*神返室堂　허올 적에　*栗木　神主　　*四時節祀　忌故日

에 만반진수 설위허고 분향헌작 독축허니 그 소중이 어떠
*萬般珍羞　設位　*焚香獻爵　讀祝　　*所重

허며, 목물팔자가 다 좋으되 이내 일신 곤궁하야 하산작량
*木物八字　　　*이내 一身　困窮　*下山作梁

이 몇 해런고? 궁궐동냥 못 될진댄 차라리 다 버리고 대광
*宮闕棟樑　　　　　*大桄

이나 바랬더니마는 무지헌 어떤 놈이 가지 찢어 방천 말과,
*無知　　　*가지 찍어 防川 말

동동이 끊어내어 마판 구시 작도 판 개밥 통 뒷간 가래 소
*동동이　　*馬板 구시 *斫刀 版 *개밥 통 *뒷간 가래 *所

욕대로 다 헌 후, 남은 것은 목수를 시켜 어느 험귀 얼굴인
欲　　　　　　　木手　　*險鬼

지, 방울눈 다박수염 주먹코 주토 칠, 팔자 없는 사모품대
*방울눈 *다박수염 *주먹코 *朱土 漆 *八字 없는　紗帽品帶

장승이라고 이름 지어 행인거래 대도상에 엄연히 세워두니,
長丞　　　　　　*行人去來 大道上 *嚴然히

입이 있으니 말을 허며,　발이 있어 걸어갈까?　유이불문
*입이 있으니 말을 허며　*발이 있어 걸어갈까　*有耳不聞

※참고: 장승 얼굴 모습

〔화개장터 입구〕

*有目不見(유목불견): 눈이 있어도 보지를 못함.

*不避風雨(불피풍우) *塵土 中(진토 중): 비바람을 피하지도 못하고, 흙먼지 속에 파묻혀 있음.

*對陣(대진)허면: "적진을 상대하여 싸우게 되면?" 하고 의문을 나타낸 말.

*欺君簒逆(기군찬역): 임금을 속이고 반역을 꾀하여 왕위를 강제로 탈취함.

*無罪行刑(무죄행형): 죄 없는 몸에 형벌을 행사함.

*分揀放送(분간방송): 옳고 그름을 분명히 가려, 죄 없는 몸을 석방해 줌.

*千萬千萬(천만천만): 매우 많이 간절히. / *퍼떡: '신속히, 급하게'의 방언.

*木神行刑(목신행형) 마라: 나무신령인 장승에게 형벌을 가하지 말라는 명령.

*失體(실체): 점잖은 사람으로서의 체면(體面)을 잃게 됨.

*홧짐에: 홧김에. 화가 난 것을 계기로 하여.

*一壺酒 醉(일호주 취)케 먹고: 한 항아리의 술을 취하게 마심.

*吳漢兩陣 將帥(오한 양진 장수): 오나라와 촉한(蜀漢) 두 진영 장군 지휘자.

*險口(험구): 남의 흉을 들추어내어 헐뜯는 말을 하는 행동.

*이런 可觀(가관)이 없제: 보기에 이 같은 꼴사나운 모습이 없음.

*都大體(도대체): '대체'를 강조한 말. 크게 개략적으로 본 입장.

*根本(근본): 조상 대대로 이어온 가문의 기본 바탕.

*숭한 상놈: 흉측(凶測)하고 야비한 행동을 하는 사람. '숭'은 '흉'의 방언. '상놈'은 '양반'에 대칭되는 말로서, 교양이 부족한 미천한 사람이란 뜻.

*손: 사람을 낮추어 일컫는 말. 보통 미운 감정으로 낮추어 일컫는 말임.

*自稱 漢宗室(자칭 한종실): 자기 자신이 스스로 일컬어, 한나라 황족(皇族) 의 혈통을 가진 후손이라 함.

*陽山(양산): 중국 하북성 당현(唐縣) 양읍(陽邑)에 있는 산. 유비(劉備)와 장 비(張飛)의 고향인 탁군(涿郡) 지역임.

*菜麻田(채마전): 채소 등을 심어 가꾸는 집 근처의 남새밭. 유비가 어릴 때 탁군 누상촌(樓桑村)에서 홀어머니를 모시고 가난하게 살면서, 비어있는 채전(菜田) 밭에서 신 삼고 자리 엮어 팔아 생계유지를 했던 사실을 말함.

*生餓(생아) *窮班(궁반): 배고픔을 근근이 면하며 살아가는 가난한 사람.

*關公(관공): 유비(劉備) 휘하 장수인 관우(關羽). 자(字)는 운장(雲長)임.

*河東(하동): 중국 산서성 황하 동쪽 지역 하동군(河東郡). 곧 관우의 고향.

*店漢(점한): 상점 점포에서 물건을 파는 점원(店員).

유목불견 불피풍우 우뚝 서서, 진퇴 중에 있는 나를 승상님
*有目不見 *不避風雨 *塵土 中 丞相

은 모르시고 그대지 놀래시니 그러허고 대진허면? 기군찬
*對陣허면 *欺君簒

역 아닌 나를 무죄행형이 웬 일이요? 분간방송 허옵기를
逆 *無罪行刑 *分揀放送

천만천만 바래내다.
*千萬千萬

5. 부상병 조조 희롱(군사점고)

<아니리> 조조 깜짝 놀래 잠에서 퍼떡 깨더니마는,
曹操 *퍼떡

"얘들아 얘들아! 목신행형 마라. 목신 보고 놀랜 게 내 도
*木神行刑 마라 木神

리어 실체로구나. 분간방송허여라." 도로 그 자리에 갖다
*失體 分揀放送

세웠것다. 조조가 화짐에 일호주 취케 먹고 앉어, 오한양진
曹操 *홧짐에 *一壺酒 醉케 먹고 *吳漢兩陣

장수 놈들 험구를 허는듸 이런 가관이 없제. "얘들아! 내가
將帥 *險口 *이런 可觀이 없제

이번 싸움에 패를 좀 보기는 보았지만은, 도대체 오한양진
敗 *都大體 吳漢兩陣

장수 놈들 근본인 즉, 그놈들 다 별 보잘 것 없는 숭헌 상
將帥 *根本 卽 *숭한 상

놈들이니라 잉. 유현덕인가 이 손은 지가 자칭 한종실이라
놈 劉玄德 *손 *自稱 漢宗室

허되, 양산 채마전에서 돗자리 치기, 짚신 삼아 생아허든
*陽山 *菜麻田 *生餓

궁반이요, 관공 그 손은 하동 그릇장사 점한이요, 장비 그
*窮班 *關公 *河東 *店漢 張飛

*涿郡(탁군): 중국 하북성에 위치한 지역으로, 유비와 장비의 고향임.

*山肉(산육): 산짐승 고기. / *둘리어: 마음이 끌려 휩쓸리어 동화됨.

*劉關張 三人(유관장 삼인): 유비(劉備)와 관우(關羽)와 장비(張飛) 세 사람.

*結義兄弟(결의형제): 친 형제가 아니고 의리(義理)로 약속하여 맺은 형제.

*趙子龍(조자룡): 유비(劉備) 휘하 장수 조운(趙雲), 그의 자(字)가 자룡임.

*벼룩神靈(신령) 아들놈: 벼룩은 잘 뛰어오르므로, 막 뛰어 달리며 적을 섬
  멸하는 조자룡을 벼룩에 빗대어 벼룩신령의 자식이라고 욕한 것임.

*陣中(진중): 군대가 주둔하여 전쟁 대열을 갖추고 있는 진지 안.

*常山(상산): 중국 하북성에 있는 군명(郡名). 조자룡(趙子龍)의 고향임.

*돌틈: 두 바위의 벌어진 사이. 좁은 산골에서 나왔다고 멸시하는 말.

*借作(차작): 다른 것에서 빌려 와 거짓으로 만들어냄.

*實卽 尊長(실즉 존장): 실제에 있어서 곧 존경 받을 만한 어른.

*如此(여차)허면: 어떤 일이 벌어져 기회가 주어지기만 하면.

*世慾(세욕): 세상에 나와 활동하여 출세하겠다는 욕심.

*뒈졌으면: '죽었으면' 하는 말의 비속어(卑俗語).

*怨讐(원수)놈: 원수 같이 미운 사람을 일컫는 말.

*術法(술법): 초능력의 힘을 발휘하는 신비한 술수.

*玄德(현덕): 촉한(蜀漢) 임금인 유비(劉備). 그의 자(字)가 '현덕'임.

*庸劣(용렬): 인품이 비열하고 사리판단이 모자라는 사람.

*先生(선생)이니 後生(후생)이니: 제갈량을 훌륭한 인격자라고 존경하는 것에
  대하여, 존경의 의미인 '선생'이란 말을 글자대로 '먼저 난 사람'이라고 풀
  이하고, '뒤에 난 사람이란' 뜻의 '후생'을 결부시켜 비꼰 말임.

*南陽(남양): 중국 하남성에 있는 땅이름. 제갈량의 고향임.

*農土生(농토생): 농사짓는 농부를 낮추어 일컫는 말.

*別(별) 보잘 것: 특별히 내세워 찬양할 만한 사항.

*숭한: 흉(兇)하게 생긴. '숭'은 '흉(兇)'의 방언.

*보리붕태: 보리를 담은 자루. 어리석고 못난 사람을 일컫는 말.

*王侯將相 寧有種乎(왕후장상 영유종호): 왕이며 제후며 장수며 재상 등이
  어찌 씨가 따로 있느냐? 조상 신분과 현재 인물 됨됨이는 상관없다는 뜻.

*일렀삽고: 일러오고 있사옵고. 전해져 내려오고 있음의 존대어.

*兵驕者 敗(병교자 패): 전쟁에서 교만하게 자기를 과시하는 사람은 패망함.

손은 탁군 산육장사 놈이라. 그놈의 고리눈에 둘리어가지
*涿郡 *山肉 *둘리어

고 유관장 삼인이 결의형제를 맺었겄다. 또한 조자룡인지
*劉關張 三人 *結義兄弟 *趙子龍

이 손은 지가 벼룩신령 아들놈인 체허고 진중을 팔팔팔팔
*벼룩神靈 아들놈 *陣中

뛰어다니며 꼭 아까운 장수 목만 싹싹 비어가거든. 그놈

근본 뉘 알 수 있나? 상산 돌틈에서 쑥 불거진 놈이라, 뉘
根本 *常山 *돌틈

놈의 자식인 줄 모르제마는, 저희들끼리 차작허여 조자룡
子息 *借作 趙子龍

이라 허것다. 내 나이가 실즉 존장인디, 아, 이놈이 여차허
*實卽 尊長 *如此허

면 "이놈 조조야! 이놈 조조야!" 허니, 내가 세욕에 뜻이
면 *世慾

없어지거든! 그놈 뒈졌으면 좋겠지마는 죽지도 않고 웬수
*뒈졌으면 *怨讐

놈이었다. 또한 제갈량인가 이 손은 지가 술법 있는 체허고
놈 諸葛亮 *術法

말은 잘 허거니와 현덕이가 용렬헌 자라. 그 손을 데려다가
*玄德 *庸劣 者

선생이니 후생이니 허제마는, 남양에서 밭 갈던 농토생이
*先生이니 後生이니 *南陽 *農土生

아니냐? 제까짓 놈이 알면 얼마나 알겠느냐? 너희들 그리

알고 그 손들게 미리 겁내지 마라 잉. 그놈들 다 별 보잘
怯 *別 보잘

것 없는 숭헌 보리붕태니라." 정욱이 여짜오되, "왕후장상이
것 *숭한 *보리붕태 程昱 *王侯將相

영유종호아? 예로부터 일렀삽고, 병교자는 패라 허니, 남의
寧有種乎 *일렀삽고 *兵驕者 敗

*險口(험구): 남의 흉을 들추어내어 헐뜯는 말을 하는 말버릇.

*軍士點考(군사점고): 군사들의 숫자가 다 있는지 불러내 장부와 대조하여 점을 찍으면서 하나하나 고찰해 맞추는 일.

*한 五十餘名(오십여명): 대략 50명 남짓한 수의 사람.

*軍案(군안): 군사들 이름을 적어 놓은 명부.

*大將 安有名(대장 안유명): 대장 직책에 있는 안유명. '안유명'은 실존 인물이 아니고 '유명하지 않은 사람'이라는 뜻으로 끌어 붙인 이름임.

*物故(물고): 사람이 죽어 없어졌음을 일컫는 말.

*烏林(오림): 호북성에 있는, 한수(漢水)와 양자강이 만나는 사이 지역으로, 조조 군대의 식량 창고와 육지 병영이 진을 치고 있던 곳. 조조가 이곳을 통해 달아났음.

*子龍(자룡): 유비(劉備) 휘하 장수 조운(趙雲), 자(字)가 '자룡'임.

*殺人(살인) 물러 오너라: 사람 죽인 것에 대하여 원상회복(原狀回復)의 책임을 물어 보상을 받아오라는 말.

*小卒(소졸): 병졸이 윗사람 앞에서 자기를 낮추어 이르는 말.

*웠다: '아 참' 하면서 놀라움을 표시하는 말.

*後司把(후사파): 군대에서 후방 적을 살펴 경비하는 책임자.

*千摠 許無敵(천총 허무적): 천총 직책을 맡은 장수 허무적. '천총'은 중국에서 명(明)나라 때 영장(營將) 직책이며, 청(淸) 때는 군대의 중간 책임자였음. 우리나라에서는 조선시대 훈련도감(訓練都監)이나 어영청(御營廳) 등에 소속된 정삼품 장관직(將官職) 무관임.

*顫動顫動(전동전동): 떨거나 쩔뚝거리는 모습.

*怨恨(원한) 하니: 원통한 일로 인하여 원망하면서 한탄함.

험구 그만 허고 남은 군사점고나 허여 보사이다.” “점고
*險口   *軍士點考   點考

허잘 것 무엇 있냐? 정욱이 너 나, 나 너 모두 합쳐서 한
              程昱   合   *한

오십여 명쯤 되니, 손가락으로 꼽아 봐도 알것구나. 정욱이
五十餘 名   程昱

니가 점고허여 보아라.” 정욱이가 군안을 안고 군사점고를
      點考   程昱   *軍案   軍士點考

허는디, “대장의 안유명이!” “물고요.” 조조 듣고 “앗차차차
        *大將 安有名   *物故   曹操

차차! 아까운 놈이 죽었구나. 안유명이가 어찌허여 죽었느
                          安有名

냐?” “오림에서 자룡 만나 죽었소.” “야 이놈들아! 너희들
      *烏林   *子龍

급히 한나라 가서 안유명이 살인 물러 오너라.” “승상님이
急   漢   安有名 *殺人 물러 오너라   丞相

혼자 가서 물러 오시오.” “야 이놈들아! 나 혼자 가서 맞어

죽게야.” “그러면 소졸들은 어찌 간단 말이요?” “윗다 이놈
              *小卒   *윗다

들아! 그놈이 하도 불쌍해서 허는 말이로다. 또 불러라.”

“후사파에 천총 허무적이!”
*後司把 *千摠 許無敵

<중모리>   허무적이가 들어온다. 투구 벗어 손에 들고
              許無敵

갑옷 벗어 짊어지고, 부러진 창대를 꺼꾸로 짚고 전동전동
甲   槍   *顚動顚動

들어오며, “원한 하니, 제갈량 동남풍 아닐진대 백만대병이
        *怨恨 하니 諸葛亮 東南風   百萬大兵

*어찌타: "어떻게 하리요!" 하고 한탄하는 말을 더 강조하는 표현.

*燒盡(소진): 불에 타 모두 없어짐.

*敗軍(패군): 전쟁에 져서 패망한 군사.

*道래(도래): '도리(道理)'의 방언. 어떤 어려운 일의 해결 방도.

*千摠之道禮(천총지도례): 병영 책임자인 천총 직책을 맡은 장수로서, 도독 앞에서 마땅히 갖추어야 할 도덕과 예절.

*軍禮(군례): 군대에서 제정된 예의 절차.

*傲然不拜(오연불배): 거만스럽게 버티고 서서 절을 올리지 않음.

*丞相 杖下(승상 장하): 승상이 내리는 매의 형벌.

*魂飛中天(혼비중천): 죽은 혼백이 공중으로 둥둥 떠 날아감.

*眷率(권솔): 거느리는 처자식(妻子息), 곧 가족.

*感心(감심): 감화를 입어 마음속에 감동을 받음.

*左騎兵(좌기병): 말을 타고 행렬 왼쪽에서 호위하는 장병(將兵).

*骨內腫(고내종): 골수에 염증이 생겨 고름이 차서 흘러나오는 병. 이 질병 명칭을 상처 많이 입은 장병의 이름으로 끌어 붙인 것임.

*左便(좌편) 팔 槍(창): 왼쪽 팔에는 창을 맞음.

*右便(우편) 팔 살: 오른쪽 팔에는 화살을 맞음.

*半生半死(반생반사): 반쯤 살고 반쯤 죽은 상태. 거의 죽음에 이른 상태.

다 죽을까? 어찌타! 불에 소진하야 돌아가지 못할 패군, 갈
　　　　*어찌타　　　*燒盡　　　　　　　　　　　*敗軍

도래는 아니 허고 점고는 웬 일이요? 점고 말고 어서 가사
*道래　　　　　點考　　　　　　　點考

이다." 조조 화를 내어 "이놈! 너는 천총지도례로 군례도 없
　　　曹操　　　　　　　　　　*千摠之道禮　*軍禮

이 오연불배 괘씸허다. 네 저놈 목 싹 비어 내 던져라."
　*傲然不拜

허무적이 기가 맥혀, "예 죽여주오. 승상 장하에 죽거드면
許無敵　　氣　　　　　　　　　　*丞相　杖下

혼비중천 고향 가서 부모 동생 처자 권솔 얼굴이나 보겠내
*魂飛中天　故鄕　　父母　同生　妻子 *眷率

다. 당장의 목숨을 끊어 주오." 조조 감심허여, "오냐, 허무
　　當場　　　　　　　　　　曹操 *感心　　　　許無

적아! 우지 마라. 네 부모가 내 부모요 네 권솔이 내 권솔
敵　　　　　　　父母　　　父母　　　眷率　　　眷率

이니 우지 마라, 우지를 말어라! 이애 허무적아 우지 마라!"
　　　　　　　　　　　　　　　　　許無敵

<아니리> "우지 말고 거기 있다가 점고 끝에 함께 가자.
　　　　　　　　　　　　　　　點考

또 불러라.""좌기병에 골래종이!"
　　　　　*左騎兵　*骨內腫

<엇모리> 골래종이 들어온다. 골래종이 들어온다. 좌편 팔
　　　　骨內腫　　　　　　骨內腫　　　　　　　*左便 팔

창을 맞고 우편 팔 살을 맞어, 다리도 절룩절룩 반생반사
槍　　　*右便 팔 살　　　　　　　　　*半生半死

들어와, "예!"

*拍掌大笑(박장대소): 손바닥을 치면서 크게 웃음.

*윗다: '아 그것' 하면서 감탄하는 소리.

*病身富者(병신부자): 상처가 너무 많아 몸이 온전하지 못한 상태를 비꼬아, 재산 많은 부자처럼 상처가 많아서 '상처 부자' 같다고 일컬은 말.

*늦이막허니: '느지막하니'의 방언. 급하지 않고 천천히 움직이는 모습.

*가르쳐 줄 놈: 적이 쳐들어올 때 도망가지 않고 숨어 있다가 적에게 아군의 간 곳을 가르쳐 일러 줄 반역자란 뜻.

*戰爭不食(전쟁불식): 전쟁을 하는 동안에 음식을 잘 먹지 못함.

*素症(소증): 식물성 음식만 먹어 고기를 먹고 싶은 증세.

*진케 대려라: 물을 많이 붓고 불을 때 수분을 증발시켜서 진하게 다리어 끓여 국물이 탁해지게 하라는 말.

*골을 내어: 순간적으로 벌떡 화를 내는 모습.

*눈 뽄: '눈 본(本)'의 방언. 눈의 생긴 형태. '본'은 어떤 사물이나 형상의 기본바탕이 되는 '본보기'.

*人醬食(인장식): 사람의 살을 삶아 끓인 국이나, 또는 사람 살을 소금에 절여 젓을 담가 반찬으로 먹는 행위.

*右騎兵(우기병): 말을 타고 행렬 오른편에서 호위하는 장병(將兵).

*顫動(전동) 다리: 병이나 상처를 입어 떨거나 절뚝이는 다리.

*발勢(세) 치레: 발걸음을 걷는 모습이 매우 뛰어나서 자랑스럽게 보임.

*蹇調(건조): 절뚝이면서 한쪽 다리에만 힘을 주어 펄쩍펄쩍 뛰는 걸음걸이.

*세 발걸음 中(중) 띄엄, 몸을 날려: 세 발걸음으로 걸을 거리를 한 다리로만 껑충 뛰어 넘어, 한 걸음으로 나는 듯이 훌쩍 건너는 모습.

*섭수: '수단, 솜씨' 등을 일컫는 말의 방언.

*盛(성): 아무 데도 상한 데가 없이 모두 건강한 상태.

*膾(회)쳐: 날 생선을 잘게 썰어 양념장에 찍어 먹는 음식.

*대려 먹자기로: 오래 동안 끓여 삶아 다리어 먹자고 하기 때문.

\<아니리\> 조조가 보더니 박장대소를 허며, "윗다 그놈!
曹操　　　　　　　*拍掌大笑　　　　*윗다

병신부자로구나. 우리는 죽었다 살었다 달아나면 저놈은
*病身富者

뒤에 늦이막허니 떨어졌다가 우리 간 곳만 손가락질로 똑
　　　*늦이막허니

똑 가르쳐 줄 놈이니, 너희들 여러 날 전쟁불식에 소증인들
　　*가르쳐　줄　놈　　　　　　　　*戰爭不食　*素症

없겠느냐? 네 저놈 큰 가마솥에다 물 많이 붓고 푹신 진케
　　　　　　　　　　　　　　　　　　　　　*진케

대려라, 한 그릇씩 마시고 가자." 골래종이 골을 내어 눈을
대려라　　　　　　　　　　　　骨內腫　*골을　내어

찢어지게 흘기며, "승상님 눈 뽄이 인장식 많이 허게 생겼
　　　　　　　丞相　*눈　뽄　*人醬食

소.""네 저놈 보기 싫다. 쫓아내고 또 불러라." "우기병에
　　　　　　　　　　　　　　　　　　　　*右騎兵

전동다리!"
*顚動다리

\<중중모리\> 전동다리가 들어온다. 전동다리가 들어온다.
　　　　　　顚動　　　　　　　　顚動

부러진 창대 들어 메고 발세 치레 건조로 세 발걸음 중 띄
　　　槍　　　　*발勢　치레　*蹇調　*세　발걸음　中　띄

엄, 몸을 날려 껑정껑정 섭수 있게 들어와 "예!"
엄　몸을　날려　　　　　　*섭수

\<아니리\> 조조가 보더니 "에께, 웬 놈이 저리 성허냐?"
　　　　　　曹操　　　　　　　　　　　　　　　*盛

"성허거든 회쳐 잡수시오." "네 이놈 그게 웬 말인고?"
盛　　　*膾쳐

"아, 승상님이 병든 놈은 대려 먹자기로, 성한 놈은 회쳐
　　　丞相　　　病　　*대려　먹자기로　盛　　　膾

*쌈: '싸움'의 준말.

*佇停(저정)거리고: 앞으로 나아가지 않고 머뭇거림.

*배: 바. '그러한 것'의 뜻.

*萬無(만무): 온통 하나도 없음.

*軍中(군중)에 씨헐까: 군대 속에서 그것이 바탕이 되어 그를 본받아 그와 같은 행동을 하는 사람이 계속 나올까 두렵다는 말.

*馬兵長(마병장): 군대에서 말을 관리하는 병사의 우두머리.

*구먹쇠: '구먹'은 '구멍'의 방언. '쇠'는 하천인 남자이름에 붙이는 접미어. 허점의 공간을 살펴, 구멍 찾아 잘 숨는다는 뜻으로 끌어 붙인 이름임.

*戰場(전장): 실제 싸움하는 장소인 전쟁터.

*神通(신통): 이상하고 묘함. 또 달리 모든 일에 잘 통달함의 뜻도 있음.

*사로 보내더라고: 사서 오라고 심부름을 시켜 보냈다는 말.

*大(대)돈 금: 큰돈인 높은 가격. 많은 돈을 내고 삼. '금'은 흥정하여 정한 값이란 뜻.

*兩(냥) 일곱 돈: 1냥 7돈. '냥'은 조선시대 화폐의 기본 단위이고, '돈'은 1냥의 10분의 1임.

*들것: 짐 나르는 연장의 하나. 네모난 거적이나 천의 양쪽에 막대기를 매어 달아 짐을 올려놓고, 두 사람이 앞뒤에서 양손으로 막대기를 들고 가는 운반 도구.

*정 편케 가실랑이면: 진정으로 편안하게 가실 의향이시면.

잡수시라 하였오.""윗따 이놈아! 너는 하도 성허기에 반가
盛

와서 허는 말이로다.""승상님 군사들이 모도 미련해서 죽
丞相　軍士

고 병신 되지요.""네 이놈! 그게 웬 말인고?""아, 승상님
病身　　　　　　　　　　　　　　　　丞相

도 생각을 좀 해보시오. 쌈 헐 때는 뒤로 숨고 쌈 아니 헐
*쌈

때는 앞에서 저정거리고 다니면, 죽을 배도 없고 병신 될
*佇停거리고　　　　　　*배　　　病身

배 만무허지요.""윗따 그놈! 뒀다가 군중에 씨헐까 무섭구
*萬無　　　　　　　　　　*軍中에 씨헐까

나. 저 놈 보기 싫다. 쫓아내고 또 불러라.""마병장 구먹
*馬兵長 *구먹

쇠!""예!""너는 전장에 잃은 것은 없느냐?""예, 잃은 건
쇠　　　　　*戰場

별로 없소.""야 그놈 신통헌 놈이로구나. 말은 다 어쨌느
別　　　　　*神通

냐?""팔았지요.""야 이놈아 팔다니? 좋은 말을 날더러

묻지도 않고 네 것 팔듯, 네 마음대로 팔었단 말이냐? 이

놈아!""아 그런 게 아니라, 한나라 공명이가 사로 보내더라
漢　　　孔明　　*사로 보내더라

고 왔기에, 미리 대돈 금으로 열일곱 마리에 양 일곱 돈 받
고　　　　　　*大돈 금　　　　　　　*兩 일곱 돈

고 팔었소.""야 이놈아, 말 없으면 무엇을 타고 간단 말이

냐?""아따 원, 승상님도, 타고 갈 건 걱정 마시오. 들것에
丞相　　　　　　　　　　　　　　　　*들것

다 담아 메고 가든지, 정 편케 가실량이면 지게에다 짊어
*정 편케 가실량이면

*짐 붓고: 짐을 덜어 간편하게 함. '붓고'는 '부어 쏟아버리고'의 뜻. 곧 가벼워지고 간편하게 됨을 뜻함. 여러 사람이 보호해 가면 많은 인원이 필요한데, 혼자 지고 가니 사람들 일거리가 줄어든다는 뜻으로 한 말임.

*앉은뱅이 醫院(의원): 옛날에는 집에 환자가 생기면 의원을 집으로 모시고 와서 진맥을 하고 침을 놓고 했음. 그런데 의원이 앉은뱅이여서 걷지 못하면 수레나 가마에 태워오던지, 그럴 형편이 못 되면 업고 오거나 지게에 지고 오던지 했음.

*눈구녕 뽄: '눈 생긴 볼품'을 비속어(卑俗語)로 한 말. '눈구녕'은 '눈구멍'의 낮춤말이며, '뽄'은 생긴 모습인 '볼품', 곧 '본(本)'의 방언.

*눈이사: 눈이야 말로. 눈에 관하여 말할 것 같으면. '사'는 뜻을 강하게 하는 접미어.

*생겼지라: '생기었다'의 방언.

*말 말: 상대방 말을 받아 대꾸하는 많은 말들.

*폭폭하야: 매우 거칠고 심해지는 모습.

*于先(우선): 먼저.

*軍糧職(군량직): 군대 양식관리 직책을 맡은 군인.

지고 설렁설렁 가면 짐 붓고 더욱 좋지요." "야 이놈아,
*짐 붓고

내가 앉은뱅이 의원이냐?   지게에다 짊어지고 가게. 그놈
*앉은뱅이 醫院

눈구녁 뿐이 큰일 낼 놈이로고." "눈이사 승상님 눈이 더
*눈구녁 뿐   *눈이사 丞相

큰 일 내게 생겼지라." "웠따 저놈들 말 말에 폭폭하야 나
*생겼지라   *말 말   *폭폭하야

죽겠다. 여봐라 정욱아! 점고 그만 허고 내 우선 시장허니
程昱   點考   *于先

군량직 불러 밥 지어라."
*軍糧職

*폐진: 팔다리를 죽 펴고 늘어져 누워 있는 모습.

*氣盡(기진): 기운이 모두 다 빠진 상태

*仰天慟哭(앙천통곡): 하늘을 우러러 가슴 아프게 탄식하며 울음을 움.

*채: 말채찍.

*華容山谷 茫茫(화용산곡 망망): 화용도 산골짜기에 아득하게 펼쳐짐.

*沒死(몰사): 모두 다 죽음.

*烏林(오림): 호북성의 한수(漢水)와 양자강이 만나는 사이 지역. 적벽에서
마주보는 육지 지역이며, 조조 군대의 식량 창고와 육군 병영이 있던 곳
임. 조조가 적벽대전에서 배를 모두 불태워 잃고 이곳을 통해 달아났음.

*逢變(봉변): 변란을 만남.

*瓶(병) 속: 목이 가늘고 몸통이 큰 항아리 속. 지형에서 들어오는 입구 길
은 좁고, 그 안은 넓적한 산속 골짜기를 비유한 말.

1. 화용도의 관운장

<중모리> 점고하야 보니 불과 백여명이라, 그 중에 갑옷
　　　　　點考　　　　不過 百餘名　　　中 甲

벗고 투구 벗고 창 잃고, 앉은 놈 누운 놈 엎진 놈 폐진 놈
　　　　　　槍　　　　　　　　　　　　*폐진

배가 고파 기진헌 놈, 고향을 바라보며 앙천통곡 우는 소리
　　　　*氣盡　　　故郷　　*仰天慟哭

화용산곡이 망망허다. 조조 마상에서 채를 들어 호령허며
*華容山谷　茫茫　曹操 馬上　*채　　號令

행군 길을 재촉허더니마는.
行軍

<아니리> 히히해해 대소허니 정욱이 기가 맥혀, "얘들아
　　　　　　　大笑　程昱 氣

승상님이 또 웃으셨다. 적벽에 한 번 웃어 백만 군사 몰사
丞相　　　　　　赤壁　　　百萬 軍士 *沒死

허고, 오림에 두 번 웃어 죽을 봉변 당허고, 이 병속 같은
　　*烏林　　　　　*逢變 當　　　*甁속

*느그: '너희들'의 방언.

*周瑜 孔明(주유 공명): 오나라 도독 주유와 촉한의 책사(策士) 제갈공명.

*여나믓: 10개 조금 넘는 숫자를 나타내는 말.

*曹操(조조)는 말고 飛鳥(비조)라도: 나 조조는 말할 것 없고, 날아다니는 새라도 이런 지역에서 공격을 받으면 살아남지 못 한다는 뜻으로 한 말. '조조'의 '조'와 새의 뜻인 한자 '조(鳥)'가 같은 음(音)임을 이용한 표현임.

*放砲聲(방포성): 대포 쏘는 소리.

*魏國將卒(위국장졸): 위나라 조조 휘하 장수와 병졸들.

*魂不附身(혼불부신): 넋을 잃음. 너무 놀라 넋이 몸뚱이에 붙어 있지 않음.

*面面相顧(면면상고): 서로서로 얼굴을 돌아보며 놀람.

*五百刀斧手(오백도부수): 오백 명의, 칼과 도끼를 잘 쓰는 용맹한 병사.

*大將旗(대장기): 군대 지휘관인 대장을 상징하는 큰 깃발.

*大元帥關公三軍司命旗(대원수관공삼군사명기): 대원수 관우(關羽)의 삼군(三軍; 中軍 左軍 右軍) 군대 지휘 맡음을 표시한 사명기(司命旗).

*朱顔鳳目(주안봉목): 붉은색 얼굴에, 봉의 눈처럼 무섭게 우묵한 눈.

*臥蠶眉(와잠미): 활처럼 위로 구부러진 두툼한 눈썹. 누에가 잠잘 때의 모습으로, 몸뚱이는 땅에 붙이고 머리를 위로 꼿꼿이 들고 자는 형상.

*三角鬚(삼각수): 삼각형으로 생긴 수염. 곧 아래쪽이 뾰족하게 긴 수염.

*鳳(봉)의 눈: 봉황 눈처럼 가장자리 우묵하고 가운데 폭 파인 무서운 눈.

*靑龍刀(청룡도): 청룡언월도(靑龍偃月刀). 중국 기병이나 보병이 쓰던 칼. 칼날이 반달 모양으로 휘어진 것이 특징이며, 칼등 중간에는 갈라져 나온 작은 날이 붙어 있고 거기에 구멍이 있어 이중(二重)의 상모(象毛)를 달게 되어 있음. 칼자루 연결 부분에는 용의 아가리 모양을 조각해 새겼으며, 붉은 칠을 한 긴 자루가 달렸음.

*赤兎馬(적토마): 털이 검붉은 색인 천리마. 본래 동탁이 여포(呂布)에게 주어 여포가 타던 명마로, 조조가 여포를 잡아 처형하고는 소유하고 있다가, 뒤에 관운장이 조조에게 의탁했을 때 환심을 사려고 주어 관운장의 말이 되었음. 뒷날 관운장 사망에 이 말이 먹이를 먹지 않고 굶어 죽었음.

*짜른 목: 짧은 목. 조조의 목이 짧게 생긴 것을 나타낸 말.

*張飛(장비): 유비(劉備)의 휘하 장수, 자(字)는 익덕(翼德).

*子龍(자룡): 유비의 휘하 장수 조운(趙雲), 자(字)가 자룡임.

데서 또 웃어났으니, 이제는 씨도 없이 다 죽는구나." 조조
曹操

듣고 화를 내어, "야 이놈들아! 느그는 내 곧 웃으면 트집
*느그

잡지 말고, 느그 놈들도 생각을 좀 해봐라. 주유 공명이가
*周瑜 孔明

이곳에다가 복병은 말고 병든 군사 여나뭇만 묻어 두었드
伏兵   病   軍士 *여나뭇

래도, 조조는 말고 비조라도 살어 갈 수가 있겠느냐?" 히히
*曹操는 말고 飛鳥라도

해해 대소허니.
大笑

<자진모리> 웃음이 지듯 마듯, 화용도 산상에서 방포성이
華容道 山上   *放砲聲

꿍, 이 넘에서도 꿍, 저 넘에서도 꿍 궁그르르르. 화용 산곡
華容 山谷

이 뒤끓으니, 위국장졸들이 혼불부신하야 면면상고 서있을
*魏國將卒   *魂不附身   *面面相顧

제, 오백도부수가 양편으로 갈라서서 대장기를 들었난디,
*五百刀斧手 兩便   *大將旗

대원수관공삼군사명기라 둥두렷이 새겼난디, 늠름허다 주
*大元帥關公三軍司命旗   *朱

안봉목 와잠미 삼각수에 봉의 눈을 부릅뜨고 청룡도 비껴
顔鳳目 *臥蠶眉 *三角鬚 *鳳의 눈   *靑龍刀

들고 적토마 달려오며 우레 같은 소리를 벽력같이 뒤지르
*赤兎馬   霹靂

며, "네 이놈 조조야! 짜른 목 길게 빼어 청룡도 받어라."
曹操 *짜른 목   靑龍刀

조조가 기가 맥혀, "여뵈라 정욱아! 오는 장수가 누구냐?"
曹操   氣   程昱   將帥

정욱도 혼을 잃고, "호통소리 장비 같고 날랜 모양 자룡
程昱   魂   *張飛   *子龍

*氣色(기색): 겉에 보이는 얼굴색. / *威風(위풍): 위엄 있는 모습의 풍채.

*仁厚(인후): 어질고 인정이 두터움. / *關公(관공): 촉한 장수 관우(關羽).

*欲逃無處 欲脫無計(욕도무처 욕탈무계): 도망하고자 하나 갈 곳이 없고, 탈출하고자 하나 계책이 없음.

*事勢到此(사세도차): 일의 형세가 이 지경에 이름.

*암케나: '아무렇게나'를 줄인 말. / *對戰(대전): 대항하여 싸움.

*將軍(장군)님: 관우(關羽) 장군을 뜻함. / *길짐생: 네 발로 걷는 짐승.

*갈 수 없고: 도망칠 수 없음. / *劍光(검광): 칼날에서 번쩍이는 반사 빛.

*赤手短劍(적수단검): 다른 무기 없는 맨주먹에, 짧은 칼 한 자루뿐인 상태.

*五關斬將(오관참장): 관우(關羽)가 다섯 관문(關門)을 통과하면서 장수 여섯의 목을 벤 사실. 적벽대전 이전에, 유·관·장(劉關張) 삼형제가 싸움에 패하여 서로 흩어져 생사를 모를 때, 관우는 조조 휘하에 의탁하게 되었음. 조조가 관우를 자기 부하로 잡아두려고 여러 가지 편의와 환대를 제공하고 여포(呂布)가 타던 적토마까지 주면서 회유했음. 그러나 유비의 소식이 알려지자 관우는 조조와 상의도 없이 떠나 탈출하는데, 조조 관할 여러 성(城)을 통과하면서, 통행 증명서가 없어 제지를 당했음. 이에 관우는 성을 지키는 장수와 군사들을 무찌르고 통과하여, 다섯 성을 통과하면서 6명의 장수를 죽이고 통과한 사실을 말함.

*手段(수단): 어떤 일을 처리하는 재주와 솜씨.

*人馬氣盡(인마기진): 조조진영의 병사와 말이 함께 기운이 다해 지쳐 있음.

*當敵(당적)을 허랴다는: 적과 대항하여 싸우려고 하다가는.

*씨 없이: 앞으로 소생할 여지가 하나도 남지 않고 모두 없어짐.

*前日 將軍(전일 장군)님 丞相 恩惠(승상 은혜): 지난날 관우 장군님께 승상인 조조가 많이 베푼 은혜. 위 '오관참장' 설명에서 보는 바와 같이, 조조가 관우를 자기 휘하로 삼으려고 온갖 편의와 환대를 베풀었고, 또 떠나갈 때 다섯 관문을 통과하면서 여섯 장수 목을 베었지만, 조조는 부하를 시켜 통행증을 전해주어 탈출을 돕는 등, 많이 베푼 은혜를 말한 것임.

*雄名(웅명): 영웅이라 일컬어지는 명성.

*三國(삼국): 촉한(蜀漢)과 위(魏)와 오(吳) 세 나라.

*死則死(사즉사)언정: 죽어야 하면 곧 죽을지언정. 죽는 한이 있더라도.

*後世(후세)의 尤欠(우흠): 뒷날 세상에 더욱 큰 결점(缺點)으로 남음.

같소." "자세히 좀 살펴봐라." 정욱이 정신 채려 살펴보고
　　　　　仔細　　　　　　　　　程昱　　精神

허는 말이, "기색은 홍색이요 위풍이 인후허니 관공일시
　　　　　　*氣色　紅色　　*威風　*仁厚　　*關公

분명허오." "더욱 관공이랑이면 욕도무처요 욕탈무계라."
分明　　　　　　關公　　　　　*欲逃無處　　欲脫無計

2. 조조의 애걸

<아니리> "사세도차허니 암케나 한 번 대전허여 볼 밖에
　　　　　*事勢到此　　*암케나　　　　　*對戰

도리가 없다. 너희들도 힘껏 한 번 싸워 보아라." 정욱이
道理　　　　　　　　　　　　　　　　　　　　　　　程昱

여짜오되.

<중모리> "장군님의 높은 재주 호통소리 한 번 허면
　　　　　　　*將軍님

길짐생도 갈 수 없고, 검광이 번뜻 허면 나는 새도 뚝 떨어
*길짐생도 *갈 수 없고 *劍光

지니, 적수단검으로 오관참장 허던 수단, 인마기진 허였으
　　　*赤手短劍　　*五關斬將　　　*手段　*人馬氣盡

니 감히 어찌 당허리까? 만일 당적을 허랴다는 씨 없이 모
　　敢　　　當　　　萬一 *當敵을 허랴다는 *씨 없이

도 죽일 테니, 전일 장군님이 승상 은혜를 입었으니 어서
　　　　　　*前日 將軍님　　丞相　恩惠

빌어나 보옵소서." "빌 마음도 있다마는 내의 웅명이 삼국
　　　　　　　　　　　　　　　　　　　*雄名　*三國

에 으뜸이라, 사즉사언정 이제 내가 비는 것은 후세의 우흠
　　　　　　*死則死언정　　　　　　　　　*後世의　尤欠

이 되리로다."

*神通(신통): 모든 일에 신기하게 통달함.

*홑이불: 한 겹인 홑으로 된 이불. 시체를 덮는 한 겹의 흰 천을 일컬음.

*軍中 發喪(군중 발상): 병영 속에서 장군 사망에 대한 장례를 알림.

*한달음박질: 중도에 쉬지 않고 한 번에 빨리 내달아 달림.

*산 丞相(승상): 현재 살아서 맞서 싸우는 승상 조조.

*兩國名將 爭功(양국명장 쟁공): 촉한(蜀漢)과 오(吳) 두 나라 이름난 장수들
  이 서로 먼저 조조를 잡아 큰 공을 세우려고 공적을 다투고 있음.

*死丞相(사승상): 사망한 승상 조조.

*누운 목: 죽어서 누워 있는 시체의 목. 죽어 저항하지 않는 시체의 목 베기
  는 매우 쉽다는 뜻.

*空然(공연)헌: 알맹이가 없는 헛된 일.

*虛費(허비): 비용이나 시간을 헛되이 소모해 낭비함.

*움질어 날 수: 움직이어 일어나 활동할 방도.

*華容寃鬼(화용원귀): 화용도에서 원통하게 죽어 원한을 품은 귀신.

*將軍馬下(장군마하): 관우 장군이 타고 있는 말 아래에 나아감.

*長劍(장검): 긴 칼.

*大丫(대아) 머리: 머리털을 뒤로 크게 두 가닥으로 갈라서 늘어뜨린 머리
  모양. 옛날 중국 남자들은 우리나라 남자들처럼 머리털을 모두 머리 위로
  올려 상투를 쪼는 것이 아니고, 앞쪽과 정수리 머리만 올려 상투를 쪼고
  그 상투 위에 관(冠)을 씌워 비녀를 꽂았음. 그리고 뒷머리는 뒤로 젖혀
  함께 늘어뜨리거나, 또는 두 갈래로 하여 목 양쪽에 늘어뜨림. 일반적으로
  아이들 머리를 두 갈래로 땋거나 묶는 것을 '아(丫)'라 하는데, 숱이 많은
  어른의 머리도 그 모양으로 했으므로 '대아(大丫)'라 표현했음.

*고추상투: 크고 뭉뚝하지 않고 끝이 뾰족하게 된 상투.

*가는 목: 굵지 않으면서 짧은 목.

*움뜨리고: '움츠리고'의 방언. 목을 두 어깨 사이로 당겨 낮추는 동작.

*키를 줄이면서: 똑 바로 서지 않고 몸과 목을 움츠려 키를 작게 보이도록
  위축시킨 자세.

*奸巧(간교): 간사하고 교활한 행동.

<아니리>　　"얘들아,　　내가 신통한 꾀를 하나 생각했다."
　　　　　　　　　　　　*神通

"무슨 꾀를 생각했소.?" "나를 죽었다고 홑이불 덮어놓고
　　　　　　　　　　　　　　　　　　　　*홑이불

군중에 발상허고, 너희들 모두 발 뻗어놓고 앉아 울면 송장
*軍中　發喪

이라고 피할 것이니, 홑이불 뒤집어쓰고 살살 기다가 한달
　　　　避　　　　　　　　　　　　　　　　　　*한달

음박질로 달아나자." 정욱이 여짜오되, "아, 여보시요 승상
음박질　　　　　　　程昱　　　　　　　　　　　　丞相

님, 산 승상 잡으려고 양국명장이 쟁공헌듸, 사승상 목 베
　*산 丞相　　　　*兩國名將　爭功　　*死丞相

기야 청룡도 그 잘 드는 칼로 누운 목 얼마나 그리 힘들어
　　　青龍刀　　　　　　　　*누운 목

베오리까?　공연헌 꾀 냈다가 목만 허비허고 보면, 다시
　　　　　*空然헌　　　　　　　*虛費

움질어날 수도 없고 화용원귀 될 테오니, 옅은 꾀 내지 말
*움질어날 수　　　*華容冤鬼

고 어서 들어가 한 번 빌어나 보옵소서."　조조 하릴없이
　　　　　　　　　　　　　　　　　　　　　　曹操

장군마하에 빌러 들어가는디.
*將軍馬下

<중모리> 투구 벗어 땅에 놓고 갑옷 벗어서 말께 얹고 장
　　　　　　　　　　　　　甲　　　　　　　　　　*長

검 빼어 땅에 꽂고, 대아머리 고추상투 가는 목을 움뜨리고
劍　　　　　　*大ㅏ머리 *고추상투 *가는 목　*움뜨리고

모양 없이 들어가서 큰 키를 줄이면서 간교한 웃음소리로,
　　　　　　　　　　*키를 줄이면서 *奸巧

히히 해해 몸을 굽혀 절하며 허는 말이, "장군님 뵈온 지
　　　　　　　　　　　　　　　　　　　　將軍

*別來無恙(별래무양): 이별한 이후로 별일 없이 잘 지냈는지를 묻는 인사말.

*好言 對答(호언 대답): 부드럽고 좋은 말로 상대하여 답함.

*奉命(봉명): 임금의 명령을 받들어 행사함.

*濁名寒生(탁명한생) *曹孟德(조맹덕): 혼탁한 이름을 가진 초라한 인생인 조조. 자신을 낮추어 겸손하게 한 말임. '맹덕'은 조조(曹操)의 자(字)임.

*天子 命(천자 명): 황제 명령. 조조는 황제명령을 참칭(僭稱)해 마음대로 함.

*千里戰場(천리전장): 천리나 멀리 떠나온 전쟁터.

*吳賊(오적)의 敗(패): 적국 오나라에 의한 패배. 곧 적벽대전에서 패한 사실.

*楚水吳山(초수오산): 중국 초나라의 깊은 강과 오나라 험한 산. 길이 매우 험난함을 일컫는 숙어임.

*慌忙(황망): 두렵고 절박하며 조급한 마음.

*千萬意外(천만의외): 생각지도 않았던 매우 뜻밖의 일.

*故情(고정): 옛날에 맺었던 인정. 관우가 조조에게 의탁했을 때의 일.

*千萬千萬(천만천만): 매우 절실하고 간절함을 나타내는 말.

*前日厚恩(전일후은): 지난날의 두터운 은혜.

*吳漢 兩陣事(오한 양진사): 오나라와 촉한 두 진영의 연합에 얽힌 전쟁사정.

*私(사)를 쪄 *公(공)을 廢(폐): 사사로운 은혜를 끼워 넣어, 공적인 국가 전쟁 문제를 무너뜨려 망치는 일.

*진직: 진작 일찍이. / *前日名分(전일명분): 지난날 함께했던 의리와 정분.

*畢竟(필경): 마침내. 마지막 지경.

*累世 漢綠之臣(누세 한록지신): 여러 대에 걸쳐 한나라 녹봉을 받아온 신하.

*凌上劫(능상겁): 황제를 능멸하고 협박해 위협하는 일.

*三分天下 紛紛(삼분천하 분분): 천하가 촉한(蜀漢) 위(魏) 오(吳) 셋으로 나뉘어 어지럽게 싸움을 벌이는 사실.

*널로 하야 擾亂(요란): 바로 너 때문에 천하가 시끄럽고 혼란해졌다는 말.

*麒麟閣 忠厚人(기린각 충후인): 기린각에 화상을 그려 모신 충성스럽고 후덕한 신하들. 한(漢) 선제(宣帝) 때 기린각이라 이름 붙인 집을 지어, 충성을 다 바친 일등공신 11명의 화상을 그려 붙이고 공적을 찬양했음.

*毀破(훼파): 기린각을 훼손하고 파괴해 없애버림.

*亂世之奸雄(난세지간웅): 어지러운 때에는 천하를 혼란시키는 간사한 영웅.

*治世之能臣(치세지능신): 평온한 세상에는 나라를 잘 다스리는 유능한 신하.

오래오니 별래무양 허시니까?"관공의 어진 마음 마상에서
*別來無恙   關公   馬上

몸을 굽혀 호언으로 대답허되, "나는 봉명하야 조승상을
*好言   對答   *奉命   曹丞相

잡으려고 이곳에 와 복병하야 기다린 지 오래것다."조조가
伏兵   曹操

비는 말이, "탁명한생 조맹덕은 천자의 명을 받아 만군을
*濁名寒生 *曹孟德 *天子 命   萬軍

거나리고 천리전장 나왔다가 오적의 패를 보고, 초수오산
*千里戰場   *吳賊의 敗   *楚水吳山

험한 길에 황망이도 가옵다가 천만의외 이곳에서 장군님을
險   *慌忙   *千萬意外   將軍

만났으니 어찌 아니 반가리까? 유정허신 장군님은 고정을
有情   將軍   *故情

생각허여, 살려 돌아 보내주심을 천만천만 바래내다."관공
*千萬千萬   關公

이 꾸짖어 왈, "이놈! 네 말이 간사헌 말이로다. 내 비록
奸邪

전일에 후은은 입었으나, 오늘날은 오한 양진사에 어찌 사
*前日   厚恩   *吳漢 兩陣事   *私

를 쪄 공을 폐허리오. 진직 죽일 것이로되 전일명분 생각고
를 쪄 *公을 廢   *진직   *前日名分

문답은 서로 허거니와 필경은 죽이려니, 네 누세 한녹지신
問答   *畢竟   *累世 漢綠之臣

으로 릉상겁 헐뿐더러 삼분천하 분분험도 널로 하야 요란
*凌上劫   *三分天下 紛紛   *널로 하야 擾亂

허고, 기린각 충후인도 널로 하야 훼파되니, 난세지간웅이
*麒麟閣 忠厚人   *毀破   *亂世之奸雄

요 치세지능신 너를 뉘 아니 미워하리? 좋은 길 다 버리고
*治世之能臣

*華容道(화용도)로 들올 때: 오림(烏林)의 두 갈래 길에서 평탄한 길로 가지 않고 굳이 이 험난한 화용도 길로 들어왔음을 말함.

*雄命(웅명): 영웅으로서의 누릴 운명적 시한.

*絶兇(절흉)같은 匈奴(흉노): 매우 거칠고 사나운 북방의 흉노족.

*白登七日之圍(백등칠일지위) *漢高祖(한고조): 한 고조 유방(劉邦)이 백등산에서 7일간 포위되어 고생한 일. 한나라 태조 유방이 항우(項羽)와의 8년 전쟁에서 승리하고 한나라를 건국한 초기, 북방 흉노족 추장 모돈(冒頓)이 큰 세력으로 침범해왔음. 이에 한고조가 친히 군사를 거느리고 나가 맞서니, 흉노 모돈이 거짓 패해 평성(平城) 근처 백등산으로 유인, 숨겨 두었던 기병 30만으로 공격해 7일 간이나 포위했음. 이때 한고조는 모돈 계모 알씨(閼氏)에게 비밀 교섭해, 그의 주선으로 겨우 화친을 맺고 돌아온 사실.

*智伯之臣 豫讓(지백지신 예양) *趙襄子(조양자): 중국 춘추시대 진(晉)나라 '지백'의 신하 '예양'은 처음 범중행씨(范中行氏)를 섬겼으나 자기를 알아주지 않자 떠나, '지백(智伯)'에게로 가서 섬겨 큰 총애를 입었음. 이때 '지백'이 '조양자'와 싸워 잡혀 죽으니, '예양'은 조양자에게 지백의 원수 갚을 결심을 하고, 신체를 훼손시키면서 애쓰다가 끝내 잡혀 죽은 이야기.

*挾匕首 宮中塗廁 義人(①협비수 ②궁중도치 ③의인) 吾謹避之(④오근피지): '예양'이 '지백' 원수를 갚으려고 일부러 형벌을 받아 신체 손상된 형인(刑人)이 되어, 몸속에 ①짧은 칼인 비수(匕首)를 숨기고 '조양자'의 ②궁중 변소<치(廁; 칙간)> 벽에 칠<도(塗; 바름)> 하는 노동자로 변장했음. 이때 조양자가 변소에 왔다가 이상한 느낌이 들어 잡아 물으니, 주인 원수를 갚으려 들어온 '예양'이라 자백했음. 이 말을 들은 조양자는 곧 ③'의인'이라 일컫고, ④'내가 조심하여 피하겠다<吾謹避之>'라고 말하고 살려 보내주었음.<예양은 이후 계속 조양자를 죽이려다가 잡혀, 조양자의 웃옷을 벗어달라고 해 칼로 내리치고, 원수를 갚았다면서 자결했음>

*삼가에 避(피)하소서: 위 '오근피지(吾謹避之)'처럼, 조심해 피해 달라는 뜻.

*天中大人(천중대인): 하늘이 낸 큰 인물. / *賊子(적자): 반역하는 역적.

*義將(의장): 정의를 위해 싸우는 장수. / *忽急(총급): 매우 바쁘고 급함.

*一寸肝腸(일촌간장): 뱃속의 내장. 곧 마음 속. / *時刻(시각): 짧은 시간.

*前事(전사): 전날 있었던 일들. 전날 조조가 관우를 잘 대접해 준 일들.

*將軍 將略(장군 장략): 관우 장군 당신이 지닌 대장으로서의 뛰어난 책략.

화용도로 들올 때는 네 웅명이 그뿐이니 잔말 말고 칼
*華容道로 들올 때   *雄命이 그뿐이니

받어라." 조조가 다시 비는 말이, "장군님 듣조시요. 절흉
          曹操   將軍   *絶兇

같은 흉노로되 백등칠일지위허여 한고조를 살렸삽고, 지백
같은 匈奴   *白登七日之圍   *漢高祖   *智伯

지신 예양이는 조양자를 죽이려고 협비수 허고 궁중도측
之臣 豫讓   *趙襄子   *挾匕首   宮中塗厠

허였으되, 조양자 어진 마음 의인이라 이르시고 오근피지
          趙襄子   義人   *吾謹避之

를 허였으니, 장군님도 그를 보아 소장을 살려주고 삼가에
            將軍   小將   *삼가에

피하소서." 관공이 꾸짖어 왈, "예양은 의인이요 조양자는
避하소서   關公   豫讓 義人   趙襄子

천중대인이라 일이 그러하거니와, 너는 한나라 적자요 나
*天中大人   漢   *賊子

는 한나라 의장이라. 네 잡으로 예 왔으니 어찌 너를 살려
   漢   *義將

서 보낼소냐? 갈 길이 총급허니 잔말 말고 칼 받아라."
              *悤急

<중중모리> 우레 같은 호통소리 조조의 약간 남은 일촌간
                        呼痛   曹操 若干   *一寸肝

장이 다 녹는다. "아이고 여보 장군님! 시각에 죽일망정 나
腸   將軍 *時刻

의 한 말을 들어보오. 전사를 잊으리까? 장군의 장약으로,
              *前事   將軍 將略

*黃巾賊 敗(황건적 패) *桃園兄弟 分散(도원형제 분산): 황건적 반란 진압 전쟁 때 패하여, 도원결의 형제 맺은 관우(關羽) 장비(張飛)와 헤어져 소식을 모를 때. <사실은 황건적이 평정된 뒤, 조조 군과의 싸움에서 패한 사실>.

*三日小宴 五日大宴(삼일소연 오일대연): 조조가 관우를 자기 휘하로 삼으려고 3일마다 작은 잔치를 열어주고 5일마다 큰 잔치를 열어 환대해 준 일.

*上馬千金(상마천금) *下馬百金(하마백금): 말 탈 때 1천금 노자 드리고, 말 내릴 때 1백금 용돈을 드린 일.

*아끼잖고 말로 되어서: 아끼지 아니하고 말<斗>로 곡식 되듯 뭉칫돈 준 일.

*高大廣室(고대광실): 높고 크고 넓은 화려한 좋은 집.

*美女充供(미녀충공): 아름다운 여인들을 시녀로 충당하여 제공해 드린 일.

*問安等待 精誠(문안등대 정성): 편안을 물으며 옆에 붙어 모셔드린 진심.

*情懷(정회): 마음속의 깊은 정. / *告歸(고귀): 돌아감을 아뢰어 보고함.

*五關 六將(오관 육장): 다섯 관문을 지키는 여섯 장수. 조조 진영에 머물던 관우가 유비(劉備) 소식을 듣고 편지만 남기고 떠났음. 가는 도중 각 지역 성문을 통과할 때마다 제지당해, 5개의 성 장수 6명을 죽이며 통과하는데, 그때 조조가 병사 시켜 통행증을 가져다주어 무사히 모두 통과해 나온 일.

*直指護送(직지호송): 곧바로 무사히 나가도록 호송하라고 지시함.

*義將(의장)이라 허신 말씀: 관우가 앞서, 정의로운 '의장'이라 말했던 사실.

*虛事(허사): 진실성이 없는 거짓의 일.

*運數 不吉(운수 불길): 타고난 운명에 좋지 못한 요소가 있음.

*河北大將 顔良 文醜(하북대장 안량 문추): 황하(黃河) 북부 제후 원소(袁紹) 휘하의 두 장수 안량 문추. 조조가 황제 명령을 참칭해 천하를 호령하니, 조조를 제거하려는 세력이 곳곳에서 일어났음. 이때 원소는 장수 안량을 시켜 조조가 차지한 백마성(白馬城)을 공격하게 했음. 당시 유비는 원소 휘하에 의탁했었고 관우는 조조 휘하에 의지해 있으면서 서로 모르고 있었음. 백마성을 포위한 안량 군사가 기세등등하니, 조조의 장수들이 물리치지 못하는데, 관우가 자진 출정해 안량 목을 베어 왔음. 또 뒤에 공격해 온 문추도 관우에 의해 죽음을 당했음.

*數多將卒(수다장졸): 수많은 장수와 병졸. / *自請(자청): 자진하여 요청함.

*盞(잔)을 잠깐: 관우가 자청해 출전하면서, 조조가 주는 술잔을 마시지 않고 놓으며, 안량 목을 베어 와서 마시겠다고 하고 곧바로 출전한 사실.

황건적 패를 보아 도원형제 분산허고 거주를 모르실 제,
*黃巾賊 敗   *桃園兄弟 分散   居住

내 나라로 모셔 들여 삼일소연 오일대연, 상마에 천금이요
*三日小宴 五日大宴 *上馬 千金

하마에 백금이라. 금은보화 아끼잖고 말로 되어서 드렸으
*下馬 百金   金銀寶貨 *아끼잖고 말로 되어서

며, 천하일색 골라 들여 고대광실 높은 집에 미녀충공 허였
天下一色   *高大廣室   *美女充供

으며, 조석으로 문안등대 정성으로 봉양터니, 그 정회가
*朝夕 問安等待 精誠   奉養   *情懷

적다 허고 도원형제 만나려고 고귀 없이 가실 적에, 오관
桃園兄弟   *告歸   *五關

육장을 다 죽여도 나는 원망을 아니 허고 직지호송을 허였
六將   怨望   *直指護送

는듸, 장군님은 어찌 허여 고정을 저바리시고 원수 같이 미
將軍   故情   怨讐

워허니, 의장이라 허신 말씀 그 아니 허사니까?"
*義將이라 허신 말씀   *虛事

<아니리> 관공이 이 말을 듣고 허허 웃으며 꾸짖어 왈.
關公   日

<엇모리> "네 이놈 조조야! 니 말이 모두 당치 않다. 내
曹操   當

그때 운수 불길하야 네 나라 갔을 적에, 하북 대장 안량
*運數 不吉   *河北 大將 顔良

문추가 네 나라 수다장졸 씨 없이 모도 죽이거날, 은혜를
文醜   *數多將卒   恩惠

생각허니 그저 있기가 미안허여, 나로서 자청허고 전장을
未安   *自請 戰場

나갈 적에, 네 손으로 술을 부어 내게 올리거날, 잔을 잠깐
*盞을 잠깐

제5장 363

*赤兎馬上(적토마상): 관우가 자기의 천리마인 적토마 위에 올라 탐.

*술이 식지 아니 했고: 출전 전에 조조가 주는 술을, 안량 목을 베어 와서 마시겠다고 하며 놓아두고 갔는데, 그 술이 식기도 전에 돌아왔다는 말.

*白馬圍陣(백마위진): 백마성을 포위하고 있던 원소(袁紹) 휘하의 군사들.

*碧山道 千里(벽산도 천리) 땅: 하북(河北) 지방인 산서성 일대 숲이 우거진 1천리 넓은 평원지역의 영토.

*一戰(일전): 한 번 맞서서 싸움.

*案冊 記錄(안책 기록): 중요사항을 적어두는 장부에 기록함.

*軍令狀(군령장): 군대 명령을 꼭 지키겠다고 서약한 문서. 관우가 화용도로 출전할 때, 관우가 조조를 잡고도 놓아줄 경우와, 조조가 화용도로 오지 않을 경우에 관우와 제갈량이 각기 책임을 지고 군율에 따라 처형 받겠다는 약속을 한 서약문서임.

*大驚(대경) 질겁: 크게 놀라 겁에 질림.

*防塞(방색): 어떤 방어무기를 가지고 막아 몸을 보호함.

*박작을 쓰고 벼락은 피헐망정: 바가지 조각을 쓰고 벼락은 피할 수 있을지라도. 큰 힘에 보잘 것 없는 물건이나 힘으로 막아 피하려함을 비유한 말.

*青龍刀(청룡도): 청룡언월도(靑龍偃月刀). 중국 기병이나 보병이 쓰던 칼. 칼날이 반달 모양으로 휘어진 것이 특징이며, 칼등 중간에는 갈라져 나온 작은 날이 붙어 있고 거기에 구멍이 있어 이중(二重)의 상모(象毛)를 달게 되어 있음. 칼자루 연결부분에는 용의 아가리 모양을 조각해 새겼으며, 새긴 용의 입에 붉은 칠을 한 긴 자루가 꽂혔음.

*草行露宿(초행노숙): 초목이 우거진 산과 들의 길을 행진하며, 몸 가릴 것 없는 들판에서 잠자는 고통.

*怯(겁)결: 무서워 겁에 질린 그 영향으로.

*招風(초풍): 놀라 기절하는, 경풍(驚風) 병을 불러옴. 매우 크게 놀라 기절할 정도를 말함.

*操急(조급): 마음이 초조하고 위급함.

*故情(고정)을 베일까 念慮(염려): 전날 맺어진 깊고 좋은 우정이 잘라져 없어질까 걱정됨.

머무르고 적토마상에 선뜻 올라 나는 듯이 달려가, 안량
　　　　　*赤兎馬上　　　　　　　　　　　　　　　　　　顔良

문추 두 장수 머리 선뜻 땡그렁 비어 들고 네 진으로 돌아
文醜　　　將帥　　　　　　　　　　　　　　　　　　陣

오니 술이 식지 아니 했고, 적장이 황겁하야 백마위진 무너
　　*술이 식지 아니 했고　賊將　惶怯　　*白馬圍陣

지고 벽산도 천리 땅을 일전에 모도 앗아 내어, 네 안책에
　　*碧山道 千里 땅 *一戰　　　　　　　　　　　　*案冊

기록허니 그 은혜 갚아 있고, 오늘은 너를 잡을 때라 군령
記錄　　　恩惠　　　　　　　　　　　　　　　　　*軍令

장 다짐 두었으니 잔말 말고 칼 받어라."
狀

＜아니리＞ 관공이 칼을 번쩍 빼어 들고 조조 앞으로 바싹
　　　　　　　關公　　　　　　　　　　　曹操

달려드니, 조조 대경 질겁하야 옷깃으로 가리면서 칼 막으
　　　　　曹操 *大驚 질겁

려고 방색을 허니, 관공이 웃으시며, "니가 박작을 쓰고
　*防塞　　　　　關公　　　　　　　　　*박작을 쓰고

벼락은 피헐망정, 네 옷자락으로 내 청룡도를 피한단 말이
벼락은 피헐망정　　　　　　　　*青龍刀　避

냐?" "글쎄요 초행노숙 허옵다가 겁결에 잠이 깨어 초풍
　　　　*草行露宿　　　　*怯결　　　　*招風

헐까 조급허니, 제발 장군님은 가까이 서지는 마옵소서."
　*操急　　　　　將軍

"네 이놈! 네 말이 날다려 유정타 허며 어찌 가까이 서지는
　　　　　　　　　　有情

말라는고?" "글세요 장군님은 유정허오나 청룡도는 무정허
　　　　　　　將軍　有情　　　青龍刀　無情

여 고정을 베일까 염려로소이다." 관공이 청룡도를 높이
　*故情을 베일까 念慮　　　　關公　青龍刀

*劍與頭而婚姻 生其子流血(검여두이혼인 생기자유혈): 칼과 머리가 혼인하면 그 자식으로 흐르는 피가 생겨남. 곧 칼이 목을 만나 자르면 피가 흘러내린다는 뜻. 흔히 일반 민간 관용어로, 부채를 부치면 시원한 바람이 이는 것을 표현하여, "대나무와 종이가 혼인하니 태어난 그 아들은 맑은 바람이로다(竹與紙而婚姻 生而其子淸風: 죽여지이혼인 생이기자청풍)." 하는 글귀를 부채에 쓰는데, 이와 연관하여 칼과 머리를 대신 넣어 구성한 것임.

*등 넘에: 등의 뒤편에. 머리를 넘어 몸 뒤편 땅에 칼이 꽂혔다는 말.

*果若其言(과약기언): 과연 그 말과 같음.

*魂 避亂(혼 피란): 너무 어처구니없는 일을 당해 넋이 나간 사람처럼 된 상태를 나타낸 말로서, 혼백이 난리를 피해 몸에서 멀리 떠났다는 표현임.

*哀然(애연): 매우 슬프고 애처로운 모습.

*鐵石 肝腸 感動(철석 간장 감동): 쇳덩어리와 돌멩이처럼 냉정하고 무딘 마음이, 감정의 변화를 일으키어 부드러워짐을 뜻함.

*놀까말까: 놓아서 용서해줄 것인가, 그렇지 않고 잡아갈 것인가를 망설임.

*猶豫未決(유예미결): 어떤 일을 완전히 결정짓지 못하고 미루어 어물거림.

*周倉(주창): 관우를 보좌하여 화용도로 출정한 관우 휘하 장수.

*次(차): 그 때. 어떤 시점(時點)이나 순서를 나타내는 말.

들어 조조(曹操) 목을 베이난 듯, "검여두이혼인허면(*劍與頭而婚姻) 생기자유헐(生其子流血)

이라. 네 목에 피를 내어 내 칼을 한 번 씻으랴 함이로다."

칼을 번쩍 들어 조조(曹操) 등 넘에(*등 넘에) 땅을 컥 찍어노니, 조조(曹操) 정신(精神)

아찔하야 군사(軍士)들을 돌아보며, "아이고 여봐라 군사(軍士)들아!

청룡도(靑龍刀)가 잘 든다더니 과약기언(*果若其言)이로구나. 아프잖게 잘도

도려 가신다. 내 목 있나 좀 봐라." 관공(關公)이 웃으시며, "목

없으면 죽었으니 죽은 조조(曹操)도 말을 허느냐?" "예 그는 정(精)

신(神)이 좋삽기로 말은 겨우 허거니와 혼(*魂)은 발써 피란(避亂) 간지가

오래로소이다." 관공(關公)은 본시(本是) 조조(曹操)의 은혜(恩惠)를 태산(泰山)같이 입었

는지라, 조조(曹操)의 애연(*哀然)이 비는 말에는 아무리 철석(*鐵石)같은 간장(肝腸)

인들 감동(感動) 아니 헐 리(理)가 있겠느냐? 조조(曹操)를 놀까말까(*놀까말까) 유예(*猶豫)

미결(未決) 허던 차(*次)에.

3. 주창의 용맹

<자진모리>   주창(*周倉)이 여짜오되, "장군(將軍)님은 어찌 허여 첫

칼에 베일 조조(曹操) 여태까지 살려두니, 옛 일을 모르시오?

*江東(강동)의 모진 범: 진(秦) 통일 시대 양자강 동쪽, 곧 옛날 전국시대 초(楚)나라 지역에서 나온 호랑이 같은 장수 항우(項羽)을 일컬음.

*咸陽 破(함양 파)헌 後(후): 중국 섬서성 위수(渭水) 북안(北岸) 진(秦) 수도 '함양'을 쳐서 항복 받은 뒤. 진시황(秦始皇)이 사망하고 나라가 어지러운 때, 옛날 초(楚)의 장수 항우와 유방(劉邦)이 함께 함양을 함락시킨 일.

*鴻門宴(홍문연): 진나라를 멸망시킨 후, 항우가 '홍문'에서 유방을 죽이려고 베푼 잔치. 항우는 자신이 유방보다 먼저 진나라를 항복 받을 것으로 믿었다가, 유방이 먼저 진나라 함양을 함락시키니 화가 나서 죽이려 했음.

*沛公(패공): 한 태조 유방(劉邦). 유방이 패(沛) 지역에서 군사를 일으켜 나왔기 때문에 그를 패공이라 일컬음.

*無心(무심)히 그를 놓아: 깊은 생각 없이 유방을 안 죽이고 놓아 살려 보냄.

*項莊(항장)의 날랜 칼이 쓸 곳이 없었고: 항우 종제(從弟) 항장의 빠른 칼 솜씨가 소용없게 됨. 유방을 안 죽여 결국 망했으니 쓸모없이 되었단 말.

*鷄鳴山(계명산): 항우가 마지막 진을 쳤던 안휘성의 해하(垓下) 지역 뒷산.

*秋夜月(추야월) *張良 玉(장량 옥)퉁소 *八千兵(팔천병) 흩었으니: 항우가 패해 쫓기어 해하(垓下)에 와 진을 쳤음. 이를 포위한 유방 군사들은 장자방(張子房)의 계책으로 달밤에 항우 고향 초나라 민요 '계명가(鷄鳴歌)'를 불렀고, 장자방은 '계명산'에 올라 옥퉁소를 애절하게 부니, 항우의 8천 군사들이 고향 생각에 모두 눈물을 흘리고 흩어져 달아났다는 표현.

*烏江風浪(오강풍랑) *自刎死(자문사): 해하에서 항우가 밤중에 군사들이 흩어졌음을 알고, 술을 마시고 우미인(虞美人)이 죽은 다음, 탈출하여 고향 강동(江東)으로 가려고 물결 출렁이는 '오강' 가에 이르니, '오강'을 지키는 정장(亭長)이 미리 다른 배들을 없애고, 한 척 배만 가지고 기다렸다가 건넘을 재촉했음. 이에 항우는 자존심이 상해, 스스로 목숨을 끊어 자결했음.

*治世之能臣(치세지능신): 평온한 세상에는 유능한 신하임.

*亂世之奸雄(난세지간웅): 혼란한 시대에는 간교를 부리는 간사한 영웅임.

*養虎遺患(양호유환): 호랑이를 기르면 환란<그 호랑이의 해>을 남기게 됨.

*搔癢之因(소양지인): 가려운 병의 원인. 세상 어지럽히는 원인이 됨의 비유.

*瞥眼間(별안간): 잠시. 눈 깜짝할 사이.

*丞相之命 懸於周倉手(승상지명 현어주창수): 승상 목숨은 주창 손에 달렸음.

*냅다: 힘차게 잡고 뿌리치는 동작.

강동의 모진 범이 함양을 파헌 후, 홍문연 앉은 패공 무심
*江東의 모진 범 *咸陽 破헌 後 *鴻門宴 *沛公 *無心

히 그를 놓아, 항장의 날랜 칼이 쓸 곳이 없었고, 계명산
히 그를 놓아 *項莊의 날랜 칼이 쓸 곳이 없었고 *鷄鳴山

추야월에 장량의 옥퉁소 한 곡조 슬피 불어, 팔천병 흩었으
秋夜月 *張良 玉퉁소 曲調 *八千兵 흩었으

니 오강풍낭의 자문사라. 하물며 조맹덕은 치세지능신이요
니 *烏江風浪 *自刎死 曹孟德 *治世之能臣

난세지간웅이라. 양호유환이요 소양지인이라. 장군이 만일
*亂世之奸雄 *養虎遺患 *搔痒之因 將軍 萬一

놓사오면 소장이 잡으리다.” 별안간 달려들어 조조 멱살을
小將 *瞥眼間 曹操

꽉 잡으며, “승상지명이 현어주창수라. 내 손에 달린 목숨
*丞相之命 懸於周倉手

네 어디로 피할소냐?” 냅대 잡아 흔들어 노니.
避 *냅다

※참고: 항우(項羽)와 유방(劉邦)의 관계

진시황(秦始皇)이 사망하고 진나라 조정이 어지럽게 되자 각처에서 반란세력
이 일어났음. 이때 초(楚)나라 형우(項羽)와 패(沛) 지역 유방(劉邦)이 힘을 합
쳐 초나라 사람들이 받들어 모신 회왕(懷王)의 명을 받아 진나라 황실 전복에
출정했음. 곧 초 회왕은 둘 중 먼저 진 수도 함양(咸陽)을 함락시키는 사람이
거기에서 왕이 되라고 했음. 그런데 용기만 믿고 자부하던 항우보다 유방이 먼
저 함양을 함락시키고 3세 황제 항복을 받았음. 늦게 도착한 항우가 화가 나서
책사(策師) 범증(范增)의 계책에 따라, 홍문(鴻門)에서 잔치를 열어 자기 종제
항장(項莊)을 시켜 칼춤을 추는 핑계로 유방을 찔러 죽이라 했음. 잔치가 열려
항우 부하들 행동이 수상함을 눈치 챈 유방 휘하 장수 번쾌(樊噲)가 헤치고 들
어가 항우를 꾸짖고 화를 내니, 항우는 술에 취해 그 용기에 감동되어 유방 죽
일 생각이 사라졌음. 이때 항장은 계책대로 칼춤을 추니, 유방의 책사 장자방
(張子房)과 친구사이인 항우 숙부 항백(項伯)이 맞춤을 추어 유방 해침을 방해
했음. 이러는 틈에 장자방이 유방을 빼돌려서 피하게 하여 죽음을 면했음. 이때
못 죽여, 항우는 끝내 유방에게 패해 자살했고, 유방은 한태조가 되었음.

*周別監(주별감): 주창을 높여서 이른 말. '별감'은 조선시대 지방 향소(鄕所)의 장(長)인 좌수(座首) 밑에서 일보는 사람이지만, 벼슬 없는 노인 성씨 밑에 붙여 부르던 칭호로 사용했음.

*目不忍見(목불인견): 눈으로 차마 보고 있을 수가 없음.

*諸將軍卒(제장군졸): 모든 장수와 병졸들.

*一馬場(일마장): 1리(里) 쯤 되는 짧은 거리.

*分付(분부): 상관이 내리는 명령이나 당부의 말.

*惶怯(황겁): 위엄 있는 행동 앞에서 두려워하고 겁을 내는 행동.

*將軍馬下(장군 마하): 관우 장군이 타고 있는 말 아래.

*合掌(합장): 두 손바닥을 합침. 애원하거나 빌기 위한 동작.

*人倫(인륜): 사람으로서의 떳떳한 도리. 사람으로서 지켜야할 윤리 도덕.

*못 볼내라: 고어(古語) '못 볼네라'의 방언. '못 보겠다'의 뜻임.

*本國千里(본국천리): 천리나 멀리 떨어져 있는 자신들 나라 고향.

*呼號萬歲(호호만세): 영원한 행운을 소리 높이 외쳐 기원하는 말.

<아니리> 조조가 벌벌 떨며, "아이고 여보 주별감! 이다음
       曹操   *周別監
에 만나거든 술 많이 받아 드릴 테니 제발 날 좀 놔 주시

오." 관공이 보시더니, "아서라 아서라! 그리 마라. 어디 차
    關公
마 보겠느냐? 목불인견이로구나. 목숨일랑 끊지 말고 사로
            *目不忍見
잡어 가자." 좌우에 제장군졸들을 한 편으로 갈라 세우고
          左右   *諸將軍卒   便
관공이 말 머리를 막 돌리실 제, 조조가 급히 말을 잡어 타
關公   曹操   急
고 일마장을 달아난지라. 관공이 거짓 분을 내어, "내 분부
   *一馬場   關公   忿   *分付
도 듣지 않고 제 마음대로 달아나니 그 죄로 죽어보라."
                                罪

4. 관운장의 관용과 조조 귀환

<중모리> 조조 듣고 말 아래 뚝 떨어지니, 장졸들이 황겁
        曹操   將卒   *惶怯
허여 장군마하에 가 두 손 합장 비는디, 사람의 인륜으로는
    *將軍馬下   *合掌   *人倫
못 볼내라. "비나니다 비나니다 장군님 전 비나니다. 살려
*못 볼내라   將軍 前
주오 살려주오. 우리 승상 살려 주오. 우리 승상 살려 주면
            丞相   丞相
높고 높은 장군은혜 본국천리 돌아가서 호호만세를 허오리
       將軍恩惠 *本國千里   *呼號萬歲
다." 조조 기가 맥혀, "우지마라 우지마라 불쌍헌 장졸들아
    曹操 氣   將卒

*孱弱(잔약): 힘이 없고 쇠약함. / *情狀(정상): 가엾은 형편에 처한 상황.

*不忍見之目(불인견지목): 차마 보고 있을 수 없는 눈. 눈으로 차마 볼 수 없는 슬픈 광경. '목불인견(目不忍見)'과 같은 말.

*風波(풍파)에 困(곤)한 身世(신세): 모진 파도에 곤란을 당한 몸의 형편. 적벽강 대전에서 크게 패해 곤란을 겪어 가엾게 된 형편을 말함.

*困歸故鄕(곤귀고향): 애를 써서 고향으로 살아 돌아감.

*軍令狀(군령장) *다짐을 두었으니: 조조를 놓아주지 말라는 명령을 반드시 지키겠다고 서약한 문서를 다짐하여 올려놓았다는 말.

*哀然(애연)이: 매우 슬픈 모습을 나타내 보임.

*楚囚(초수): 옛날 춘추시대(春秋時代) 초나라 사람인 죄수. 타향에 가 구금되어 있는 사람을 뜻함. 춘추시대 초나라 사람 종의(鍾儀)가 진(晉)나라에 잡혀가 구금되어 있으면서, 절개를 지켜 자기 나라 관(冠)을 항상 쓰고 벗지 않았다고 하여 '초수(초나라 죄수)'라 일컬어졌음. 이로 인해 '초수'리는 말이 외국 감옥에서 굴복하지 않고 버티는 죄수를 뜻하는 말로 되었음.

*軍律施行(군율시행): 군대 법률에 의해 처벌을 반드시 실시함.

*小將(소장)이 드리고: 조조 내가 선물로 드렸다는 말. 자신을 낮추어 '못난 장수인 조조'라는 뜻으로 '소장'이라 한 것임.

*別般 洞燭(별반 통촉): 특별히 잘 헤아려 살피어 관대하게 처분함.

*感心(감심): 마음속에 깊이 감동을 느낌.

*回馬(회마): 말머리를 돌려 돌아감.

*슬겁구나: 마음이 너그럽고 믿음직함. '슬기롭게 느껴짐'의 뜻임.

*千秋 凜凜 大丈夫(천추 늠름 대장부): 오랜 세월 영원히 의젓하고 사내다운 위대한 남자.

*漢壽亭侯(한수정후): '한수'는 중국 호남성에 있는 고을 이름. 관우가 조조 휘하에 있을 때, 하북(河北) 제후 원소(袁紹)가 대장 안량(顏良)을 명하여 조조가 차지한 백마성(白馬城)을 공격해 점령하라 했음. 이때 조조 진영 장수들이 모두 겁을 내고 나서지 않으니, 관우가 자진하여 출정해 단칼에 안량의 목을 베어왔음. 이로 인해 백마성 포위가 풀어졌고, 이 고마움으로 조조는 천자의 명령을 참칭해 관우에게 '한수정후' 벼슬을 내렸음. 그리고 관우의 명성도 이때부터 세상에 크게 알려졌음.

*허노매라: 하노매라. '하도다!'의 고어(古語). 그렇게 함을 강조하는 표현.

우지를 말어라. 나 죽기는 설찮으나 잔약헌 너의 정상
*孱弱 *情狀

불인견지목이로구나. 풍파에 곤한 신세 곤귀고향 가는 길
*不忍見之目 *風波에 困한 身世 *困歸故鄉

에 장군님을 만났으니, 잔약헌 너의 정상 설마 살려 주시제
將軍 孱弱 情狀

죽일소냐?" 관공이 화를 내어, "이놈 조조야 들어봐라. 내
關公 曹操

너를 잡으러 올 때 군령장에다 다짐을 두었으니, 그대 살고
*軍令狀 *다짐을 두었으니

나 죽기는 그 아니 원통허냐?" 조조가 애연이 비는 말이,
冤痛 曹操 *哀然이

"현덕과 공명선생님이 장군님 아옵기를 오른 팔로 믿사오
玄德 孔明先生 將軍

니, 초수 같은 이 몸 조조 아니 잡아 가드래도 군율시행은
*楚囚 曹操 *軍律施行

안 허리다. 장군님이 타신 적토마며 청룡도를 소장이 드리
將軍 赤兎馬 靑龍刀 *小將이 드리

고, 그 칼에 죽삽기는 그 아니 원통허오? 별반 통촉을 하
고 冤痛 *別般 洞燭

옵소서." 관공이 감심허여 조조를 쾌히 놓고 회마하야 돌아
關公 *感心 曹操 快 *回馬

가니 세인이 노래를 허되, "슬겁구나 슬겁구나 화용도 좁은
世人 *슬겁구나 華容道

길에 맹덕이가 살아가니 천추에 늠름한 대장부는 한수정후
孟德 *千秋 凜凜 大丈夫 *漢壽亭侯

신가 허노매라.
*허노매라

*本國(본국): 관우(關羽)의 본국이니까 유비(劉備)의 촉한(蜀漢)을 지칭함.

*拜謁(배알): 어른을 찾아뵙고 인사 올림.

*庸劣(용렬)한 關某(관모): 뛰어나지 못하고 부족한 관우(關羽). '모'는 '아무 개'란 뜻으로 자기를 낮추어 성씨 밑에 붙인 말.

*依律施行(의율시행): 군대 법률에 의하여 죄 값에 해당하는 형벌을 실시함.

*뉘 알리요: 누가 알겠는가? 아무도 모르는 비밀이었다는 말.

*諸葛亮 孟獲 七縱七擒(제갈량 맹획 칠종칠금): 제갈량이 '맹획'을 7번 사로 잡았다가 7번 놓아 주었다는 고사. 제갈량이 남중(南中)에서 복종하지 않는 남만(南蠻)을 정벌할 때, 추장 '맹획'을 일곱 번 사로잡았다가 일곱 번 도로 놓아 보내니, 마침내 '맹획'은 "공께서는 천위(天威)입니다"라고 말하고, 떠나지 않겠다고 하며 제갈량 밑에 머물렀음. 이후로 남만이 반항하지 않고 복종하여 평온해졌음.

*張翼德 義釋嚴顔(장익덕 의석엄안): 장비(張飛; 翼德은 자임)가 '엄안'을 잡았다가 정의롭다고 하며 놓아준 일. 적벽대전이 끝난 한참 뒤, 유비가 서쪽 촉(蜀) 지역 익주(益州)의 성도(成都)를 차지할 때, 성도 태수 유장(劉璋) 휘하 충성스러운 장수들이 강하게 저항했음. 이때 장비가 파군(巴郡) 성(城)을 공격하니, 유장 휘하 장수인 파군 태수 '엄안'이 항복 않고 저항하다가 장비에게 잡혔음. 곧 장비가 "대군이 진격하는데 왜 항복하지 않고 저항하느냐?" 하고 꾸짖으니, 엄안은 "우리 파군에는 '머리가 잘리는 장군(斷頭將軍; 단두장군)'은 있어도 '항복을 하는 장군(降將軍)'은 없다"라고 말하며 태연했음. 장비가 즉시 참수하라고 명했는데도 너무나 태연하기에 정의로운 사람이라고 말하고 죽이지 않고 석방해 주고, 뒤에 자기의 빈객(賓客)으로 삼았음. 이 얘기에서 굳건한 장수를 '엄장군두(嚴將軍頭)'라고 일컫게 되었음.

*孟德(맹덕): 위(魏) 조조(曹操)의 자(字).

*仁厚(인후): 인품이 어질고 인정이 두터움.

*千秋(천추): 영원한 세상. 인간이 살아가는 오랜 세월 동안.

*더질더질: 판소리를 끝마칠 때 붙이는 말.

<아니리>　　本국으로 돌아와 공명전 배알 허되, "용렬한
*本國　　　　　孔明前 *拜謁　　　　*庸劣한

관모는 조조를 잡고도 놓았사오니,　의율시행 허옵소서."
關某　　曹操　　　　　　　　　　*依律施行

공명이 급히 내려와 관공의 손을 잡고, "조조는 죽일 사람
孔明　急　　　　　關公　　　　　　曹操

이 아닌지라, 장군을 그 곳에 보냈사온디, 그 일을 뉘 알
　　　　　將軍　　　　　　　　　　　　　*뉘 알

리요."
리요

<엇중모리>　　제갈량은 맹획을 칠종칠검허고,　장익덕은
*諸葛亮　 孟獲　　七縱七擒　　 *張翼德

의석엄안하고, 관공은 화용도 좁은 길에 맹덕이를 살려
義釋嚴顔　　關公　 華容道　　　　　*孟德

주니, 인후허신 관공 이름 천추에 빛나더라. 그 뒤야 누가
　　*仁厚　　關公　　　*千秋

알리? 더질 더질.
　*더질 더질

〈적벽가 마침〉